BASTEI
LÜBBE

JERRY COTTON

Die Geiseln vom Empire State

Broadway-Geier

Cuba libre

Drei Kriminalromane

BASTEI LÜBBE

BASTEI LÜBBE TASCHENBUCH
Band 31 948

Erste Auflage: Dezember 2003

Lektorat: Rainer Delfs
Titelbild: George Nader in dem Jerry-Cotton-Film:
›Der Tod im roten Jaguar‹
(Die abgebildeten Schauspieler stehen in keinem Zusammenhang
mit den Romantiteln und dem Inhalt der Romane)
Umschlaggestaltung: QuadroGrafik, Bensberg
Satz: Wildpanner, München
Druck und Verarbeitung:
AIT, Trondheim, Norwegen
Printed in Norway
ISBN 3-404-31948-6

Sie finden uns im Internet unter
http://www.luebbe.de
oder
http://www.bastei.de

Der Preis dieses Bandes versteht sich einschließlich
der gesetzlichen Mehrwertsteuer

Inhalt

Die Geiseln vom Empire State

PANAMA CITY

Kanalzone
22. Dezember, 23 Uhr 17 Ortszeit

Es war einer der heißesten Winter, die Master Sergeant Dave Lexington jemals mitgemacht hatte. Der Gedanke daran, dass es sein letzter Winter überhaupt sein könnte und nicht der Beginn eines neuen Lebens mit einem Haufen Dollars in den Taschen, trieb ihm den Schweiß aus den Poren.

Angstschweiß.

»Keine Sorge, Sarge«, sagte einer der Männer, die hinter ihm auf der Ladefläche des MP-Mannschaftswagens saßen. »Du schuldest den Yankees nichts. Für die bist du ein schwarzer Affe in Uniform. In acht Tagen verabschieden sie dich ohne Zapfenstreich mit einem Tritt in den Arsch. Deine Akte verschwindet in irgendwelchen Regalen in Washington. Fortan warten sie nur noch darauf, dass du verreckst, damit sie dir die monatliche Pension nicht mehr auszahlen müssen.«

Lexington rauchte hinter der vorgehaltenen Hand. Im Rückspiegel sah er die vier Männer. Sie trugen die gleiche MP-Uniform wie er. Zwei Corporals, ein Private First Class und ein Second Lieutenant. Eine verdammte Bande von Killern und Hasardeuren, die hier in einer einzigen schwülen Winternacht in Panama City mehr Geld machten, als er in all seinen Dienstjahren ausbezahlt bekommen hatte. »Affen in Uniform« – genau wie er. Was sie unterschied, war, dass er sich die Uniform und die Streifen verdient hatte und Amerikaner war. Ein schwarzer Amerikaner, aber noch lange kein Latino wie die Kerle da hinter ihm.

Verdammt, er hatte noch nie einem Latino getraut, und jetzt arbeitete er mit ihnen zusammen. Jetzt hatte er sich denen in die Hand gegeben. Sie konnten ihn zerquetschen wie eine Laus, wenn sie das wollten. Vielleicht wollten sie das nicht nur, vielleicht taten sie es sogar.

Nicht jetzt. Jetzt brauchten sie ihn noch. Ohne ihn lief nichts und wären die Vorbereitungen nicht mal abgeschlossen gewesen. Aber später, in ungefähr fünfzehn Minuten, wenn das alles wie geplant geschehen war, dann war er flüssiger als Wasser. Absolut überflüssig. Dann war er die Laus in ihrem Pelz, auf die man Jagd machte, die man zerquetschte, bevor sie einen piesacken konnte.

»Keine Sorge, Sarge.«

Lexington schaute nach rechts. Dass seine Schweißdrüsen noch mehr arbeiteten, hatte diesmal nichts mit Angst zu tun. Das lag an der Frau, die neben ihm saß. Eine wunderbar verpackte Ladung Dynamit, die immer auf scharf stand. Groß und schlank war sie. Lexington hatte noch nie eine Frau gesehen, die längere und schönere Beine gehabt hatte. Wenn er den Blick von unten nach oben streifen ließ, glaubte er jedes Mal, dass sie zu zwei Dritteln aus Beinen bestand. Die Hüfte, der Hintern, die Taille, die Brüste, das alles war wie abgemessen und dann von Künstlerhand nach einem langen Musenkuss modelliert. Maßarbeit der Schöpfung. Anders konnte man diesen Körper gar nicht beschreiben. Mit Worten, mit Händen und Füßen kam man an Ausdrucksmöglichkeiten viel zu kurz.

Doña Violeta.

Das war Sex und Versuchung in seiner Urform. Jede Bewegung, jede Geste war ein Locken, dem sich ein Mann nicht entziehen konnte. Sie war der leuchtend bunte Trichter einer Fleisch fressenden Pflanze, in den man sich unweigerlich stürzte, wenn man ihn erblickte.

Ihr schönes Gesicht mit den großen, dunklen Augen, den vollen Lippen und den etwas hervorspringenden Wangenknochen, das von langen schwarzen Haaren eingerahmt war, sah aus wie das einer Heiligen, die den Menschen nur Gutes tat. Alles Fassade! In Wirklichkeit war sie ein grausames Insekt, eine Gottesanbeterin, die das Männchen nach dem Begattungsakt tötete und auffraß.

Weil sie ihm begegnet war, weil er sich eines Nachts

zwischen diesen unendlich langen Beinen wiedergefunden hatte, weil sie ihm mit wilder Leidenschaft und Hingabe eine Welt vorgegaukelt hatte, die es gar nicht gab, deswegen saß er in dieser Nacht in voller Uniform im Mannschaftswagen der MP. Deswegen befanden sich die falschen Militärpolizisten hinter ihm auf der Ladefläche. Deswegen stand er im Begriff, zum Verräter zu werden, und deswegen würden in fünfzehn Minuten einige Männer sterben.

Lexington versuchte, den Blick über ihre Schulter hinweg an ihrem schönen Gesicht vorbei nach draußen in die Trostlosigkeit dieser Baracken- und Lagerhallengegend streichen zu lassen. Es gelang ihm nicht. Anstatt nach draußen, schaute er auf ihren Busen, der sich im Ausschnitt der roten Bluse hob und beinahe ganz in die Freiheit sprang, als sie den Oberkörper etwas drehte und sich näher an ihn heranschob. Ihr heißer Atem streifte sein Gesicht.

»Du willst es doch«, sagte sie. »Du willst doch alles, Sarge! Das Geld, deine Rache und mich! Ist das nicht so, Sarge?«

Lexington nickte, hob den Blick wieder in den Rückspiegel und erwartete eigentlich, darin die bösen, grinsenden Gesichter der Latinos zu sehen, die ihn mit diesem Grinsen Missachtung und Spott entgegenbrachten.

Keiner grinste, keiner machte sich lustig über ihn.

Ihre Gesichter waren ernst, streng und entschlossen. Kalte Leidenschaften in einer Gegend, in der niemals die Sonne schien. Lexington hatte das Gefühl, wieder eine Familie gefunden zu haben, in der er ein gleichberechtigtes Mitglied war.

»Fuck the Army!«, sagte er rau, als sich Doña Violeta so weit nach vorne gebeugt hatte, dass ihre harten Brustspitzen seinen Oberarm berührten. Er wollte ihr seinen Arm um die Schultern legen und sie an sich ziehen, damit er mehr von ihr spürte. Im letzten Moment verkniff er es sich. Es war nicht der richtige Moment. »Fuck the Army!«, wiederholte er.

Master Sergeant Dave Lexington war zweiundfünfzig

und schwarz wie Ebenholz. Er hatte in genau acht Tagen dreißig Jahre in dieser Army abgerissen, die er vom ersten Tag an gehasst hatte, aber der er schließlich doch treu geblieben war. Zu Anfang, weil sie ihm damals zum ersten Mal in seinem Leben das Gefühl gegeben hatte, einen Platz in einer großen Familie zu haben. Danach, weil er die besten Jahre an diese Army verschenkt oder vergeudet hatte und es da draußen ohne Uniform gar keinen Platz mehr für ihn gab. Und die letzten Jahre als Dreißigender hatte er durchgehalten, weil ihm gar nichts anderes mehr übrig geblieben war, wenn er die volle Pension kassieren und sein Leben ohne große Sorgen in Baton Rouge, wo er auch geboren war und Uncle Sams Ruf ihn erreicht hatte, bis zum bitteren Ende fortsetzen wollte. Das Geschenk, das der Staat ihm nach dreißig Jahren treuer und weniger treuer Pflichterfüllung machte, war eine Heraufstufung zum Sergeant Major, was sich in seinen Pensionsbezügen mit zusätzlichen zweihundert Dollar niederschlagen würde.

Lexington lachte hohl und rieb sich den klebrigen Schweiß von der Stirn.

»Wir haben nur diese eine Chance«, sagte Roberto Menendez, den man Comandante nannte und der sich die Uniform ausgesucht hatte, die ihn zum Second Lieutenant machte. »Wenn etwas schief geht, machen die sich nicht einmal die Mühe, uns lebend zu schnappen, um uns den Prozess zu machen. Das ist ein Krieg! Wir sind die Gegner. Genf ist weit weg. Man wird uns als Linke, als Contras oder als Terroristen abstempeln und das, was von uns übrig bleibt, irgendwo verscharren. Aber das brauche ich dir ja nicht zu sagen, Sarge. In den dreißig Jahren hast du das alles selbst mitgemacht.«

Lexington rauchte noch einen Zug und schnippte die Zigarette aus dem heruntergedrehten Fenster. Er verfolgte aus zusammengezogenen Augen das Taumeln der Glut, bis die Kippe auf den Boden fiel, einen kleinen Funkenregen versprühte und still weiterglimmte.

»Die erwischen uns alle«, fuhr Comandante Roberto Menendez fort.

»Doña ist nicht dabei«, sagte Lexington.

Neben ihm zuckte die schöne Frau, in deren Adern französisches, polynesisches und mexikanisches Blut floss, mit den schmalen Schultern. Als ihr Busen diesmal aus dem Ausschnitt hüpfte, um genauso schnell wieder hinter dem roten Stoff zu verschwinden, hatte das auf Lexington keine Wirkung mehr. Es war Krieg, und er hatte sich für eine Seite entschieden. Für die falsche, sicherlich, aber doch für die, die ihm mehr geben würde als die andere, der er dreißig Jahre lang treu geblieben war. Er bereitete sich auf den Einsatz vor wie hundert Mal zuvor. Er ließ sich durch nichts mehr ablenken. Nicht einmal mehr von Doña Violeta. Wie ein Tier zog er witternd die schwüle Luft durch die Nasenlöcher. Er schloss die Augen. Er roch den Schweiß und das Blut, wie hundert Mal zuvor, und er spürte den Adrenalinschub, der ihn in den nächsten Minuten immun machte gegen Schmerzen und Gefühle gleich welcher Art.

Lexington hatte sich entschieden. In dieser Sekunde endgültig. Er wusste, um was es ging, was er riskierte, was er gewinnen und verlieren konnte. Er war ein Spieler, der sein letztes Geld, seine Existenz und sein Schicksal auf Rot setzte, sich langsam vom Roulettetisch abwandte und darauf wartete, dass der Croupier sein Urteil sprach, wenn die verdammte, unberechenbare Kugel lange genug durch den Kessel geeiert war und sich das richtige Fach ausgesucht hatte.

Hinter ihm klickten die Verschlüsse von M-16-Karabinern und zwei MPis. Rechts von ihm reckte sich Doña Violeta, öffnete sich ihr voller roter Mund, zeigte sie ihm mit einem aufmunternden und aufpeitschenden Lächeln die weiße Kette ihrer Zähne und verließ den Mannschaftswagen.

Sie hatten ihm nur Teile des Drehbuchs zu lesen gegeben. Aber als sie den Wagen verließ, noch einen Moment stehen blieb, dass er ihre Schönheit im breiten Rückspiegel bewundern konnte und dann aus seinem Blickfeld verschwand, war er zufrieden. Falls etwas schief lief, würde sie überleben, und egal wie ihr weiteres Leben verlief, sie würde sich an ihn erinnern.

»Noch zehn Minuten«, sagte Comandante Roberto Menendez. »Wenn sie pünktlich sind.«

»Verdammte Marines ...«, sagte Master Sergeant Lexington, der die Super-Elite-Krieger der Army noch niemals hatte leiden können, »... verdammte Marines sind immer pünktlich. Die kommen nicht mal zu spät zu ihrer eigenen Hinrichtung, Comandante.«

NEW YORK CITY

Brooklyn
23. Dezember, 0 Uhr 34 Ortszeit

Es war der kälteste und gleichzeitig auch der heißeste Dezember, den Brooklyn jemals erlebt hatte.

Kalt, was die Temperaturen anging. Das Quecksilber hatte sich unter die Minus-15-Grad-Markierung zurückgezogen. Vor zwei Tagen war ein Schneesturm durch die Stadt gefegt, der in Alaska nicht schlimmer hätte wüten können. Dann hatte es einen warmen Tag gegeben, plus 5 Grad, und als die Wärme noch vollauf damit beschäftigt gewesen war, die weiße Pracht, unter deren Massen die Stadt beinahe begraben worden wäre, wieder aufzufressen, hatte die Kälte mit aller Kraft erneut zugeschlagen. Von den Meteorologen noch unerwartet, hatte sie zusammen mit einem Sturm Einzug gehalten und das absolute Chaos gebracht. Die Straßen waren Eisbahnen. Die ohnehin anfällige Elektrizitätsversorgung brach sporadisch und katastrophal zusammen. Die öffentlichen Verkehrsmittel waren auf den Eiswinter im Dezember nicht vorbereitet gewesen.

In den Parks und auf den Straßen starben diejenigen zuerst, die dem Leben auch unter normalen Bedingungen nicht genügend Widerstand entgegensetzen konnten: Penner, Hobos, Stadtstreicher und Junkies. Wer es sich leisten und es irgendwie einrichten konnte, verließ die Stadt. Die Zeiten der großen Trecks waren wieder hereingebrochen. Die menschlichen Zugvögel nahmen südlichen Kurs, um sich das Leiden und Elend des Molochs New York aus der Ferne anschauen zu können.

Heiß, weil in Brooklyn die Volksseele kochte. Stammesfehden wie in Südafrika waren ausgebrochen. Rassismus und Antisemitismus feierten Exzesse. Latente Spannungen, die es immer schon gegeben hatte, wurden geschürt und entluden sich in offenen Krawallen und Straßenschlachten. Schwarze gegen Juden. Latinos gegen Asiaten. Unterprivilegierte gegen alle, die sie für Privilegierte hielten. Jeder gegen jeden. Konflikte, die alt wie die Stadt waren, weil sich jede neue Volksgruppe ihre Rechte gegen den Widerstand der Vorgänger hatte erstreiten müssen, bekamen in diesen Tagen eine neue, grausame Dimension, die viele vorausgesagt, die meisten aber für unvorstellbar gehalten hatten.

Brooklyn hatte sich selbst den Krieg erklärt!

Phil und ich befanden uns mittendrin. Ich lenkte den alten Mercury, der genug Beulen hatte, um hier gar nicht aufzufallen, über die Eisbahnen der Nebenstraßen. An den Hauptkrawallpunkten vorbei, wo die Cops zusammengezogen worden waren und doch nicht mehr als eine Beobachterposition eingenommen hatten. Am schlimmsten an solchen Fehden ist, dass Feinde zu Brüdern werden und sich gegen die uniformierte Staatsgewalt verbünden, wenn die sich einmischt.

Mit der rechten Hand klammerte sich Phil am Haltegriff über der Tür fest, der Sicherheitsgurt war straff um ihn gezerrt, und mit der Linken hielt er das Mikro des Sprechfunkgeräts, über das wir jetzt mit dem FBI Headquarter, Distrikt New York, in Verbindung standen.

»Wir kommen da nicht schneller durch, Sir«, sagte Phil.

Mr. John D. High befand sich am anderen Ende der Leitung. Von ihm persönlich war der Einsatzbefehl für Phil und mich gekommen. Nicht weil wir die G-men waren, die so was mal im Vorbeigehen erledigten, sondern weil wir uns nach einem Einsatz in Howard Beach, Queens, in der Nähe aufgehalten hatten.

»Wir sind Pennsylvania Avenue, Höhe East New York Station. Wir müssen mittendurch, um über den Eastern Parkway zur Fulton Street durchzukommen. Wenn wir das nicht schaffen, stecken wir mitten in den Krawallen am Broadway East New York. Dann ist das die Endstation für uns.«

»Wie lange werden Sie brauchen?«

Phil warf mir einen fragenden Blick zu. Die Digitaluhr im Armaturenbrett zeigte 0 Uhr 43 an.

»Fünfzehn Minuten, Sir«, sagte ich.

Phil starrte mich an, als wäre er überzeugt davon, dass ich mir vor zehn Minuten, als wir einen Hydranten gerammt hatten, einen Schaden zugezogen hatte.

Am anderen Ende stöhnte Mr. High auf. »Vielleicht ist gar nichts dran«, sagte er. »Vielleicht war es ein Verrückter, der nur beobachten will, wie sich G-men auf eisglatter Straße den Hals brechen. Sie sollen nicht – Moment ...«

Phil hielt die Leitung offen.

Es ging geradeaus, aber es war absolut unmöglich, ein gewisses Tempo beizubehalten und den Wagen dabei gerade auf der schmalen Straße zu halten. Die Räder drehten durch. Das Heck brach aus. Mit wilden Bewegungen musste ich gegensteuern, um nicht abgestellte und liegen gebliebene Fahrzeuge zu rammen und damit auf der Strecke zu bleiben.

Phil zündete zwei Zigaretten an. Er schob mir eine zwischen die Lippen. Als ich nickte, spritzte der Schweiß von meiner Stirn. Arme, Schultergelenke, Bauch- und Nackenmuskeln schmerzten wie nach einem unmenschlichen Krafttraining. Meine Hände klammerten sich so fest um das

Steuer, dass ich manchmal befürchtete, es aus der Lenksäule zu reißen. Ich rauchte einen tiefen Zug, als ich den Mercury haarscharf an der Seitenfront eines roten Dodge vorbeigebracht hatte. Der Dodge war liegen geblieben. Bei der verdammten Kälte, die einen Menschen draußen anfiel wie ein wildes Tier, hatte sich der Besitzer nicht mal mehr die Mühe gemacht, die Karre an den Straßenrand zu schieben, wo sich hohe Schneewälle türmten.

Es knackte in der Leitung. Der Chef meldete sich wieder.

»Hören Sie zu«, sagte er. »Dieser Anruf war vor zwei Minuten. Ich habe das Band gerade bekommen.«

Zwei Sekunden Pause. Dann war eine verzerrte Stimme zu hören, die sowohl von einer Frau als auch von einem Mann stammen konnte.

»Am 23. Dezember um 1 Uhr 00 Ortszeit beginnt der Krieg, G-men. Cooper Street, Ecke Central Avenue in East Brooklyn. Es wird zwei Männer erwischen, die uns in der letzten Zeit eine Menge Ärger gemacht haben. Weil sie nicht alleine sind, wird es noch mehr Opfer geben. Aber das spielt keine Rolle. Es sind Yankees. Und die Yankees sind unsere Feinde. Um ein Uhr Ortszeit, G-men! Vielleicht habt ihr Glück und seid schneller. Vielleicht habt ihr Pech und erscheint zum falschen Moment. Dann erwischt es euch auch. Das ist erst der Anfang …«

Die verzerrte Stimme riss ab, weil, was wahrscheinlich war, das Telefonnetz wieder mal zusammengebrochen war.

»Haben Sie das alles verstanden?«, fragte Mr. High.

»Klar und deutlich«, sagte Phil.

Mein Blick ruckte kurz auf die Digitalanzeige der Uhr. 0.45 Uhr. Ich hatte die Rockaway Avenue erreicht. Die Straßenbeleuchtung war ausgefallen. Im aufgeblendeten Scheinwerferlicht glänzten die Schneewälle rechts und links der Fahrbahnen wie gefährliche Eisberge. Die grauen Fassaden der Häuser sahen noch trostloser aus als am Tag. Die rostigen Feuerleitern schienen mit Puderzucker bestreut. An den Geländern und den Stufen hingen Eiszapfen.

Viele Fenster waren mit Decken behangen, weil sie undicht waren und die Decken den kalten Wind abfangen sollten, der durch Ritzen und Fugen pfiff. Hin und wieder ein schwaches Licht hinter den Fenstern.

Abgesehen von einigen roten Rückleuchten, die sich im Zickzackkurs vor mir über die Straße bewegten, war das das einzige Zeichen von Leben. Kein normaler Mensch hielt sich freiwillig draußen auf. Nur die Randalierer, die Heißmacher und die Kämpfer verschiedener ethnischer Gruppen. Und natürlich die Cops, denen gar keine andere Wahl blieb. Aber das spielte sich nördlich von uns ab. Im Dreieck Eastern Parkway, Broadway East New York und Alabama Avenue.

»Es war der dritte Anruf«, sagte Mr. High. »Der dritte Anruf beim FBI. Es gab Anrufe in der Stadtverwaltung. Dort hat man die nicht ernst genommen, weil man mit den Krawallen zu sehr beschäftigt ist. Der erste Anruf bei uns wurde auch unter ›schlechter Scherz‹ abgelegt. Jetzt jedoch müssen wir uns darauf einstellen, dass es ernst gemeint ist.«

Ich nahm eine Hand vom Steuer und wischte mir den Schweiß mit dem Handrücken von der Stirn.

Jemand erklärte den Yankees den Krieg, und wir mussten davon ausgehen, dass es ernst gemeint war.

Die Welt war verrückt geworden.

Niemals war mir das so deutlich geworden wie in den letzten Tagen.

Ich passierte die Kreuzung Eastern Parkway, Rockaway Avenue. Ich hatte die Fahrzeuge, die über die eisglatte Fahrbahn mehr geschwommen als gefahren waren, hinter mir gelassen. Östlich von unserer Fahrtroute, die um das Krisengebiet dieser Nacht herumführte, war zwischen den Häuserschluchten das Blau und Rotlicht der Einsatzfahrzeuge zu sehen, mit denen die Cops in die Schlacht gefahren worden waren, die verhindern sollten, dass das Feuer des Hasses zum Flächenbrand wurde. Eindämmen, nicht bekämpfen, weil das sinnlos war.

»Wir nehmen es ernst«, sagte Mr. High. »So lange, bis Sie sich von der Cooper Street, Ecke Central Avenue melden. Bis es nach ein Uhr ist und Sie durchgeben, dass nichts geschehen ist.«

»Ist die City Police eingeschaltet?«

»Nein. Die brauchen jeden Mann in den Krawallgebieten. Hätte ich mich an die Führung gewandt, hätte man mich für verrückt erklärt. Die hätten uns keinen einzigen Mann abgestellt, nur weil wir ein paar Anrufe bekommen haben.«

Die Zigarette brannte mir zwischen den Lippen herunter. Ich musste das Steuer mit beiden Händen halten und gab Phil mit den Augen ein Zeichen. Er beugte sich zu mir und nahm mir die Kippe aus dem Mund.

0.51 Uhr funkte die Digitalanzeige. Noch neun Minuten bis zur Katastrophe oder zur Entwarnung.

NEW YORK CITY

Brooklyn East New York
23. Dezember, 0 Uhr 55

Jakob Pearl und Daniel Marcuse waren in diesem elenden Hotel regelrecht gestrandet. Ganz in der Nähe hatte der Taxifahrer den Wagen angehalten und ihnen mitgeteilt, dass er weder für Geld noch für gute Worte eine Meile zurücklegen würde. Das war ein Latino gewesen. Er hatte kaum englisch gesprochen oder verstanden. Und gleich von Anfang an hatte Marcuse das Gefühl gehabt, dass der Mann sie hasste. Dabei war Marcuse absolut sicher, dass er diesem Mann noch niemals über den Weg gelaufen war, geschweige denn er ihn oder Pearl kennen konnte.

Der Kerl hatte ihnen das Westhouse Hotel angewiesen und den doppelten Fahrpreis berechnet. Er hatte ihnen die

Wahl gelassen, zu bezahlen oder die nächsten Tage ohne Gepäck zu verbringen. Marcuse hatte zähneknirschend bezahlt, weil er sich kein Aufsehen leisten konnte. Dann war der Taxifahrer weitergefahren.

Obgleich sich alles zum Besten gekehrt hatte – das Hotel war warm und wanzenfrei, was man nicht von allen Häusern in dieser elenden Gegend sagen konnte –, dachte Daniel Marcuse an den komischen Latino-Taxifahrer, als das nackte Mädchen durch die Verbindungstür mit Pearls Zimmer zu ihm hereinkam.

Seit drei Stunden saßen sie hier fest. Vor einer Stunde, beinahe exakt um Mitternacht, waren die beiden Mädchen aufgetaucht. Aufgetaucht war nicht ganz richtig. Der Nachtportier hatte angerufen und gefragt, ob die Gentlemen noch bestimmte Wünsche hätten. Pearl hatte nach Mädchen gefragt. Kurz danach hatten die beiden Grazien vor der Tür gestanden. Bewaffnet mit Champagner und so luftig gekleidet, dass sie, hätten sie sich auch nur einige Minuten lang durch die Eiseskälte da draußen bewegen müssen, erfroren wären.

Exil-Kubanerinnen.

Marcuse schaute das Mädchen an. Sie war jung. Zwanzig vielleicht. Dennoch war sie abgebrüht wie eine hundertjährige Liebesdienerin.

Ganz hinten in Marcuses Schädel begannen die roten Lampen zu glühen. Eine innere Stimme sagte ihm zudem noch, dass da etwas nicht in Ordnung sei. Der Taxifahrer ein Latino, genau wie der Nachtportier. Die Mädchen Kubanerinnen, und die Telefonverbindung mit Manhattan, wo er und Pearl sehnsüchtig erwartet wurden, war wegen der schlechten Wetterverhältnisse angeblich unterbrochen.

Die Geräusche aus dem Nebenzimmer bewiesen, dass Jakob Pearl keinesfalls von schlimmen Gedanken heimgesucht wurde. Die Matratze knarrte. Das Mädchen, das die Matratze mit Pearl teilte, stieß entzückte Schreie aus. Pearl stöhnte wie beim Zahnarzt.

Pearl hatte von den Ecstasy-Pillen geschluckt, die die Kubanerinnen bei sich gehabt und zum Einkaufspreis angeboten hatten. Mit anderen Worten: Pearl befand sich auf einem Liebestrip, wie er ihn noch niemals zuvor erlebt hatte. Er war gar nicht mehr dazu in der Lage, sich auf etwas anderes zu konzentrieren als auf seine Lust.

»Komisches Hotel«, sagte Marcuse mit kratzender Stimme.

Die schlanke, etwas knabenhaft gewachsene Kubanerin lachte leise. »Was ist komisch daran, Mister?«

Marcuse zuckte mit den Schultern. Er hatte nicht vor, sich selbst verrückt zu machen. Es dauerte sicher nicht mehr lange, dann war die verdammte Telefonverbindung mit Manhattan wieder hergestellt. Dann konnte er die Männer von der CIA dahin gehend unterrichten, wo sie gestrandet waren und es ihnen gut ging. Garantiert würde man Pearl und ihn so schnell wie eben möglich von hier abholen.

Die schlanke Kubanerin warf einen Blick zurück in Pearls Zimmer, wo beide, Pearl und die andere Kubanerin, inzwischen Töne von sich gaben, die klangen wie der Soundtrack eines Pornofilms. »Du bist noch nicht einmal richtig ausgezogen, Mister.«

Das war er in der Tat nicht. Er trug noch immer Hose, Schuhe und Strümpfe.

»Ich werde dir helfen.«

»Nicht nötig«, winkte Marcuse ab und spürte einen ziehenden Schmerz in der Magengegend.

»Aber natürlich«, bestimmte die Kubanerin. »Schließlich werde ich dafür bezahlt.«

Marcuse nickte. Klar würde dieser Service auf der Rechnung erscheinen. Auch dann, wenn er ihn nicht in Anspruch nahm. Und wenn schon dafür bezahlt werden musste – wie viel, das war nicht abgesprochen, und das spielte im Grunde auch keine Rolle, weil die CIA das übernehmen würde –, dann konnte er das Mädchen mit dem schlanken, knabenhaften Körper auch dafür arbeiten lassen.

Marcuse blieb neben dem Fenster stehen, vor das dicke Gardinen gezogen waren. Er hob die Hände, als ergebe er sich der Kubanerin, die vor ihm stehen blieb und den Gürtel und den Verschluss seiner Hose öffnete. Sie hatte geschickte Finger, was eigentlich auch nicht anders zu erwarten war. Und als die Hose an seinen Schenkeln hinabglitt, spürte Marcuse in und an sich etwas aufsteigen, was augenblicklich alle schlimmen Gedanken aus ihm vertrieb.

Zum Teufel mit der Schwarzseherei und der Angst! Niemand, außer den CIA-Agenten, die für sie zuständig waren, konnte wissen, wer Pearl und er waren. Dass man sie aus Miami nach New York hatte kommen lassen, damit sie noch einmal die Aussage machten und unterschrieben, die sie schon in Miami, mehr oder weniger unter dem Druck eines Tribunals, gemacht hatten. Er und Pearl gehörten zu den angeblich sechzehn Zeugen der Anklage, die die Staatsanwaltschaft in juristische Rennen schicken konnte, um Ex-Diktator Manuel Antonio Noriega das nachweisen zu können, was man ihm vorwarf: Kokainschmuggel und mit dem Erzfeind der USA, Fidel Castro, kollaboriert zu haben. Als Nebenprodukt sollten Regierungsbeamte anderer karibischer und mittelamerikanischer Länder, auch über welche aus Südamerika war die Rede, in Misskredit gebracht und von ihren eigenen Leuten aus dem Verkehr gezogen werden. Weil sie unbequem waren für die momentane Außenpolitik von Uncle Sam und sie die Regierungen, die das Pentagon gern an der Macht haben wollte, unterminierten.

In die stöhnenden Geräusche aus dem Nebenzimmer mischte sich etwas, was nicht ins Klangbild passte. Ein Geräusch, als würde jemand eine Flasche entkorken. Einmal wäre Marcuse in seinem erregten Zustand sicherlich nicht aufgefallen. Aber als es zwei von diesen Geräuschen gab, begannen die roten Lampen in ihm erneut zu flackern. Seine innere Stimme schrie nun bedeutend lauter, dass hier etwas faul war.

Die schlanke Kubanerin zog sich mit einem Satz von ihm zurück. Er hatte sie packen und an den langen Haaren an sich ziehen wollen. Als Schutzschild, für was auch immer. Das schaffte er im ersten Anlauf nicht. Marcuse versuchte, sie mit einem weiten Schritt einzuholen. Erst als er stürzte, wurde ihm bewusst, dass sich die verdammte Hose noch immer um seine Fußknöcheln ringelte und er deswegen keinen großen Schritt hatte machen können.

Bevor er den Boden erreichte, stieß er einen gellenden, warnenden Schrei aus. Schon wissend, dass es für Pearl lange zu spät war. Den brauchte keiner mehr zu warnen. Der war tot. Gestorben in Ekstase.

Marcuse streckte die Hände aus. Dass er trotz der hindernden Hose so weit nach vorn gekommen war, damit hatte die Kubanerin nicht gerechnet. Sie war stehen geblieben. Jetzt hatte sie keine zweite Chance, ihm auszuweichen.

Marcuse erwischte sie an den langen, schlanken Beinen. Seine Hände klammerten sich um ihre Knöchel. Mit einem Ruck riss er sie zu Boden. Sie schrie unterdrückt auf und krallte ihre Finger in den Teppich, um zu verhindern, dass Marcuse sie an sich ziehen konnte. Dazu reichte ihre Kraft nicht aus, sie konnte sich nicht am Teppich festhalten. Sie rutschte über den Nylonteppich auf Marcuse zu. Ihre Augen waren schreckensweit geöffnet. Panik und Entsetzen überschatteten ihr eigentlich schönes Gesicht.

In der Verbindungstür zu Pearls Zimmer tauchten die beiden Männer auf. Latinos, Südamerikaner, Mexikaner?

Marcuse konnte das so schnell nicht herausfinden. Auf jeden Fall kamen sie aus dieser Ecke der Welt. Sie sprachen Spanisch. Einer von ihnen hämmerte drei Befehle heraus. Der andere flitzte nach rechts ins Zimmer hinein, von wo aus er ein besseres Schussfeld auf Marcuse hatte.

NEW YORK CITY

Brooklyn East New York
23. Dezember, 0 Uhr 59

»Wir sind da, Sir«, gab Phil an Mr. High durch, als ich die Kreuzung Cooper Street, Central Avenue erreichte.

»0 Uhr 59«, sagte ich, stieg auf die Bremse, und der Mercury drehte sich auf der glatten Fahrbahn wie ein Brummkreisel. Der Wagen war einfach nicht zu halten. Die seitlichen Fliehkräfte trieben ihn dem Gehsteig entgegen, vorbei an der Ampelanlage, die ausgefallen war, und hinein in eine hohe Schneewehe. Die war nicht mehr weich, nachdem der Frost mit mehr als minus 15 Grad darüber hinweggezogen war. In die Schneewehe zu fahren, das war fast wie ein Zusammenstoß mit einem anderen Fahrzeug.

Phil stieß einen Fluch aus. Er wurde gegen die Seitentür geschleudert. Ich folgte ihm von der anderen Seite. Der Gurt, den ich um mich gezerrt hatte, genau wie Phil, war sinnlos. Der hielt nur, wenn der Körper nach vorn geschleudert wurde. Ich prallte auf Phil auf, drückte ihn noch härter gegen die Tür und bescherte ihm ungewollt einige blaue Flecken mehr.

»Was ist los?«, fragte Mr. High am anderen Ende der Leitung.

»Nichts, alles in Ordnung. Jerry hat den Wagen gegen einen Eisberg gesetzt«, stöhnte Phil. »Er wird behaupten, dass es nur ein Schneehaufen war. Aber das ist nicht richtig.«

Auf jeden Fall hatte Phil seinen guten Humor nicht verloren, was nach dieser Höllenfahrt durch Brooklyn und der unkonventionellen Parkmethode schon ein kleines Wunder war.

Ich setzte mich wieder gerade hin und löste den Sicherheitsgurt. Durch den Wasserdampf, der unter der Kühlerhaube des Mercury wie eine große Wolke hervorschoss, konnte ich nichts sehen.

»Ich gehe raus!«

Ich stieß die Tür auf. Die eisige Kälte traf mich wie ein Faustschlag in den Magen. Ich japste nach Luft, und augenblicklich fühlte sich mein Gesicht an, als würde es mit vielen kleinen, scharfen Messern bearbeitet.

»Vorsicht!«, hörte ich noch die Stimme des Chefs etwas verzerrt über den Sender kommen.

Er brauchte sich keine Sorgen zu machen. Die Gegend war wie ausgestorben. Türen und Fenster der umliegenden Häuser waren hermetisch geschlossen, und genau in dem Moment, als wir hier angekommen waren, war auch die Stromversorgung wieder mal zusammengebrochen. Das hieß, es war dunkel wie in einem Bärenhintern.

Phil war auf der anderen Seite todesmutig aus dem Mercury gestiegen. Er hielt beide Hände in den Taschen seines dunklen Parkas versenkt und hatte den Kopf so tief zwischen die Schultern gezogen, dass es aussah, als bewegte er sich halslos durch das Leben.

»Nichts«, sagte er, nachdem er sich einmal im Kreis gedreht hatte, die Augen zu schmalen Schlitzen zusammengezogen.

Ich konnte auch nichts entdecken, was bei diesen Lichtverhältnissen jedoch nichts zu bedeuten hatte. Dreimal hatte der Kerl oder die Frau beim FBI angerufen. Zweimal hatte er sich bei der Stadtverwaltung gemeldet. Wenn es ein Verrückter war, der lediglich ein paar G-men laufen sehen wollte, dann musste er wirklich sehr schlimm gestört sein. Mit anderen Worten: Ich traute dem Frieden nicht.

Zehn, fünfzehn Sekunden flossen dahin wie Ahornsirup, der zu lange im Kühlschrank gestanden hatte. Dann war das Schlagen einer Wagentür zu hören. Sehr leise. Ohne das Echo wäre es gar nicht zu hören gewesen. Ein Wagen wurde gestartet. Scheinwerfer flammten auf.

Phil und ich standen da wie eine Primadonna im grellen Spotlight. Gleichzeitig begann eine MPi zu tackern. Die Windschutzscheibe des Mercury gab mit dem typischen

Geräusch den Geist auf. Die Wasserdampfwolken, die aus dem Kühler stiegen, wurden dichter, weil einige Kugeln in den Kühler eingeschlagen waren und nun mehr Dampf entweichen konnte.

Von Phil war nichts mehr zu sehen. Genauso gedankenschnell wie ich hatte er sich neben dem Wagen in Deckung geworfen. Rechts hinter der Karosse. Dort lag er bedeutend sicherer, denn inzwischen hatte der Wagen vor uns, dessen Marke man nicht erkennen konnte, einen Bogen nach links gefahren, um vom Bordstein weg auf die Mitte der Fahrbahn zu kommen. Das hieß, die Scheinwerfer waren über meinen Freund hinweggezogen und fingen nun voll die Seite ein, an der ich auf Tauchstation gegangen war.

Von der verdammten Kälte spürte ich nichts mehr. Das Blut jagte heiß und rauschend durch meine Adern, schoss bis in den Kopf hinauf und trieb mir den Schweiß aus den Poren. Ich machte zwei wahnsinnig schnelle Drehungen nach links, rollte mich vom Mercury weg mitten auf die Straße. So entging ich der nächsten Salve, die der unbekannte Schütze dorthin auf die Reise schickte, wo ich gerade noch gelegen hatte. Die Projektile schlugen Funken aus dem mit Eis überzogenen Asphalt und rissen die gesamte Fahrbahnseite des Mercury auf.

Den Projektilen war ich entkommen, aber die aufgeblendeten Scheinwerfer des verdammten Wagens blieben auf mich gerichtet. Vielleicht zwanzig Yards lagen noch zwischen mir und den Lichtquellen. Ich blieb liegen. Es kostete mich alle Kraft, den natürlichen menschlichen Fluchtinstinkt niederzukämpfen und stattdessen mit kaltem Kalkül an die Sache heranzugehen.

Die Scheinwerfer näherten sich mir frontal. Das hieß, der unbekannte Kerl, der wahrscheinlich aus einem Seitenfenster heraushing und so die MPi in seinen Händen tanzen ließ, hatte gar keine Chance, mich zu erwischen, solange der Fahrer die Richtung nicht änderte.

Im Moment dachte der nicht daran. Er hatte sich anscheinend vorgenommen, über mich hinwegzurollen und seinem Partner damit die Arbeit abzunehmen.

Aber das war eine Rechnung mit so vielen Unbekannten, dass er schon Mathematikprofessor hätte sein müssen, um im genau richtigen Moment die genau richtige Entscheidung zu treffen. Das war er nicht. Ganz und gar nicht. Sonst hätte er mit dem Unsinn erst gar nicht begonnen, sondern den Wagen weiter nach links gezogen und damit seinem Partner freies Schussfeld auf mich gegeben.

Ich blieb liegen und kniff die Augen so weit zusammen, dass später, wenn mich die Scheinwerfer nicht mehr blendeten und mich die Dunkelheit wieder umgab, nicht nur leuchtende Punkte auf meiner Netzhaut tanzten.

Phil feuerte über unseren alten Mercury hinweg auf den Wagen, der mir entgegenkam. Knallend zersprang einer der Scheinwerfer, was den Lichtteppich jedoch kaum verkleinerte. Er hatte mindestens sechs von den Lichtgebern am Kühlergrill hängen. Kugeln schlugen in die Karosserie des Wagens ein. Zwischen den Schüssen hindurch hörte ich den gellenden Aufschrei, den derjenige ausstieß, der mit der MPi aus dem Seitenfenster hing.

Phil hatte ihn erwischt, das stand außer Frage, denn der Kerl beantwortete die Schüsse meines Freundes nicht augenblicklich mit seiner MPi. Das war kein gutes Zeichen. Normal gesprochen nicht, aber in diesem Fall für Phil und mich schon.

Noch zehn Yards schätzte ich die Distanz zwischen dem Wagen mit dem hell erleuchteten Kühlergrill und mir. Ich hielt den 38er Special längst in beiden Händen. Ich hob die Waffe, visierte das Licht an und feuerte.

Zwischen dem zweiten und dem dritten Schuss passierte das, mit dem weder Phil noch ich rechnen konnten. Die Stromversorgung wurde wieder eingeschaltet. Die Ampelanlage blinkte Gelb. Dort, wo der Wagen gestartet worden war, zuckte plötzlich die Neonreklame des Hotels.

Westhouse Hotel, Rooms, TV, Vacancy, Special weekly rates.

Als wenn sich jemand auch für noch so wenig Geld freiwillig eine Woche in der Wanzenburg einmietete, schoss es mir durch den Kopf.

Dann gab es im zweiten Stock den wahnsinnigen Feuerblitz. Rote und orangefarbene Flammen schlugen armlang aus zwei nebeneinander liegenden Fenstern. Die Druckwelle der Explosion war bis zu mir zu spüren. Sichtlich schüttelte sie auch den Wagen durch, der jetzt vielleicht noch fünf Yards von mir entfernt war. Ein silberfarbener Buick. Nachdem die Stromversorgung wieder eingeschaltet worden war, konnte ich das deutlich erkennen.

Ich sah nun auch den Mann aus dem rechten Seitenfenster hängen. Ziemlich weit, sodass er jeden Moment das Übergewicht bekommen und auf die Straße stürzen musste, wo schon die MPi lag, die ihm aus den Händen gefallen war.

Hinter den Flammen quoll eine erst dunkle, dann helle Rauchwolke aus den beiden Fenstern, die als solche gar nicht mehr zu erkennen waren. Die waren so weit ausgebrochen, dass man einen Elefanten quer durch die Löcher in der Fassade hindurchschieben konnte.

Es blieb mir keine Zeit, mich näher mit dem Schauspiel zu beschäftigen. Ich musste mich auf den Buick konzentrieren. In diesem Sekundenbruchteil wurde mir bewusst, dass meine Überlebenschancen nicht über fünfzig Prozent lagen. Auf jeden Fall dann, wenn der Kerl hinter dem Steuer, dessen Schatten ich inzwischen erkennen konnte, nicht auf den Kopf gefallen war. Ich konnte mich nur nach rechts oder links in Sicherheit rollen, um nicht unter die Räder zu kommen. Mit anderen Worten, der Fahrer brauchte nur nach rechts oder links einzuschlagen. Wenn er Glück hatte und ich Pech, wählte er richtig. Später konnte man dann in den Zeitungen lesen, dass der G-man Jerry Cotton am 23. Dezember um 1.03 Uhr in Brooklyn, East New York, unter die Räder gekommen war.

Es ist beinahe unvorstellbar, was in einem Sekundenblitz in einer solchen gefährlichen Situation noch alles durch einen Menschen schießen kann. Gegen die Geschwindigkeit des menschlichen Gehirns kann auch in Zukunft kein noch so hochbestückter Computer an.

Eiskalt rechnete mein Gedankenapparat aus, dass es zwischen rechts und links mit einer Überlebenschance von nur fünfzig Prozent noch eine andere Möglichkeit gab, bei der die Chancen, mit dem Leben davonzukommen, bedeutend besser waren.

Ich handelte instinktiv, schnell und gründlich. Anstatt mich zur Seite zu rollen, sprang ich auf. Wie durch ein Wunder, vielleicht hatte auch mein Schutzengel mehrere Hände im Spiel, fanden meine Sohlen auf dem spiegelglatten Untergrund Halt genug, damit ich mich abstützen und mit einem Hechtsprung nach vorn fliegen konnte, auf die Kühlerhaube des verdammten Buick zu.

Und weil der Fahrer natürlich mit einer anderen Reaktion gerechnet und den Wagen mit einem harten Ruck am Steuer nach rechts gerissen hatte, war der Aufprall kaum der Rede wert. Im Grunde passierte ich die Windschutzscheibe nur mit einem Körperwischer. Dann wurde ich durch die Schlingerbewegung des Buick wieder auf die Straße geschleudert.

Ich prellte mir die Schulter, spürte den Schmerz bis in meine Haarspitzen hinauf, und auf einen Schlag gefror das Blut mir beinahe in den Adern. Nämlich in dem Sekundenbruchteil, in dem mir bewusst wurde, dass mein Gehirn die Chancen nicht alle richtig und gründlich durchgerechnet hatte. Der Umstand, dass aus dem Seitenfenster ein Mann heraushing, war auf die Schnelle nicht einprogrammiert und erfasst worden.

Ich landete nämlich genau auf der Wagenseite, wo der Kerl mich leicht erwischt hätte, hätte er noch seine MPi gehabt. Aber er war durch die Schlingerbewegung des Buick nach draußen auf die Straße gefallen und lag nicht weiter als fünf Schritte von mir entfernt.

Ich sah Phil, der hinter dem Mercury stand und beide

Hände, in denen er seine Dienstwaffe hielt, auf das Wagendach abgestützt hatte. So feuerte er drei Schüsse auf das Heck des Buick ab, das wie ein Lämmerschwanz wackelte und dann nach rechts ausbrach, weil der Fahrer den Wagen auf dem spiegelglatten Untergrund nicht mehr auffangen konnte.

Eine zweite Explosion erschütterte die wie ausgestorben wirkende Gegend an diesem noch jungen Tag. Wie eine Fackel jagte der Buick auf eine der knochenharten Schneewehen zu, bohrte die Schnauze gegen den zu Eis gefrorenen Schnee, und es gab eine weitere Explosion.

Ich stand wieder auf den Beinen, drehte mich zum Westhouse Hotel herum und starrte zu den riesigen Löchern in der Fassade, wo sich früher mal die Fenster befunden hatten. Noch immer quoll dicker, fetter Rauch daraus hervor, noch immer war das Feuer dahinter zu sehen.

Zwischen dem Rauch entdeckte ich nun die Umrisse eines Mannes.

Ich riss die Augen weit auf, schloss sie, rieb mit dem Handrücken darüber hinweg und öffnete sie wieder. Ich war nicht im falschen Theater, im falschen Horrorfilm.

Es gab den Schatten noch immer. Langsam aber sicher wurde daraus ein Mensch. Ein nackter Mann, der sich gegen den zackigen Mauerausbruch stützte, schwankte und in der rechten Hand ein Bekleidungsstück hielt. Er löste sich von dem Mauerausbruch, neigte sich nach vorn, und auch mein Schrei konnte ihn nicht mehr bremsen.

Das alles ging rasend schnell. Es dauerte nicht länger als zwei Sekunden. Aber ich hatte das Empfinden, als liefe es in Zeitlupe vor meinen Augen ab. Der Mann schien nach unten zu schweben und schlug dabei wild mit Armen und Beinen um sich. Es gab ein dumpfes Geräusch, als er auf dem Gehsteig, direkt unter der zuckenden Neonreklame, aufschlug.

Ich rannte auf ihn zu, strauchelte, stürzte, rappelte mich wieder auf und rannte weiter.

Er musste tot sein.

In dem Zimmer, in dem er sich aufgehalten hatte, hatte es eine fürchterliche Explosion gegeben. Die allein hätte ihn schon umbringen müssen. Sie hatte es nicht getan. Aber der unkontrollierte Sturz aus dem zweiten Stock, das waren immerhin 25 Fuß, hätte ihn endgültig umbringen müssen. Ich hätte also gar nicht zu rennen brauchen. Doch nach dem, was in den letzten Minuten um Phil und mich herum geschehen war, hielt ich auch das Unmögliche für möglich.

Er lebte!

Ich war noch drei Yards von ihm entfernt, sah sein bleiches eingefallenes Gesicht mit den riesengroßen Augen, in denen sich alles Entsetzen dieser Welt versammelt hatte, und hörte die dumpfen Töne, die er ausstieß und die eigentlich Schreie hätten sein sollen. Sein flacher Leib und seine gewölbte Brust – die Rippenbögen stachen wie Speere aus der bleichen Haut – bewegten sich. Dann drehte er sich auf die Seite und starrte mich an, als ich neben ihm in die Knie gegangen war.

»Okay«, hörte ich mich krächzen. »Okay. Das kommt wieder in Ordnung!«

Es war eine Lüge. Es gab nicht nur dort eine Blutlache, wo sein Kopf wieder auf den spiegelglatten Asphalt zurückgesunken war. Es gab einige hässliche Wunden in seiner Brust und zwei in seinem Bauch.

Nichts kam da wieder in Ordnung, auch wenn sich alle medizinischen Kapazitäten dieser Stadt hier um ihn herum versammelt hätten.

Er wollte den Arm vom Asphalt heben, mir vielleicht die Hand entgegenstrecken. Das ging nicht. Der Arm war an mehreren Stellen gebrochen. Das linke Bein stand in einem unnatürlichen Winkel von seinem Körper ab.

»Ruhig bleiben, es kommt …«

Seine dunklen Augen blitzten und zwangen mich zum Schweigen. Die schmalen Lippen, die absolut blutleer waren, bewegten sich.

»Marcuse«, wehte mir seine Stimme entgegen. Es hörte sich an, als würde der Lautsprecher eines Radios langsam heruntergedreht. »Ich bin Marcuse. James Claver erwartet mich – Manhattan 2378012 – Creole Bar – Spring Street – Bowery ...«

Ich richtete mich auf.

Phil stand mitten auf der Straße. Sein Blick zuckte zwischen den Löchern in der Fassade des Westhouse Hotels und dem brennenden Buick-Wrack, aus dem der Fahrer nicht mehr herausgekommen war, hin und her.

Ich rieb mir den Schweiß von der Stirn, ging an dem Toten vor dem Eingang vorbei und betrat eine düstere Rezeption. Nachdem bislang keine Schreie zu hören gewesen waren, nachdem keine Menschen aus dem Westhouse Hotel geflüchtet waren, konnte ich davon ausgehen, dass es keine weiteren Gäste gab oder gegeben hatte als die, die sich in den beiden Zimmern im zweiten Stock aufgehalten hatten. Das wollte ich mir von einem dienstbaren Geist, den es auch nachts in solchen Häusern gab, bestätigen lassen.

Der Nachtportier war ein Latino. Er saß auf einem unbequemen Holzstuhl, der neben einem Regal stand.

Weil es dieses Regal gab, weil er dagegen gesunken war, saß er noch auf dem Stuhl.

Tot. Mitten in der Stirn befand sich ein kreisrundes Loch. Hineingeschossen mit einem kleinen Kaliber, 22er wahrscheinlich. Es gab nur einen feinen Blutfaden, der von der Einschussstelle quer über sein Gesicht zum rechten Mundwinkel lief.

Von draußen hörte ich Phil schreien. Ein Schuss fiel, dann noch einer. Es war das peitschende Knallen aus einer kleinkalibrigen Automatikpistole.

Phil antwortete aus seiner Dienstwaffe. Auch zweimal.

Dann hatte ich den Ausgang wieder erreicht, tauchte in die Kälte hinaus, sah Phil neben dem MPi-Schützen auf der Straße liegen, sah die roten Rückleuchten eines schnellen

Wagens nach rechts verschwinden und hörte das typische Fahrtgeräusch von mit Spikes versehenen Reifen. Ein Geräusch, das mich erst gar nicht zu unserem Mercury rennen ließ, der wahrscheinlich doch nicht mehr startete. Und selbst wenn das der Fall gewesen wäre, hätte ich auf normalen Reifen gar keine Chance gehabt, dem Wagen zu folgen, der mit Spikes ausgerüstet war.

Phil erhob sich und blieb neben dem toten MPi Schützen stehen. Er starrte in meine Richtung und schüttelte den Kopf. »Ich hatte gar keine Chance, ich habe ihn überhaupt nicht gesehen. Erst als er schoss – mein Gott, Jerry, was geht hier vor?«

»Krieg«, sagte ich dumpf. »Jemand hat den Yankees den Krieg erklärt. Du und ich, wir sind verdammte Yankees.«

MIAMI BEACH

Fontainebleau Hilton Resort & Spa
23. Dezember, 3 Uhr 10 Ortszeit

Amanda Chamorro stand dort wie eine vom Mondschein übergossene Göttin, die auf Erden geschwebt war, um den Menschen etwas von der Freude zurückzubringen, die sie verloren hatten.

Der Balkonzugang der Luxussuite im Fontainebleau Hilton Resort & Spa in Miami Beach war weit geöffnet. Amanda Chamorro stand mit einem Bein auf dem Balkon, mit dem anderen noch im Zimmer. Groß, schlank und braunhäutig. Ihre Haut glänzte, als wäre sie für eine Massage eingeölt. Ihr Rücken war leicht durchgebogen, ihre Brüste straff, mittelgroß und nach vorn geschoben. Deutlich waren die noch dunkleren erigierten Spitzen zu sehen, die Enrique Ruben wie empfindliche Antennen erschienen, die immer bereit waren, auch die kleinsten sexuellen Botschaften aus einer anderen Welt zu empfangen und augenblicklich in ihren Körper weiterzuleiten.

In dieser Nacht, als der Mond besonders hoch über dem Strand stand und das Meer in Silber tauchte und auch Amandas Nacktheit mit diesem seltsamen Glanz überschüttete, hatte Enrique keine Augen für die Vollkommenheit ihres Körpers. Er dachte einen Moment nicht daran, wie es war, wenn sie endlich zu ihm auf das breite Bett huschte. Die ganze Zeit hatte der Kubaner an nichts anderes gedacht als daran, Amanda endlich neben sich zu spüren. Jetzt jedoch starrte er über ihre Nacktheit hinweg auf den drahtlosen Telefonhörer, den sie in der schmalen Hand hielt und ans Ohr presste.

Ihr Körper war gespannt wie eine Sehne, die einen Pfeil besonders weit schleudern musste. Sie wippte auf den Zehenspitzen. Ihre Brüste wippten im gleichen Takt mit.

Es dauerte nur Sekunden, aber es kam Enrique Ruben vor, als verstrichen Ewigkeiten. Dann endlich, als er die Spannung kaum noch ertragen konnte, ließ sie die Hand mit dem Hörer sinken, verlagerte ihr Gewicht wieder auf den ganzen Fuß und drehte sich zu ihm in das elegante Schlafzimmer hinein.

Sie lächelte jenes Lächeln, das ihn gleich bei ihrer ersten Begegnung um den Verstand gebracht hatte. Langsam wie ein jagendes Raubtier bewegte sich Amanda Chamorro auf das breite Bett zu. Einen Schritt davor blieb sie stehen, ließ den Telefonhörer fallen, hob beide Hände wie Schutzschilder vor ihre Brust und bog ihren Rücken noch weiter durch als eben.

Unter dem flachen Leib wölbte sich das wie aufgemalt aussehende schwarze Dreieck ihrer Scham. Die glatte Haut vibrierte von den pulsierenden Nerven, und als sie die Luft einsog, hörte es sich an wie das Zischen einer aufgeregten Schlange.

»Panama City und New York sind gelaufen«, sagte sie dann.

Mit einem Ruck setzte sich Enrique Ruben auf. Er strich über sein halblanges schwarzes Haar. Seine Muskeln spannten sich an, und es sah aus, als würden sie jeden Moment die Haut darüber sprengen.

Panama City und New York sind gelaufen!

Das hieß nichts anderes, dass es jetzt schon eine Menge Yankees erwischt hatte. Das betrübte den Kubaner nicht, das erfüllte ihn im Gegenteil mit einer Genugtuung, die beinahe einem gemeinsamen Orgasmus mit Amanda gleichkam.

Panama City und New York sind gelaufen!

Das bedeutete neben den toten Yankees auch, dass er und Amanda sich einem Vermögen mit Riesenschritten näherten.

Was und wer, verdammt, wollte sie nun noch aufhalten?

Amanda Chamorro richtete sich wieder gerade auf. Die Hände fielen von ihrem Busen ab. Die Spitzen, die wie Antennen wirkten, waren jetzt noch weiter ausgefahren.

Enrique Ruben zitterte. Er streckte seine Hand aus.

Amanda überbrückte den halben Schritt bis zum Bett, damit seine Finger ihren nackten Körper berühren konnten. Wie elektrisiert zuckte sie nach dem ersten Hautkontakt zusammen. Erneut stieß sie dieses zischende Geräusch aus, was Enrique Ruben signalisierte, dass sie sich im Zustand höchster Erregung befand.

Sie warf sich auf ihn, nachdem Ruben seine Hände zurückgezogen und sich auf das breite Bett hatte zurückgleiten lassen. Ihre langen, schlanken Finger mit den grellroten gelackten Nägeln griffen in sein Haar. Mit einem Ruck zog sie sein Gesicht so dicht an das ihre, dass ihr heißer Atem ihn fast verbrannte. Ihr Mund öffnete sich und presste sich auf seinen Mund.

Für Enrique Ruben war es wie immer. Dass es noch so war, lag einzig und allein daran, dass sich Amanda mehr verweigerte als sich verschenkte. Jedenfalls, was ihn anging. So konnte das Feuer der Leidenschaft so schnell nicht herunterbrennen.

Ruben bäumte sich auf. Seine Arme mit den gewaltigen Muskelpaketen schlossen sich um den schmalen Körper der heißen Kubanerin, die ihm mit einem gequälten Stöhnen zu verstehen gab, dass sie es kaum noch erwarten konnte, bis er sie endlich auf den Rücken drehte, über sie kam und sie nahm, als sei es das letzte Mal in diesem Leben.

Enrique Ruben hielt sie fest, als er sich mit ihr drehte. Er spürte ihre Zähne, die sich in seine Schulter gruben, und er stöhnte auf, als ihr Leib ihm entgegenzuckte. Verzweifelt auf der Suche nach einer Befriedigung, von der er glaubte, dass nur er sie ihr in dem Maße geben konnte, wie sie sie brauchte.

Es war ein Kampf zwischen ihnen. Jedes Mal wieder. Der eine versuchte, den anderen an den Rand der totalen Erschöpfung zu bringen. Schließlich war es so, dass sie beide atemlos und ausgepumpt nebeneinander lagen, die Zimmerdecke anstarrten und nicht einmal mehr die Kraft aufbrachten, die Augäpfel in die Richtung des anderen zu rollen.

Diesmal war es nicht anders.

»Der Schweinehund ist wenigstens noch für etwas gut«, sagte Amanda Chamorro dann doch.

Enrique Ruben lachte grollend. Der Schweinehund, das war Noriega, dem in Miami der Prozess gemacht wurde und der, wenn er wirklich wahrheitsgemäß aussagte über seine Geschäfte mit den Coca-Baronen aus Kolumbien und Peru, über die Geschäfte mit verschiedenen Politikern aus dem karibischen Raum und über die Absprachen und Gefälligkeiten, die er der CIA, der DEA und auch dem Pentagon-Geheimdienst DIA erwiesen hatte, eine Lawine ins Rollen brachte, deren Ausmaß jetzt noch niemand abschätzen konnte.

»Der Schweinehund ist für hundert Millionen Dollar und noch mehr gut«, sagte Enrique Ruben. Er beobachtete, wie sich Amanda Chamorro wohlig auf die Seite drehte, um die Zigaretten vom Nachttisch zu holen und ihm dabei ihren runden, festen Hintern entgegenstreckte. Er starrte darauf, spürte augenblicklich, was er kaum selbst für möglich gehalten hatte, wieder Verlangen in sich aufsteigen, packte sie bei der schmalen Taille und zog ihren Körper an sich heran.

Amanda Chamorro kannte alle Spielarten der Liebe. Auch diese. Enrique konnte sie nicht überraschen. Dennoch vergaß sie die Zigaretten, schloss die Augen und ließ sich in einen riesigen, dunklen See von Begierde sinken, um darin zu ertrinken.

»Hundert Millionen Dollar und mehr«, nahm Enrique Ruben später den Faden wieder auf. Erneut lachte er grollend. Diesmal nahm er eine der Zigaretten, die Amanda angezündet hatte. »Doña Violeta will Rache, und Comandante Roberto Menendez will tote Yankees. Die Männer, die mit Menendez und Violeta nach New York kommen und dafür sorgen werden, dass die Stadt für einige Zeit den Atem anhält, wollen jeder eine Million. Noch denkt keiner daran, wie er mit dem Geld die Stadt am East River wieder verlassen kann. Idealisten, Hasardeure, Verrückte. Wir scheinen die Einzigen zu sein, die ihren gesunden Verstand gebrauchen, die wissen, dass sich durch den Wahnsinn absolut nichts ändern wird, die nur Geld wollen und es verstehen, andere dafür ihre Haut zum Markt tragen zu lassen. Ich bin der Satan, Amanda. Was bist du?«

Sie drehte sich auf die Seite und schob sich so weit an Enrique Ruben heran, dass ihre Brüste schließlich auf seinem Bauch ruhten. Dann schaute sie durch den Zigarettenrauch mit zusammengekniffenen Augen zu ihm auf und verzog das schöne Gesicht zu einem Lächeln, das sie aussehen ließ wie ein überirdisches Wesen.

»Ich bin Amanda«, sagte sie leise. »Die Hure aus Miami, die mit den richtigen Leuten ins Bett gestiegen ist und die richtigen Informationen von ihnen bekommen hat. Die Hure, die deinen Ideen Gestalt gegeben hat, die dir alles gibt, was du brauchst und dich zudem auch noch reich macht.«

Enrique Ruben lachte, griff nach ihren langen schwarzen Haaren und zog sie noch höher auf sich hinauf.

»Sie werden es in New York nicht begreifen«, sagte er grollend. »Sie werden sich in die total falsche Richtung vortasten. Bevor jemand dahinter kommt, dass Politik für uns gar keine Rolle spielt, haben wir es geschafft und sind mit dem Geld verschwunden. Nach uns die Sintflut, du schöne Hure!«

NEW YORK CITY

FBI Headquarter Federal Plaza
23. Dezember, 12 Uhr 15

»Weißt du, was das Schöne und Angenehme ist an unserem Beruf?«, fragte Zeerookah, der indianische G-man, der für sich in Anspruch nehmen konnte, der bestgekleidete G-man im Distrikt New York zu sein. Er hatte es geschafft, drei Becher Automatenkaffee in mein Büro zu jonglieren, und stellte sie nun auf der Schreibtischkante ab.

»Nein, was?«, fragte Phil, zog sich einen Becher Kaffee heran, trank einen Schluck und schüttelte sich. Das Automatenzeug war beinahe ungenießbar. Aber solange es nichts anderes gab, wurde es tapfer getrunken.

»Man wird geliebt, respektiert, und Leute, die man auf den Tod nicht ausstehen kann, klopfen einem anerkennend auf die Schulter. Gut, G-man! Gute Arbeit geleistet! Prima, dass du deinen Arsch hingehalten hast! Aber nun sei ein braver Junge und geh nach Hause! Das, in das du dich einmischen willst, ist nichts für dich! Dazu bist du eine Nummer zu klein ausgefallen! Da fehlt dir der Überblick!«

Zeery schnaufte, trank seinen Kaffee auf einen Schluck und verzog danach nicht einmal angeekelt das Gesicht.

Dann zündete er sich eine Zigarette an, schaute mich an und lachte sauer.

»Wie viel Glück habt ihr heute Nacht in Brooklyn gehabt, Jerry?«

»Mehr, als die Polizei erlaubt.«

Zeery nickte. »Zwei tote Amerikaner, zwei tote Mädchen, die man als Kubanerinnen identifiziert hat, ein toter Puerto Ricaner, der sich die Brötchen als Hotelportier verdiente und zwei nicht identifizierte Südamerikaner. Das ist ein gewaltiges Schlachtfeld so kurz nach einer Kriegserklärung, die keiner ernst nehmen wollte.«

Ich nickte und nahm mir auch eine Zigarette. Zeerys Art, uns langsam an weitere Katastrophen heranzuführen, mochte vielleicht human sein und darauf hinauszielen, uns keinen Schock zu versetzen, aber ich mochte es doch lieber etwas direkter. »Okay, was ist wirklich los, Indianer?«

»Das ist politisch, G-man. Das muss mit Takt und Feingefühl behandelt werden. Mit Sachverstand. Man braucht den totalen Überblick, den wir natürlich nicht haben, wenn man einen Fuß an den Boden bekommen will. Mann, morgen ist Weihnachten. Vielleicht ist es ein Geschenk, das sie uns machen.«

»Kannst du auf den Punkt kommen, Zeery?«

»Klar.« Der Indianer nickte. »Die Katastrophe, die in Brooklyn ihren Anfang genommen hat, geht uns nichts an. Keine Auskunft, keine Informationen. Nichts.«

»Das sagt James Claver, der CIA-Mann?«

»Das sagt Claver, Jerry. Und er ist ein verdammt hohes Tier bei der CIA. Seine Behörde wird sich noch mit Mr. High in Verbindung setzen. Einige andere Behörden schließen sich an. Man wird unseren Rausschmiss aus der Sache damit offiziell machen. Die allgemeine Meinung ist, dass wir auch ohne die Sache in Brooklyn genug zu tun haben mit unserer Lieblingsklientel von der Mafia.«

Mr. High hatte meinen Kollegen Zeerookah damit beauftragt, bei James Claver von der CIA nachzuhaken, dessen Namen Daniel Marcuse mit den letzten Atemzügen seines Lebens genannt hatte. Wohlweislich Zeery, weil der Indianer in das Geschehen von heute Nacht nicht einbezogen gewesen war, weil er die nötige Distanz als Unbetroffener wahren konnte und zudem ein ausgezeichneter Taktiker war. Das will sagen, ein Mann, der auch in heißen Situationen einen kühlen Kopf bewahrt und mit dem unschuldigen Gesicht eines Kindes hinterlistige Fragen stellen kann. Nun hatten sie ihn abgeschmettert und wie einen dummen Jungen wieder in seine Basis zur Federal Plaza zurückgeschickt.

Das war nicht nur ein Schlag in Zeerys Gesicht, das war ein Schlag ins Gesicht des FBI. Und den schlugen die Jungs vom Geheimdienst liebend gern. Man arbeitete, wenn es sich absolut nicht umgehen ließ, notgedrungen mit uns zusammen. Aber nur in den seltensten Fällen kam so was wie Liebe und Freundschaft zueinander auf.

Es war dasselbe Dilemma, an dem das Polizeiwesen auf der ganzen Welt krankt: Jede Abteilung will sich selbst die Lorbeeren verdienen und ist ängstlich, ja beinahe panisch darum bemüht, sich die Kollegen von anderen Diensten vom Hals zu halten.

»Weiter, Zeery?«

»Nichts. Den Rest wird der Chef euch berichten, denke ich.«

Zeery dachte richtig.

Phil und ich wurden ins Büro von Mr. High bestellt. Neben James Claver von der CIA war ein Lieutenant vom Pentagon-Geheimdienst DIA anwesend und ein gut gekleideter Bürokrat, der Miller hieß und dessen Herkunft erst einmal im Dunkeln blieb.

Der Lieutenant aus dem Pentagon war groß, schlank und hager. Richtig schneidig, wie es sich für Männer seines Standes gehörte. Er hieß Glenn Wooster. Er mochte James Claver nicht und uns noch weniger. Daran ließ er keine Sekunde Zweifel aufkommen.

»Das alles liegt außerhalb Ihrer Kompetenz«, sagte Wooster, »und ich frage mich, ob das in Brooklyn nicht anders abgelaufen wäre, wenn unsere Leute das übernommen hätten.«

»Doch, sicherlich«, stimmte ich ihm zu. Ich gab mir nicht die Schwäche, ihn die Wut anmerken zu lassen, die in mir überkochte. »Ganz bestimmt sogar. Aber bei euch gibt es eine Dienstvorschrift zum Schutze der Agenten. Die verbietet es bei Strafe, Männer auf die Straße zu schicken, wenn es heftig regnet oder die Temperaturen unter minus zehn Grad gefallen sind.«

Woosters an sich schon strenges, klassisches Profil bekam noch mehr Ecken und Kanten. Er kniff lauernd die Augen zusammen.

James Claver von der CIA grinste schadenfroh. Natürlich gefiel es ihm, was ich über die Männer von der DIA gesagt hatte. Sein Verein und der des Lieutenants hatten von Haus aus nicht viel übrig füreinander. Wo sie es konnten, nahmen sie sich gegenseitig die Wurst vom Brot.

»Und was die CIA angeht«, fügte Phil hinzu, »der Verein wird erst dann tätig, wenn es keine Gefahr für Leib und Leben mehr gibt. Ihr seid nicht besser, Claver, auch wenn ihr das glaubt.«

Jetzt grinste Wooster. Der Mann im dunklen Zweireiher, Al Miller, hüstelte. Mr. High schwieg, weil er sich vorgenommen hatte, Phil und mir das Feld zu überlassen. Schließlich waren Phil und ich es, die erst einmal für die Freunde hier Fußmatte spielten.

»Im Justizministerium sind wir der Ansicht, dass die Sache bei CIA und DIA bleibt«, sagte Miller und lüftete damit das Geheimnis seines Brötchengebers. Offensichtlich fungierte er als Prellbock zwischen den Parteien, und in dieser Rolle fühlte sich Miller sichtlich unwohl.

»Wozu dann diese Konferenz?«, wandte ich mich an Mr. High.

»Das ist keine Konferenz, sondern eine Befragung, Jerry«,

klärte der Chef mich auf. »Mr. Wooster und Mr. Claver sind der Meinung, dass Sie und Phil in Brooklyn mehr Informationen und Einsichten bekommen haben und damit hinter dem Berg halten. In Washington macht man sich ernsthaft Sorgen darüber, dass G-men wie Sie das alles falsch beurteilen und etwas unternehmen könnten, was unserem Land schadet.«

Al Miller zuckte etwas verlegen mit den Schultern und wusste nicht so recht, in welche Richtung er schauen sollte. Er entschied sich schließlich für das Bild des Präsidenten, das hinter Mr. Highs Schreibtisch hing.

Wooster und Claver sahen sich an, als wären sie gerade wieder Freunde geworden. Die waren nicht anders als der Mob, der sich durch Brooklyn wälzte, Gewalt säte und sich mit Todfeinden verbrüderte, wenn sich eine Uniform sehen ließ.

»Wäre doch möglich«, sagte Claver.

»Möglich schon, aber nicht realistisch«, winkte Phil ab, dessen Hand zitterte, als er sich eine Zigarette anzündete. Das alles ging meinem Freund natürlich genauso gegen den Strich wie mir. »Alles, was vorgefallen ist, steht in unserem Bericht.«

Claver kam mit dem Spruch »Papier ist geduldig«, und Wooster unterstützte seinen Erbfeind in dem Verdacht, Phil und ich hätten in unserem Bericht etwas verschwiegen, damit wir uns später in die hohe Politik einmischen konnten. Miller war ebenfalls der Meinung. Aber der Kerl war mit allen schmutzigen diplomatischen Wassern gewaschen und ließ sich nichts anmerken.

»Ist das alles?«, wollte ich wissen.

»Alles«, bestätigte Mr. High.

»Dann können wir also gehen und uns um den Weihnachtsbaum im Mannschaftsraum kümmern?«

»Von mir aus, ja.«

»Sie verschwinden, nachdem Sie uns umfassende Antworten auf unsere Fragen gegeben haben!«, fauchte

Wooster. Die Wut stand ihm gut. Wenn man jetzt eine Aufnahme von ihm machte, bekam man ihn in Heldenpose. Er sah aus wie Oliver North vor dem Untersuchungsausschuss, als er sich auf die Brust klopfte, den Blick nach innen kehrte und versicherte, er sei schon deshalb ein guter Amerikaner, weil er zum Marine-Corps gehört habe.

»Alle Antworten auf Ihre Fragen stehen in unserem Bericht!«

Claver schnaubte. »Unterschätzen *Sie* das nicht, G-men!«

Ich ging auf den kleinen, etwas untersetzten Mann zu, der eher aussah wie der glücklose Vertreter Willi in »Tod eines Handlungsreisenden« als ein harter CIA-Stratege. Einen Schritt vor ihm blieb ich stehen, weil Mr. High etwas schneller und lauter atmete, womit er mir zu verstehen gab, dass es noch so was Ähnliches wie eine Bannmeile gab.

»Unterschätzen Sie das nicht, Claver! Jemand hat den Yankees in dieser Stadt öffentlich den Krieg erklärt und in Brooklyn unter Beweis gestellt, dass er es ernst meint. Wenn es mit Marcuse und Pearl zwei von Ihren Männern erwischt hat, dann deutet das einwandfrei darauf hin, dass es bei Ihnen oder beim DIA ein Leck gibt. Darum würde ich mich kümmern, wenn ich an Ihrer Stelle wäre. Mr. Decker und ich haben in Brooklyn nur unsere Pflicht getan. Wir haben Marcuse und Pearl dort nicht stranden lassen und uns dann nicht weiter um sie gekümmert.«

Claver zog den Kopf zwischen die Schultern und bekam den bösen Blick. »Keiner konnte wissen, dass Marcuse und Pearl zur Aussage nach New York kamen, und keiner konnte sie kennen. Um ihre Tarnung nicht zu gefährden, haben wir uns zurückgehalten und sie nicht …«

Claver brach ab, weil er inzwischen selbst eingesehen hatte, welchen Mist er erzählte.

»Jemand hat sehr wohl gewusst, dass Marcuse und Pearl nach New York kamen«, machte Phil ihn noch einmal auf seinen Unsinn aufmerksam. »Und dieser Mann oder diese **Frau hat** es so früh gewusst, dass ihm oder ihr Zeit blieb, eine Falle für die beiden aufzubauen. Was in Brooklyn geschehen ist, war Teamwork. Von langer Hand vorbereitet. So was schüttelt man nicht einfach aus dem Ärmel!«

Bevor Claver oder Wooster etwas sagen konnten, läutete das Telefon. Mr. High hob ab und meldete sich. Einige Sekunden lang lauschte er schweigend. Es war ihm anzusehen, dass ihm nicht gefiel, was er hörte.

»Ja«, sagte er dann. »Die Gentlemen von CIA, DIA und dem Justizministerium sind hier anwesend. Wen wollen Sie sprechen?«

Wieder eine kurze Pause, in der Mr. High konzentriert zuhörte. Dann nickte er und stellte den Lautsprecher an, der mit dem Apparat gekoppelt war, genau wie ein Bandgerät, das sich automatisch einschaltete.

»Ihr habt es auf die Spitze getrieben und Zeugen gekauft!«, plärrte die Stimme durch Mr. Highs Büro.

Phil und ich erkannten sie auf den ersten Ton. Es war dieselbe Stimme, die Mr. High uns per Band nach Brooklyn durchgespielt hatte.

»Ihr kauft verdammte Zeugen, um den Prozess in Miami führen zu können. Um euch unbequemer Politiker anderer Länder entledigen zu können. Ihr bezahlt zwielichtige Gestalten dafür, dass sie falsche Beschuldigungen erheben. Damit ist jetzt Schluss! Alle, die von euch in den letzten Jahren in Misskredit gebracht worden sind, die aus ihren Ämtern entfernt und verurteilt wurden, werdet ihr mit Freude rehabilitieren. Zusätzlich wird ein Schmerzensgeld von hundert Millionen Dollar fällig. Das in Brooklyn war nur der Anfang. Was in Panama City passiert ist, war ein Vorgeschmack. Die Welt wird nach New York schauen und auf das Unrecht aufmerksam gemacht werden. Ihr werdet nicht nur rehabilitieren und Schmerzensgeld bezahlen, ihr werdet in amtlichen Noten zugeben, dass ihr Politiker mit falschen Anschuldigungen und Beweisen aus dem Amt habt entfernen lassen und den Prozess gegen Noriega in Miami auch nur darum führt, um weitere euch unbequeme

Politiker loszuwerden. Das ist kein Scherz. Das werdet ihr schnell einsehen. Fröhliche Weichnachten. Genießt die stillen Tage. Bevor das Neue Jahr eingeläutet wird, sind in New York Blut und Tränen geflossen!«

Es klickte. Die Verbindung war von dem Anrufer unterbrochen worden.

Miller, Wooster und Claver waren sehr still geworden.

Der Chef legte auf. Ein paar Sekunden später klingelte das Telefon erneut. Die Leute aus der Technik hatten den Anruf zurückverfolgt.

»Eine Telefonzelle an der Grand Central Station, Sir. Sollen wir etwas unternehmen?«

»Nein«, antwortete der Chef. »Das wäre sinnlos und Verschwendung von Steuergeldern. Danke.«

Er schenkte sich aus der Kaffeekanne ein und trank einen Schluck.

»Das ist natürlich Unsinn«, sagte Wooster.

»Was?«, fragte ich. »Die Anschuldigungen oder die Drohungen?«

Er bekam eine spitze Nase und schmale Lippen. »Auf welcher Seite stehen Sie eigentlich, Mr. Cotton?«

»Auf der Seite derer, deren Blut und Tränen fließen sollen, Mr. Wooster«, antwortete ich.

»Das heißt, Sie würden bezahlen und irgendwelche Erklärungen unterzeichnen, um das zu verhindern, was geschehen soll?«

»Um das zu beenden, was geschehen ist«, stellte ich richtig. »Es war nicht die Rede davon, dass etwas nicht geschehen wird, wenn wir dieses oder das tun. Was ist in Panama City passiert?«

Wooster massierte sich die Schläfen. Er sah aus wie ein Junge, dem man statt des gewünschten Teddybärs ein Modellauto unter den Weihnachtsbaum gelegt hat. »Ein Waffenkonvoi wurde umgeleitet und in einen Hinterhalt gelockt. Sieben Marines haben den Tod gefunden. Drei liegen mit schweren Verletzungen im Krankenhaus und konnten Hinweise geben. Angeblich handelt es sich bei den Angreifern um Contras, die von einem schwarzen Master Sergeant der MP angeführt wurden. Jemand, der ›Fuck the Army!‹ geschrien hat und dessen letzte Worte die gleichen waren, als er von seinen Terroristenfreunden erschossen wurde. Wir hatten bislang keinen Grund zu der Annahme, dass das Geschehen in Panama City und das in Brooklyn in Zusammenhang stehen.«

»Nun haben Sie nicht nur einen Grund oder eine Veranlassung, das anzunehmen, nun wissen Sie es genau, Mr. Lieutenant, Mr. CIA und Mr. Justizministerium.«

Der Chef war aufgestanden, tigerte einige Schritte durch sein Büro und blieb unter dem Fenster stehen.

Der Himmel über Manhattan war grau und bedrohlich. Über dem East River hatte er Schwefelfärbung angenommen, was auf Unwetter hindeutete. Die Temperaturen waren noch tiefer in den Keller gerutscht, und das Chaos war binnen zwölf Stunden noch kompletter geworden. In Brooklyn gingen die Krawalle unvermindert weiter, nahmen an Heftigkeit zu, und es bestand die Gefahr, dass der Hass sich durcharbeiten würde auf andere Stadtteile.

Von Weihnachten und Friede auf Erden keine Spur. Weit und breit nicht. Wenn es ein Christkind gab, würde es über diese Stadt hinwegfliegen, und die Kinder gingen leer aus.

Ich hatte mir inzwischen eine Zigarette angezündet, rauchte schweigend und trank frischen Kaffee.

»Ich werde mich mit Ihren Dienststellen in Verbindung setzen«, sagte Mr. High dann zu Miller, Wooster und Claver. »Soweit es Miami, Noriega und die Politik angeht, wird der FBI keine Schritte unternehmen. Wenn aber die Sicherheit der Bürger dieser Stadt von außen bedroht wird, wenn es Opfer gibt, Verbrechen gleich welcher Art, dann werden die Abwehrmaßnahmen von diesem Schreibtisch aus gemanagt. Mit oder ohne Segen Ihrer Dienststellen. Das war's. Ich schließe mich den Wünschen unseres unbekannten Katastrophenverkünders an. Fröhliche Weihnachten.«

Miller, Claver und Wooster zogen ab, Kopf und Schwanz nicht mehr so hochtragend wie bei ihrer Ankunft. Sie hatten beides eingezogen.

»Jerry, Phil?«, fragte der Chef, der sich wieder hinter den Schreibtisch gesetzt hatte.

»Wir brauchen genaue Informationen über das, was in Panama City geschehen ist«, sagte ich. »Wir brauchen Informationen über die Rolle, die Marcuse und Pearl in dem Prozess in Miami gespielt haben oder spielen sollten. Wir brauchen Informationen über Terroristen, ob sie sich nun als Contras, Militär soder Freiheitskämpfer bezeichnen, die mit dem Geschehen in Zusammenhang stehen könnten. Wir brauchen die Namen der toten Südamerikaner, die Namen und Hintergründe der kubanischen Frauen und die Namen und Hintergründe der angesprochenen Politiker, die angeblich durch Falschaussagen aus verschiedenen Regierungen eliminiert wurden.«

»Also das Unmögliche«, sagte Phil.

Mr. High nickte und machte sich Notizen. »Solange nichts geschehen ist, werden wir auf wenig Gegenliebe stoßen«, sagte er, und dazu brauchte man wirklich kein Prophet zu sein. »Und wenn etwas geschehen ist, haben wir erst recht mit keiner Hilfe zu rechnen. Wir stehen verdammt alleine da, und wir haben keine Chance, präventiv einzugreifen. Vielleicht geht der Kelch an der Stadt vorüber.«

NEW YORK CITY

Hotel Peninsula New York
25. Dezember, 15 Uhr 10

»Wann?«, fragte Doña Violeta, die an der Fensterfront der

riesigen Penthousesuite im Hotel Peninsula stand und ihren Blick, soweit das möglich war, über die Betontürme streichen ließ.

Sie fühlte sich unwohl in dieser Umgebung, und die Strapazen der letzten Tage waren ihr deutlich anzusehen.

»Übermorgen«, antwortete Enrique Ruben, der zusammen mit Amanda Chamorro von Miami rübergeflogen war und eine artgleiche Nebensuite bewohnte. Er warf Marco Tullio, der die Sache mit Marcuse und Pearl in Brooklyn gemanagt hatte, einen fragenden Blick zu.

»Übermorgen ist die beste Zeit«, wiederholte Tullio. Er war klein und gedrungen. Jemand, der in der Menge nicht auffiel, den man ansah und im nächsten Moment schon wieder vergessen hatte. »Menendez hat gesagt, dass er und seine Leute dann bereit sind. Ich werde alles vorbereitet haben und wie abgesprochen die Stadt verlassen, bevor jemand auf mich aufmerksam werden kann.«

Menendez, der einen dunkelblauen Anzug trug und genau wie Doña Violeta noch etwas erschöpft war, nickte. »Morgen kommen die letzten beiden Männer in New York an. Alle sind unauffällig gekommen. Einer nach dem anderen, aus verschiedenen Städten mit verschiedenen Maschinen von verschiedenen Gesellschaften. Nach dem, was in Brooklyn geschehen ist, nach Tullios Anrufen beim FBI, ist man nervös geworden in dieser Stadt.«

Enrique Ruben grinste schief, strich das halblange schwarze Haar in den Nacken, und die Nähte seines Oberhemdes krachten unter dem Druck der Muskeln, die sich bei dieser Bewegung angespannt hatten. »Wie auch immer«, sagte er. »Es ist vorbereitet, die Weichen sind gestellt. Tullio wird noch dafür sorgen, dass das Material für die Männer pünktlich am richtigen Ort angeliefert wird. Dann ist es deine Sache, Comandante.«

Menendez nickte. Es war seine Sache und die von Doña Violeta. Sie würde dabei sein. Zusammen mit fünf anderen Männern. Einem bunt zusammengewürfelten Haufen.

Alle diese Männer hatten eines gemein: Ein Menschenleben hatte für sie keinen besonderen Stellenwert, sie hatten als Söldner in verschiedenen Armeen und Ländern gedient, sie verstanden ihr Handwerk, konnten mit dem gelieferten Gerät umgehen, und sie arbeiteten für Geld. Für eine Million US-Dollar pro Kopf. Sie kannten das Risiko, wussten, dass nicht alle es schaffen würden, und hatten abgesprochen, dass der Sold desjenigen, der auf der Strecke blieb, unter den Überlebenden aufgeteilt werden sollte. Und keiner von ihnen hatte etwas mit den Vorfällen im Karibikraum zu tun, weswegen Doña Violeta diese Strafexpedition gegen die Yankees beschlossen hatte.

NEW YORK

Queens
27. Dezember, 11 Uhr 20

Die kleinen, schmucken Einfamilienhäuser reihten sich wie Perlen an der Kette. Tullio, der das Chaos ausgedehnter Millionenstädte gewohnt war, hatte es schwer, sich in dieser relativ heilen Welt zurechtzufinden, in die sich die Besserverdienenden zurückgezogen hatten und für die Ruhe und beinahe ländliche Idylle zwei Stunden Anfahrtsweg zur Arbeit in Manhattan in Kauf nahmen.

Meadow Road 2649 lag in Auburndale – genau zwischen Flushing Cemetery und Kissena Park. Einmal war Tullio an dem von der Meadow Road zurückversetzten Haus vorbeigefahren. Er hatte drehen müssen, was bei den Wetter- und Straßenverhältnissen nicht gerade leicht gewesen war, und näherte sich nun von der anderen Seite her. Günstiger für ihn. So kam er dicht an den verschneiten Vorgarten heran und konnte über die immergrüne Buchsbaumhecke hinweg, die das Grundstück einfriedete, bis zum Eingang schauen.

Inzwischen war auch das breite Tor geöffnet worden, hinter dem die Auffahrt zum Haus und zur angebauten Garage lag.

Ein Toyota Stationcar war aus der Garage gefahren worden. Der Motor lief. Beinahe schneeweißer Rauch kräuselte aus dem Auspuff.

Martine Pauke stieg in diesem Moment aus dem Stationcar. Eine große, schlanke Blondine, die sich mit einem dicken Ledermantel vor der Kälte schützte, der einen hochgeschlagenen gewaltigen Pelzkragen hatte. Viel war von ihr nicht zu sehen. Etwas Gesicht und das lange blonde Haar, das bis auf den Kragen fiel. Sie blieb neben dem Stationcar stehen und schaute zur geöffneten Eingangstür, in der das Mädchen auftauchte. Susan war vier und genauso blond wie Martine Pauke. Sie hatte auch das gleiche schmale Gesicht, und es dauerte nicht mehr lange, dann glich sie ihrer Mutter wie ein Ei dem anderen.

»Moment, Susan!«, rief die hochgewachsene Blondine und drehte sich zu dem Oldsmobile um, mit dem Tullio über die breite Auffahrt zum Eingang fuhr. Sie kniff die Augen zusammen, sah hinter der Windschutzscheibe den Latino, den sie nicht kannte, und Unruhe packte sie. Eine Unruhe, die sie sich in dieser Sekunde nicht erklären konnte. Irgendwie fühlte die große Blondine, dass da etwas nicht in Ordnung war. Fremde ließen den Wagen normalerweise draußen auf der Straße stehen und kamen zu Fuß zum Haus herauf. »Geh rein, Susan!«

Das kleine blonde Mädchen ging nicht. Susan kam im Gegenteil einen Schritt aus dem schützenden Hauseingang und schaute dem fremden Besucher neugierig entgegen.

»Geh hinein, Susan!«

Tullio hielt den Wagen an. Die Hände, die das Steuer umklammerten, zitterten. In dieser Sekunde wurde ihm bewusst, dass das ganze Unternehmen in Manhattan auf Messers Schneide gestanden hatte. Nur wenige Minuten später, und Martine Pauke wäre zusammen mit ihrer

Tochter weggefahren. Die Schwierigkeiten, die es dann in Manhattan gegeben hätte, wagte sich Tullio gar nicht auszumalen. Es hätte eine Katastrophe gegeben. Für den Comandante, Doña Violeta und die fünf Männer, die die Kommandoeinheit bildeten. Was ihn anging, er hätte eine solche Pleite kaum lange überlebt.

»Hören Sie, Mister!«, rief Martine Pauke, die sich zwei Schritte vom Wagen löste und versuchte, sich so unauffällig wie eben möglich dem Eingang zu nähern. Der Gedanke, dass hier etwas nicht stimmte, war so stark und übermächtig geworden, dass Martine nur noch ein Ziel hatte: den Eingang zu erreichen, mit Susan ins Haus zu flüchten und die Haustür hinter sich abzuschließen. Sobald sie drinnen war, drohte keine Gefahr mehr. Fenster und Türen waren so gesichert, dass Einbrecher keine Chance hatten. Zudem gab es eine Alarmanlage, die mit dem nächsten Polizeirevier, das sich nur einige Steinwürfe entfernt befand, verbunden war. Es dauerte auf keinen Fall länger als fünf Minuten, bis der erste Streifenwagen hier eintraf.

Drei Schritte trennten die große blonde Frau noch von den sieben Stufen, die zum Eingang des Hauses hinaufführten, als sich Tullio aus dem Oldsmobile schwang.

Er beurteilte die Situation völlig richtig. An der Reaktion der Frau hatte er ihren Fluchtgedanken abgelesen. Sie musste einen siebten Sinn haben, denn normalerweise konnte sie nicht mal ahnen, was hier passieren sollte. Tullio hatte die Maschinenpistole vom Beifahrersitz genommen, wo sie bislang unter einer karierten Decke versteckt gewesen war. Er zögerte nicht einen Sekundenbruchteil. Es durfte nichts schief gehen. Er riss die MPi hoch, zog durch und schickte die erste Garbe in den Kühler des Toyota Stationcar.

Martine Pauke blieb stehen, als wäre sie gegen ein unsichtbares Hindernis gelaufen. Der Schreck lähmte sie so, dass sie gar nicht mehr dazu fähig war, sich zu bewegen. Sie stand da, starrte auf die kleine Susan, die die Gefahr natürlich nicht erkannte und lachte, weil sie alles für ein Spiel hielt. Sie drehte sich dann unendlich langsam zu dem Latino um, der näher gekommen war. Sie sah über die Waffe hinweg in sein entschlossenes, verzerrtes Gesicht. Dann über seine Schulter hinweg zur Straße, wo jetzt, als wäre das alles von einem Drehbuchautor so in Szene gesetzt worden, der Streifenwagen erschien und hart abgebremst wurde.

Martine schrie. Es war die einzige Reaktion, zu der sie fähig war. Dann konnte sie sich wieder bewegen und schlug die Hände vors Gesicht.

Tullio hatte den Streifenwagen noch nicht entdeckt, wohl aber hatte er gehört, dass direkt vor der großen Einfahrt auf das Grundstück ein Wagen angehalten hatte. Er beging nicht den Fehler, sich umzudrehen und damit wichtige Sekunden zu verlieren. Er feuerte im Laufen noch eine Garbe aus der automatischen Schnellfeuerwaffe auf den Toyota Stationcar ab, rannte zum Eingang und erreichte das kleine blonde Mädchen, als Martine Pauke einen wahnsinnigen Schreikrampf bekam.

»Okay, Baby«, sagte Tullio, packte die kleine Susan mit dem linken Arm, zog sie an sich und hob sie hoch. Dann drehte er sich um, wobei er die Kleine wie einen Schutzschild vor sich hielt. Er sah den Streifenwagen, sah beide Türen gleichzeitig auffliegen und die Beamten nach draußen hechten. Neben den offenen Türen blieben sie stehen und hielten die Dienstwaffen schon im Anschlag.

»Keine Bewegung, Mann!«

Tullio hatte die Situation wieder voll im Griff. Er stand da, hielt das blonde Mädchen an sich gepresst, sodass die Beamten es nicht riskieren konnten, auf ihn zu schießen, und hob mit der rechten Hand die MPi.

»Wenn du nicht willst, dass ihr etwas passiert«, knirschte Tullio mit zusammengepressten Zähnen, »dann kommst du jetzt hier her und gehst ins Haus, Blondie!«

Martine Pauke hörte auf zu schreien. Was eben wie ein Zwang über sie gekommen war, wurde nun auf einen

Schlag abgestellt, ohne dass sie selbst etwas dafür tun musste. Es waren Angst und Entsetzen, die ihr die Luft abstellten und die Schreie so völlig automatisch unterdrückten.

»Na, wird's bald?«, zischte Tullio. Noch war er nicht aus dem Schneider. Er musste zusammen mit Martine Pauke ins Haus, musste die Tür sichern und die Blondine einen Anruf ins Empire State Building nach Manhattan tätigen lassen. Erst danach war seine Aufgabe erfüllt. »Beeilung, verdammt, oder es ist aus mit dem kleinen Engel auf meinem Arm!«

Martine Pauke setzte sich in Bewegung. Roboterhaft. Ihre Augen waren weit aufgerissen. Sie sah nur die MPi, die Tullio in der rechten Hand hielt, und ihre Tochter, die nun vor Tullios Brust zu zappeln begann und dann zu weinen anfing.

»Nicht weiter, Martine!«, schrie Martin Thompson, der Fahrer des Streifenwagens, der die Paukes nicht nur kannte, sondern mit ihnen befreundet war. »Martine, nicht weiter!«

Das wehte an Martine Pauke vorbei. Was Tullio anging, der fürchtete nicht einen Moment lang, dass sich die Blondine durch den Zuruf eines Bullen aufhalten ließ, solange sich ihre Tochter in Gefahr befand.

»Martine …«

Sie erreichte die Treppe, stieg die Stufen vorsichtig hinauf, weil sie befürchtete, auszugleiten und sich vielleicht etwas zu brechen, was sie letztlich daran hinderte, ins Haus zu kommen.

»Schön weiter«, keuchte Tullio. »Ins Haus hinein, Blondie. Stell dich neben der Tür auf. So, dass ich dich noch sehen kann. Wenn ich mit der Kleinen drin bin, versetzt du der Tür einen Tritt und schließt sie hinter mir. Alles verstanden?«

»Mein Gott – bitte …«

»Alles verstanden?«

Martine nickte.

Tullio machte sich keine Sorgen mehr. Er schaute Martine nicht einmal nach. Egal wie tapfer die Blondine auch immer sein mochte, solange er das Mädchen auf dem Arm hielt, würde sie nichts gegen ihn unternehmen. Also konzentrierte sich Tullio auf den Streifenwagen und die beiden Beamten, die jetzt rechts und links neben der geöffneten Tür knieten, dahinter hervorlugten und ihn mit den Dienstwaffen aufs Korn genommen hatten. Er starrte sie an, und er fand die Situation so komisch, dass er in ein kläffendes Lachen ausbrach.

Plötzlich fühlte er sich wieder wohl in seiner Haut. Er hatte Glück gehabt, gerade auf den letzten Drücker hier aufgetaucht zu sein. Und die beiden Polizisten hatten Pech gehabt, gerade zum falschen Zeitpunkt hier aufgetaucht zu sein.

»Ich bin im Haus«, sagte Martine Pauke. »Bitte – Sie wollen doch nicht, dass meiner Tochter etwas passiert, oder?«

Hätte er ihr ehrlich darauf antworten müssen, hätte er gesagt, dass es ihm egal wäre, was mit dem blonden Mädchen oder einem anderen Menschen auf der Welt passierte, wenn er nur mit heiler Haut davonkam.

»Sicher nicht«, sagte er, um die Blondine ruhig zu halten. Er brauchte sie noch für den verdammt wichtigen Anruf. »Ich komme jetzt ebenfalls rein.«

Er bewegte sich rückwärts auf die offene Tür zu. In dieser Sekunde, in der sich Tullio voll und ganz auf die beiden Polizisten konzentrierte, hätte Martine eine winzige Chance gehabt. Sie hätte ihm die schwere Tür, die in der Mitte des Türblatts mit einer Eisenplatte ausgestattet war, ins Kreuz schmeißen und darauf hoffen müssen, dass er strauchelte, ihre Tochter fallen ließ und die beiden Polizisten die Sache übernahmen. Sie dachte nicht mal daran, und das war nur natürlich. Auch das allerkleinste Risiko, dass ihrer Tochter etwas passierte, wäre Martine in diesem Moment viel zu groß gewesen.

Tullio spürte die letzte Stufe unter den Hacken, überwand sie und tastete sich vorsichtig weiter zurück, bis er sich mitten in der offen stehenden Tür befand und nur noch mit einem schnellen Schritt nach links ausweichen musste, um aus dem Schussfeld der beiden Polizeirevolver zu gelangen.

Bevor er diesen Schritt nach links tat, zog er den Abzug der auf Dauerfeuer gestellten MPi durch und ließ die Waffe von rechts nach links über den Streifenwagen hinwegschwingen. Er sah noch die Löcher in der Karosserie wachsen und den Beamten rechts hinter der Tür hervor auf die Straße fallen. Dann sprang er nach links. Martine tat genau das, was er ihr befohlen hatte: Sie versetzte der schweren Tür einen Fußtritt und schleuderte sie ins Schloss.

Das Schlagen der Tür hallte noch als dumpfes Echo durch das Haus, als Tullio das zappelnde Kind losließ. Es fiel auf den Marmorboden der Eingangshalle, tat sich weh und begann zu schreien. Als Martine nach vorn stürzen wollte, um Susan aufzuheben, schüttelte Tullio mit einer entschiedenen Geste den Kopf.

»Noch nicht!«, zischte er. »Der kleine Bastard wird schon nicht sterben.«

Bis zu dieser Sekunde war Martine Pauke vom rasanten Ablauf des Geschehens so in Bann geschlagen worden, dass sie zu keiner emotionalen Regung fähig gewesen war. Jetzt, als sie sich im Haus befanden, als Susan strampelnd auf dem Boden lag und ihren Schmerz wild hinausschrie, schossen Martine Pauke die Tränen in die Augen. Sie schluchzte.

»Es ist ein Kind«, sagte sie kaum verständlich. »Mein Kind. Ich werde Susan jetzt auf den Arm nehmen. Von mir aus erschießen sie mich!«

Sie wartete die Reaktion des Latinos nicht ab. Mit zwei Schritten war sie bei Susan, hob sie vom Boden auf, drückte sie an ihre Brust und richtete sich wieder auf. Von einer Sekunde auf die andere hörte das blonde Mädchen auf zu weinen.

Tullio fluchte auf Spanisch, richtete wütend den Lauf der MPi auf Martine Pauke und ließ die Waffe wenig später sinken. Er drehte sich halb um und konnte aus dem großen Fenster auf die Straße zum Streifenwagen schauen.

Der Beamte, der eben rechts hinter der Tür hervorgefallen war, lag noch immer bewegungslos auf dem mit Eis überzogenen Asphalt. Von dem anderen war nur ganz kurz der Schatten zu sehen. Kein Zweifel, er hatte sich quer über die Vordersitze geworfen und war nun damit beschäftigt, das sich ganz in der Nähe befindliche Revier zu verständigen.

»Einen hat es erwischt«, sagte Tullio, als er sich wieder zu Martine umdrehte. Die große Blondine hatte sich nicht von der Stelle gerührt. »Einen hat es erwischt.«

Martine hielt Susan mit dem linken Arm an sich gepresst. Mit dem Rücken ihrer rechten Hand wischte sie sich die Tränen aus dem Gesicht. »Was wollen Sie?«, fragte sie leise. »Wir haben nichts im Haus, was …«

Tullio schüttelte den Kopf und unterbrach Martine Pauke damit. »Du tust jetzt genau, was ich dir sage, Blondie«, sagte er. »Ich sage es nur einmal, darauf kannst du dich verlassen. Solltest du auf dumme Gedanken kommen oder etwas tun, was mir nicht gefällt, ist zuerst die Kleine dran. Danach du, und du wirst keinen so leichten Tod haben.«

Martine Pauke starrte den kleinen, gedrungenen Latino an, in dessen Pupillen Irrlichter brannten. Er war verrückt, daran hegte sie keinen Zweifel. Es befand sich wirklich nichts im Haus, das sich zu stehlen lohnte. Jedenfalls nichts, was einen solchen brutalen Überfall, bei dem schon ein Polizist ums Leben gekommen war, rechtfertigte. Der Mann war verrückt!

»Ja«, sagte sie leise. »ja, ich tue ja alles!«

Tullio deutete auf das Telefon, das neben der Treppe zum ersten Stock auf einem Sockel stand. »Ich hoffe, du hast die letzte Rechnung bezahlt«, sagte er. »Dein Leben und das deiner Tochter hängen daran.«

Dass sein Leben ebenfalls daran hing, dass dieses Telefon

in Ordnung war und eine Verbindung stattfand, dass das ganze Unternehmen daran hing, sagte er nicht. Daran wollte er nicht mal denken. Das machte ihn nur nervös.

Martine schaute ihn verständnislos an.

»Du rufst ihn an.«

»Wen?«

»Angelo, deinen Mann!«

»Ich verstehe nicht ...«

»Du rufst ihn an und sagst ihm, was hier vorgefallen ist. Du brauchst nicht mal zu lügen. Nur die verdammte Wahrheit sagen. Normalerweise kommt man in diesem Land nicht weit damit, aber diesmal ist es der richtige Weg. Mach schon, wir haben keine Zeit zu verlieren!«

NEW YORK CITY

Empire State Building
27. Dezember, 11 Uhr 30

»Wie weit sind wir?«, fragte Doña Violeta.

Sie trug einen weißen, weit fallenden Overall und eine Baseballmütze, unter der sie die schwarze Haarpracht versteckt hatte.

Comandante Roberto Menendez warf einen schnellen Blick zur Uhr. »Der Transport trifft in genau fünfzehn Minuten ein. Bunuel und Cesare sind oben. Im 13. und 15. Stock wird zwischen Weihnachten und Neujahr nicht gearbeitet. Die beiden Aufzüge sind blockiert, die Treppenaufgänge sind so gesichert, dass keiner sie benutzen kann. Der Libanese und der Franzose sind am Liefereingang. Der Deutsche wartet auf der Straße. Er hat Angelo im Auge und überwacht die Ladetätigkeiten. In der Tiger Enterprise arbeiten vierunddreißig Personen, Männer und Frauen, wobei die Frauen überwiegen. Sie machen den Jahresabschluss und bereiten die Inventur vor. In exakt zehn Minuten wird vorübergehend das Telefonnetz zum 14. Stock ausfallen.«

Roberto Menendez sprach ruhig und sachlich. Für ihn war es ein Kommandounternehmen hinter der feindlichen Linie. Eine durchdachte Aktion. Ihre Chance, das Unternehmen zu überleben, waren siebzig zu dreißig. Mit anderen Worten, er machte sich keine großen Sorgen. Nach den Vorbereitungen hatten sie gegenüber den Amerikanern die größeren Chancen. Der Teufel saß im Detail, das wusste er, aber es musste wirklich schon mit dem Teufel zugehen, wenn noch etwas schief gehen sollte.

Doña Violeta nickte. Falls sie aufgeregt war, sah man es ihr nicht an. »Tullio hat sich noch nicht gemeldet.«

»Tullio wird sich melden.«

»Vielleicht ist etwas dazwischengekommen, und es muss ohne ihn gehen.«

Menendez schüttelte den Kopf. »Tullio wird sich melden«, wiederholte er. »Es sei denn, er ist tot. Aber er hat ja die sieben Leben einer Katze.«

Aus der Nische heraus, in der der Comandante und Doña Violeta standen, war das Büro des Angelo Pauke einzusehen. Jede Lieferung, die in einem speziellen Aufzug befördert werden musste, wurde von Angelo und seiner Wachmannschaft überprüft. Dafür standen ihm sieben Männer zur Verfügung. Normalerweise. Aber jetzt, zwischen den Feiertagen, waren es nur drei. Mehr waren auch nicht notwendig, denn in den Büros, für die sie verantwortlich waren, wurde nicht gearbeitet. Abgesehen von den Büros der Tiger Enterprise im 14. Stock des Gebäudes.

Es waren keine Lieferungen angekündigt. Eigentlich wären Angelo Pauke und seine Sicherheitsleute gar nicht notwendig gewesen. Aber es gab Versicherungsauflagen, und die mussten erfüllt werden. Rund um die Uhr. Diese Auflagen betrafen die wenigen Firmen, die wegen ihrer Geschäfte ein erhöhtes Sicherheitsrisiko darstellten.

Sämtliche Anlieferungen für diese Firmen, die ausschließlich im 13., 14. und dem 15. Stock untergebracht waren und die über einen eigenen Lift verfügten, wurden kontrolliert. Auch der Publikumsverkehr wurde von Angelos Sicherheitsbüro über die Speziallifte abgewickelt. Der Zugang zum Lift der Tiger Enterprise war ein langer Gang, der mit empfindlicher Elektronik ausgestattet war, die ähnlich arbeitete wie die Sicherheitsschranken auf den Flughäfen. Man konnte nichts hindurchbringen, also auch nichts nach oben schleusen, was gefährlich war.

»Tullio hätte eine andere Firma aussuchen können«, sagte Doña Violeta.

Menendez schüttelte den Kopf. »Dieses Kommandounternehmen ist nur zwischen den Jahren möglich, Doña. Dann, wenn hier beinahe alles ausgestorben ist und wir ein Zielobjekt haben, das wir von unten und oben absichern können. Die Tiger Enterprise arbeitet, die Finnen darüber und darunter haben Ferien zwischen den Feiertagen. Hinzu kommt, dass die Tiger Enterprise eine Firma ist, die wegen illegaler Waffengeschäfte, die man ihr allerdings noch nicht hat beweisen können, weil sie mit Regierungsstellen zusammenarbeitet, auf der schwarzen Liste steht. Das Objekt ist wie geschaffen für unseren Coup.«

Durch das Fenster war zu sehen, wie Angelo Pauke den Telefonhörer aufnahm. Seiner Mimik war wenig später leicht zu entnehmen, dass sich Tullio am anderen Ende der Leitung befand und ihm die Hiobsbotschaften ins Ohr flüsterte.

Angelo Pauke wurde auf einen Schlag leichenblass. Er zitterte und musste sich setzen. Er schüttelte den Kopf. Im nächsten Moment sackte er, schon auf dem Bürosessel sitzend, in sich zusammen. Er drehte den Kopf in alle Richtungen. Seine großen dunklen Augen waren auf der Suche nach einem unsichtbaren Gegner. Dann legte er den Hörer auf den Apparat zurück und stand auf. Als er sich eine Zigarette anzündete, zitterte seine Hand so sehr, dass die Flamme des Feuerzeugs die Spitze der Zigarette beinahe nicht traf.

Doña Violeta wippte unruhig auf den Zehenspitzen. Menendez legte der schönen Frau beruhigend die Hand auf die Schulter.

»Gut«, sagte er. »Geh jetzt hinüber. Angelo erwartet einen von uns. Sag ihm, wie er die Sendung abhandeln soll. Der Wagen kann jeden Moment eintreffen.«

Doña Violeta zögerte eine Sekunde lang. Es sah beinahe so aus, als wären der schönen Frau Bedenken gekommen. Dann jedoch löste sie sich aus der Nische und machte sich auf den Weg zu Angelo Paukes Büro.

Menendez schaute ihr nach. Zum ersten Mal dachte er daran, dass es Wahnsinn gewesen war, sie mitgenommen zu haben. In Panama City hatte sie zwar unter Beweis gestellt, dass sie durchaus nützlich sein konnte. Schließlich hatte sie den schwarzen Sergeanten geködert und dazu gebracht, sein Land und seine Army zu verraten. Aber sie blieb eine Frau, die niemals von der Eiseskälte erfüllte sein konnte wie er, Menendez.

Wenn Menendez es sich richtig überlegte, dann war die Triebfeder ihres Handelns mehr gekränkte Eitelkeit als Hass, auch wenn sie Letzteres immer wieder in den Vordergrund stellte und wahrscheinlich langsam, aber sicher selbst daran glaubte. Aber im Gegensatz zu ihm hasste Doña die Yankees nicht generell, sondern nur einige wenige aus Geheimdienstkreisen, die für den Fall ihres korrupten Vaters und Bruders gesorgt hatten.

Menendez fluchte leise. Sicher war es ein Fehler gewesen, sie in das Unternehmen einzubeziehen. Aber nun war es zu spät, diesen Fehler noch korrigieren zu wollen. Die Maschinerie des Todes hatte sich in Bewegung gesetzt, und Doña Violeta war ein Teil davon geworden.

Menendez zog sich weiter in die Nische zurück und warf einen Blick auf die Bazooka, die neben ihm an der grauen Betonmauer lehnte. Er zündete sich eine Zigarette an. Er sah

Doña Violeta und Angelo Pauke zusammen in dem kleinen Büro, und er konnte, jedenfalls bildete er sich das ein, Angelos Angst durch Mauern und Fenster hindurch riechen.

Das war ein gutes Zeichen. Das deutete darauf hin, dass Angelo mitspielte, um das Leben seiner Frau und Tochter zu retten. Er würde die elektronischen Spürgeräte, Apparate und Schranken ausschalten, die aus Sicherheitsgründen automatisch Alarm an das nächstgelegene Polizeirevier gaben, wenn der Mensch an den Dingern versagte oder versagen wollte.

NEW YORK CITY

FBI-Headquarter Federal Plaza
27. Dezember, 11 Uhr 35

»In Queens?«, fragte ich.

Phil, der den Anruf entgegengenommen hatte, nickte. »Auburnedale, Meadow Road. Dort hat ein unbekannter Latino eine Frau und ein Kind als Geisel genommen und sich in dem Haus verschanzt. Queens hat sich gemeldet, weil die Anordnung an alle Reviere dieser Stadt ergangen ist. Nämlich, dass jeder Zwischenfall, auch wenn er noch so klein und unwichtig erscheint, mit dem Latinos, Südamerikaner, Kubaner und so weiter. zu tun haben, sofort an den FBI weitergemeldet werden muss. Die Sache in Queens hat gleich zweimal mit Latinos zu tun, Jerry. Erstens ist der Kerl, der die Frau und das Kind als Geiseln hat, ein Latino, und zweitens ist auch der Mann der Frau ein Latino. Angelo Pauke.«

»Was wissen wir exakt?«

»Ein Polizist wurde getötet, Paukes Frau und seine Tochter befinden sich in akuter Lebensgefahr. Pauke arbeitet als besonderer Versicherungsbeauftragter mit einer eigenen

Sicherheitsmannschaft für verschiedene Firmen im Empire State Building.«

»Was heißt das, besonderer Versicherungsbeauftragter und eigene Sicherheitsmannschaft?«

»Einige Firmen im Empire State Building sind besonders gefährdet. Terroristen, die mit ihren Geschäften nicht einverstanden sind, drohen mit Anschlägen. Um Waffenhandel, Chemikalien und Atomwirtschaft geht es. Die Firmen haben Auflagen bekommen, verfügen über eigene Zugänge und ein eigenes Liftsystem. Alles, was mit diesen Firmen zu tun hat, wird von Pauke und seinen Leuten im Auftrag verschiedener Versicherungsgesellschaften kontrolliert.«

Ich zündete mir eine Zigarette an. Die Weihnachtstage waren verhältnismäßig ruhig verstrichen. Ruhig, was die Sache anging, in die wir einbezogen waren. Unruhig, was die Krawalle in Brooklyn anging. Obgleich die Temperaturen noch weiter in den Keller gefallen waren, obgleich Stürme über die Stadt hinweggezogen waren, brannte das Feuer des Hasses in Brooklyn weiter. Es bestand weiterhin die Gefahr, dass es sich auf andere Stadtteile ausbreitete.

»Hat die Frau …?«

»Martine Pauke«, sagte Phil.

»Hat Martine Pauke Kontakt mit ihrem Mann aufgenommen?«

»Das hat man uns aus Queens nicht sagen können. Der Latino hat sich mit seinen Geiseln in den oberen Stock des Hauses zurückgezogen. Inzwischen ist das Telefon angezapft. Ob vorher telefoniert worden ist, weiß man nicht.«

»Was verlangt der Kerl?«

»Nichts.« Phil schüttelte den Kopf. »Das will sagen, er hat bislang keine Verbindung zu den Mannschaften aufgenommen, die das Haus umstellt und es hermetisch abgeriegelt haben.« Phil schaute zur Uhr. »Vor fünf Minuten haben die Kollegen aus Queens einen Streifenwagen zum

Empire State Building geschickt, damit Pauke von dem Geschehen in seinem Haus in Kenntnis gesetzt wird.«

Ich stand hinter dem Schreibtisch auf, holte die Dienstwaffe aus der Schublade, überprüfte die Waffe und steckte sie ein. Mantel und Hut hingen am Garderobenhaken neben der Tür.

»Hast du Paukes Nummer?«

»Dauert nur einen Moment.«

Phil bediente das Telefon, während ich mir den warmen Mantel anzog und mir den Hut aufsetzte. Dann zündete ich mir eine Zigarette an. Ich war nervös. Aber wer an meiner Stelle wäre das nicht gewesen? Nach dem Zwischenfall in Brooklyn, nach dem Disput mit der CIA, der DIA und dem Justizministerium und nach der unverhohlenen Drohung des unbekannten Anrufers standen meine Nerven auf scharf. Nicht nur meine. Wir alle hier warteten auf eine Katastrophe, die wir nicht verhindern konnten, sondern über uns erst hereinbrechen lassen mussten, bevor wir sie bekämpfen konnten. Das vermittelte ein beschissenes Gefühl, mit dem sich nur schwer leben ließ.

»Okay«, sagte Phil. »Die Leitung ist offen.«

Ich blieb neben der Tür stehen und wartete. Es dauerte einige Sekunden, dann wurde am anderen Ende der Leitung abgehoben.

»Sicherheitsbüro Empire State Building, Pauke.«

»Das muss ein Fehler sein«, sagte Phil schnell. »Ich wollte die South Merchant ...«

»Dort arbeitet zwischen den Jahren keiner, Sir.«

Phil hatte das Telefon auf Lautsprecher gestellt. Ich konnte Paukes Stimme hören. Etwas undeutlich wegen atmosphärischer Störungen, aber sie klang ziemlich normal. Das hieß, es gab keine besonderen Spitzen oder Untertöne, keine Schwankungen, die darauf hinwiesen, dass bei Pauke etwas nicht in Ordnung war. Das wiederum deutete darauf hin, dass der Streifenwagen, den Queens geschickt hatte, bei ihm noch nicht angekommen war und Pauke keine Ahnung hatte, was in Queens vorgefallen war. Oder aber er war ein ausgezeichneter Schauspieler und hatte sich völlig in der Gewalt.

»Wann kann ich die denn wieder erreichen?«, fragte Phil.

»Die beginnen am 5. Januar wieder, Sir. Tut mir Leid.«

»Entschuldigen Sie die Störung.«

»Macht nichts.«

Phil legte auf und schaute mich an. Ich zuckte mit den Schultern und fragte mich, ob wir inzwischen nicht überall Gespenster sahen. Gespenster, was die Drohung anging, die über der Stadt schwebte, die mit dem Prozess in Miami gegen Noriega zusammenhing und die in erster Linie wohl gegen die Geheimdienste CIA und DIA gerichtet war und gegen die Stellen, die verschiedene Politiker aus der Karibik und Mittelamerika zu Fall gebracht hatten. Zu Recht oder zu Unrecht, darüber konnte ich mir kein Urteil erlauben. Ich kannte die Fälle nur global.

»Hörte sich normal an, oder?«

»Absolut«, nickte Phil, der ebenfalls aufgestanden und sich den Mantel angezogen hatte. »Kann aber dennoch nicht schaden, wenn wir mal hinfahren.«

Ich schaute bei Zeerookah rein, sagte ihm, wohin Phil und ich fuhren, und bat ihn, eine Verbindung mit dem Streifenwagen herzustellen, der zum Empire State Building unterwegs war und diese Verbindung in meinen Wagen zu leiten.

»Sergeant Maine«, meldete sich wenig später einer der beiden Kollegen aus dem Streifenwagen. »Was haben wir mit dem FBI zu tun?«

»Nichts«, sagte ich, während Phil den Mercury über die eisglatten Straßen schwimmen ließ. Nachdem ich ihm in Brooklyn einige unnötige blaue Flecken beschert hatte, fuhr er lieber selbst. »Wo seid ihr im Moment?«

»Auf der Westseite des Empire State«, gab der Sergeant seine Position bekannt. »Jetzt nicht mehr. Wir kurven herum und nähern uns der Ladezone für besondere Firmen und Güter, G-man. Westladezone. Ist irgendwas, was wir wissen sollten? Ich meine, wir haben nur den Auftrag, mit einem Mann namens Pauke Kontakt aufzunehmen und sollen ihn mit dem nötigen Taktgefühl darauf aufmerksam machen, was mit seiner Frau und seiner Tochter in Queens passiert ist.«

»Kennt ihr Pauke?«

»Natürlich«, sagte der Sergeant. »Schließlich arbeitet seine Truppe eng mit unserem Revier zusammen. Einige Firmen im Gebäude werden zusätzlich elektronisch gesichert. Wenn bei Pauke was schief geht, geht bei uns der Alarm ab. Das ist zwar noch nicht vorgekommen, aber – oh, verdammte Scheiße!«

»Das kann doch nicht wahr sein!«, war nun die Stimme des zweiten Mannes im Streifenwagen zu hören. »Verdammt, Sarge! Das kann doch nicht wahr sein …«

»Was ist los?«

»Ein Lastwagen«, keuchte der Sergeant. »Ein verdammter Lastwagen. Die schleppen gerade die letzte Kiste von der Ladefläche zu einem Lift, so wie ich das sehe. Zwei Männer mit MPis stehen herum und ein – Mann, das ist eine Bazooka! Dreh die Karre rum, Hank – hinter die Mauer – mein Gott …«

Der Rest ging in einer ohrenbetäubenden Explosion unter. Dann riss die Verbindung ab.

Phils Zähne knirschten, seine Hände umklammerten das Steuer so hart, dass die Knöchel der Handgelenke weiß hervortraten.

Er bewegte den Mercury in einem selbstmörderischen Tempo über die glatten Straßen. Seine Augen waren starr geradeaus gerichtet.

»Cotton an alle – G-man Jerry Cotton an alle Wagen im Bezirk Murray Hill und Garment District – Ladezone West Empire State Building weiträumig sichern! Ich wiederhole, weiträumig sichern, nicht eingreifen! G-man Jerry Cotton an alle Streifenwagen und Einsatzfahrzeuge im Bezirk Murray Hill und Garment District …«

Ich gab die Meldung dreimal durch.

Neben mir war Phil leichenblass geworden. Er nahm den Fuß vom Gaspedal, weil es Wahnsinn war, in diesem Tempo weiterzufahren, und weil jede Eile doch sinnlos war. Es war geschehen. Den Streifenwagen, den Queens geschickt hatte, gab es nicht mehr. Zwei Polizisten waren gestorben. Ein hoher Blutzoll dafür, dass wir nun wussten, wo und wann die angekündigte Katastrophe stattfinden sollte.

Phil stieß den Atem mit einem zischenden Geräusch aus.

»Empire State Building«, sagte er und schüttelte den Kopf. »Spätestens heute Abend will jeder das vorausgesehen haben, und man wird die unsinnige Frage stellen, warum wir nicht selbst darauf gekommen sind. Verdammt …«

NEW VORK CITY

Empire State Building
27. Dezember, 11 Uhr 48

Cesare, der Italiener, hatte die Sprengladung an der extra gesicherten gläsernen Eingangstür zur Büroetage der Tiger Enterprise angebracht. Bunuel, der Spanier, zündete sie, nachdem sich Comandante Roberto Menendez von unten gemeldet hatte und die letzte Kiste in den Spezialfahrstuhl verladen war. Da die Firma für den Publikumsverkehr bis zum 4. Januar geschlossen war, befand sich niemand in der weiträumigen Empfangshalle, die mit schweren Ledermöbeln ausgestattet war und der Lobby eines Luxushotels glich. Madheau, der Libanese, und Leclerc, der Franzose, stürmten als Erste durch die Lobby und feuerten ihre MPis auf die Trennwände ab, die das Großraumbüro, in dem sich die meisten Angestellten aufhielten, von der Lobby trennten.

Die Explosion, das Geknatter der automatischen Waffen, das Klirren von Glas und das Jaulen verirrter Querschläger hatten eine narkotisierende Wirkung auf die meisten Angestellten, die ihre Arbeit in diesem Büro taten. Schreck, Angst und Panik paralysierten sie regelrecht. Sie blieben sitzen, wo sie saßen oder standen, und starrten mit weit aufgerissenen Augen den vier schwer bewaffneten Männern entgegen, die das Großraumbüro nun erreichten und ebenfalls stehen blieben.

»Jeder bleibt an seinem Platz!«, brüllte Leclerc, der Franzose. Um seine Worte und den Ernst der Lage zu unterstreichen, hob er die MPi und feuerte über die Köpfe der Angestellten hinweg in die gegenüberliegende Wand.

Cesare flitzte nach rechts. Er bezog Stellung neben der riesigen Fensterfront. Madheau, der Libanese, nahm die andere Seite. Cesare blieb im Eingangsbereich des Großraumbüros stehen. Bunuel lief Slalom zwischen den Schreibtischen, um zu den von diesem Raum abgetrennten und abgeschlossenen Büros zu kommen.

Mit seinen schweren Springerstiefeln trat Bunuel die erste der Türen auf. Vice-director stand darauf. Das konnte Bunuel gerade noch lesen. Für den Namen, der in kleinen Goldlettern darunter geschrieben war, interessierte sich der Spanier nicht. Er blieb in der offenen Tür stehen. Die Geschosse aus seiner MPi zerhackten die kostbaren Büromöbel, ohne den großen, schlanken Mann zu treffen, der sich geistesgegenwärtig zu Boden geworfen und den Kopf mit den hellblonden Haaren schützend zwischen die Arme genommen hatte.

»Rauskriechen!«, schrie Bunuel. Dann drehte er sich an der Wand entlang zum nächsten Büro. Er verfuhr nach dem gleichen Schema. Diesmal trafen seine Kugeln auch den kleinen, dicken Mann, der mit weit aufgerissenen Augen hinter dem mächtigen Schreibtisch saß und den Telefonhörer schon in der Hand hielt. Der technische Direktor der Tiger Enterprise war tot, bevor er registriert hatte, dass die Telefonverbindung aus dem Gebäude heraus gestört war.

»Drei Männer zum Fahrstuhl!«, schrie Leclerc, der Franzose. »Beeilung!«

Bunuel hatte die schwere Doppeltür erreicht, die zum Büro von Harry Manson, dem Direktor der Tiger Enterprise führte. Sie war von innen abgeschlossen. Bunuel fluchte. Er drehte sich zu Leclerc, Madheau und Cesare herum und gab denen ein Zeichen. Dann klinkte er eine Handgranate vom Gürtel, legte sie vor die Tür, sprang zurück und ging hinter einem Schreibtisch in Deckung, nachdem er die beiden Mädchen, die regungslos davor gestanden waren, mit sich zu Boden gerissen hatte. Als die Explosion verhallt war, Rauch und Staub sich gelegt hatten, gab es keine Trennwand und keine Tür mehr zwischen Harry Mansons Reich und diesem Großraumbüro.

Manson stand neben dem Schreibtisch. Sein Gesicht war blutüberströmt, seine Kleidung zerfetzt und sein linker Arm verletzt. Er hielt eine 45er Automatic in der rechten Hand. Er taumelte. Es war deutlich, dass ihm die Kraft fehlte, die Waffe zu heben und das Feuer auf Bunuel oder einen anderen zu eröffnen.

Die beiden Mädchen, die Bunuel neben sich zu Boden gerissen hatte, begannen zu schreien. Hoch, schrill, voller Panik.

Bunuel sprang auf, drehte sich in das verwüstete Büro hinein, blieb neben Manson stehen, der inzwischen zu Boden gegangen war, und hob die 45er Automatic auf.

»Verdammter Hurensohn!«, schrie er.

Manson drehte sich auf die Seite, versuchte wieder auf die Beine zu kommen und brach zusammen, bevor er sich auch nur halb aufgerichtet hatte.

Bunuel zielte mit der 45er auf den wehrlosen Mann und drückte so lange ab, bis das Magazin leer war und der Schlitten der Automatic blockierte. Dann drehte er sich rum und ging wieder in das Großraumbüro zurück.

Es war plötzlich still um ihn herum geworden. Beinahe alle Angestellten hatten das sinnlose Sterben ihres Direktors mit angesehen. Nun war jedem klar geworden, dass er der Nächste sein konnte, wenn er etwas tat, was den Terroristen nicht gefiel.

»Drei Männer zum Fahrstuhl, verdammt!«, brach Leclerc das Schweigen. Sein ausgestreckter Zeigefinger zielte wahllos auf drei Männer. Die setzten sich automatisch in Bewegung. Keiner von ihnen wusste, was er tat, worauf er sich einließ und warum er sich eigentlich in Bewegung gesetzt hatte. Die Nähe des Todes hatte sie stumm werden lassen. Sie würden alles tun, sogar aus dem Fenster springen, wenn jemand das verlangte.

Bunuel rieb sich den Schweiß von der Stirn. Unstet sprang sein Blick von einem zum anderen und heftete sich schließlich auf die beiden Mädchen, die er eben mit sich zu Boden gerissen hatte. Ein hässliches Grinsen überflog sein Gesicht. Er näherte sich den Mädchen mit raubtierhaften Schritten, blieb vor ihnen stehen und senkte den Lauf seiner MPi. So weit, dass sich das Korn im Ausschnitt einer weißen Bluse verfing.

»Bitte – nein ...«

Bunuel lachte. Mit einer schnellen Bewegung zog er den Lauf der MPi von oben nach unten. Die Knopfleiste der Bluse sprang auf, der Stoff fiel auseinander und die Brüste des rothaarigen Mädchens waren zu sehen.

»Huren!«, sagte Bunuel mit einer Stimme, die kaum noch etwas Menschliches an sich hatte. »Alles Huren!«

»Bitte – nein ...«

Bunuel drehte sich rum. Er schaute zu Madheau und Cesare, die das Büro rechts und links an der Wand stehend sicherten. Er sah sie grinsen und wusste, dass er sich, was seine Gesinnung anging, in guter Gesellschaft befand. Sie hatten nicht viel Zeit gehabt, sich kennen zu lernen, und Bunuel war ein Mann, der sich ungern jemandem anschloss. Nun jedoch war das anders. Nun waren sie auf Gedeih und

Verderb aneinander gekettet. Sie hatten sich gegenseitig zum Erben gemacht für den Fall, dass es einer nicht überlebte.

»Wie in Angola und Kinshasa«, sagte Bunuel und zündete sich eine Zigarette an. »Das hier ist verdammt nicht anders, Amigos.«

Madheau, der Libanese, dachte nicht so sehr an Kinshasa oder Angola, denn da war er nicht dabei gewesen. Er dachte mehr an Beirut und einige Terroranschläge, die er im Sinai verübt hatte. Ohne bis nach Jerusalem gekommen zu sein, was er sich eigentlich immer gewünscht und vorgenommen hatte.

Cesare dachte an gar nichts. Alle Kriegsschauplätze, die er als Söldner erlebt hatte, hatte er in dem Moment aus seinem Gedächtnis verbannt, als er sie lebend verlassen hatte. Er belastete sich nicht mit der Vergangenheit. Für ihn waren die Gegenwart und die Zukunft eine Herausforderung, auf die er sich voll konzentrierte.

Und was Leclerc anging, den ehemaligen Legionär, der seinen Kontrakt nicht verlängert hatte, weil es ruhig geworden war um die Legion, die ihren letzten Einsatz im Irak gehabt hatte, der kannte Kinshasa, Angola und Nicaragua, und der fühlte sich gleich blutsverwandt mit dem verrückten Spanier.

Clark Davidson, der Vize-Direktor, der unbeschadet aus seinem Büro herausgekrochen war, nun hoch aufgerichtet an der Seitenwand stand und seinen Blick über das Chaos streichen ließ, fing sich als Erster der Angestellten der Tiger Enterprise.

»Ich weiß nicht, was Sie wollen«, sagte er laut und mit fester Stimme. »Aber von unserer Seite aus brauchen Sie mit keinem Widerstand zu rechnen.«

Im selben Moment entdeckte er die große, schlanke Frau, die einen weißen Overall trug und sich in das Großraumbüro hineinschlich wie eine Raubkatze. Clark Davidson schluckte trocken. Er hatte mehr sagen wollen, aber er brachte keinen Ton mehr über die Lippen. Entgeistert schaute er auf die Schönheit, die jetzt die Baseballmütze abnahm und das lange schwarze Haar aufschüttelte. Der Reißverschluss des Overalls stand beinahe bis zum Bauchnabel offen. Bei der Schüttelbewegung schwang der Stoff beiseite. Clark Davidsons Blick wurde wie magisch angezogen von dem makellosen Busen der unbekannten Frau.

Doña Violeta schaute zu Davidson. Sie war noch vor dem Comandante nach oben gefahren, weil der, nachdem er mit der Bazooka den Streifenwagen einfach aus der Welt geschossen hatte, noch zusammen mit Baumann, dem Deutschen, beim Lift beschäftigt war. Ihre dunklen Pupillen rollten von oben bis unten über den groß gewachsenen, schlanken Mann, der hellblondes Haar und ein scharf geschnittenes Kämpferprofil hatte.

Von einer Sekunde auf die andere hörte sie ihr Herz schneller schlagen. Eine bislang ungekannte Unruhe ergriff sie. Sie hatte mit dem schwarzen Sergeanten in Panama City geschlafen, vorher mit ungezählten anderen Männern, durch die sie sich einen Vorteil versprochen hatte, und sie hatte mit Menendez die Matratze geteilt. Immer nur, weil sie mit ihrer Hingabe ein bestimmtes Ziel verfolgt hatte. Und aus Lust vielleicht, ja, aber doch niemals aus Liebe. Jetzt starrte sie den großen blonden Mann an, und sie spürte Ameisen in ihrem Bauch.

»Sie haben von uns keinerlei Widerstand zu erwarten«, wiederholte Clark Davidson, der Vize-Direktor der Tiger Enterprise. »Sie sagen uns, was wir zu tun haben, und wir tun es.« Er drehte den Blick von Doña Violeta zu den Angestellten. »Ich will, dass ihr Ruhe bewahrt und abwartet. Ruhe und abwarten! Es bringt keinem etwas, wenn jemand in Panik verfällt.«

Das Mädchen, dem Bunuel mit dem Lauf der MPi die Bluse geöffnet hatte, stand auf. Mit der einen Hand strich sie sich über das rote, lange Haar, mit der anderen Hand hielt sie die Bluse über ihrem Busen zusammen. Langsam ging sie einige Schritte in das Büro hinein und blieb neben Bunuel stehen, der schwer atmete. »Clark Davidson hat Recht«, sagte sie mit fester Stimme. »Panik kann uns nur schaden.«

Bunuel lachte grollend. »Du wärst die Erste, die nicht in Panik verfällt, wenn sie mich näher kennen gelernt hat«, knurrte er dann. »Wie heißt du?«

»Elvira.«

Der Fahrstuhl hielt auf der Etage. Die drei Männer, die von Leclerc zum Entladen des Liftes abgestellt worden waren, fuhren auf Sackkarren schwere Kisten in das Büro. Hinter den Männern tauchte Roberto Menendez auf. Der Comandante. Er ließ den Blick kreisen, schaute beinahe jeden an, und seine Augen blieben schließlich an dem toten Harry Manson hängen, der in einer Blutlache in seinem Büro lag. Roberto Menendez' schwarze Brauen hoben sich und fielen genauso schnell wieder ab.

»Schafft ihn in den Fahrstuhl und schickt ihn nach unten, sobald sich Baumann gemeldet hat.«

Madheau und Cesare nickten. Doña Violeta ließ die Baseballmütze mit dem langen Schirm fallen, die sie bislang in den Händen gedreht hatte. Sie hob die rechte Hand, und ihr gelackter Zeigefinger deutete auf Clark Davidson.

»Du schreibst die Namen aller Angestellten auf. Name, Adresse, Telefonnummer, Familienstand.«

Clark Davidson nickte. »Weiter?«, fragte er und duckte sich, als Roberto Menendez mit schnellen Schritten auf ihn zueilte.

Einen Schritt vor Clark Davidson blieb Menendez stehen und starrte den großen blonden Mann feindselig an. »Du gefällst mir nicht«, sagte er. »Du bist einer von denen, die sich zu sehr und zu gut in der Gewalt haben. Ich denke, mit dir werden wir noch Schwierigkeiten kriegen.«

Worauf du dich verlassen kannst!, dachte Clark Davidson, aber er schüttelte den Kopf und senkte den Blick.

Aus den Augenwinkeln heraus beobachtete er Brian O'Neill und David Browning, die ehemaligen Marines, die als Bodyguards eingestellt waren, die jeden bewachten, der sie anforderte, und die als Einzige bei dem Einfall der Terroristen bewaffnet gewesen waren. Dass sie es immer noch waren, bezweifelte Clark Davidson. Die beiden waren sicher clever genug gewesen, die Waffen in einem unbeobachteten Moment abgelegt zu haben. O'Neill, Browning und er selbst, sie mussten sehen, dass sie die Situation beherrschten. Vielleicht auch noch Elvira Firestone, die rothaarig war wie O'Neill und die früher mal Polizistin gewesen war oder die Polizistin hatte werden wollen und in dem Beruf gestrandet war. Er wusste es nicht so genau.

»No, Sir«, sagte Davidson zu Menendez. »Nachdem Harry Manson, der Direktor, erschossen worden ist, trage ich hier die Verantwortung. Ich werde alles tun, meine Leute so still zu halten, dass Sie hier Ihren Job erledigen können. Egal wie der auch aussieht, Sir.«

»Soldat?«, fragte Menendez.

»Pazifist«, antwortete Davidson, obgleich er West Point und Fort Bragg hinter sich hatte.

Menendez lachte schallend. Die Spannung in ihm löste sich. Er ließ den Blick noch einmal in die Runde schweifen und war auf den ersten Blick absolut davon überzeugt, dass er die Situation im Griff hatte.

»Ich werde Namen, Adresse, Familienstand und Telefonnummer von jedem Angestellten notieren«, wandte sich Davidson an Doña Violeta, die ebenfalls näher gekommen war. Es kostete ihn Mühe, sie anzusehen und den Blick nicht in den tiefen Ausschnitt des Overalls zu senken.

Menendez schaute die Schöne etwas verständnislos an.

»Danach wird jeder seinen Kongressmann anrufen und ihm sagen, dass er nicht sterben will«, sagte Doña Violeta.

Menendez brüllte vor Lachen. »Das ist gut«, keuchte er. »Darauf wäre nicht mal ich gekommen, Doña. Und ich dachte, ich würde alle Arten der physischen und psychischen Kriegsführung beherrschen. Kongressmann anrufen, das gefällt mir! Da wird Washington auf einen Schlag aus dem Dornröschenschlaf geweckt.«

NEW YORK CITY

Empire State Building, Ladezone West
27. Dezember, 12 Uhr 15

Dort wo der Streifenwagen von der Bazooka getroffen worden war, gab es einen schwarzen Fleck auf dem Asphalt, ein ausgebranntes Blechgerippe, ziemlich unvollständig, und die Mauer, hinter die der Fahrer den Wagen im letzten Moment hatte zurückfahren wollen, war halb eingestürzt. Um die Stelle herum, wo der Wagen ausgebrannt war, war das Eis auf dem Asphalt geschmolzen. Der Boden war noch so heiß, dass es dauern würde, bis sich die Pfütze wieder in Eis verwandelt hatte.

Drei Streifenwagen blockierten die Zufahrt zur Ladezone West. Das einzige Glück im Unglück war das Datum. Ein Tag zwischen den Feiertagen. Die allermeisten Büros hatten bis nach Neujahr geschlossen und die meisten Büroetagen waren verwaist.

Neben der Trage, die rechts vor dem Eingang in Angelo Paukes Büro stand, beinahe genau an der Stelle, wo er auch niedergeschossen worden war, knieten zwei Sanitäter und ein Doc. Sie versuchten, Pauke auf der Trage zu halten.

»Schnallt ihn an, verdammt! Er versucht, sich selbst umzubringen.«

Wer das brüllte, konnte ich nicht erkennen. Das war auch nicht wichtig in diesem Moment. Viel wichtiger war, dass Pauke lebte.

»Hast du vielleicht nichts im Koffer, mit dem du den Verrückten platt spritzen kannst, Doc?«, fragte einer der Sanitäter. Sie sahen alle gleich aus. Doc und Sanitäter waren in schwere Pelzparkas gehüllt. Die Strapazen standen auf ihren Gesichtern geschrieben. Es war ihr 32. Einsatz in 36 Stunden. So lange befanden sie sich schon im Dienst und auf den Beinen. Bei dem, was hier in der Stadt lief, auch ohne diesen Zwischenfall, wurden jeder Wagen und alle Mannschaften nötig gebraucht. Mindestens noch zwölf Stunden würde es dauern, bevor diese Männer aus den Schuhen kamen.

Phil koordinierte den Einsatz der Cops. Wir warteten noch auf Assistenz vom FBI. Das Headquarter war längst verständigt. Mr. High würde einige Kollegen schicken und einige Spezialmannschaften mobilisieren, die etwas Ordnung in das noch vorhandene Chaos brachten.

Ich bahnte mir einen Weg durch das medizinische Personal und einige Männer von der Feuerwehr, die sich um die Verletzten und die Toten kümmerten, wie es ihre Pflicht war.

»Verdammt, du bist noch nicht dran, Mann! Immer schön der Reihe nach«, sagte ein Sanitäter.

»FBI.«

Er schüttelte den Kopf. »Ja und? Glaubst du vielleicht, für dich würde eine Extrawurst gebraten?«

Ich antwortete nicht darauf, reagierte nicht. Wie denn auch? Vielleicht mit Wut im Bauch und beleidigt darüber, dass man mich erst einmal aus dem Weg haben wollte? Die Jungs taten hier alle nur ihre Pflicht, sie waren müde und standen unter Dauerstress. Sie hatten das verdammte Recht, anders und gereizter zu reagieren als unter normalen Bedingungen.

Ich erreichte die Trage. Den beiden Sanitätern war es inzwischen gelungen, Angelo Pauke darauf festzubinden. Die Decken und Laken, die man über ihn gebreitet hatte, waren blutverschmiert. Pauke rollte mit den Augen, dass man Angst bekommen konnte. Sein Kopf flog hin und her, Speichel rann aus seinem linken Mundwinkel und gefror zur Eisbahn bis zur Kinnspitze runter.

Der Doc kniete neben seiner Tasche. In aller Ruhe zog er eine Spritze auf.

»Pauke«, sagte ich.

Angelo Pauke hielt den Kopf still und schaute in meine Richtung. Er sah elend aus, mitgenommen und verzweifelt.

»Jerry Cotton, FBI«, sagte ich und schaute in seine fiebrig glänzenden Augen, die unendlich weit in den schmalen Schädel zurückgerutscht waren. Auf den ersten Blick hätte man annehmen können, dass Angelo Pauke auf der letzten Schwelle zum Jenseits stand. Aber das täuschte natürlich, denn jemand, der dem Tod näher stand als dem Leben, hätte sich nicht mehr so vehement gegen die Sanitäter und den Doc wehren können.

»Hilf mir, G-man«, sagte er leise. »Verdammt, ich muss hier weg. In Queens hat ein Verrückter meine Frau und meine kleine Tochter in seiner Gewalt und will …«

»Das kommt in Ordnung, Pauke.«

Etwas Ruhe zeigte sich in seinen verzweifelten, unsteten Blick. »Sicher?«

»Sicher«, sage ich. Vielleicht war es eine Lüge, vielleicht auch nicht. Ich hatte keine Ahnung von dem, was in Queens inzwischen geschehen war.

»Die Hunde haben mir keine Wahl gelassen, Cotton.«

»Ich weiß. Keiner macht Ihnen einen Vorwurf.«

Der Doc hatte die Spritze mit viel Mühe und Not aufgezogen und kam heran.

»Warten Sie noch«, verlangte ich.

Seine Augen weiteten sich. »G-man?«, fragte er.

Ich nickte.

»Geh doch zur Hölle, G-man. Der Mann braucht …«

»Warten Sie noch, verdammt! Oder stirbt er in den nächsten Minuten, wenn er jetzt nicht platt gespritzt wird?«

»Das nicht, aber …«

Irgendetwas lag in meinen Augen, was den Medizinmann verstummen ließ.

»Ich bin in Ordnung«, versicherte Pauke, was er aber

ganz sicher nicht war. »Die Weißkittel machen immer aus einer Mücke einen Elefanten.«

»Komisch«, sagte der Doc, »dass Bullen immer den Helden spielen müssen. Gehört das vielleicht zur Ausbildung, immer den harten Kerl heraushängen zu lassen? Alles kleine Dirty Harrys.«

Ich kümmerte mich nicht um das Lamento des Medizinmanns. Sicher ging es Pauke nicht gut, aber es bestand keine unmittelbare Lebensgefahr. Bevor sie ihn einschläferten, war es wichtig, dass er uns noch einige Fragen beantwortete.

Ich zündete eine Zigarette an, rauchte einen tiefen Zug und hielt sie Pauke zwischen die schmalen, blutleeren Lippen, als er einen sehnsüchtigen Blick auf den Glimmstängel warf.

»Wie viele sind es, Pauke?«

»Ich habe drei gesehen und eine Frau und den Mann mit der Bazooka, der plötzlich – auf jeden Fall sind es mehr, Cotton. Mit der Frau wahrscheinlich sieben. Ich hatte wirklich keine andere Wahl.«

Um ihn daran zu hindern, sich in Selbstvorwürfen zu ergehen, steckte ich ihm die Zigarette wieder zwischen die Lippen. In diesem Zustand haut einen Mann nichts schneller um, wenn er sich schuldig fühlt an dem, was geschehen ist.

Pauke rauchte und hustete hohl.

»Vierzehnter Stock, bei der Tiger Enterprise«, sagte er dann. »Dort oben halten sich genau vierunddreißig Angestellte auf, Cotton. Die Kerle haben mit dem Lastwagen schweres Material gebracht. U.S. Army, Panama City, stand auf einigen Kisten. Stinger, Bazookas, MGs, Handgranaten, handliche Mörser und jede Menge Munition. Wollen die hier eine Revolution anzetteln?«

Der Doc und die beiden wuchtigen Sanitäter standen schweigend neben der Trage. Keiner dachte noch daran, mich aus Paukes Nähe zu vertreiben. Es war, als spürten auch diese Männer die fürchterliche Katastrophe, die hier jeden Moment hereinbrechen konnte.

»Vierunddreißig Angestellte, Cotton«, wiederholte Pauke mit unheilgeschwängerter Stimme. »Die Kerle sind verrückt. Die Frau ebenfalls. Sie sieht aus wie ein Engel, aber sie ist ein Teufel. Was haben die vor? Ist Krieg in Manhattan?«

»Überall, nicht nur in Manhattan«, sagte ich.

Pauke nickte. Er war ruhig und plötzlich auch besonnen. Er war verwundet, wahrscheinlich schwer, aber Schmerzen schien er keine zu haben.

»U.S. Army, Panama City?«, hakte ich nach.

»Richtig«, sagte Pauke. »Und auf den meisten Kisten war der Inhalt angegeben.«

Ich brauchte nicht weiterzufragen. In Panama City war vor einigen Tagen ein Militärkonvoi in eine Falle gelockt worden, hatte der Lieutenant von der DIA zugeben müssen. Also wussten sie auch sehr genau, welches Kriegsgerät ihnen dort abhanden gekommen und nun in New York wieder aufgetaucht war.

»Sonst noch was, was uns helfen könnte, Pauke?«

»Ihr habt absolut keine Chance, da raufzukommen. Die Lifte sind blockiert und so geschaltet, dass man sie nur von oben bedienen kann. Absolut keine Chance. Mein Gott, Martine und Susan schweben in Lebensgefahr, G-man. Was soll ich nur machen?«

»Nichts«, antwortete ich heiser. »Nur das, was der Doc sagt. Wir brauchen Sie noch, denke ich.«

»Das denke ich auch.«

Bei der ersten medizinischen Notversorgung hatten sie ihm etwas gegeben, was ihn ruhiger machte. Das Zeug begann nun zu wirken. Die Augen fielen ihm zu, und es bereitete ihm immer mehr Mühe, die Lider wieder zu heben. Ich trat von der Trage zurück und ließ den Doc heran. Der setzte die Spritze und richtete sich wieder auf. Die beiden Sanitäter hoben die Trage auf und trugen sie zum Rettungswagen, der hinter der halb eingefallenen Mauer auf der Straße parkte. Zwischen den Patrolcars.

»Stimmt es, was er sagt?«, fragte der Doc.

»Ich fürchte, ja.«

»Vierunddreißig Menschen in der Gewalt von Terroristen?«

Ich nickte.

»Mein Gott. Sobald ich dienstfrei habe, packe ich meine Sachen, nehme meine Frau und meine Kinder und emigriere nach Neuseeland. Dort soll es ruhiger sein.« Er strich sich über das helle Haar.

»Hier kommt was runter!«, schrie jemand aus dem langen Gang, der bei den Spezialliften mündete. »Oh, Mann …!«

Ich erreichte den Lift mit langen Schritten, schaute hinein und hatte das Gefühl, in einen Horrorfilm gekommen zu sein. Zwei tote Männer. Angestellte der Tiger Enterprise. Durchsiebt von Kugeln. Jemand hatte mit Lippenstift ein Blatt beschrieben und es einem der beiden auf die Brust gelegt.

»Freundliche Grüße an Washington. Eigentlich wollten sie nicht sterben, aber ihre Regierung hat es so gewollt. Es sind noch zweiunddreißig Männer und Frauen!«

Ich drehte mich um und stieß mit Phil zusammen, der ebenfalls gekommen war. Ich schaute ihn an. Sein Gesicht wirkte wie aus Granit gemeißelt. Ein unheilvolles Flackern lag in seinen Augen. Es dauerte einen kurzen Moment, dann hob er den Blick von den beiden Toten und strich sich über das Haar.

»Die Kollegen sind unterwegs«, sagte er. »Dazu einige Spezialtruppen. Sie stehen unter unserem Kommando. Ich hatte Mr. High an der Strippe. Er kommt zusammen mit dem DA heraus. In Washington versucht man, das alles etwas herunterzureden. CIA und DIA werden sich erneut mit uns in Verbindung setzen um die Sache – sie haben wirklich ›Sache‹ gesagt – hier zu regeln. So wie sie glauben, dass es für alle das Beste ist.«

»Ich kann für die beiden nichts mehr tun«, sagte der Doc und zuckte mutlos mit den Schultern. »Wir bringen Pauke jetzt ins Krankenhaus.«

»Wie schlimm sieht es mit ihm wirklich aus?«

»Er hat zwei Kugeln in der rechten Schulter und eine in der Brust. Die muss sich an einer Rippe festgefressen haben, sodass er von Glück sagen kann. Sie meinen, ob und wann Sie mit ihm reden können?«

»Ja.«

»Er ist ein zäher Hund. Er wird operiert. Wenn es keine Komplikationen gibt, steht er Ihnen in einigen Stunden wieder zur Verfügung.«

Der Doc drehte sich rum und ging mit langen Schritten und weit nach vorn gezogenen Schultern den langen Gang entlang. Wenig später war er aus unserem Blickfeld verschwunden.

Phil und ich schlossen uns ihm an.

Ich begrüßte die Kälte, die mich draußen empfing. Ich schaute dorthin, wo das Gerippe des Patrolcars stand, in dem zwei Beamte gestorben waren. Ich dachte an Queens, wo ebenfalls ein Polizist sein Leben gelassen hatte. Und ich dachte daran, dass die Kerle und die Frau dort oben gar keine Chance hatten, diesen Krieg zu gewinnen. Dazu war schon zu viel geschehen. Die Toten in Brooklyn, die toten Polizisten, die toten Angestellten.

Es gibt sicher Momente, in denen der Staat sich erst einmal der Gewalt beugen muss, um den Fall dann später in aller Ruhe wieder aufzunehmen. Hier jedoch konnte und durfte keiner das Haupt beugen. Menschen, die wie wilde Tiere wüteten, aus welchen Beweggründen auch immer, durften nicht mehr auf die normale Menschheit losgelassen werden. Ich schaute an der Fassade hinauf und schüttelte den Kopf.

»Wir warten«, sagte ich.

Phil nickte. »Wenn wir ihnen die kleinste Chance geben, verwandeln sie den 14. Stock in eine Leichenhalle.«

Joe Brandenburg und Steve Dillaggio kamen zusammen mit dem ersten Mannschaftswagen einer mobilen Einsatztruppe. Militärs und Polizisten, bunt zusammengewürfelt, die zur Abwendung terroristischer Anschläge besonders geschult waren. Zwanzig Männer, es konnten auch einige mehr sein. Sie bevölkerten die Westladezone des Empire State Building und schauten sich etwas hilflos um.

»Wer ist Cotton?«, fragte ein Captain. Er war groß, breitschultrig, trug seinen Helm etwas kühn in den Nacken geschoben und hatte stahlblaue Augen, die alle Entschlossenheit dieser Welt ausdrückten. Er hieß Lewis Joker. Das jedenfalls stand auf dem Namensschild, das aus einem braunen Stofffetzen bestand und auf seine Uniform aufgeklebt war.

»Ich bin Cotton.«

Sein Blick strich über mich hinweg, von unten bis oben, dann fixierte er meine Augen und kam heran. Trotz seiner Größe und seines Gewichtes bewegte er sich erstaunlich leichtfüßig.

»Captain Lewis Joker«, sagte er und streckte mir seine Hand entgegen.

Ich ergriff sie. In der nächsten Sekunde bereute ich es. Meine Knöchel knackten, und ich hatte das Gefühl, die Hand zwischen die Backen eines Schraubstocks bekommen zu haben. »Ich höre nicht auf Captain und nicht auf Joker, und ich nenne die Männer, mit denen ich zu tun habe, beim Vornamen. Ist das okay?

»Absolut okay, Lewis.«

»Gut. Normalerweise arbeite ich nicht mit verdammten Zivilisten zusammen, aber diesmal hat man mir ausdrücklich ans Herz gelegt, auf dich zu hören. Ich weiß, was passiert ist, und ich kann mir vorstellen, wie es dort oben aussieht. Wir besetzen erst mal die beiden Stockwerke unter und über der 14. Etage, um die Bande in die Zange zu nehmen. Damit ist absolut nichts erreicht, aber es gibt ein beruhigendes Gefühl. Okay?«

Zum Teufel, seine Art, einen Fall wie diesen anzugehen, und seine Ehrlichkeit gefielen mir. »Okay«, sagte ich. »Da kommen noch andere Spezialisten.«

Lewis Joker grinste. »Ich weiß. Jede Menge Psychologen, Gesundbeter, Heilige und Presseleute, die doch alles besser wissen. Die kümmern mich einen Scheiß. Ich halte mich an dich, und ich werde dir sagen, wenn du etwas falsch beurteilst.« Er drehte sich zu seinen Leuten rum, brüllte einige Befehle. Sekunden später waren die Männer verschwunden.

»Sie sind zu siebt«, sagte ich. »Darunter ist eine Frau. Es waren vierunddreißig Angestellte, die von ihnen überrascht und festgesetzt wurden. Inzwischen sind es nur noch zweiunddreißig. Zwei Leichen haben die Kerle mit dem Lift nach unten geschickt. Es mag verrückt klingen, Lewis, aber ich will diese zweiunddreißig Leute da lebend rausbekommen.«

»Es mag verrückt klingen, aber das will ich auch. Ich bin im 13. Stock, wenn du mich suchst. Die 13 hat mir immer schon Glück gebracht.« Lewis Joker hob seine Hand an den Helm und rannte seinen Männern hinterher, die inzwischen im Gebäude verschwunden waren.

»Auf jeden Fall«, sagte Jo Brandenburg, »werden wir mit dem wohl keine Schwierigkeiten haben, oder?«

»Sicher nicht«, stimmte Steve Dillagio zu. »Und wenn der Captain im 13. Stock wacht, richten wir dort unser Hauptquartier ein. Ich werde dafür sorgen, dass alles notwendige Material und alle Informationen dort zusammenfließen. Sonst noch was, Jerry?«

»Was ist in Queens los?«

»Der Kerl sitzt noch im Haus. Die Frau und das Kind sind bei ihm. Er hat inzwischen Kontakt nach draußen aufgenommen. Er behauptet, zu jeder Zeit das Haus verlassen zu können. Falls ihm etwas passiert, würden hier im Empire State Building drei Menschen sterben. Ich fürchte, er meint es ernst.«

Phil nickte nachdenklich. »Er weiß alles«, sagte er. »Wir

brauchen ihn, und wir müssen ihn zum Singen bringen. Ich fahre nach Queens runter. Okay?«

»Wer ist unten?«

»Zeerookah«, sagte Steve Dillagio.

»Gut. Leiste dem Indianer Gesellschaft. Schnappt euch den Kerl und bringt ihn zum Reden.«

NEW YORK

Queens
27. Dezember, 13 Uhr 45

»Sehr freundlich und zuvorkommend von deinem Mann«, sagte Marco Tullio und lachte grollend. Seine kleinen schwarzen Augen huschten über Martine Pauke und blitzten kurz auf, als sie sich etwas länger als normal auf ihren Busen richteten, um den sich ein enger Pulli wie eine zweite Haut spannte. »Ich meine, es ist doch sehr freundlich, dass er den Schuppen hier so gesichert hat, dass sich von außen keiner darin verlaufen kann, ohne dass man ihn kommen hört.«

Martine Pauke schaute den untersetzten Latino an. Was sie nie für möglich gehalten hatte, war eingetreten: Sie hasste einen Menschen so sehr, dass sie ihn kaltblütig über den Haufen schießen konnte. Das war nicht nur eine verständliche innere Aufwallung, dieser Hass war beinahe schon pathologisch. Jedes Mal, wenn sie Tullio anschaute, konnte sie sich ohne Schaudern vorstellen, wie er vor ihr lag, blutüberströmt, und seine Todesangst hinausschrie.

»Was ist mit Angelo?«, fragte sie.

»Was soll mit ihm sein? Wahrscheinlich bumst er gerade seine Lieblingssekretärin. Oder tut er so was nicht?«

Ihre normale Reaktion hätte schlicht und einfach aus Empörung bestanden. Nun jedoch legte sie den Kopf schief, blinzelte Tullio an und holte so tief Luft, dass ihr Busen noch mehr die Maschen des Pullovers dehnte. Dann grinste sie. Sie konnte ihren Gesichtsausdruck selbst nicht sehen, aber aus Tullios Reaktion konnte sie deutlich herauslesen, dass dieses Grinsen genauso herausfordernd auf ihn wirkte, wie sie es gewollt hatte.

Der Latino blinzelte irritiert und kratzte sich mit dem Lauf der MPi den Haaransatz. Martine beobachtete es. Sie dachte, dass, wenn es noch eine Gerechtigkeit auf dieser Welt gab, der Schweinehund jetzt aus Versehen den Finger krümmen müsste. Er krümmte ihn nicht. Er nahm den Lauf der MPi wieder runter und schielte an Martine Pauke vorbei zur Couch, auf der die kleine Susan saß und ein zerfleddertes Bilderbuch immer wieder durchblätterte. Dabei machte sie ein ernstes Gesicht, als handelte es sich um einen schwierigen Text, den sie durchaus verstand.

Vorhin, als Tullio die Kleine hatte fallen lassen, war sie in Panik geraten. Nun jedoch war das, was hier im Haus geschah – der fremde Mann und die Waffe –, für sie Normalität geworden.

Zum Glück begriff Susan nicht, in welcher Gefahr sie und Martine schwebten.

»Wir werden noch einige Zeit zusammenbleiben.«

Martine nickte. Ruhig und gelassen. Sie wusste, dass hier alles auf eine Katastrophe hinauslaufen würde, wenn sie nicht selbst etwas dagegen unternahm. Von außen hatte sie keine Hilfe zu erwarten. Wenigstens keine, die den Latino überraschen konnte. Die Alarmanlagen waren eingestellt. Es half nicht mal, wenn die Cops auf die Idee kamen, den Strom abzuschalten. Dann wurden alle wichtigen elektronischen Funktionen über ein Notaggregat gespeist, das sich im Keller des Hauses befand. Ihr Vater, der in Juwelen gehandelt hatte, hatte das alles noch kurz vor seinem Tod anbringen lassen, weil sich immer einige wertvolle Stücke im Haus befunden hatten. Angelo, ihr Mann, der Spaß hatte an diesen technischen Spielereien, hatte nach dem Tod ihres

Vaters vor einem Jahr, als sie dieses Haus in Queens bezogen hatten, die technische Raffinesse beinahe zur Perfektion gebracht. Nicht wissend, dass die totale Abschirmung gegen außen ihnen eines Tages zum Verhängnis werden konnte.

»Es ist also besser, wenn wir uns verstehen, oder?«

Martine schaute den kleinen, untersetzten Mann an, über dessen Leiche hinweg sie nahtlos zur Tagesordnung übergehen konnte. Sie wusste sehr genau, worauf der Schmutzfink mit der MPi abzielte. Sie wusste sehr gut, dass sie darauf eingehen musste, wollte sie auch nur den Hauch einer Chance haben. Sie war eine gläubige, streng erzogene Frau. Sie hatte Angelo nicht einmal in Gedanken betrogen. Aber in Situationen wie diesen musste man über den eigenen Schatten springen oder kapitulieren.

»Ja«, sagte sie also. »Es ist wirklich besser, wenn wir uns verstehen und uns das Leben nicht unnötig schwer machen.«

Tullio grinste schief.

»Hast du eigentlich Angst?«

»Jetzt nicht mehr«, antwortete Martine Pauke. »Ich habe getan, was du verlangt hast, und gehört, dass du dir wegen der Polizisten da draußen keine Sorgen machst. Du wirst irgendwann wieder hier verschwinden. Du hast keinen Grund, meiner Tochter oder mir etwas anzutun. Du hast bessere Trümpfe als eine wehrlose Frau und ein Kind. Oder?«

»Das ist richtig.« Tullios Mundwinkel zuckten. »Viel bessere. Nämlich mehr als dreißig Frauen und Männer, die woanders festgehalten werden.«

»Im Empire State Buildung.« Martine nickte. »Ich will gar nicht wissen, was dort passiert und warum es passiert.«

Auf der Couch fielen Susan die Augen zu. Das zerfledderte Bilderbuch rutschte ihr aus den Händen.

»Sie ist müde«, sagte Martine. »Es ist die Zeit, in der sie sonst ihren Mittagsschlaf hält.«

»Dann bring sie ins Bett«, sagte Tullio schnell und heftig. »Bring das kleine Monster ins Bett, dann können wir uns freier bewegen. Ich kann mir vorstellen, dass du es unter den Augen des Kindes nicht gerne tust.«

Sie brauchte nicht zu fragen, was er meinte. Er sagte es so schmierig, dass es nur eine einzige Deutung zuließ. Martine ging zur Couch, nahm Susan auf, drückte sie fest an sich und streichelte das blonde Haar des Kindes. Dann drehte sie sich rum, verließ das Wohnzimmer und ging die Treppe in den ersten Stock hinauf.

Tullio folgte ihr. In drei Schritten Abstand. Er ließ ihr diesen Vorsprung, weil die Treppe ziemlich steil nach oben führte und er so Martines langen Beine bis hoch hinauf begutachten konnte. Sie waren genau so, wie er sie sich vorgestellt hatte. Schlank und wohl geformt. Und als sie den Podest des ersten Stockes erreichte, schwang der Rock so hoch, dass er den Schatten eines schwarzen Slips sehen konnte.

»Na, beeil dich. Wir haben noch etwas anderes zu erledigen!«

Martine setzte ihren Weg ins Kinderzimmer fort. Sie legte Susan ins Bett, deckte sie zu und wartete, bis die Kleine tief und ruhig atmete, was darauf hindeutete, dass sie wirklich eingeschlafen war. Dann richtete sie sich auf, streckte sich und verließ das Kinderzimmer. Inzwischen hatte Tullio die anderen Räume hier oben inspiziert und war sichtlich zufrieden. Vor alle Fenster waren dicke Bleiläden gelassen. Schusssicher. Um sie aufzustemmen, brauchte man schweres Werkzeug. Niemand konnte ihn von außen überraschen.

»Wir wollen uns nicht lange aufhalten, Blondie«, sagte er heiser und deutete zum Schlafzimmer, von wo es eine Verbindungstür zum Bad gab. »Du gehst zuerst unter die Dusche und ziehst dir etwas Nettes an.«

Martine lächelte herausfordernd. »Komisch«, sagte sie.

»Was ist komisch daran?«, fragte Tullio misstrauisch.

»Die Männer, die ich bislang hatte, wollten, dass ich mich ausziehe, und nicht, dass ich mir was Nettes anziehe.«

»Dann kannst du von Glück reden, dass du mich kennen gelernt hast. So erlebst du mal was anderes.«

Sie drehte sich um. Tullio schaute ihr nach, als sie ins Schlafzimmer ging. In der Mitte des Raumes blieb sie stehen und streifte sich den Pullover über den Kopf. Sie trug keinen BH darunter, das hatte Tullio schon lange gewusst. Jetzt, als sie sich zu ihm umdrehte, klebte sein Blick förmlich auf ihrem straffen Busen, dessen dunkle Kronen hart geworden waren. Hart, weil sie erregt war, weil sie scharf auf ihn war. Dachte Tullio.

In Wirklichkeit stimmte davon nur, dass Martine erregt war und wütend auf sich selbst, weil sie erst jetzt an die beiden Waffen dachte, die Angelo für alle Fälle im Haus versteckt hatte. Eine im Kleiderschrank, die zweite unter der Matratze des Bettes.

Handliches Spielzeug, hatte er gesagt. Nicht wirklich bedrohlich, aber man kann sich einen Mann damit schon vom Hals halten.

Jetzt musste es sein! Aber in einem stimmte sie mit Angelo nicht überein: Waffen, mit denen man einen Menschen töten konnte, waren nie und nimmer »handliches Spielzeug«.

Tullio atmete schwer. Kleine Schweißperlen reihten sich auf seiner Stirn. Er wischte mit dem Handrücken darüber hinweg, drehte sich um das Bett herum und setzte sich auf die Kante an der Fensterseite. Dort stand das Telefon. Er brauchte nur abzuheben, um mit dem Einsatzleiter dort draußen verbunden zu sein.

»Passt auf, dass euch der Arsch nicht abfriert«, sagte er, als sich ein Captain, dessen Namen er längst wieder vergessen hatte, meldete.

Er drehte sich halb zu Martine rum, die sich inzwischen auch den Rock abgestreift hatte und nun im knappen Slip dastand. Er hatte die MPi vor sich auf den Bettvorleger gelegt und gab ihr mit einem knappen Handzeichen zu verstehen, dass sie sich auch den verdammten Slip ausziehen sollte. Dass sie es tat, überraschte ihn nicht mal mehr.

Er nickte und grinste, als Martine Pauke nackt ins Badezimmer ging und die Tür hinter sich offen ließ. Über den großen Spiegel konnte er sie beobachten, und nicht eine Sekunde lang befürchtete Tullio, dass sie irgendeinen Trick versuchte. Im Gegenteil. Er war sicher, sie würde alles tun, um sicherzustellen, dass sie und ihre Tochter es überlebten.

»Hören Sie«, sagte der Captain, der sich am anderen Ende der Leitung befand. »Man kann über alles reden und …«

»Wir brauchen über nichts zu reden, Mann. Ihr haltet euch von dem Haus fern. Solange keiner hier einzudringen versucht, wird der Frau und dem Mädchen nichts passieren«.

»Was ist mit Martine?«

»Gib mal Laut!«, brüllte Tullio und streckte den Telefonhörer in die Luft. »Ein uniformiertes Aschloch will wissen, ob du noch lebst und es dir gut geht, Blondie!«

»Alles in Ordnung!«, rief Martine aus dem Badezimmer. »Alles in Ordnung. Tun Sie, was der Mann verlangt, dann wird alles gut!«

»Hast du gehört?«, fragte Tullio. »Sie ist vernünftig und wünscht sich nichts mehr, als dass ihr es auch seid. Also weg vom Haus. Ich sage, wenn ich rauskomme. Inzwischen werdet ihr wohl begriffen haben, dass ihr auch dann keine Chance habt, gegen mich vorzugehen. Das würde nur einigen anderen Leuten das Leben kosten. Die Leichen würde man dann zu Recht auf euer Konto schreiben. Das ist alles.«

Tullio legte auf, zündete sich eine Zigarette an und beobachtete über den Spiegel im Badezimmer, wie sich die Blondine unter der Dusche bewegte. Er konnte sich an keinen Moment in seinem verpfuschten Leben erinnern, in dem er sich so verdammt wohl und sicher gefühlt hatte.

Der Captain zuckte mit den Schultern, die Männer, die um ihn herumstanden und mit Grimm durch den großen Vorgarten zum Haus schauten, blickten niedergeschlagen.

»Er meint es ernst. So wie es im Moment aussieht, haben wir keine Chance, G-man«, sagte er zu Phil Decker, der inzwischen in Queens eingetroffen war und dem Geschehen genauso machtlos gegenüberstand wie die uniformierten Kollegen.

»Noch nicht«, sagte Phil grimmig. Er zündete sich eine Zigarette an.

»Die Geiselnehmer, die Terroristen im Empire State Building, stehen mit dem Kerl in Verbindung«, sagte der Captain. »Das ist doch so, oder?«

»Standen«, sagte Phil. »Inzwischen sind dort alle Leitungen besetzt. Keiner kann in die 14. Etage zur Tiger Enterprise durchkommen. Die Schweinehunde lassen die Geiseln mit ihren Angehörigen reden, damit die Druck auf uns und die öffentliche Meinung ausüben. Ein alter Trick, aber er funktioniert noch immer.«

»Ich begreife das alles nicht. Verdammt, ich hätte Urlaub kriegen und nach Vermont fahren können, G-man. Aber wir brauchten einen neuen Fernseher, und die Waschmaschine ging auch kaputt.«

»Wir werden ihn schon kriegen. Noch ist nicht aller Tage Abend. Sie kennen Martine Pauke, Sie können die junge Frau gut einschätzen. Wird sie mit der Situation fertig?«

»Im Moment noch. Aber keiner kann sagen, was in einigen Stunden sein wird. Oder morgen. Mein Gott, wie lange wird dieser Albtraum dauern?«

Phil konnte darauf keine Antwort geben. Er wandte sich ab und ging zu dem Geräte- und Mannschaftswagen der Techniker. Die Spezialisten für Alarmanlagen waren noch damit beschäftigt, eine Schwachstelle im System zu suchen.

»Perfekt«, sagte einer der Männer resignierend. »Angelo

Pauke hat absolut nichts vergessen. Vielleicht wenn wir ihn selbst befragen könnten …«

NEW YORK CITY

Empire State Building, 13. Etage
27. Dezember, 15 Uhr 20

Es würde früh dunkel werden. Die Luft war diesig. Der Himmel hatte im Osten wieder diese Schwefelfärbung wie vor einigen Tagen angenommen. Danach hatte es Sturm gegeben.

Aus der Büroetage im 13. Stock, die inzwischen zum Krisenzentrum umfunktioniert worden war und in der sich ein Haufen Leute tummelte, die ich vorher noch niemals gesehen hatte, konnte man rüberschauen zum Madison Avenue Building, das mit einem Helikopterlandeplatz ausgestattet war. Deutlich waren die Army-Helikopter zu sehen, die aus südlicher Richtung kamen und wie dicke, fette Fliegen in der Luft hingen. Sie brachten Marines, die von den umliegenden Wolkenkratzern und Gebäuden aus das Empire State Building beobachten sollten und die alle Chancen hatten, mit scharfen Nachtsichtgeräten und anderem technischen Spielzeug hin und wieder einen Blick in die Etage der Tiger Enterprise zu werfen.

Es bestand eine winzige Chance, dass sie uns mit Informationen versorgten, die uns möglicherweise halfen, irgendwelche Schritte zu unternehmen. Dieser Einsatz lag außerhalb unseres Einflussbereichs. Der FBI hatte nicht darum ersucht, und wir waren auch nicht gefragt worden.

Wir hatten die Nachricht bekommen, dass aus Sicherheitsgründen die Dächer anderer Wolkenkratzer besetzt und abgeschirmt wurden. Jeder Kommentar von unserer Seite wäre sinnlos gewesen. Das hatten irgendwelche

Eierköpfe aus verschiedenen Krisenstäben beschlossen, die sich gehaltsmäßig zehn Stufen über mir bewegten und bei denen man voraussetzte, dass ihre Intelligenz und ihr Einfallsreichtum auch zehnmal größer waren als der irgendwelcher kleiner G-men.

Die Landescheinwerfer der dicken, fetten Fliegen waren eingeschaltet. Scharf zerschnitt das gebündelte Licht die Resthelligkeit des Tages und malte große, runde Punkte auf die Stelle, wo die Piloten die Hubschrauber landen sollten.

Es sah fantastisch aus. Francis Coppola hätte das nicht besser inszenieren können, und auf jeder Leinwand wären diese Bilder ein voller Erfolg gewesen.

Captain Lewis Joker stand neben mir und starrte mit fest zusammengekniffenen Augen hinüber zum Madison Avenue Building. Als eingefleischter Militär, der sich nur ungern mit Zivilisten an einen Tisch setzte, hätte ihn das Schauspiel eigentlich begeistern müssen. Aber das tat es nicht. Tiefe Querfalten hatten sich in seine Stirn gefräst, seine Lippen waren schmal und so sehr aufeinander gekniffen, dass sie die Zigarette dazwischen zerquetschten.

Glenn Wooster, der Lieutenant des Pentagon-Geheimdienstes DIA, hatte sich dicht neben dem riesigen Panoramafenster aufgebaut. Seine Augen glänzten. Mit dem ausgestreckten Zeigefinger deutete er auf die Helikopter, die dem Dach des Madison Avenue Building schon sehr nahe gekommen waren.

»Das ist psychologisch«, sagte er erregt. »Könnt ihr euch vorstellen, wie mulmig es den Freunden über uns wird, wenn sie sehen, dass sie von allen Seiten von Militär umgeben sind?«

Ich konnte mir verdammt nicht vorstellen, dass den Terroristen über uns irgendwie mulmig war. Ich dachte vielmehr, dass sie dieses Szenarium einkalkuliert und sich im Voraus darauf eingestellt hatten.

Ich kannte nicht einen der Kerle über uns. Aber ich war sicher, dass sich der Chef des Unternehmens für einen solchen Coup nur das Beste ausgesucht hatte. The best money can buy. Pauke hatte sie erlebt, in Panama City und in Brooklyn hatten die Kerle ihre Visitenkarte abgegeben. Es konnte absolut kein Zweifel daran aufkommen, dass dieses ein Kamikaze-Unternehmen war, dass jeder wusste, was ihn erwartete und dass er ins Gras beißen konnte. Sie hatten sich dennoch darauf eingelassen. Eine solche Entschlossenheit konnte man nicht allein mit Geld kaufen.

Das musste in den Kerlen drinstecken. Jeder von denen musste dem Tod schon so oft ins Auge geblickt haben, dass der Knochenmann jeglichen Schrecken für ihn verloren hatte.

»Denen geht der Arsch auf Grundeis!«, verkündete Lieutenant Wooster.

James Claver von der CIA hielt sich wohlweislich zurück. Und Al Miller, der hier für das Justizministerium den Beobachter spielte, hatte, seit er eingetroffen war, nicht mehr als drei Worte gesprochen. Dem Kleinen, der aussah wie ein glückloser Vertreter, war auf den ersten Blick anzusehen, dass er nichts mehr fürchtete als eine direkte Konfrontation mit den Terroristen über uns. Wenn es nach ihm gegangen wäre, hätte er im Voraus alle Bedingungen akzeptiert und keinen Gedanken daran verschwendet, wie man die Brut dort oben stoppen konnte, ohne Konzessionen zu machen.

»Ist das auf eurem Mist gewachsen?«, fragte Lewis Joker.

Wooster nickte. Er hatte zwar einen militärischen Rang, weil das bei seinem Verein nun mal so war, aber er war kein Soldat. Er hatte schon durchschimmern lassen, dass er nicht viel von der kämpfenden Truppe hielt, der Joker angehörte, und dass nur Idioten ihren Kopf hinhielten für etwas, was von anderen Männern – so wie ihm – beschlossen worden war.

Es gab da also auch keine Freundschaft.

»Scheiße«, sagte Lewis Joker.

Mr. High, der zusammen mit dem District Attorney gekommen war und mit dem zusammen bei einer Gruppe

Männer stand, die die psychologische Sache analysierten, schaute Joker fragend an.

»Was heißt das?«

»Na, Scheiße«, sagte Joker und deutete mit dem ausgestreckten Finger zu den beiden Helikoptern. Der erste schwebte unmittelbar über dem Dach, der andere hatte einen Bogen geflogen und hielt sich in vielleicht hundert Yards Abstand. »Die Männer da drüben riskieren ihren Arsch für absolut nichts. Das hat mit psychologischer Kampfführung genauso wenig zu tun wie meine Schwiegermutter mit einer braven, lieben Frau. Das ist Bullshit, und das haben sich Idioten ausgedacht, die hin und wieder mal etwas beschließen müssen, um ihre Existenzberechtigung unter Beweis zu stellen. Das heißt das, Sir. Auf jedem Dach ein einziger Mann, der sein Handwerk versteht, das wäre genug und auch vertretbar.«

»An Ihrer Stelle, Captain ...«, sagte Wooster und brach ab, als Lewis Joker aufstand, die Zigarette ausspuckte und mit seinem schweren Springerstiefel darüber hinweglatschte.

Lewis Joker strich sich zuerst mit der flachen Hand über den blonden Igelhaarschnitt, der sein etwas eckiges Haupt zierte, dann kratzte er sich den Haaransatz und dann sagte er völlig ruhig und emotionslos: »Klugscheißer wie dich und deinesgleichen, die hinter einem aufgeräumten Schreibtisch Krieg spielen, habe ich schon vor zehn Jahren in der Pfeife geraucht.«

Wooster lief rot an. Eines war sicher. Der Junge konnte sich nicht beherrschen. Die Empörung blähte seine Backen.

»Wenn ich mit dir rede, Lieutenant, nimmst du Haltung an. Reden tust du nur, wenn ich dich dazu aufgefordert habe. Verstanden, Lieutenant?«

Woosters Schultern strafften sich, seine Backen blieben gebläht.

»Verstanden, Lieutenant?«, brüllte Lewis Joker ihn an.

»Yes, Sir«.

»Was?«

»Yes, Sir – Sir!«

Lewis Jokers stahlblaue Augen durchbohrten den Offizier vom Pentagon-Geheimdienst, der ihm wegen dieses Vorfalls eine ganze Menge Schwierigkeiten bereiten konnte. Dann drehte er sich um, klemmte sich eine frische Camel zwischen die schmalen Lippen und zündete sie an.

»Das ist ein Trauma«, sagte er. »Einer von den Gesundbetern da könnte es mir bescheinigen. Jedes Mal, wenn ich einen Stabsoffizier sehe, einen Sesselfurzer, frage ich mich, wie viele falsche Entscheidungen er schon getroffen hat und wie viele brave Jungs deswegen ihr Leben verloren haben. Das ist nicht persönlich, Lieutenant. Absolut nicht. Aber das, was ihr da mit den Marines verzapft habt, die auf den Dächern Stellung beziehen sollen, ist eine solche Entscheidung.«

Während des kleinen Disputs unter den Militärs war es still geworden hier in diesem Krisenbüro.

»Wenn wir etwas tun können ...«, begann ich.

Lewis Joker schüttelte den Kopf. »Du hast nicht mal einen Rang, Jerry. In deren Augen bist du eine doppelte Null mit Ausrufezeichen. Die Idioten haben alle Informationen über die Kerle dort oben bekommen, nehme ich an.«

»Alle«, versicherte ich.

»Dann wird morgen in den Zeitungen aller Welt stehen, dass in Manhattan der Krieg ausgebrochen ist, denn ...«

Es war ein Albtraum. Dort, wo gerade noch der Helikopter der Army wie eine fette Fliege über dem Landeplatz auf dem Madison Avenue Building geschwebt hatte, hing jetzt ein greller Feuerball. Dann erst war das Abschussgeräusch der Stinger zu hören, die die Terroristen – oder wie immer man die Verrückten auch nennen mochte – eine Etage über uns in Richtung Madison Avenue Building abgefeuert hatten.

Das Feuer da drüben senkte sich auf das Dach, fiel rasend schnell in sich zusammen und überzog die Landeplattform, wo sich andere Militärs aufhielten.

Der zweite Helikopter hatte gefährliche Schräglage bekommen. Der Pilot zog die Maschine erst scharf nach rechts und drückte sie dann rasend schnell nieder, sodass sie von den Türmen der Wolkenkratzer verdeckt wurde.

»Stinger«, sagte Lewis Joker mit einer Stimme, die klang, als käme sie aus der Gruft. »Das war nicht deren einzige. Wenn wirklich Krieg wäre und nicht nur der Wahnsinn Einzug in diese verdammte Stadt gehalten hätte, würde ich dafür sorgen, dass dieses hässliche Gebäude mitsamt den Terroristen in die Luft gejagt würde.«

Lewis Joker setzte sich, strich sich wieder über das kurze blonde Haar und schloss die Augen. Es sah aus, als betete er.

Vielleicht tat er das.

Eines der vier Telefone, über die wir mit den Terroristen über uns verbunden waren, schnarrte. Mr. High hob ab und legte den Hörer auf den Schreibtisch. Das Gespräch lief über Lautsprecher und wurde automatisch aufgezeichnet.

»Ja?«

»Hast du das gesehen?«, fragte eine heisere Frauenstimme.

»Ja.«

»Es wird so weitergehen, Mister. Ihr braucht euch gar nicht zu beeilen, unsere Forderungen zu erfüllen. Es wird so weitergehen.«

»Wir haben von Ihnen noch keine Forderungen erhalten, die wir erfüllen können oder nicht.«

»Es sind die Gleichen, die ihr schon habt, Mister. Der Prozess gegen Noriega findet nicht statt. Die falschen Zeugen, die viele mittelamerikanische Politiker gestürzt haben, entlarven sich selbst. Die Politiker werden rehabilitiert, auch posthum, die alten Regime werden wieder installiert und die USA geben gegenüber der Weltöffentlichkeit zu, dass vom Pentagon gezielt unbequeme Männer entfernt und auch liquidiert werden. Namen, Daten, Fakten, Mister. Es wird alles ans Tageslicht kommen müssen. Ihr beginnt in Miami, entlasst die Geschworenen, schickt Richter Hoeveler in die Wüste und stellt die Ehre von General Manuel Antonio Noriega wieder her. Hast du das verstanden, Mister?«

»Ja«, sagte Mr. High, der alle anderen Anwesenden mit einem bestimmenden Handzeichen zur Atemlosigkeit verdonnert hatte. »Aber Sie wissen genauso gut wie ich, dass …«

»Zeit spielt für uns keine Rolle, Mister. Wir erwarten die ersten Nachrichten unseres Vertrauensmanns aus Miami in sieben Stunden. Der freigelassene General wird vor den Fernsehkameras erscheinen und ein paar freundliche Worte an uns richten. Sieben Stunden. Danach stirbt jede Stunde eine Geisel. Wir lassen die Reihenfolge jetzt auslosen …«

NEW YORK CITY

14. Etage Empire State Building
27. Dezember, 15 Uhr 47

»Wir brauchen nicht zu losen«, sagte Clark Davidson, der Vize-Direktor, zu Doña Violeta und schüttelte den Kopf. Er sah aus den Augenwinkeln, wie Madheau, der Libanese, an ihn herantrat.

Er sah, wie sich das Pockennarbengesicht verzog, und er wusste, dass der Schmerz jeden Moment über ihn kommen musste.

Der Schlag mit der MPi erwischte Davidson in Nierenhöhe. Er wurde nach rechts geschleudert, wo Cesare, der kleine, beinahe zierliche Italiener, stand. Davidsons Gesichtsfeld verdunkelte sich für den Bruchteil einer Sekunde. Dann hatte er das Gefühl, als hätte jemand mit einem Vorschlaghammer auf ihn eingedroschen. Ein bunter Sternenregen zerplatzte an seinem geistigen Horizont.

Von der Wucht des Schlages getrieben, kreiste er durch

das Büro, knallte gegen einen Schreibtisch und stürzte zu Boden. Die Berührung mit dem Schreibtisch und den Sturz spürte der blonde Vize-Direktor der Tiger Enterprise schon nicht mehr. Als das passierte, da hatte er bereits das Bewusstsein verloren.

Cesare stand breitbeinig da. Er hob die Automatic, mit der er Davidson in die Niere geschlagen hatte, und visierte den Vize-Direktor verkniffen über Kimme und Korn an.

»Nein!«, schrie Doña Violeta.

Cesare, dessen Finger schon am Druckpunkt des Abzugs lag, zuckte zusammen. Er riss die Waffe herum, als er abdrückte. Das heißt, nach dem Zuruf von Doña Violeta hatte er eigentlich gar nicht mehr abdrücken wollen, aber das war ganz automatisch geschehen.

Jetzt starrte er mit weit aufgerissenen Augen auf die Frau, die er mit der Kugel mitten in die Brust getroffen hatte, die bis an die Wand zurückgeschleudert worden war und nun davor zusammenbrach. Mit ungläubigem Blick und ohne einen Laut des Protestes.

»Verdammt!«, fluchte Cesare. In seinen dunklen Augen blitzte es gefährlich auf, und er suchte Blickkontakt mit Comandante Roberto Menendez. »Verdammt, der Kerl mischt sich in unsere Geschäfte ein. Wenn erst mal einer damit anfängt und wir es geschehen lassen …«

Menendez nickte und rieb sich mit der flachen Hand über die feuchte Stirn. Es war ein Fehler gewesen, Doña Violeta in das Unternehmen einzubeziehen. Jetzt war es überdeutlich. Sie hasste die Yankees nicht genug. Es gab noch menschliche Züge wie Mitleid in ihr.

Brian O'Neill und David Browning, die beiden Sicherheitsleute in diesem Büro, fingen sich als Erste. Zuerst näherte sich der rothaarige O'Neill der niedergeschossenen Frau.

Erst als er schon neben ihr in die Knie gegangen war und sie vorsichtig auf den Rücken drehte, kam auch Browning heran, der im Gegensatz zu O'Neill groß und schlank war, der schütteres blondes Haar hatte und eine Stirnglatze, obgleich er gerade dreißig war.

O'Neill und Browning handelten auch in dieser Krisensituation, die sich keiner von ihnen auch in den schlechtesten Träumen ausgemalt hatte, so besonnen, dass keiner der Terroristen auch nur auf die Idee kommen konnte, dass sie beherrschter waren als die anderen und sie zusammengehörten.

»Weg da!«, schrie Madheau, der Libanese, und versprühte dabei einen dichten Speichelregen.

O'Neill richtete sich neben der getroffenen Frau auf. Er schaute Madheau an, dann Cesare, der geschossen hatte, dann Comandante Roberte Menendez und schließlich Doña Violeta, die erst in diesem Moment den Telefonhörer wieder auf die Gabel legte und damit die Verbindung zu Mr. High und dem Krisenstab einen Stock tiefer unterbrach.

O'Neill hob die Hände, um anzuzeigen, dass er nichts Böses im Sinn hatte, obgleich das der Fall war. Es gab nicht einen von denen, den er nicht mit Freude von hier oben auf die Straße geworfen hätte. Nicht einen.

»Sie ist tot«, sagte O'Neill leise.

Doña Violeta zuckte zusammen. Ihr Körper spannte sich. Sie stellte sich auf die Zehenspitzen. Ihr Blick schweifte zum Fenster ab, durch das José Bunuel und Baumann die Stinger abgefeuert hatten. Sie sah das Feuer auf dem Dach des Madison Avenue Building und rieb sich die Augen.

»Sie ist tot«, wiederholte O'Neill leise. Er strich sich über die roten Haare und bewegte sich ganz langsam auf Menendez zu.

Baumann, der neben dem Fenster stand, nahm ihn mit seiner Maschinenpistole aufs Korn. Madheau tat das Gleiche. Cesare zielte mit der Automatic auf O'Neill.

Der rothaarige Sicherheitsmann blieb stehen und schüttelte den Kopf. Er schaute Menendez an, und der verstand, dass O'Neill ihm etwas mitzuteilen hatte, was nicht für die Ohren der anderen bestimmt war.

Menendez winkte O'Neill und zog sich dorthin zurück, wo Doña Violeta noch immer neben dem Telefon stand.

»Was ist?«, fragte Menendez.

O'Neill zuckte mit den Schultern.

»Das ist Wahnsinn«, sagte er leise und beherrscht. »Unter den Geiseln gibt es nur wenige Personen, die Einfluss auf die anderen haben, Sir. Davidson, unser Vize-Direktor, gehört dazu. Wenn Sie diese Männer erschießen, gibt es hier eine Panik, und Sie werden alle erschießen müssen. Es ist Ihre Sache, aber ich sitze im selben Boot. Wenn es eben möglich ist, will ich hier lebend rauskommen. Sie wahrscheinlich auch.«

Menendez verzog das Gesicht zu einem schiefen Grinsen. »Du hast Angst?«

O'Neill nickte. Er hatte keine Angst, er hasste. Aber das ließ er sich nicht anmerken.

»Ja, ich habe Angst, genau wie wir alle, Sir. Ich meine, die Leute, die Männer und Frauen, die so was vielleicht mal in einem Film gesehen, aber niemals damit gerechnet haben, dass es ihnen selbst auch mal passieren könnte. Wir haben alle Angst. Also müssen einige da sein, die so tun, als hätten sie keine, um die anderen zu beruhigen.«

»Was ist deine Aufgabe hier?«

»Verwaltung«, sagte O'Neill. Etwas anderes fiel ihm so schnell nicht ein.

»Verwaltung?«

»Yes, Sir!«

Menendez trat einen Schritt beiseite. Er nahm die MPi, die neben dem Schreibtisch lehnte und auf die O'Neill schon sehnsüchtig gelinst hatte. Er hob die Waffe, richtete sie auf eine Gruppe von Männern und Frauen, die mit den Rücken an der Wand auf dem Boden saßen und betreten auf die Frau schauten, die Cesare gerade erschossen hatte.

»Was ist seine Aufgabe in dieser Firma?«, fragte Menendez.

Die Blicke der Geiseln senkten sich zu Boden.

»He du!« Menendez zielte mit der Waffe auf eine junge Frau. »Ich frage dich jetzt noch einmal, welche Stellung dieser Mann hier und der andere, der neben der toten Frau kniet, im Betrieb bekleiden. Ich frage es nur noch einmal. Wenn du lügst, und ich kriege es verdammt schnell heraus, dann liegst du gleich neben der Frau. Also?«

O'Neill spürte, wie sich seine Gedärme schmerzhaft zusammenzogen und ihm der Schweiß auf die Stirn trat. Er schickte seinen Blick zu David Browning, der sich nun neben der Leiche erhoben hatte und stocksteif dastand.

»Es sind Sicherheitsleute!«, kreischte die junge Frau.

O'Neill hasste sie nicht deswegen. Er verstand sie sogar. Sie war nicht geboren worden, um jemals solche Situationen tapfer zu bestehen und im Angesicht des Todes noch zu lügen. Er kannte den Namen der Frau, die sein Todesurteil ausgesprochen hatte, nicht mal. Er schloss die Augen. Er hörte erst Menendez lachen, dann einen anderen, und dann spürte er die harten Schläge, die seine Brust trafen, ihn zurücktrieben und zu Boden schmetterten. Sterbend drehte sich O'Neill auf die Seite. Verschwommen konnte er Browning sehen, der über der toten Frau zusammengebrochen war. Er sah auch Clark Davidson, der die Augen aufgeschlagen hatte und der entsetzliche Trauer im Blick trug. Dann war er tot.

Einige Frauen begannen zu kreischen. Irgendwo betete jemand laut und deutlich. Verschiedene andere Personen reihten sich in den Bittgesang ein.

»Heilige Maria, Mutter Gottes, bitte für uns Sünder – Heilige Maria …«

Ein Feuerstoß aus Menendez' MPi beendete das Gemurmel, das langsam in einen monotonen Singsang übergegangen war.

»Holt den Aufzug hoch und schickt die Leichen nach unten«, sagte Menendez.

Er zündete sich eine Zigarette an. Sein Blick pendelte zwischen seinen eigenen Leuten und Doña Violeta. Bunuel,

Baumann, Madheau, Leclerc und Cesare waren ruhig und gelassen, als wäre nichts geschehen. Tote waren für sie lästige Begleitumstände eines Kampfes. Nicht aufregend. Selbst dann nicht, wenn es sich um die eigenen Kameraden handelte. Sie waren darauf gedrillt, dass Opfer gebracht werden mussten und dass man um die Opfer nicht trauerte. Bestenfalls nach dem Gefecht. Menendez dachte, dass er die besten und härtesten Männer um sich versammelt hatte, mit denen gar nichts schief gehen konnte.

Doña Violeta war der Schwachpunkt, auch wenn sie sich jetzt in diesem Moment nicht anmerken ließ, was in ihr vor sich ging. Sie schaute ihn an, und sie lächelte sogar.

»Schafft die Leichen hinaus«, wiederholte Menendez. »Verteilt die Leute auf verschiedene Büros. Du, Doña, kümmerst dich um den Vize. Der Kerl mit den roten Haaren hat vollkommen Recht gehabt: Es muss jemand da sein, auf den die Geiseln hören. Du wirst dem Vize verständlich machen, dass seine letzte Stunde geschlagen hat, wenn er auch nur ein einziges Wort sagt, das mir nicht gefällt.«

Doña spürte eine Hitzewelle durch ihren schönen Körper fluten. Sie konnte sich nicht nur wie ein Raubtier bewegen, sie hatte auch den Instinkt eines wilden Tieres. Sie witterte die Gefahr.

Menendez ging es nicht um die Sache, nicht um die Rehabilitation von Politikern, nicht um die Freilassung von Manuel Antonio Noriega. Es ging ihm einzig und allein darum, Krieg gegen die Yankees zu führen. Einen verdammten Privatkrieg, mit Trümpfen in der Hand, die einen ehrenvollen Rückzug garantierten. Nur darum ging es dem Comandante.

Es dauerte nicht mehr lange, dann stand sie ihm dabei im Weg. Und dann würde er nicht eine Sekunde zögern, sie seinen Hunden zum Fraß vorzuwerfen.

Sie nickte, strich das lange schwarze Haar in den Nacken und ging geschmeidig zu Clark Davidson, der sich aufgesetzt hatte.

»Wir gehen in den Waschraum, Amerikaner«, sagte sie. Als sie das Wort herausgebracht hatte und Menendez leicht grinste, wurde ihr bewusst, dass sie sich zum ersten Mal seit langem wieder von einem fraulichen Gefühl hatte übermannen lassen. Sie hätte Yankee zu dem großen blonden Mann sagen müssen.

Elvira Firestone, die schlanke Rothaarige, auf die Bunuel es abgesehen hatte, hatte ihre Gefühle unter Kontrolle. Sie hatte in der Army gedient, und den Grundlehrgang für Polizisten abgeschlossen. Sie hatte noch niemals wirklich in einer solchen Situation gesteckt, aber sie hatte während ihrer Ausbildung solche Situationen gedanklich durchspielen und meistern müssen.

O'Neill und Browning waren tot. Zwei Männer, auf die sie große Hoffnungen gesetzt hatte. Jetzt gab es nur noch Davidson und sie selbst, die den Terroristen hier vielleicht Paroli bieten konnten.

Vielleicht.

Dazu, das war ihr bewusst, musste sie sich mit einem der Schweinehunde verbrüdern. Mit dem Spanier, der ihr mit dem MPi-Lauf die Bluse zerfetzt und ihren Busen angestaunt hatte, als hätte er so was noch niemals gesehen.

Jetzt wartete sie, bis Bunuel in ihre Nähe kam, um sie für irgendein Büro einzuteilen. Sie atmete schwer und bewegte etwas ungeschickt, aber beabsichtigt, den Oberkörper. Der Stoff der zerfetzten Bluse klaffte auseinander. Wieder starrte Bunuel auf ihre Brüste, und seine Mundwinkel begannen zu zucken.

»Ich will hier lebend raus«, sagte Elvira Firestone leise, als Bunuel neben ihr war. »Ich will hier raus, Spanier. Es gibt nichts, was ich dafür nicht tun würde. Nichts.«

Bunuels Mundwinkel zuckten weiter, sein gieriger Blick blieb noch eine Sekunde lang auf ihren Brüsten hängen, dann stieß er ihr den Kolben der 45er in die Seite und beförderte sie zusammen mit anderen in den Büroraum, in dem Brundell, der technische Direktor, gestorben war.

»Später«, sagte Bunuel zu ihr, bevor er sich wieder umdrehte und in das Großraumbüro zurückging. »Später.«

NEW YORK

Queens
27. Dezember, 16 Uhr 01

Das Wetter war umgeschlagen, aber das hatten die Meteorologen vorausgesagt. Der Sturm, der über die Flushing Bay nach Queens hineinpfiff und beinahe Orkanstärke angenommen hatte, hatte also niemanden wirklich überraschen können. Nur damit, dass es um vier Uhr beinahe dunkel war, damit hatte keiner gerechnet.

Dass es so war, war für die Männer, die in der Meadow Road das Haus der Paukes eingekreist hatten, als gälte es eine tödliche Gefahr für die Stadt abzuwenden, nur ein Pluspunkt.

Pauke war nach der schwierigen Operation sehr schnell wieder aufgewacht. Phil hatte dafür gesorgt, dass er das Geschehen hier um sein Haus herum, die Lage seiner Frau und seiner Tochter bis in alle Einzelheiten übermittelt bekam. Er hatte ein Recht darauf, und er war nicht so schwer krank, dass er die Wahrheit nicht hätte vertragen können.

Wäre das alles nicht der Fall gewesen, hätte Phil sich nicht jetzt wie ein Indianer an das kleine Haus herangeschlichen. Jede Deckung ausnutzend, erreichte er ungesehen die an das Haus gebaute Garage und verharrte im Schatten der Fassade.

Von der anderen Seite näherten sich Zeerookah und zwei Männer vom mobilen Einsatzkommando. In erster Linie nicht um einzugreifen, sondern um die verdammte Alarmanlage auszuschalten, die es bislang unmöglich gemacht hatte, sich dem Haus zu nähern und zu versuchen, der Frau und dem Kind zu Hilfe zu kommen.

Irgendwie schien der Gedanke, dass mal etwas Ähnliches passieren konnte, in Pauke vorgeherrscht zu haben, als er die Alarm- und Sicherungsanlage beinahe perfekt gemacht hatte. In einem kleinen Kasten an der Rückfront der Mauer, die das Grundstück einfriedete, gab es den Notschalter, mit dem man die ganze Alarmvorrichtung außer Gefecht setzen konnte. Das hatte er sofort durchgegeben.

Phil blieb im tiefen Schatten der Garagenfassade, hatte sich in die Hocke niedergelassen und schaute durch die gläserne Eingangstür in die Halle, die verlassen war. Der Latino hielt sich im ersten Stock auf.

Zusammen mit Martine Pauke.

Jeder der Beamten hier draußen konnte sich vorstellen, dass es die schlimmsten Stunden im Leben der jungen blonden Frau waren. Sie hatte ihr Kind zu beschützen und dafür jeden Preis zu bezahlen.

Phil warf einen Blick auf die Uhr.

Um sicherzugehen, hatte er Zeery und seinen beiden Begleitern zehn volle Minuten gegeben, damit sie die verdammte Alarmanlage außer Betrieb setzten. In weiteren fünf Minuten würden sie sich an der Rückfront des Hauses bemerkbar machen und versuchen, die Aufmerksamkeit des Latinos dorthin zu lenken, damit Phil eine Chance hatte, in das Haus einzudringen. Die nötigen Werkzeuge trug er bei sich in einer Leinentasche um den Hals gehängt.

Die Spezialisten für solche Sachen hatten ihm genau beschrieben, wie man einen schweren Bleiladen beinahe geräuschlos knackte, wie man ihn hochschob und das dahinter liegende Fenster ebenfalls geräuschlos öffnen konnte.

Die Vorfälle in Manhattan waren bekannt. Trauer und Wut hatten sich hier in Queens breit gemacht. Es gab nicht einen Kollegen, gleich von welcher Abteilung, der nicht genau wusste, dass sehr viel von diesem Einsatz abhing, den man gerade eingeläutet hatte.

Der Latino musste geschnappt werden. Er musste reden und die Informationen liefern, die Jerry und den anderen in Manhattan weiterhelfen konnten.

Dass dort mit brachialer Gewalt gar nichts auszurichten war, dass die Terroristen aus dem 14. Stock im Empire State Building eine Festung gemacht hatten, gegen die man schon im Hinblick auf die vielen unschuldigen Menschenleben, die das kosten würde, nicht anrennen konnte, das wusste jeder. Die Trümpfe waren, wenigstens noch in diesem Moment, sehr einseitig verteilt.

Der Zeiger von Phils Uhr sprang auf 16 Uhr 05.

Eine Sekunde später richtete sich Phil auf. Es fiel ihm nicht schwer, die geöffnete Garagentür als Leiter zu benutzen und gefahrlos und vor allen Dingen lautlos auf das Garagendach zu klettern.

Es gab vier Fenster. Eines für das eheliche Schlafzimmer der Paukes, in dem sich Martine Pauke und der Latino aufhielten. Eines führte in das Kinderzimmer. Eines ins Bad und das vierte in ein großes Gästezimmer, das durch eine Zwischentür, die selten abgeschlossen war, mit dem Schlafzimmer verbunden war.

Phil konzentrierte sich auf dieses Fenster, kroch wie eine Schlange unter den anderen hindurch und richtete sich vor dem schweren Bleirollladen wieder auf. Er zählte die Lamellenstücke ab und setzte ein gebogenes Flacheisen mit der scharfen Kante unter den Rollladen. Die Läden waren durch einen seitlichen Kippverschluss gesichert. Wenn man den Bogen raushatte, konnte man den Verschluss lösen.

Phil hatte den Bogen raus. Es gab ein klickendes Geräusch. So leise, dass man es nur hören konnte, wenn man sich im Gästezimmer dicht neben dem Fenster aufhielt. Dort war niemand. Das war sicher.

Durch die Fenster und die schweren Läden klang zwar kein Laut nach draußen, aber es stand außer Frage, dass geduscht worden war und der Latino danach keinen Umweg durch den Gang gemacht hatte, sondern mit Martine zusammen in das Schlafzimmer gegangen war.

Genauso geräuschlos, wie Phil den Rollladen entriegelt hatte, schob er ihn nach oben.

Die Verbindungstür mit dem Schlafzimmer stand eine Handbreit auf. Ein schmaler Lichtstreifen fiel in das Gästezimmer, leuchtete das Bett, den Schrank und den weißen Flokati aus, der vor dem Bett lag.

Phil wartete einige Sekunden. Er war schnell vorangekommen. Eigentlich schneller, als er und Zeery sich das ausgerechnet hatten. Den nächsten Schritt konnte Phil nur dann mit Sicherheit setzen, wenn Zeery und die beiden Männer an der Rückfront des Hauses aktiv wurden und damit die Aufmerksamkeit des Latinos in die falsche Richtung lenkten.

Der Wind fing sich heulend an der Hausecke, wurde verwirbelt, und der scharfe Luftstrom, der jetzt auftrat, fegte die Leinentasche mit dem schweren Werkzeug regelrecht vom Dach. Mit einer verzweifelten Bewegung versuchte Phil, die Tasche zu halten. Aber da war es schon zu spät.

Eine heiße Woge durchflutete ihn, denn ihm wurde bewusst, dass es von nun an unmöglich war, so geräuschlos in das Haus einzudringen, wie er es vorgehabt hatte. Er hielt das schwere Flacheisen in der Hand, mit dem er gerade den Rollladen entriegelt hatte. Feindselig starrte er auf das Fenster, das er nun gewaltsam öffnen musste. Und zwar genau in dem Moment, in dem sich Zeery und die beiden Männer vom mobilen Einsatzkommando an der Rückfront bemerkbar machten.

Trotz des eisigen Windes, der durch jede lockere Naht der Kleidung pfiff, begann Phil zu schwitzen.

16 Uhr 04

Es war anders gekommen, als Martine Pauke es sich ausgerechnet hatte. Nachdem sie das Bad verlassen hatte, hatte Tullio sie keine Sekunde mehr aus den Augen gelassen. Es war der jungen blonden Frau unmöglich gewesen, an die Waffe heranzukommen, die im Kleiderschrank versteckt war.

Auf die war sie fixiert gewesen, nachdem der Latino verlangt hatte, dass sie sich nach dem Bad etwas Nettes anziehen sollte. In diesem Fall hätte sie unauffällig an den Schrank gehen und unter der Kleidung nach der Waffe suchen können.

Aber Tullio hatte es sich anders überlegt. Er hatte sie angestarrt, als sie wieder ins Schlafzimmer zurückgekommen war, und plötzlich hatte er keine Zeit mehr vergeuden wollen.

Martine hatte an nichts anderes als an ihre Tochter gedacht, als Tullio wie ein wildes Tier über sie hergefallen war.

Unersättlich, so hatte es den Anschein gehabt.

Wie lange es gedauert hatte, wie lange sie es verflucht hatte, als Frau zur Welt gekommen zu sein, wusste Martine nicht mehr. Mehrere Ewigkeiten, wenn es so was gab. Jetzt lag sie mit zusammengekniffenen Augen neben dem keuchenden Kerl, der sich von ihr gerollt hatte und sich wohlig neben ihr auf der Matratze streckte.

Dort, wo Angelos Platz war. Und er hatte sich genommen, was Angelo gehörte.

Martine Pauke spürte die Tränen an ihrem Gesicht hinabrinnen und wusste, dass es noch einmal Ewigkeiten dauerte, bis sie wieder die Frau geworden war, die Angelo heute Morgen zurückgelassen hatte.

»Was ist?«, fragte Tullio, der sich träge auf die Seite drehte, sich den Schweiß aus dem Gesicht wischte und dann nach den Zigaretten tastete.

»Nichts«, antwortete Martine. »Nichts, verdammt.« Trotz brandete in ihr auf. Er hatte sie nicht an den Schrank gelassen, aber ihr nackter Körper lag quasi auf der Waffe, die unter der Matratze versteckt war. An ihrer Seite des Bettes. Weil jemand, der argwöhnisch war, so hatte Angelo gesagt, doch immer zuerst dort suchte, wo der Mann schlief.

Angelo hatte an alles gedacht. Nur nicht daran, dass er dieses Haus durch die vielen Sicherungsvorrichtungen, die man von außen nicht knacken konnte, nun für sie zu einer Falle gemacht hatte.

»Willst du was zu trinken holen?«

Martine Pauke setzte sich auf. Einen kurzen Moment lang war sie versucht, ihre Blöße zu bedecken. Dann dachte sie, dass das nach allem, was geschehen war, Wahnsinn gewesen wäre. Er hatte sie besessen, warum sollte er sie nun nicht anstarren können?

»Ich brauche nichts zu trinken«, sagte sie, strich sich die feuchten blonden Haare in den Nacken und starrte an Tullio vorbei zum Nachttisch, auf dem das Hochzeitsbild von ihr und Angelo stand.

Tullio lachte meckernd. »Den kannst du vergessen«, sagte er, holte weit aus und fegte das Bild mit einem Schlag vom Nachttisch. Es segelte quer durch den Raum, schlug an die Seitenwand, und das Glas des Bilderrahmens zerbrach.

»Es ist kein Kompliment für mich, auf deinen Ehemann zu starren, nachdem du gerade mit mir Liebe gemacht hast!«

Liebe gemacht!

Der Kerl war verrückt. Sie hatte keine Liebe mit ihm gemacht. Sie war von ihm missbraucht worden. Sie hoffte, dass sie ihn schnappten, dass sie ihn verurteilten und auf den Stuhl schnallten. Wenn das möglich war, dann wollte sie zusehen, wie man Tullio vom Leben in den Tod beförderte.

Sie hatte die schrecklichen Bilder einer Hinrichtung auf dem elektrischen Stuhl mal in einer Fotoserie irgendeiner Zeitschrift gesehen. Ekel und Schamgefühl hatten sie damals gepackt. Sie hatte nicht verstehen können, dass Menschen einen anderen Menschen auf einen Stuhl schnallen und so lange Strom durch ihn hindurchjagen konnten, bis er tot war, was wer weiß wie lange dauern konnte.

Jetzt, in diesem Moment, war sie sicher, es sich auch in Wirklichkeit ansehen zu können.

Tullio schwang sich aus dem Bett. Er stieß mit dem Fuß gegen die Maschinenpistole, die er an die Wand gelehnt hat. Scheppernd fiel sie um.

Tullio fluchte, packte die Waffe und trug sie zur Frontseite des Bettes, wo es eine kleine Couch und einen Sessel gab. Auf dem Sessel legte er die MPi ab, ließ die Zigarette fallen, die er sich gerade angezündet hatte, und trat die Glut mit den bloßen Hacken aus.

»Das war der Anfang«, prahlte er. »Die erste Runde. Ich bin bekannt dafür, dass ich …«

Es war eine dumpfe Explosion, irgendwo auf der Rückseite des Hauses. Stark genug, die Scheiben in den Rahmen klirren zu lassen. Selbst die Lampe an der Schlafzimmerdecke zitterte leicht.

Martine konnte sich keinen Reim darauf machen, was das zu bedeuten hatte. Sie handelte, ohne auch nur einen Sekundenbruchteil darüber nachzudenken, was sie tat.

Sie ließ sich nach links aus dem Bett fallen. Gerade so weit, dass sie mit der ausgestreckten Hand unter die Matratze fassen und nach der Waffe tasten konnte, die Angelo dort versteckt hatte. Sie spürte das Eisen zwischen ihren Fingern, als ihr bewusst wurde, dass die Alarmanlage nicht angegangen war.

Das registrierte in diesem Sekundenbruchteil auch Marco Tullio.

Er stieß einen kehligen Schrei aus, griff nach der MPi, die er gerade auf den Sessel gelegt hatte, und riss die automatische Schnellfeuerwaffe an sich. Er hatte sich halb zur Seite gedreht, um aus dem Zimmer zu rennen, damit er nachsehen konnte, was sich an der Rückfront des Hauses ereignet hatte.

Mitten in der Drehung traf ihn der eisige Luftzug, der durch die nun offen stehende Verbindungstür zum Gästezimmer wehte.

Er ließ sich fallen, drehte sich wie eine Katze und begann auf die offene Tür zu feuern, noch bevor sich dort auch nur der Schatten eines Gegners abgezeichnet hatte. Zwischen dem irrsinnigen Belfern der MPi klangen seine Schreie, die die ganze mögliche Gefühlsskala eines Menschen wiedergaben.

Martine zog die Hand mit der 22er Automatic unter der Matratze hervor.

Sie wusste, wie man mit einer solchen Waffe umging. Angelo hatte es ihr gezeigt, und sie hatte oft genug zugeschaut, wenn Angelo damit geschossen hatte.

Sie schob die Sicherung mit dem Daumen zurück, packte den Schlitten der Waffe und ließ ihn vor- und zurückschnellen. Dann rollte sie sich hinter dem Bett hervor, richtete die Waffe auf den am Boden liegenden und feuernden Tullio und drückte ab.

Tullios Schreie verstummten zuerst. Dann stieß er ein jaulendes Geräusch aus, verlor das Interesse an der offenen Verbindungstür und wirbelte zu ihr herum.

Martine hatte die Waffe angehoben, drückte erneut ab und hörte haarscharf das Geräusch, mit dem der Schlagbolzen auf eine Patrone klickte, die nicht funktionierte.

»Du verdammte …«

Weiter kam Tullio nicht.

Durch die offene Verbindungstür zum Gästezimmer flog Phil Decker heran. Mit beiden Füßen zuerst landete er in Tullios verzerrtem Gesicht.

Das Gejaule, das der Kerl bislang ausgestoßen hatte, verstummte auf einen Schlag. Er wurde zur Seite gerissen, versuchte, sich weiter herumzudrehen, aber er war zu langsam.

Phil hatte die Bewegung vorausgeahnt und mitgemacht.

Zum zweiten Mal landeten seine Schuhsohlen in Tullios Gesicht.

Dessen Reaktion war menschlich, aber falsch und der Situation unangemessen. Er ließ die MPi los und versuchte, seine Hände schützend vor das Gesicht zu reißen, um an dieser Stelle nicht noch einmal getroffen zu werden.

»Mama!«

Martine Pauke erwachte wie aus einem Rausch. Sie fand sich vor dem Bett kniend, die 22er Automatic in den Händen. Sie zielte auf den Latino, der sich nun jaulend über den Boden drehte, um aus Phils Bereich herauszukommen, und sie hörte den Schlagbolzen noch zweimal auf leere Patronenkammern klicken, bevor der Schlitten heraussprang und die Waffe blockierte.

»Mama!«

Sie stand auf wie in Trance. Ihr Unterbewusstsein sagte ihr, dass sie nichts mehr zu befürchten hatte. Deshalb bewegte sie sich langsam auf ihre Tochter zu, breitete die Arme aus, hob sie hoch und presste sie an ihren nackten Körper.

So trafen Zeery und die beiden Männer vom mobilen Einsatzkommando sie an, als sie durch den Gang stürmten und in der offenen Schlafzimmertür abbremsten.

Tullio schrie sich die Seele aus dem Leib, falls er eine hatte, was Phil doch sehr bezweifelte.

Martine taumelte.

Zeery fing sie auf, hielt Mutter und Kind fest und warf an Martine vorbei einen fragenden Blick zu Phil.

»Bring sie raus hier«, sagt Phil mit kratzender Stimme. »Weg von hier. Aus diesem verdammten Haus weg. Nach Manhattan. Ins Krankenhaus zu ihrem Mann. Mach das, Zeery.«

Der indianische G-man nickte und hielt die nackte, zitternde Frau, die um nichts in der Welt ihre Tochter loslassen wollte, dicht an sich gedrückt, als er zusammen mit ihr das Schlafzimmer verließ.

Phil war aufgestanden. Er hatte die MPi des Latinos in die Richtung der beiden Männer vom mobilen Einsatzkommando gekickt.

Die Waffe war von einem der beiden inzwischen aufgehoben worden.

Tullio richtete sich in die Hocke auf. Er legte seinen Kopf in den Nacken und hob Phil das verquollene, blutende Gesicht entgegen. Er blutete auch an der linken Schulter, wo die Kugel ihn getroffen hatte, die Martine auf ihn abgefeuert hatte.

»Das wirst du noch bereuen«, zischte er kaum verständlich, weil in seiner Gebissleiste ein Riesenloch klaffte und die Zunge immer wieder durch diese gewaltige Zahnlücke einen Ausgang suchte. »Bereuen …«

Phil lachte. Das hörte sich nicht gut an.

Die Männer vom Einsatzkommando zuckten zusammen. Sie kannten ihn nicht. Sie wussten nicht, dass Phil ein Mann war, der keiner Fliege etwas zu Leide tun konnte, der in Gangstern zwar einen Feind sah, aber den Menschen dahinter niemals aus den Augen verlor.

So wie er jetzt lachte, konnte man ihn leicht für seelenlos halten, was er aber wirklich nicht war.

»Alles, was wir von dir wissen wollen, Latino, ist Folgendes: Wer sind die Wahnsinnigen im Empire State Building? Was glauben die wirklich erreichen zu können? Wer sind die Leute außerhalb des Gebäudes, die mit denen zusammenarbeiten? Wo finden wir diese Leute?«

Tullio spuckte aus. Wenig Spucke, viel Blut. Einige Zahnreste befanden sich ebenfalls darunter.

»Du bist ein äußerst tapferer Mann«, sagte Phil leise. »Du bedrohst kleine Kinder mit dem Tod, und du vergewaltigst hilflose Frauen. Du kannst stolz auf dich sein.«

»Was willst du gegen mich ausrichten, Bulle? He, Bulle, was willst du gegen mich ausrichten? Willst du, mich umlegen?«

Phil schüttelte den Kopf. Er winkte einen der beiden

Männer heran, griff nach dem Gürtel und hakte eine Handgranate ab. Bevor sich Tullio dagegen wehren konnte, hatte Phil ihm das explosive Ei in die Hand gedrückt und gleichzeitig den Sicherungsstift herausgezogen.

»Keiner von uns wird sich die Hände schmutzig machen an dir«, sagte Phil. »Du beantwortest alle meine Fragen, oder du legst dich selbst um. Halt das Ding schön fest, Latino!«

Phil packte dem nackten Kerl in die Haare, drehte ihn herum und versetzte ihm einen Tritt, der ihn in das Badezimmer schleuderte. Auf den noch nassen Fliesen rutschte Tullio aus und stürzte vor das Waschbecken. Er drehte sich um. Die rechte Hand, in der er die Handgranate hielt, hatte er hoch in die Luft gestreckt. Angst und Entsetzen zeichneten sich auf seinem verzerrten Gesicht ab.

»Du bist wahnsinnig!«, keuchte er.

Die beiden Männer vom mobilen Einsatzkommando waren bleich um die Nase herum geworden. Keiner sagte ein Wort. Sie starrten Phil an, dann den Latino, der die Handgranate so fest umklammerte, dass seine Handknöchel weiß hervortraten.

»Du weißt, was wir wissen wollen, Latino«, sagte Phil. Er zog den Schlüssel ab, der von innen im Schloss steckte und schob ihn von der anderen Seite in das Schloss. »Du kannst die Antworten durch die geschlossene Tür brüllen oder den Mund halten und die Handgranate loslassen. Dann kommen wir auch ohne deine Hilfe zurecht. Verlass dich darauf, das Ding wird schwer und schwerer. Du kriegst einen Krampf in den Fingern. Es dauert wirklich nicht lange. Vielleicht wirst du vorher wahnsinnig vor Angst und drehst durch.«

»Mann, du bist doch ein Bulle!«

»Ja«, sagte Phil. »Ich bin Bulle, Latino. Ich denke an die Geiseln im Empire State Building, die wir retten müssen. Anständige, unschuldige Bürger. Es ist meine verdammte Pflicht, alles zu tun, Latino. Alles! Dir gebe ich hiermit die

Chance, daran mitzuwirken. Du kannst sie wahrnehmen oder nicht. Das ist deine eigene, verdammte Entscheidung.«

Tullio begann zu schreien. Phil zog die Badezimmertür zu und drehte den Schlüssel herum.

Erst jetzt bemerkte er, dass er schweißgebadet war. Mit dem Handrücken wischte er sich über das nasse Gesicht. Einer der Männer vom mobilen Einsatzkommando legte ihm schwer die Hand auf die Schulter.

»Du hast vollkommen Recht, G-man. Es ist unsere verdammte Pflicht, alles zu tun, das Leben der Geiseln im Empire State Building zu retten. Alles!«

NEW YORK CITY

Empire State Building
Krisenzentrum, 13. Etage
27. Dezember, 18 Uhr 25

Mr. High strich sich den Schweiß von der Stirn. DA James Carlton schaute immer wieder auf die Uhr. Dass er nervös war wie ein Rennpferd in der Startmaschine, war verständlich. Die Wahlen standen vor der Tür. Ob er seinen Sessel behielt, hing absolut davon ab, wie das Geiseldrama hier im Empire State Building ablief.

Der Abschuss des Hubschraubers am Madison Avenue Building hatte zehn Menschen das Leben gekostet. Mehr als doppelt so viel waren verletzt. Zum Teil schwer. Die Terroristen über uns hatten es geschafft, die New Yorker selbst bei diesen Temperaturen auf die Straße zu locken.

Das ganze Gebiet war so weiträumig abgesperrt, dass der Verkehr im Garment District vollständig zusammengebrochen war. Fernsehteams aus verschiedenen Ländern versuchten verzweifelt, dichter an den Ort des Geschehens heranzukommen.

Polizisten hatten alle Hände voll damit zu tun, diejenigen auf Distanz zu halten, die behaupteten, eine Lizenz zu haben, die sie berechtigte, Zeuge des Schreckens zu sein. Bestechungsgelder in astronomischen Summen waren inzwischen von einigen Gesellschaften geboten worden, um ihre Leute dicht ans Geschehen heranbringen zu können. Bislang hatte es keiner geschafft, und es würde wohl auch nicht dazu kommen.

District Attorney Carlton stand unter Dauerbeschuss. Wenn er ehrlich gewesen wäre, was er sich in seiner Position in der Wahlperiode beruflich gar nicht leisten konnte, hätte er zugeben müssen, dass er längst die Kontrolle über das Geschehen verloren hatte.

Der Albtraum, den viele von einem gewalttätigen New York gezeichnet und heraufbeschworen hatten, war Wirklichkeit geworden. Die Stadt hielt den Atem an.

Alle Sorten von Spezialisten waren inzwischen auf den Plan gerufen worden. In verschiedenen Ministerien und in Geheimdienststuben wurden Kriegsspiele am Sandkasten gespielt. Auf diese Art und Weise versuchte man, einen Weg zu finden, um dem Wahnsinn ein Ende zu setzen.

Vergebliche Mühe.

Jeder, der sich hier in der 13. Etage, direkt unter den Terroristen, aufhielt, wusste, dass es keine Patentlösung gab.

Die Marines, die auf den umliegenden Dächern hatten postiert werden sollen, waren nach dem Unglück mit dem Hubschrauber abgezogen und in die Kasernen zurückgeschickt worden.

Lieutenant Glenn Wooster hatte vom Pentagon-Geheimdienst die Anweisung erhalten, hier nur noch einen Beobachterstatus auszuüben. Die Forderungen der Wahnsinnigen, das zeichnete sich klar und deutlich ab, würden auf keinen Fall erfüllt werden. Das war technisch nicht möglich. Das konnte sich die Regierung nicht leisten, vor den Augen der Weltöffentlichkeit eine Bankrotterklärung abzugeben.

Noriega blieb, wo er war. Man hatte dafür gesorgt, dass der Ex-Diktator nicht erfuhr, was seine Getreuen hier in Manhattan versuchten, um ihn freizupressen. Es würde keinen Politiker geben, der vor der Kamera irgendwelche Schuldbekenntnisse ablegte. Der Pentagon-Geheimdienst dachte nicht im Traum daran, einzugestehen, dass ihm irgendwelche Fehler unterlaufen sein konnten.

Die einzige gute Nachricht war aus Queens gekommen. Von Phil und den Kollegen, die sich zusammen mit meinem Freund im Einsatz befanden. Phils Handlungsweise hatte zuerst Protest ausgelöst. Jetzt redete keiner mehr davon. Jetzt wartete jeder nur noch darauf, dass er mit seiner Methode etwas erreichte, was uns weiterhalf.

»Beinahe zweieinhalb Stunden«, sagte Captain Lewis Joker, nachdem er einen schnellen Blick zur Uhr geworfen hatte. »Vielleicht will der Latino einen neuen Rekord im Handgranatenhalten aufstellen. Das Ding in seiner Hand muss inzwischen zwei Zentner wiegen. Er wird weich. Verdammt, er muss weich werden.«

Lewis Joker hatte Recht. Er musste weich werden, weil wir mehr Informationen über die Kerle und über die Frau brauchten. Wir durften nicht den Fehler begehen, die Terroristenbande an ihren Taten zu messen und sie für unschlagbar zu halten. Wir mussten Interna haben, mussten die ausleuchten und nach einem schwachen Punkt suchen. Einer reichte. Das da oben war eine scheinbar perfekt funktionierende Terrormaschine. Eine Kette von Gewalt. Aber eine Kette war nur so stark wie ihr schwächstes Glied. Das schwache Glied mussten wir finden.

»Wir sollten versuchen, telefonisch Kontakt mit ihnen aufzunehmen«, sagte einer der Psychologen, die Captain Joker nur »Gesundbeter« nannte. »Es gibt zwar kein Patentrezept, aber es finden sich immer wieder Mittel und Wege, durch Verhandlungen einen Kompromiss zu erreichen.«

Lewis Joker lachte hohl. »Welchen? Dass sie nur zwanzig der Geiseln umbringen?«

Natürlich hatte Lewis Joker Recht. Mit den Burschen dort oben war nicht zu verhandeln. Die hatten sich mit bestimmten Vorstellungen auf den Weg nach New York gemacht. Die würden nicht eine Handbreit weichen. Nicht, solange sie sich dort oben sicher fühlen konnten wie in Abrahams Schoß. Und das war um diese Zeit noch immer der Fall.

Phil meldete sich.

»Tullio ist schwach geworden«, sagte er. Seine Stimme klang ernst, aber doch erleichtert. Ich konnte mir vorstellen, dass meinem Freund eine Zentnerlast von der Seele gefallen war. »Wir wissen, wer die Kerle bei euch sind. Wir kennen ihre Namen. Im Pentagon ist man gerade damit beschäftigt, zu jedem Namen einen Lebenslauf zu erstellen. Von zweien, den Hauptpersonen, kann ich euch jetzt schon Einzelheiten durchgeben. Da ist erstens Doña Violeta. Ihr Vater und ihr Bruder wurden von der DIA als normale Rauschgiftschmuggler enttarnt, obgleich der eine Minister und der andere Staatssekretär war. Die Tipps wurden an die Regierung durchgespielt. Man hat die beiden mit Schimpf und Schande aus dem Amt gejagt. Doña Violetas Vater, der Minister, beging Selbstmord. Ihr Bruder wurde zu fünfundzwanzig Jahren verurteilt, was einem Todesurteil gleichkommt. Beide haben mit Noriega zusammengearbeitet. Doña Violeta schloss sich Noriegas Totschlägern an, die sich ›Bataillone der Würde‹ nannten, und sie spielte eine Rolle in Noriegas Geheimdienst G2. Einer ihrer Liebhaber ist bei der Panama-Invasion umgekommen. Viele andere sind verhaftet und verurteilt worden. Sie hat damals geschworen, Rache zu nehmen. Anscheinend hat niemand, nicht mal die DIA, sie ernst genommen.«

Ich schaute zu Wooster. Der reagierte mit einem Schulterzucken und gab damit an, dass ihm der Name Doña Violeta nichts sagte.

»Dann ist da noch Comandante Roberto Menendez. Schlicht und einfach ein eingefleischter Yankeehasser, der beinahe jeder Organisation angehört, die gegen die Amerikaner Stimmung macht. Menendez und Doña Violeta haben sich gesucht und gefunden. Tullio, der Mann mit der Handgranate, behauptet, die beiden würden sich eher gegenseitig erschießen, als aufzugeben oder sich auf einen Kompromiss einzulassen. Doña Violeta hat in Panama dafür gesorgt, dass der schwarze Master Sergeant Lexington ihnen einen Waffenkonvoi der Marines auslieferte. Sie soll ihn eigenhändig erschossen haben, nachdem Lexington nicht mehr gebraucht wurde.«

»Da müssen welche draußen rumspringen, Phil«, sagte ich, als mein Freund eine kleine Atempause einlegte. »Leute, die den Terroristen von dort aus helfen. Die irgendwelche Geschäfte für sie erledigen. Da muss es welche geben, die einen Draht zu amerikanischen Stellen, vielleicht Regierungsstellen, und zur Justiz haben, sodass sie immer auf der Höhe geblieben sind, was Noriega und sein Umfeld angeht.«

»Enrique Ruben und Amanda Chamorro«, sagte Phil. »Amanda ist eine kubanische Hure aus Miami, die in besten Kreisen verkehrte und die Informationen ranschleppte. Enrique Ruben gehörte mal zu einem Kommandounternehmen, das unter Comandante Roberto Menendez operierte. Er und Amanda Chamorro haben die ganze Sache hier in New York mit Doña Violeta und Roberto Menendez ausgebrütet. Wir haben die Kubanerin und Ruben lokalisiert. Sie logieren in einer Luxussuite im Peninsula Hotel, wo für zwei Tage auch Menendez und Doña Violeta abgestiegen waren. Die beiden wissen mehr, sodass wir auf jeden Fall auch hinter die Männer kommen, die Landesverrat betrieben haben, als sie Amanda Chamorro Informationen zutrugen und sich dafür bezahlen ließen. In Naturalien, behauptet Tullio. Einige Leute sind unterwegs. Es kann nur noch eine Frage von Minuten sein, bis Amanda und ihr Rambo Enrique Ruben aus dem Verkehr gezogen sind. Tullio meint, die beiden wollten ohnehin nur kassieren und sich dann mit dem Geld aus dem Staub machen.«

»Das würde bedeuten, sie wollen nicht in die terroristische Aktion ihrer Freunde hineingezogen werden und alles tun, um uns hilfreich unter die Arme zu greifen.«

»Darauf wird es hinauslaufen«, sagte Phil. Er klang wirklich erschöpft.

»Bringt sie her«, sagte ich. »Alle. Auch Tullio.«

DA Carltons Brauen huschten verblüfft in die Höhe. Lewis Joker schaute mich etwas verständnislos an.

Wooster, Claver und Miller begriffen überhaupt nichts mehr. Die anderen Experten, von denen sich auf dieser riesigen Büroetage mehr als zwei Dutzend tummelten, verstanden ohnehin nichts. Die waren nur damit beschäftigt, logistisch eine Lösung zu suchen, die es nicht gab.

»Okay, Jerry. Was hast du vor?«

»Ich weiß es noch nicht«, antwortete ich. »Bis die Brut hier ist und sich zur Mitarbeit verpflichtet hat, ist uns hier schon etwas eingefallen.«

»Ja«, sagte Phil und beendete das Gespräch.

Mr. High, der den Anruf entgegengenommen und sich bislang aus allem mehr oder weniger herausgehalten hatte, legte den Hörer auf den Apparat zurück. »Jerry?«, fragte er.

Ich zuckte mit den Schultern. »Tatsache ist, dass wir die Brut dort oben von außen nicht vertreiben können, ohne das Leben aller Geiseln zu riskieren. Richtig, Lewis?«

Captain Joker nickte zustimmend.

»Also müssen wir sie zu dem Fehler veranlassen, einen Fremden nach oben zu lassen.«

»Ein Kuckucksei?«, fragte DA Carlton hoffnungsvoll.

»So ähnlich.«

»Wie soll das aussehen?«

Ich zündete mir eine Zigarette an und trank einen Schluck Kaffee.

»Sie wollen Publizität«, sagte ich. »Bislang haben sie das nicht so richtig durchklingen lassen, aber letztlich läuft es doch darauf hinaus, oder?«

Lewis nickte. Die anderen, die plötzlich sehr still

geworden waren und damit aufgehört hatten, selbst nach einer Lösung zu suchen, nickten nicht. Die starrten mich nur an wie ein Kalb mit zwei Köpfen.

»Da oben gibt es TV-Geräte?«

Es gab sie. Sieben an der Zahl, sie wurden über Kabel gespeist.

»Wer ist der Techniker auf dem Gebiet der Elektronik und Fernsehtechnik?«

Ein kleiner Mann, der bislang gar nicht aufgefallen war in der Schar der Sachkundigen, kam langsam heran. Er hatte ein spitzes Gesicht, tief liegende Augen und eine Glatze, die eigentlich nicht zu dem Machobart passte, den er sich hatte stehen lassen. Er sah lustig aus, aber er war es nicht.

»Wir werden hier eine Art Studio einrichten«, sagte ich. »Ist das möglich?«

»Klar.«

»Wir werden einen bestimmten Sender vom Kabel nehmen und einen freien Kanal bekommen. Möglich?«

Der Kleine nickte, und seine Augen begannen zu leuchten. Irgendwie schien er mir sehr dankbar dafür zu sein, dass er aus der Masse hervorgehoben wurde und plötzlich eine Hauptrolle in diesem Drama spielte.

»Welche Schwierigkeiten kriegen wir damit?«

»Keine, bis auf die, dass alle sich in das Programm einschalten können, die über die gleiche Verkabelung verfügen. Ich weiß nicht, wie viele das sind. Auf jeden Fall nicht wenige. Sie würden alles, was über diesen Kanal läuft, live erleben. Welche Sendeanstalt soll es sein?«

»CNN«, sagte ich. »Nach dem Golfkrieg ist keine andere so populär.«

Der Kleine schüttelte den Kopf. »Kommt nicht über Kabel, sondern über Satellit. Können wir aber so drehen: Wir nehmen die lokale New York Broadcasting raus, steigen auf den Kanal und richten alles so her, dass jemand, der nicht wirklich etwas davon versteht, an die CNN glaubt. Wahrscheinlich kriegen wir mit den Beziehungen, die wir haben, und bei dem, was auf dem Spiel steht, sogar einen von der CNN, der den Leuten als Kommentator oder Ansager bekannt ist.«

Ich warf Mr. High einen Blick zu. Der gab den Blick weiter an Carlton, und der nickte. »Die können sich nicht sperren«, sagte er. »Das ist ein nationaler Notstand. Sie werden später die ersten Rechte haben wollen, nehme ich an.«

»Das kann uns egal sein«, sagte Lewis Joker. »Wenn wir unsere Leute dort oben rausgeholt haben, kann uns, verdammt, alles egal sein!« Ich stimmte ihm zu.

»Wie heißen Sie?«, fragte ich den Kleinen.

»Miller«, sagte er etwas verlegen. »Wie der Mister aus dem Justizministerium.«

»Miller II dann.« Ich legte ihm die Hand auf die Schulter. »Drehen Sie das, Miller II. TV-Kanal, provisorisches Studio in einem der Büros auf dieser verdammten Etage. Kameras. Alles, was nötig ist.«

Er verschwand mit leuchtenden Augen und rotem Kopf. Er war aufgeregt, aber Miller II würde es schon schaffen, daran hegte ich keinen Zweifel. Ich drückte die Zigarette aus und zündete mir die nächste an.

»Weiter, Jerry?«, frage Mr. High. »Ich meine, was wollen Sie …?«

»Wir werden denen dort oben eine Überraschung bescheren, Sir«, sagte ich. »Wir bereiten hier alles vor. Es hängt eigentlich nur davon ab, ob die Terroristen einen zu sich lassen. Mit Kamera, meine ich. Und wie die Verhältnisse dort oben sind.«

Lewis Joker kratzte sich am Kopf und schaute mich freundlich lächelnd an.

»Ich denke«, sagte er, »ich muss meine Meinung über einige verdammte Zivilisten noch einmal gründlich überdenken. Darüber, dass du alle Chancen hast, dass sie dir den Arsch abschießen, bist du dir doch hoffentlich im Klaren, oder?«

NEW YORK CITY

Empire State Building
Tiger Enterprise, 14. Etage
27. Dezember, 21 Uhr 10

»Es ist Wahnsinn«, sagte Clark Davidson leise. »Der Comandante ist verrückt. Er ist von einem krankhaften, vernichtenden Hass auf Yankees beseelt. Er wird alles und jeden diesem Hass opfern. Es ist Wahnsinn. So erreicht er nichts. Gar nichts. Er lässt den Leuten, die über und unter uns sind, keine Chance, ihr Gesicht zu wahren. Er drückt sie an die Wand, indem er Hubschrauber abschießen lässt und Tote mit dem Fahrstuhl nach unten schickt. Solange es keine reelle Chance gibt, dass das hier oben weiterhin unblutig geregelt werden kann, dürfen die Männer über und unter uns gar keine Zugeständnisse machen. Ich weiß nicht, was Sie sich vorgestellt haben, Doña Violeta, aber so …«

»Was ist da los?«, rief Menendez aus dem Großraumbüro. Er hatte die Stirn in Falten gelegt, und seine Lippen waren ein einziger Strich in der brutalen Landschaft seines Gesichts. Es war deutlich, dass es ihm nicht gefiel, dass sich Doña Violeta schon wieder um den Vize der Tiger Enterprise kümmerte.

»Nichts, verdammt!« Die betörend schöne Frau, die sich seit dem tödlichen Zwischenfall um Davidson kümmerte, richtete sich steil auf und streckte sich. »Du hast doch selbst gewollt …«

Menendez winkte ab. Unruhig lief er durch das Büro und setzte sich auf einen der Schreibtische, die er vorher mit einer wütenden Handbewegung abgeräumt hatte. Von hier aus konnte er in die drei kleinen Büros blicken, in die man die Geiseln getrieben hatte.

Zum ersten Mal überhaupt hatte er ein ungutes Gefühl. Seit beinahe sechs Stunden herrschte absolute Sendepause. Sieben Stunden hatte Doña Violeta den Kerlen unter ihnen

Zeit gegeben, für ein Fernsehinterview mit Ex-General Noriega. Was natürlich nicht zustande kam. Davon war Menendez überzeugt. Das beunruhigte ihn auch nicht. Die Nervosität rührte vielmehr daher, weil weder Tullio noch Amanda noch Enrique Verbindung mit ihm hier im Empire State Building gesucht hatten. Er brauchte die draußen. Sie sollten dafür sorgen, dass es später zu einem reibungslosen Rückzug aus diesem Gebäude kam. Später, wenn er die Yankees genug gedemütigt hatte.

»Doña!«

Sie zuckte zusammen. Das klang nicht nur wie ein Befehl, das war einer. In diesem Ton hatte Menendez sie noch nie angesprochen.

Davidson lachte leise. So leise, dass Menendez es nicht hören konnte, und er tat es hinter der vorgehaltenen Hand, sodass Menendez es auch nicht sehen konnte.

»Er wird dich umbringen«, sagte er dann. »Genau wie uns. Er hat keine politischen Ziele wie du. Er hat nur eine Weisheit vom Noriega-Vorgänger General Omar Torrijos übernommen und zu seiner eigenen gemacht. Für ihn sind Yankees nichts anderes als Affen an der Kette, die auch dann wieder friedlich werden, wenn jemand mal zu arg an der Kette gezogen und gezerrt hat. Jetzt zieht und zerrt er. Aber er hat sich verrechnet, Doña. Genau wie du dich in ihm verrechnet hast. Er hat dich nur gebraucht, um so weit zu kommen, wie er jetzt ist. Wenn es eine Chance gibt, wird er ohne dich von hier verschwinden und sich als Yankeebezwinger feiern lassen.«

Mit einem Ruck drehte sich Doña Violeta rum. Zu schnell, als dass Davidson aus ihrem Gesicht herauslesen konnte, ob seine Worte, die der Wahrheit mit Sicherheit nahe kamen, irgendeinen Eindruck auf die schöne Frau gemacht hatten.

Er schaute ihr nach, als sie sich mit aufregendem Gang durch das Großraumbüro bewegte und neben dem Schreibtisch stehen blieb, auf dem Menendez saß.

»Damit kommen Sie nicht weiter, Davidson!«

Davidson wandte sich um und schaute die rothaarige Frau an, die nicht weit von ihm entfernt saß und nun langsam an ihn heranrutschte. Natürlich kannte er die Angestellte vom Sehen, aber an ihren Namen konnte er sich nicht erinnern.

»Damit kommen Sie nicht weiter. Sie sitzt mit dem Kerl in einem Boot. Sie muss es nun, nachdem sie sich auf dieses Unternehmen eingelassen hat, einfach darauf ankommen lassen. Ich bin Elvira Firestone, Davidson. Nachdem O'Neill und Browning tot sind, sind wir beide wahrscheinlich die Einzigen, die hier noch etwas bewegen können.«

»Was und wie?«, fragte Davidson heiser. Jetzt erinnerte er sich komischerweise an die Personalakte der Rothaarigen. Daran, dass sie eine militärische Ausbildung hatte, Polizistin hatte werden wollen.

»Was, weiß ich nicht«, antwortete Elvira und schüttelte die Flut ihrer roten Haare auf. »Auf jeden Fall ist es so, dass der Spanier, Bunuel, es auf mich abgesehen hat. Ich weiß nicht, wann er kommt, um sich das zu holen, was er haben will ...«

»Sie sind verrückt, Elvira ...«

»... was er haben will und was ich ihm geben werde«, fuhr die schlanke rothaarige Frau fort. »Er wird nicht unbewaffnet sein. Vielleicht gibt es eine Chance, ihn auszuschalten und sich in den Besitz der Waffe zu bringen. Vielleicht ...«

Elvira Firestone brach mitten im Satz ab, als Leclerc, der ehemalige Legionär, herankam und in der offenen Tür stehen blieb.

Sie beobachtete den großen, breitschultrigen Mann aus den Augenwinkeln heraus. Sie sah die breite Narbe auf seiner Stirn und seine zusammengekniffenen Augen. Angst flackerte in Elvira Firestone auf. Falls er etwas gehört hatte, würde der Kerl die Waffe heben und sie einfach über den Haufen schießen. Menendez würde ihn deswegen nicht weniger lieben.

»Schnauze halten hier drin!«

Sie waren zu zehnt in diesem Büro. Alle schwiegen. Auch Elvira Firestone und Clark Davidson. Keiner konnte sich der Angst vor der tödlichen Bedrohung entziehen.

»Was ist mit dem blonden Helden?«, fragte Comandante Roberto Menendez, als Doña Violeta neben ihm am Schreibtisch stehen blieb und sich eine Zigarette anzündete.

»Er ist in Ordnung«, antwortete die schöne Frau und warf das lange schwarze Haar mit einer anmutigen Bewegung in den Nacken.

»Na wunderbar, Doña. Die sieben Stunden, die du den Yankees Zeit gegeben hast, sind bald verstrichen. Der blonde Held soll schon mal den Mann oder die Frau anweisen, die du als Erste erschießt, weil sich die Yankees nicht an deine Befehle gehalten haben.«

Wie sie es schaffte, nicht zusammenzuzucken, wusste sie selbst nicht. Auf jeden Fall klimperte sie nicht mal schneller mit den Wimpern, als Menendez sie scharf beobachtete und nach einer Schwäche in ihrem schönen Gesicht suchte.

Sie drehte sich um. »Davidson!«

Davidson stand auf. »Ja?«

»Du kannst dir schon mal Gedanken darüber machen, wen du erschießen lassen willst. Ich habe den Yankees sieben Stunden gegeben. Der Comandante erinnert mich gerade daran, dass die Zeit bald verstrichen ist.«

»Wenn es so weit ist, will ich der Erste sein.«

Menendez lachte schallend und schlug sich vor Begeisterung auf die Schenkel. »Wirklich ein blonder Held«, grölte er. Madheau, Bunuel, Cesare, Baumann und Leclerc stimmten augenblicklich in das Lachen ein. »Aber das ist gegen die Spielregeln, Yankee. Du hast doch selbst gesagt, dass hier einer unter diesen Feiglingen sein muss, der sie auf den richtigen Weg führen kann. Und du hast gesagt, dass du Einfluss genug hast, um die Bande stillzuhalten. Du musst uns schon einen anderen Vorschlag unterbreiten. Aber noch hast du ja Zeit, Yankee!«

»Wenn es so weit ist, werden wir losen ...«

Leclerc, der sich in der Nähe aufhielt, fing das kurze Handzeichen des Comandante auf. Mit zwei Schritten war er neben Davidson, schlug ihm die Faust ins Gesicht und schmetterte ihn zu Boden.

»Du bist kein Boss mehr, Yankee!«, schrie Leclerc, und die Narbe auf seiner Stirn begann gefährlich zu leuchten. »Du nimmst die Befehle des Comandante entgegen und befolgst sie ohne Kommentar.«

Um zu unterstreichen, wie ernst er es meinte, trat er Davidson mit dem schweren Springerstiefel in die Seite, bevor er das kleine Büro wieder verließ, in dem sich zehn Geiseln aufhielten.

Kein Ton drang aus den beiden Büros, die sich, genau wie dieses, an der Stirnwand befanden. Die Männer und Frauen hatten Angst und inzwischen jenes Stadium erreicht, in dem es ihnen egal war, wer als Nächster starb, wenn sie es nur nicht selbst waren.

»Das ist die Art, wie man mit den Yankees umgehen muss, Doña«, sagte Menendez knurrend. »Gewalt ist die einzige Sprache, die sie verstehen. Es ist ihre verdammte Sprache. Hast du das vergessen? Sie haben deinen Vater und deinen Bruder auf dem Gewissen. Sie alle – alle – alle ...!«

Das Schrillen des Telefons unterbrach Menendez. Er starrte auf den Kasten, über den die Soldaten und Polizisten Verbindung mit ihm aufnehmen konnten, und seine Kopfhaut begann zu kribbeln.

Er ahnte, dass sich da draußen irgendwas getan hatte, was er in seinem Plan nicht berücksichtigt hatte, weil er es für unmöglich gehalten hatte.

Mit einem Ruck riss er den Hörer vom Apparat und presste ihn sich ihn ans Ohr.

»Cotton, CNN. Nicht auflegen, verdammt! Die drehen mir ohnehin gleich die Leitung ab, Comandante Roberto Menendez. Das sind Sie doch? Wenn nicht, geben Sie mir schnell den Comandante an die Strippe. Es ist wichtig und …«

»Ich bin Menendez.«

»In fünf Minuten, auf Kanal 34, Comandante. Ich habe den Hammer des Jahrhunderts, und meine Anstalt sendet aus.«

»Was, verdammt …«

»Ich habe ein Exklusiv-Interview mit Enrique Ruben, Amanda Chamorro und Marco Tullio, Mann. Wir sind immer etwas schneller als die Polizei und die Regierung, Menendez. Ihr habt einen verdammten Fehler gemacht.«

»Ach ja?«, dehnte Menendez.

»Ja. Wenn ihr irgendwas erreichen wollt, dann müsst ihr mit dem Volk kommunizieren und nicht mit einigen Bullen, die …«

Es begann in der Leitung zu rauschen und zu knacken.

»Klar, die haben uns entdeckt, Menendez. Kanal 34 …«

Das Gespräch riss ab. Menendez starrte den unschuldigen Hörer in seiner Hand an wie einen Todfeind. Er schmetterte ihn auf den Apparat zurück. Sein Zeigefinger schoss regelrecht auf das Fernsehgerät zu, das an einer Art Galgen unter der Decke aufgehängt war.

»Schalte das Ding an, Cesare! Die anderen Geräte auch. Alle auf Kanal 34 setzen!«

Doña Violeta, die so dicht neben Menendez stand, dass sie jedes Wort verstanden hatte, starrte den Comandante an und schüttelte den Kopf. »Ein Trick der Yankees«, sagte sie, und in diesem Moment meinte sie das auch wirklich so. »Sie können Amanda, Enrique und Marco gar nicht haben. Einen vielleicht, aber nicht alle. Die setzen ein paar Schauspieler vor die Kamera …«

»… schalten wir um in unser Studio in New York«, sagte ein bekannter CNN-Kommentator, der auf der Mattscheibe erschien und mit dem nötigen Ernst in die Kamera schaute. »Zu einem Exklusiv-Interview, mit dem sich die Freunde jener Freiheitskämpfer zu Wort melden, die in New York das Empire State Building – alles Weitere von unserem Reporter ...«

Die Mattscheibe flimmerte eine Sekunde lang. Comandante Roberto Menendez wurde es flau im Magen, und er spürte seinen Herzschlag bis in die Schläfen hinauf.

Die erste Großaufnahme zeigte Amanda Chamorro, die Kubanerin. Die war so einmalig, dass man garantiert keinen Doppelgänger für sie gefunden hätte. Die Kamera schwenkte nach rechts und fuhr über die fröhlichen Gesichter von Marco Tullio und Enrique Ruben hinweg.

»Hallo, Comandante«, sagte Amanda mit ihrer rauchigen Stimme, die einem Mann einen kalten Schauer über den Rücken jagen konnte. »Die Schweine haben uns die Leitung zu dir abgeschnitten. Dieses ist die einzige Möglichkeit, mit dir in Verbindung zu treten und dir zu sagen, dass hier draußen alles in Ordnung ist. Falls sie dir etwas anderes gesagt haben ...«

»Wir hatten deutlich abgesprochen ...«, sagte der Mann, der das Interview leitete und dessen Name nun mit Cotton eingeblendet wurde.

»Einen Scheiß haben wir abgesprochen«, fauchte Enrique Ruben. »Wir haben gesagt, wir machen dich berühmt, wenn du es schaffst, uns mit unseren Freunden im Empire State Building Verbindung aufnehmen zu lassen. Jetzt bist du berühmt, Cotton.«

»Und jetzt weiß der Comandante, dass alles in Ordnung ist, obgleich man ihm wahrscheinlich etwas anderes einzureden versucht hat.«

Menendez rann der Schweiß von der Stirn. Seine Männer, einschließlich Doña Violeta, starrten auf die Schirme und begriffen gar nichts mehr. Das war kein Trick, das war kein fauler Zauber, keine Magie. Das waren Enrique, Amanda und Marco. Die verdammten Yankees hatten die Leitungen für hereinkommende Gespräche blockiert.

»Die bluffen, Comandante«, sagte Ruben. »Die verschweigen der Öffentlichkeit, was sich wirklich im Empire

State Building abspielt. Unser Freund Cotton ist scharf darauf, es unter die Leute zu bringen. Aber sie lassen ihn nicht. Keine Reporter, keine Kameras, nichts befindet sich in unmittelbarer Nachbarschaft von euch …«

»Wir wollen darüber reden, was wirklich geschieht, damit die Öffentlichkeit endlich alles erfährt, Señor Ruben. Wir haben gehört, dass es einige Tote gegeben haben soll, dass vom Empire State Building auf einen Helikopter geschossen worden ist, was die Army und die Polizei bestreiten. Wir wollen Ihren Freunden Gehör nach draußen verschaffen und so vielleicht verhindern, dass alles …«

Der Bildschirm flimmerte. Sekundenlang. Dann war wieder der Kommentator der Fernsehanstalt zu sehen. Der verkündete ernst, dass es zu technischen Störungen gekommen sei und dass man deswegen mit dem geplanten Interview nicht fortfahren könne.

»Die verdammten Hunde!«, brüllte Menendez. »Die tun wirklich so, als sei nichts geschehen und – die verdammten Hunde! Der Kerl hat Recht. Wie hieß er doch noch?«

»Cotton«, sagte Doña Violeta mit brüchiger Stimme.

»Cotton«, wiederholte Menendez den Namen. »Der Yankee will berühmt werden. Das kann er haben. Er wird den Yankees in die warme Stube tragen, was sich hier abspielt. Habt ihr das gehört, verdammt? Sie tun so, als würde es uns und die Geiseln gar nicht geben. Sie verschweigen uns. He, Madheau, was sagst du dazu?«

»Wir sollten die Gebäude um uns herum in Schutt und Asche legen«, sagte der Libanese, der ausreichend Erfahrung mit solchen »Aufgaben« hatte.

»Wir sollten vielleicht noch einige Leichen nach unten schicken«, schlug Cesare vor.

»Doña?«, wandte Menendez sich an die Frau an seiner Seite.

»Es waren unsere Freunde, Menendez. Jeder Zweifel ist ausgeschlossen. Ich denke, du siehst das richtig. Wir sollten dem Reporter Cotton die Chance geben, ein sehr bekannter

Mann zu werden. Nur befürchte ich, dass unsere Freunde über und unter uns damit gar nicht ein verstanden sind.«

Menendez zündete sich eine Zigarette an.

»Davidson!«, brüllte er.

Der blonde Vize der Tiger Enterprise stand auf. Stöhnend, denn Leclerc hatte ihm mit den brutalen Tritten einige Rippen angeknackst.

»Komm her, du Held! Stell dich nicht so an!«

Davidson humpelte heran und blieb bei Doña Violeta neben dem Schreibtisch stehen.

»Vielleicht glauben sie uns nicht, Davidson. Einem Yankee wie dir werden sie glauben müssen. Du bist doch dein ganzes Leben ein anständiger Mensch gewesen und nicht vorbestraft, oder?«

Davidson schüttelte den Kopf. Seine Gedanken jagten sich. Für ihn war klar, dass etwas an diesem Interview nicht stimmen konnte. Wenn irgendwelche Stellen nämlich vermeiden wollten, dass die Terroristen hier oben mit der Außenwelt in Verbindung treten konnten und von dort vielleicht Hinweise erhielten, dann wäre es niemals so weit gekommen, dass diese Bilder über den Sender hätten gehen können.

Davidson spürte plötzlich die Schmerzen nicht mehr. Er atmete ruhig und gab sich alle Mühe, sich den Hoffnungsschimmer nicht anmerken zu lassen, der an seinem geistigen Horizont aufgegangen war.

»Du wirst sie jetzt anrufen, Davidson …«

NEW YORK CITY

Krisenzentrum, 13. Etage
27. Dezember, 21 Uhr 35

Die Türen des kleinen Büros, das Miller II als provisorisches

Studio hatte einrichten lassen, waren geschlossen. Hermetisch und schalldicht.

Amanda Chamorro, Enrique Ruben und Marco Tullio saßen dort fest, nachdem sie ihre Rollen gespielt hatten. Wobei Marco Tullio für den Maskenbildner ein Problem gewesen war. Der hatte einige Beulen aus seinem Gesicht schminken müssen, die sich Tullio bei seinem Zusammenstoß mit Phil zugezogen hatte.

Phil war inzwischen auch eingetroffen. Er saß zusammen mit Lewis Joker und mir an einem kleinen Tisch, trank Kaffee und konnte das Zittern seiner Hand nicht verbergen, als er die Kaffeetasse an seine Lippen führte. Wir zitterten alle. Um das Leben der Geiseln, die es über uns gab.

»Wenn das gut geht, Cotton«, sagte Lieutenant Wooster von der DIA, »dann werde ich niemals mehr ein krummes Wort über den FBI sagen. Niemals …«

Das Telefon schellte.

Mr. High und District Attorney Carlton, die dem Telefon am nächsten saßen, zuckten wie elektrisiert zusammen. Mr. High ließ es dreimal läuten. Dann hob er mit einem entschlossenen Ruck ab.

»Clark Davidson, Vize-Direktor der Tiger Enterprise, Sir«, meldete sich eine erschöpft klingende Stimme. Es war das erste Mal, dass wir eine der Geiseln an der Strippe hatten. »Tut mir Leid, Sir, aber das hier oben ist hoffnungslos. Wir haben einen Anruf bekommen, von der CNN, und wir haben das Interview mit den Freunden der Männer gesehen, die uns hier festhalten. Wenigstens so lange, bis irgendwer den Sender aus der Luft geholt hat, Sir. Der Comandante wird jetzt mit Ihnen reden. Machen Sie keinen Fehler, indem Sie unsere Lage unterschätzen. Falls nicht alle Auflagen erfüllt werden, sterben zehn Geiseln auf einen Schlag. Ich kann und will nicht die Verantwortung …«

»Genug gequatscht!«, war eine raue Männerstimme zu hören.

Jemand stieß einen Schrei aus. Wahrscheinlich Davidson, den man geschlagen und so vom Telefon getrieben hatte.

»Hört gut zu, Yankees. Ich sage es nur einmal und melde mich danach erst wieder, nachdem wir die zehn toten Geiseln nach unten geschickt haben. Ihr habt genau eine Stunde, um den Mann raufzuschicken, der das Interview mit unseren Freunden geführt hat. Cotton heißt der Kerl. Wir wollen ihn hier oben haben. Mit einer verdammten Kamera und all dem Zeug, das nötig ist, um von hier aus auf Sendung zu gehen, live! Das Yankeevolk soll erfahren, was hier los ist. Eine Stunde, Mister Yankee ...«

»Cotton?«, fragte Mr. High.

»Stell dich nicht dümmer, als du bist, Yankee. Cotton, den Reporter von der CNN, der ein bisschen schlauer ist als ihr alle zusammen. Er hat unsere Freunde gefunden, ihr nicht. In einer Stunde ...«

»Ich weiß nicht, ob das in einer Stunde möglich ist. Mann, ich muss erst mit dem Sender ...«

»In einer Stunde. Meldet euch sofort, wenn er da ist, damit wir ihn mit dem Aufzug schnell nach oben holen. Ende.«

Es klickte, und Mr. High ließ den Hörer aus der Hand fallen, als habe das Ding unter seinen Fingern zu glühen begonnen.

Ich stand auf. Langsam und bedächtig.

Ich hatte alles gehört und musste erst verarbeiten, dass es geklappt hatte. Das dauerte einige Sekunden. Dann wandte ich mich an Lewis Joker und die anderen militärischen Strategen, die Joker inzwischen mobilisiert hatte.

»Okay, Jerry«, sagte Joker ruhig, aber seine Stimme kratzte.

Ich schaute den Feuerwerker an.

»Okay«, sagte der Mann, der alles präpariert hatte, mit der gleichen kratzenden Stimme. »Sie brauchten Stunden, Jerry, und dann müssten sie zudem ausgefuchste Spezialisten sein, um das Unheil zu erkennen, das über sie kommen wird. Verdammt, sie werden dir dabei helfen, ihren eigenen Untergang einzuläuten.«

»Das ist richtig«, sagte Phil und rieb sich die müden Augen. »Unsere Späher auf den umliegenden Häusern haben inzwischen absolut sicher erkannt, dass die Geiseln auf die drei Büros an der Frontseite verteilt worden sind. Da gibt es nur die Büros und die sanitären Einrichtungen. Der Comandante und die anderen Aasgeier halten sich im vorderen Teil des Großraumbüros auf. Bislang hat es so ausgesehen, als gäben die sich nicht einmal Mühe, die beiden Fensterfronten zu überwachen. Die rechnen mit keiner Überraschung. Sie fühlen sich absolut sicher. Vielleicht würde ich das auch tun, wenn ich an deren Stelle wäre.«

»Meine Leute sind vorbereitet, Jerry«, versicherte Captain Lewis Joker.

Vorbereitet! Das hörte sich genauso schlimm an, wie es werden würde.

Einige hohe Tiere von der Staatsanwaltschaft, vom Justizministerium und Pentagon steckten die Köpfe zusammen. Es hatte den Anschein, als hätten sie bis zu diesem Moment gar nicht damit gerechnet, ein Unternehmen absegnen und legalisieren zu müssen, bei dem man voraussagen konnte, dass es Tote geben würde.

»Okay, Mr. Cotton«, sagte Miller vom Justizministerium dann höflich und besonnen. »Falls etwas schief geht, tragen wir alle die Verantwortung.«

»Es wird nichts schief gehen«, schnauzte Lewis Joker, schnappte nach einem Telefon und setzte die Befehle an seine Leute ab. Dann legte er mir die Hand auf die Schulter und grinste mich an. »Keine Angst, G-man«, sagte er. »Ich werde bei dir sein und auf dich aufpassen, wenn es so weit ist. Decker!«

Phil nickte mir zu. Es war abgesprochen, dass er Lewis Joker begleitete. Es war abgesprochen, weil Phil es so gewollt hatte.

Empire State Building
Tiger Enterprise, 14. Etage
27. Dezember, 22 Uhr 10

»Hast du auf mich gewartet?«, frage José Bunuel, der Spanier, der in das kleine Büro gekommen war und neben Elvira Firestone kniete.

Sie drehte ihm ihr Gesicht zu. Sie lächelte, aber ihre Augen lächelten nicht mit. Ihr Mund öffnete sich. Sie zeigte Bunuel die Zähne, und als sie sich etwas nach vorn beugte und der Stoff der zerfetzten Bluse aufklaffte, zeigte sie ihm das, weswegen der spanische Höllenhund eigentlich gekommen war.

»Wenn du jemals wieder lebend hier raus willst, brauchst du einen guten Freund, Baby.«

Elvira nickte und rückte dichter an den Mann heran, den sie genauso hasste wie all die anderen. Einschließlich der wunderschönen Frau, die sich von Davidson bislang nicht hatte überzeugen lassen.

Davidson fand es Wahnsinn, was sie plante. Vielleicht stimmte es. Aber es war ein Versuch, und etwas Schlimmeres als einen etwas früheren Tod konnte der auch nicht bringen.

»Habe ich doch«, sagte sie leise. »Dich.«

»Der Fernsehmann wird kommen.« Bunuel schaute auf die Uhr. »Der Comandante wird dann beschäftigt sein. Sobald der Fernsehmann mit den Aufnahmen beginnt, gehst du in den Waschraum. Dort treffen wir uns. Dann kannst du mir zeigen, was du alles dafür tun wirst, um hier rauszukommen, Baby.«

»Wer sagt mir, dass ich dir vertrauen kann?«

»Ich bin ein spanischer Edelmann.«

»Du siehst eher aus wie ein spanischer Verbrecher.«

Bunuel lachte leise und glucksend. »Das sind alle Edelmänner, Baby. Alles Verbrecher.« Er stand auf und stellte sich auf die Zehenspitzen, um größer zu wirken, als er in Wirklichkeit war. »Mach keinen Fehler, Baby! Ich bin deine einzige Chance.«

Er drehte sich um und verließ den kleinen Büroraum, in dem sich neben Elvira Firestone und Clark Davidson noch acht weitere Geiseln befanden. Fünf Frauen und drei Männer. Davidson hatte mit ihnen geredet. Irgendwie war es dem Vize der Tiger Enterprise gelungen, sie davon zu überzeugen, dass das hier alles gut ablaufen würde.

»Warum hast du sie angelogen?«, fragte Elvira, nachdem sich Bunuel zurückgezogen hatte. »Nichts läuft gut ab. Von dort draußen haben wir nichts zu erwarten. Wir müssen uns selbst helfen, Davidson …«

»Ich weiß nicht«. Davidson hatte Schmerzen. Fürchterliche Schmerzen. Drei Rippen waren gebrochen. Sein Nasenbein war geknickt, und seine Lippen waren so dick geschwollen, dass er sie kaum bewegen konnte. »Ich weiß nicht, Elvira. Vielleicht hast du Recht, wenn du etwas versuchst. Vielleicht.«

»Ruhe da hinten!«, schrie Baumann, der Deutsche, der zusammen mit Cesare die Stinger auf den Hubschrauber der Army abgeschossen hatte.

Sein Befehl fiel mit dem Klingeln des Telefons zusammen.

Menendez nahm ab und meldete sich. »In Ordnung«, sagte er. »Wir schicken den Lift nach unten. Einer meiner Männer wird drin sein, und dreißig Kilo Dynamit. Falls es eine Falle ist, fliegt das Zeug in die Luft.«

Menendez legte auf.

»Baumann!«

Der Deutsche, der von der PLO ausgebildet worden war, der in Beirut gegen Falangisten, Moslems, Christen und Sunniten gekämpft hatte und manchmal auch gegen sich selbst, kam heran.

Menendez sah ihm an, dass er Rauschgift genommen hatte. Er wusste, dass der Kerl süchtig war, aber er wusste auch, dass die Sucht ihn niemals davon abgehalten hatte, seine Pflicht zu erfüllen. Also tolerierte er es mehr oder weniger. Jetzt mehr, denn es war abgesprochen, dass Baumann das erste Himmelfahrtskommando zu erledigen hatte. Und Menendez hegte keinen Zweifel daran, dass sich der Verrückte mit dem Dynamit in die Luft sprengen würde, wenn etwas geschah, was ihm nicht gefiel.

»Fahr runter und hol ihn rauf!«

Baumann knallte die Hacken zusammen, drehte sich um und lud seine MPi durch, bevor er das Großraumbüro verließ und den Gang betrat, der zum Lift führte.

»Cotton kommt«, wandte sich Menendez an Doña Violeta. »Ich habe gewusst, dass sie es nicht wagen, meine Anordnung zu ignorieren. Sie nehmen mich ernst. Und nachdem die Aufnahmen gemacht und direkt über den Sender gelaufen sind, wird die ganze Welt mich ernst nehmen, Doña.«

»Ist es das, was du willst?«

Menendez nickte unverblümt.

»Und unsere politischen Ziele, Comandante? Was ist mit dem Unrecht, das die Yankees zum Beispiel meinem Vater und meinem Bruder angetan haben?«

Menendez lachte leise.

»Das waren Schweinehunde, wie sie im Buche stehen, Doña. Dein Vater und dein Bruder haben Millionen gemacht mit Rauschgift und krummen Devisengeschäften. Sie haben sich nur dumm angestellt, und die Yankees sind ihnen auf die Schliche gekommen. Mach dir nicht selbst etwas vor!«

Sie sprang auf ihn zu wie eine Raubkatze. Sie hatte die Krallen ausgefahren. Ihre spitzen Nägel zogen quer durch Menendez Gesicht und hinterließen darauf blutige Schrammen.

»Du hast mich benutzt!«

Menendez zuckte mit den Schultern, rieb sich mit dem Handrücken über die Kratzspuren und jaulte auf, als er die Hand blutig zurückzog.

»Was ist mit den anderen? Mit dem Chefminister der westindischen Turks- und Caicos-Inseln, mit dem bolivianischen Innenminister, mit Jim Pindling, dem Kommandeur der Präsidentengarde von Haiti und dem Armeechef von Surinam?«

Menendez winkte ab. »Wir sind hier auf keiner Parteikundgebung, Doña. Alle Männer, die von den USA überführt wurden, hatten Dreck am Stecken. Genau wie dein Vater und dein Bruder …«

Sie stieß einen jaulenden Klagelaut aus, sprang nach rechts und versuchte die MPi an sich zu reißen, die dort auf dem Tisch lag.

Ihre schlanken, gepflegten Hände berührten die Waffe schon, als Leclerc und Madheau gleichzeitig das Feuer auf sie eröffneten und sie töteten, bevor sie Menendez gefährlich werden konnte.

Menendez stand einige Sekunden regungslos da und starrte auf die schöne Frau, die er in manchen Stunden wirklich geliebt hatte.

»Schafft sie weg!«, schrie er dann. »Der Reporter wird gleich hier sein. Er soll nicht sehen, wie wir uns gegenseitig umbringen. Schafft sie hinaus!«

Madheau und Leclerc erledigten das gemeinsam.

In dem kleinen Büro stöhnte Clark Davidson gequält auf.

Elvira rutschte an ihn heran, packte seinen Arm und drückte ihn.

»Es kostet mich vielleicht das Leben, aber ich werde den Kerl erledigen, Davidson. So wahr mir Gott helfe. Er ist ein Satan. Vielleicht hilft es den anderen, wenn es ihn nicht mehr gibt.«

»Elvira …«

Die rothaarige, junge Frau winkte ab. Sie suchte Blickkontakt mit Bunuel und gab ihm zu verstehen, dass der sie im Sanitärbereich besuchen konnte, sobald der Fernsehmann hier seine Apparate aufgebaut hatte und mit seiner Arbeit begann. Sie war entschlossen. Tödlich entschlossen.

Ich hatte ihre Fotos gesehen, ich kannte ihre Namen, ich hätte sogar ihren Lebenslauf runterbeten können. Ich wusste, was sie auf dem Kerbholz hatten, an welchen Kriegsschauplätzen auf dieser Welt sie mitgewirkt hatten.

Baumann, der für die PLO den Kopf hingehalten hatte, brachte mich nach oben. Meine Ausrüstung, eine Handkamera, vier Filmleuchten auf Stativ, zwei Rollen Kabel, die nötigen Stecker und drei Mikros, transportierte ich in einer Holzkiste mit einer Sackkarre in das verwüstete Großraumbüro.

Baumann bewegte sich hinter mir. Ich spürte seine Nähe und auch die MPi, die er auf mich gerichtet hatte.

Er blieb stehen, als ich stehen blieb. Ich tat es bewusst, und ich schaute mich bewusst sehr interessiert um, weil das jeder an meiner Stelle auch getan hätte. Ich hatte mir jeden Schritt gedanklich als Drehbuch eingeprägt. Ich wusste genau, wohin die Mikros gehörten, wohin die Lampen, die Kabel, die Stecker. Ich kannte meine Position, die sich in der Nähe der drei kleinen Büros befand, in denen die Geiseln untergebracht waren. Ich kannte die Positionen, in die ich Menendez und die anderen stellen musste. Und ich hegte keinen Zweifel daran, dass sie auf mich hören würden. Schließlich hatten sie mich kommen lassen. Nicht umgekehrt.

Menendez hatte sich das Haar gekämmt. Er war ein eitler Teufel. Er stand in der Mitte des Büros, wippte auf den Zehenspitzen und ließ seine Röntgenaugen über mich streifen.

»Sir«, sagte ich.

Er grinste. Er mochte es gern, wenn ein verdammter Yankee ihn »Sir« nannte. Dann nickte ich den anderen zu. Madheau, dem Libanesen, Cesare, dem kleinen Italiener, Leclerc, dem Franzosen, und Bunuel, dem Spanier. Die Fotos, die ich von ihnen gesehen hatte, waren vor einigen

Jahren aufgenommen worden. Sie hatten sich nicht verändert.

»Cotton«, sagte Menendez und rieb sich mit dem Handrücken über die schmalen Lippen. Sein Gesicht wies blutige Schrammen auf. Er musste sich darüber gewischt haben und hatte das Blut dabei verschmiert.

Ich nickte. »Das bin ich«, sagte ich. »Meinen Presseausweis und alles andere habe ich in der Tasche.«

»Ich kenne dich doch.«

»Na gut«, sagte ich und deutete auf sein Gesicht. »Das Blut sollten Sie sich abwischen, Sir. Das macht sich nicht gut. Kann mir einer helfen, das Zeug aufzubauen?«

»Gibt es irgendwelche Spielregeln?«

»Ich filme, Sie sprechen in die Mikros, immer nur einer, und Sie schauen nur dann direkt in die Kamera, wenn ich das Zeichen gebe. Das ist der technische Teil. Ansonsten sind wir auf Sendung. Sie können alles über den Bildschirm direkt verfolgen. Was gesagt wird, wird ausgestrahlt und kann nicht zurückgenommen werden. Sie bestimmen, ob ich die Kamera in die Büros dort hinten halten darf. Ich halte mich an Ihre Anweisungen. Ich will nicht, weil es mir Schwierigkeiten bereiten würde, dass Sie mich Ihren Freund nennen oder so. Und sobald die Aufnahmen abgeschlossen sind, werde ich wieder von hier verschwinden können. Das Material kann für den Fall, dass Sie später noch was zum Volk sagen wollen, stehen bleiben. Ist das in Ordnung?«

Menendez Augen waren immer größer geworden. Eigentlich im gleichen Maße, wie seine Lippen schmaler geworden waren. »Soll ich dir was sagen?«

»Ja, was?«

»Du bist verdammt kaltschnäuzig, Cotton. Ich weiß nicht, ob mir das gefällt.«

»Ich tue einen Job, und ich verdiene eine Menge Geld damit. Ich habe Fidel Castro vor der Kamera gehabt und Saddam Hussein und Arafat in Tunis. Aber das alles sind Peanuts gegen das, was ich jetzt vor die Kamera bekomme.

Das gebe ich zu. Ich bin nicht sentimental. Ich denke zuerst an mich und dann an die anderen. Anders kann man in diesem Job keinen Fuß an den Boden bekommen, Sir. Ich glaube nicht, dass Sie mich in den wenigen Minuten, die uns bleiben, noch ändern können. Ich kenne Sie nicht und gehe ein Risiko ein. Man hat mir versichert, dass Sie Ihr Wort darauf gegeben haben, dass ich hier wieder verschwinden kann. Bin ich leichtsinnig gewesen, das zu glauben?«

Ich hatte längst herausgefunden, dass die Rederei ihn beeindruckte. Deshalb überschüttete ich ihn mit einem wahren Redeschwall. Es gibt Menschen, die kann man damit einlullen. Menendez gehörte dazu. Und während ich redete, ging ich in Gedanken alles noch einmal durch.

Die Frau fehlte. Doña Violeta. Ich musste mich nach ihr erkundigen. Schließlich hatte ich Ruben, Tullio und die Kubanerin vor der Kamera gehabt. Das hieß, ich wusste, dass es hier eine Frau gab.

»Helft ihm«, sagte Menendez.

Madheau und Cesare kamen heran. Baumann blieb hinter mir, und Leclerc konnte sich noch nicht so recht entschließen, was er nun tun sollte und was nicht.

In einem der Büros, in dem ich auch Davidson am Boden liegend entdeckt hatte, stand eine rothaarige Frau auf.

Elvira Firestone, die mal Polizistin hatte werden wollen.

Ich kannte jede Geisel von Fotos. Ich hatte mir die Gesichter eingeprägt und die Namen.

Bunuel schaute in die gleiche Richtung wie ich und wurde unruhig. Es sah irgendwie danach aus, als wären die beiden verabredet. Das konnte ich nicht zulassen. Das durchkreuzte alle Pläne. Ich musste die Geiseln und die Terroristen getrennt voneinander halten. Die einen vor dem Licht der Filmleuchten, die anderen dahinter.

»Es ist besser, wenn alles auf seinem Platz bleibt«, sagte ich zu Menendez und deutete auf Elvira Firestone und Bunuel, der sich in Richtung der sanitären Einrichtungen auf den Weg machen wollte.

»Du hilfst, Bunuel!«, brüllte Menendez. »Und du legst dich neben den Vize auf den Boden und hältst ihm die Hand.«

Elvira Firestone zögerte, bis Menendez nach der MPi griff. Dann ging sie neben Davidson auf Tauchstation. Ihre Blicke signalisierten mir, dass sie mich hasste. Sollte sie. Es würde nicht lange dauern. Später würde sie mich lieben. Hoffentlich.

Ich dirigierte Menendez' Terroristen, die alles taten, was ich sagte, die alles dort aufbauten und anschlossen, wo ich es haben wollte. Menendez ließ mich nicht aus den Augen.

Ich deutete auf die Bildschirme der Fernsehgeräte und warf einen Blick zur Uhr. Es war 22 Uhr 47 Uhr, als alles so stand, wie es stehen musste. Seit einigen Minuten zauberte Miller II dort unten in dem provisorischen Studio und hatte den Originalkommentator von CNN vor der Kamera. Der erschien auf dem Bildschirm, als Menendez die Geräte einschalten ließ.

»Wir haben noch drei Minuten«, sagte ich. »Dann kriegen wir ein Testbild. Danach habe ich eine halbe Minute, um die Kamera einzustellen, und dann sind wir auf dem Sender.«

»Das ist nicht lange, um was abzusprechen«, knurrte Menendez, dem alles viel zu schnell ging.

»Wir machen keine Talkshow«, erklärte ich. »Sie sagen, was Sie zu sagen haben, Sir. Ich stelle einige Fragen – verdammt, wo ist die Frau? Doña Violeta. Tullio und Ruben waren der Meinung, dass noch nie ein schöneres Gesicht …«

»Sie ist nicht dabei«, sagte Menendez hart.

Hätte er gesagt, dass sie tot war, hätte es auch nicht anders geklungen.

»Okay.« Ich ging darüber hinweg und deutete nach hinten, zu den Büros, in denen die Geiseln saßen.

Dass ich mich umdrehte und die Kamera auf die Büros richtete, dass die Kamera schon lange lief und die Bilder von dieser Etage auf einen Schirm unter uns warf, sodass jeder sehen konnte, wie es hier aussah, konnte Menendez nicht mal ahnen. Er wusste nicht, dass Miller II das gedeichselt hatte, aber er hatte versichert, dass es funktionierte. Ich verließ mich darauf. Auch darauf, dass Captain Lewis Joker und seine Leute, die in den Gondeln der Fensterputzer und Monteure rechts und links über den Fenstern der 14. Etage schwebten, die gleichen Bilder auf Minimonitoren geliefert bekamen. Sie wussten also Bescheid.

»Zuerst Sie hinter den Tischen, Sir. Zusammen mit den Männern. Dann, wenn Sie nichts dagegen haben, drehen Ihre Männer die Scheinwerfer auf die Büros, in denen sich die Geiseln aufhalten. Ich halte die Kamera mitten in das Elend. Ich weiß nicht, was Sie sagen werden. Wenn es dramatisch klingt und danach die Opfer im Bild erscheinen, hat es die größte Wirkung. Was das angeht, können Sie sich auf mich verlassen. Davon verstehe ich was.«

Menendez überlegte. Das war nicht gut.

»Wir haben noch genau fünfundvierzig Sekunden, Sir«, sagte ich und drückte die Stoppuhr, die in die Kamera eingebaut war und die Sekunden in dicken roten Ziffern angab.

Im selben Moment hatten Captain Lewis Joker und seine Leute die Stoppuhr gedrückt. Der Countdown lief. Sobald die Sekunden abgelaufen waren, erklang ein akustisches Signal. Dann brauchte ich nur noch auf den Auslöser der Kamera zu drücken und in Deckung zu gehen. Auf das, was dann geschah, wenn die Gondeln plötzlich vor den Fenstern auftauchten und Lewis Jokers Männer zusammen mit Phil hier auftauchten, hatte ich keinen Einfluss mehr. Ich würde es nicht mal beobachten können.

»Noch dreißig Sekunden, Sir!«

Menendez strich sich über die Haare, fummelte an seiner Uniform, legte die MPi und zwei Handgranaten vor sich auf den Tisch und gab den anderen ein Zeichen. Sie setzten sich ebenfalls.

»Zwanzig Sekunden, Sir.« Ich schwitzte. »Sobald das

rote Licht auf der Kamera angeht, sind wir auf Sendung. Schauen Sie zuerst in die Kamera, dann nach links über meine Schulter hinweg. Noch zehn Sekunden …«

Ich wusste, was geschehen würde. Lewis Joker hatte es mir erklärt. Ich hatte mich darauf eingestellt.

Ich dachte daran, dass in drei Sekunden für die Menschen hier oben alles vorbei war. Für die Geiseln, die das Gebäude verlassen konnten, und für die Terroristen, die das Gebäude wahrscheinlich nicht verlassen konnten.

Ich dachte, dass es ein Sieg der Gerechtigkeit war, ein Sieg des Guten über das Böse, wenn es so ablief. Dass ich später keinen Gedanken daran zurückdenken musste, mir keine Vorwürfe wegen irgendwas zu machen brauchte.

Es piepste.

Ein leises Geräusch, das sich mir wie ein schriller Sirenenton quer durch das Gehirn fraß.

Ich drückte den Kameraauslöser.

Ein irrsinnig heller Blitz zerfetzte alles vor meinen Augen, ein fürchterlicher Knall sprengte beinahe meine Trommelfelle. Die in den Stativen für Mikros und Scheinwerfer untergebrachten Blendkörper explodierten gleichzeitig.

In derselben Sekunde wurden die Fenster aus den Rahmen gesprengt.

Die Soldaten, die sich in den Körben aufhielten und auf die Sekunde genau ihr Ziel erreichten, hechteten in das Großraumbüro.

Ich hörte Explosionen, stürzte und schrie und verlor das Bewusstsein, als der Schmerz in meinem Schädel Dimensionen annahm, die ein menschliches Wesen nicht mehr ertragen konnte.

Als ich die Augen aufschlug, lag ich auf einer Trage und befand mich in guter Gesellschaft der Geiseln, die ebenfalls abtransportiert wurden und beinahe das Gleiche mitgemacht hatten wie ich.

Das Gleiche in der Sekunde ihrer Befreiung.

Was sie davor durchgemacht hatten, war nicht zu

beschreiben und würden die meisten auch niemals in ihrem Leben in Worte fassen können.

Ich hatte das Gefühl, leer gelaufen zu sein. Es war keine Kraft mehr in mir. Es fiel mir schwer, die Augen aufzuhalten und bei Bewusstsein zu bleiben.

Ich schaffte es, bis Phil und Lewis Joker vor mir auftauchten.

Sie sahen müde und geschafft aus. So wie ein Läufer auf den letzten Yards der Marathonstrecke, bevor er als Sieger die Ziellinie passiert.

»Okay«, sagte Phil. »Sie haben alle etwas abbekommen, aber sie leben, und sie verfluchen es, überlebt zu haben, anstatt als Helden gestorben zu sein. Als Helden für wen auch immer. Jetzt gehen sie als Geiselgangster, Mörder und Terroristen in die Geschichte ein. Die Geiseln sind weg. Du bist der Letzte. Das wolltest du so.«

Ich nickte, das hatte ich so gewollt.

Derselbe Arzt, der schon Pauke behandelt hatte, tauchte neben mir auf. Er hielt eine Spritze in der rechten Hand. Die Nadel glitzerte tückisch. Helle Flüssigkeit schoss wie eine Fontäne aus der Kanüle, als er die Luft aus dem Kolben drückte.

»Ich habe gewusst, dass ihr es schafft«, sagte er.

Ich nicht. Aber ich nickte dennoch.

»Wenn du wieder aufwachst«, sagte er, nachdem er mir die Nadel ins Fleisch gestochen und die Flüssigkeit in mich gespritzt hatte, »dann bist du wie neu. Mein Wort drauf.«

Ich hätte ihm gern geglaubt. Aber Tatsache war, dass keiner, der das Geiseldrama im Empire State Building miterlebt hatte, jemals wieder wie neu sein würde.

ENDE

Broadway-
Geier

Hollis Dougherty sagte es jedem, ob er es hören wollte oder nicht.

»Der Gesundheitsminister würde mir Berufsverbot erteilen!« Dazu kicherte sie, und je nachdem, was der betreffende Gast für ein Gesicht machte, fügte sie hinzu: »Das können Sie mir glauben, Sir!« Oder: »He, Mann, das ist traurige Tatsache!« Oder: »Yeah, so weit ist es schon gekommen in diesem freien Land.« Und: »Also überlegen Sie es sich gut, ob Sie was von mir kaufen, Sir. Der Gesundheitsminister könnte Sie beobachten lassen. Vielleicht hat er seine Spitzel eingeschleust!«

Hollis, die super ausgestattete Blondine schob ihren Bauchladen mit dem Zigaretten-Sortiment in den Schwarm der hereinströmenden Leute. Die Ladys machten amüsiertnaserümpfend einen Bogen um sie. Der ungebundene Teil der Gentlemen aber blieb zunächst mal an Hollis' Oberweite hängen. Mit Stielaugen.

Sie trug einen engen weißen Rippchenpullover wie in den fünfziger Jahren. Ihre Turmfrisur erinnerte mehr an die Rock-and-Roll-Ära als an die Zeit des Bebop. Der Bauchladen stammte sowieso aus den Dreißigern, war hübsch rot lackiert und mit dem Namen des Lokals beschriftet.

THE TUXEDO

Unterhalb des Bauchladens stellte Hollis die späten Sechziger dar, kurz und knapp, in Form eines Minirocks. Nur die weißen Hochhackigen stammten aus der Neuzeit. Als wandelnder Wandel der Jahrzehnte war Hollis Dougherty schon so etwas wie ein Markenzeichen des Jazzlokals am Broadway geworden. Einige von den Typen, die sich als Stammgäste fühlten, kauften ihre Glimmstängel nur noch bei ihr. Bei den Zigarettenläden ging der Umsatz zurück, hieß es.

Im Eingangsbereich ließ das Gedränge etwas nach. Die Leute verteilten sich, strebten den Wohlgerüchen des Restaurants entgegen. Aus dem ersten Stock war die Band zu hören, hier unten nur als sanfte Hintergrundmusik. Die zuschwingenden Türflügel sperrten die warme Straßenluft aus, dieses Geruchsgemisch aus Autoabgasen und sommerlich erhitztem Asphalt und Beton. Eine kleine Schar von Bewunderern blieb Hollis erhalten, als sie schon kehrtmachen und ihr Warenangebot wieder zwischen den Tischreihen vorführen wollte.

»Hi, Baby! Sag mal, siehst du überhaupt, was da in deinem Schaufenster liegt? O Baby, bei so viel Holz vor der Hütte verlierst du doch bestimmt den Überblick!«

Hollis vermochte nicht einmal zu sagen, wer von den vier Typen diese geistreiche Bemerkung von sich gegeben hatte. Und ehe sie sich eine schlagfertige Antwort ausdenken konnte, tänzelte einer der Kerle um sie herum und lugte über ihre rechte Schulter.

»Mann, du hast Recht, Al!«, rief er durch eine Knoblauchwolke, die sich rasch ausbreitete und Hollis einhüllte. »Von hier sieht man gerade mal die Vorderkante von dem - dem – Dingsda …«

»Bauchladen«, erklärte Al, schwarzhaarig und mit Spitzbart. Offenbar war er derjenige, der bei den Kerlen das große Wort führte. »Bauchladen nennt man so was.« Während er mit dem Knoblauchfan sprach, hörte er nicht auf, Hollis anzugrinsen. »Du meinst, sie würde auch ohne diesen Bauchladen nicht mal ihre eigenen Schuhspitzen sehen?«

»So ist es, Al! Haargenau so ist es! Also, das muss man gesehen haben! Aus ihrem eigenen Blickwinkel! Da kann man sich mal richtig vorstellen, was es heißt, mit so einem Vorbau rumzulaufen!«

Hollis erholte sich von ihrer Verblüffung. Sie war es gewohnt, wegen ihres Busens angemacht zu werden. Die Typen kamen auf immer neue Ideen dabei. Und über den Einfall mit dem Blickwinkel konnte man durchaus schmunzeln. Aber auf so was durfte sie sich natürlich nicht einlassen. Es war schließlich ein anständiger Laden, in dem sie arbeitete. Sogar Donald Trump war schon hier gewesen.

Und Woody Allen natürlich; der spielte ja selber Klarinette und hatte eine eigene Jazzband, drüben im »Michael's Pub«.

»Okay, jetzt reicht es«, sagte Hollis energisch. »Wenn ihr es mit dem Gesundheitsminister habt, seid ihr bei mir an der falschen Adresse, Freunde.« Höflich aber bestimmt wollte sie die Knoblauchwolke wegschieben, um ihre Kehrtwendung mit Kurs auf die Tischreihen zu machen.

Doch der Kerl stand im Weg wie ein Felsklotz.

Hollis sah ihn erst jetzt richtig. Er musste in einem Bodybuilding-Studio zur Welt gekommen sein, musste im Kinderwagen Hanteln statt Nuckelflaschen gestemmt haben. Mit seinem kurz geschorenen Haar sah er aus wie ein Ledernacken auf Heimaturlaub.

Der Spitzbart und die beiden anderen lachten glucksend.

Hollis sah sie jetzt nur am Rand ihres Blickfeld, aber auf einmal spürte sie, dass diese Strolche nicht einfach nur Besucher waren, die etwas Gutes essen und anschließend gute Musik hören wollten. No, Sir, dies waren die typischen Troublemaker. Stunkmacher. Der Schnauzbärtige, gleich neben dem Spitzbart Al, hatte schmale, tückische Augen. Der andere ein Stück dahinter war dieses typische Babyface, das in keinem der alten Hollywood-Western fehlte.

»Na, was ist?«, erkundigte sich Al ölig. »Was macht die Frau von heute in so einer Situation? Tritt dem unverschämten Arsch zwischen die Beine! Na los! Mach schon!«

Der Kurzhaarige feixte und lachte lautlos. Seine Muskelberge bebten dabei.

Hollis wusste jetzt, dass sie nicht mehr allein klarkam. Logisch, dass sie von keinem der Restaurantbesucher Hilfe erwarten konnte. Kein vernünftiger New Yorker ließ sich in etwas hineinziehen, womit er nichts zu tun hatte.

Hollis öffnete die Klappe des Bauchladens, um das kleine Walkie-Talkie herauszuholen. Jessica würde sofort jemanden schicken.

Eine Stahlklammer schnappte um das Handgelenk der Blondine. Ihr Arm wurde hochgebogen. Die Stahlklammer war die Faust des Muskelmanns. Hollis riss den Mund auf, wollte schreien. Doch in diesem Moment wurde sie gepackt.

Der Arm war ebenfalls wie aus Stahl.

Er umschloss sie zwischen Busen und Bauchladen.

Phil und ich kamen uns vor wie in der Präsidenten-Loge. Die gab es zwar nicht im *TUXEDO,* aber Jessicas Anwesenheit machte diesen simplen Tisch am Rand der Tanzfläche zum Anziehungspunkt für alle Blicke. Selbst die fünf, sechs Paare, die sich auf dem Parkett wiegten, konnten nicht anders, als Jessica immer wieder bewundernd anzusehen. Auch die Musiker auf dem Bandpodium lächelten ihr zu. Und der Pianist schenkte der dunkelhaarigen Schönheit mehr Beachtung als den Tasten seines Klaviers.

All right, er konnte es sich leisten, denn er spielte sowieso mit schlafwandlerischer Sicherheit. Ein Instrumentalstück. *Mood Indigo.* Duke Ellington wäre entzückt gewesen, seinen Welthit in dieser Besetzung zu hören. Die zehn Musiker, Bläser und Rhythmusgruppe, kamen ohne jede Elektronik aus. Keine Mikrofone, kein Verstärker. Alles pur, wie in den frühen Jahren des Jazz.

Das gehörte zu Jessicas Rezept.

In ihrem Lokal ließ sie die New Yorker Musikszene wieder aufleben – so, wie die Szene zu ihrer größten Zeit gewesen war.

Ein Konzept, das beim Publikum wahre Begeisterungsstürme auslöste.

Und Jessica Goodwin wurde umjubelt.

Sie war der Wirklichkeit gewordene amerikanische Traum.

Eine Kreolin aus New Orleans. Eine Vollblutsängerin und -musikerin. Jung, schön und geschäftstüchtig. Sympathisch, humorvoll und immer gut gelaunt. Jedes Kind in New York kannte sie inzwischen, denn sie war schon auf so mancher

Titelseite abgebildet worden und in etlichen Fernsehsendungen aufgetreten. Fotografen und Kameraleute waren verrückt nach ihr, denn sie war eine außergewöhnliche Schönheit – mit dem seidigen dunklen Haar, den hellbraunen Augen und dem klassischen Gesichtsschnitt einer Römerin.

Ganz New York schätzte sich glücklich, Jessica hier zu haben, war sie doch der lebende Beweis dafür, dass es den Big Apple immer noch gab, und dass der Rest Amerikas ihn zutiefst verehrte.

Big Apple – großer Apfel – so hatten die Musiker zu Louis Armstrongs, King Olivers und Duke Ellingtons Zeiten die Stadt New York genannt, das Traumziel. Die Jungs damals hatten das Musikgeschäft der Vereinigten Staaten mit einem Apfelbaum verglichen, und an diesem Baum war New York der größte, schönste und schmackhafteste Apfel von allen.

Das galt auch heute noch.

New York war und blieb der Big Apple.

Jessica Jackson war gekommen, um die Musikwelt in dieser Gewissheit zu bestärken. Und der Dank der New Yorker war überschwänglich. Das *Tuxedo* war jeden Abend ausverkauft. Die besten Bands rissen sich darum, bei Jessica auftreten zu können. Und Ted Williams, der Mann am Klavier, war ihr Geschäftsführer. Zugleich galten die beiden als das derzeitige Traumpaar New Yorks. Da verblasste sogar Donald Trumps Image, einerlei, mit welcher Blondine er sich gerade in der Öffentlichkeit schmückte.

Die Band machte eine Pause. Während sich die meisten Musiker in den Raum hinter dem Podium zurückzogen, kam Ted zu uns an den Tisch. Jessica schenkte Sekt für uns vier ein, und wir hoben unsere Gläser.

»Trinken wir darauf«, sagte Jessica, indem sie uns lächelnd ansah, »dass unsere Freunde, die G-men, immer nur privat bei uns sein werden.«

»Nichts dagegen einzuwenden«, entgegnete ich und lächelte.

Phil, der alte Schmeichler, musste natürlich noch ein Pfund Zucker draufpacken: »Hier bei dir, Jessica, fällt es einem auch gar nicht schwer, die raue Wirklichkeit zu vergessen.«

»Gibt es die?«, entgegnete Jessica spitzbübisch.

»Aber hundertprozentig«, bekräftigte Phil.

»Nämlich?«

»Als G-man ist man vierundzwanzig Stunden pro Tag im Dienst.«

»Also«, Ted feixte, »ist der Sekt für euch Dienst und für uns Schnaps?«

Jessica lachte.

»Wir haben schon mal unsere privaten Stunden«, grinste ich. »Zum Beispiel heute Abend. Nur hat Phil seine Probleme mit dem Abschalten. Er fühlt sich sogar im Dienst, wenn er seine Herzenslady nach Hause bringt.«

»Ist Minnedienst etwa kein Dienst?«, begehrte mein Freund und Kollege auf.

Jessica und Ted zogen beeindruckte Gesichter und sahen sich an.

»Darauf sollten wir anstoßen!«, rief Jessica. »Auf den Minnedienst. Ein schönes Wort. Das hat es verdient, aus der Mottenkiste gekramt zu werden!«

Unsere Gläser klangen hell wie feine Glocken.

Und der Schrei hörte sich an wie die logische Fortsetzung des Glockenklangs.

Eine Pranke klatschte auf Hollis' Mund. Ihr Schrei endete in einem dumpfen Gurgellaut. Sie spürte, wie ihre Lippen augenblicklich anschwollen.

Die Pranke gehörte Al, dem Spitzbart. Auf den ersten Blick hatte er nicht so gewalttätig ausgesehen. Hollis hätte den Kurzhaarigen für schlimmer gehalten. Doch dieser Al war der Menschenschinder-Typ. Ein gemeiner Hund, der sich daran aufgeilte, andere zu quälen. Sein Arm schnitt wie ein großes Würgeeisen in Hollis' Leib, direkt unterhalb der Rippen.

Der Kurzhaarige hielt jetzt ihre beiden Handgelenke. Hollis versuchte auszukeilen und das Knie hochzureißen. Aber sie traf weder den Spitzbart noch den Muskelprotz an seiner empfindlichsten Stelle. Sie erntete nichts als Hohngelächter für ihre klägliche Gegenwehr.

Der Bauchladen ruckte auf und ab. Die ersten Zigarettenschachteln fielen heraus. Babyface und der Schnauzbärtige spielten Fußball damit. Die Kerle lachten heiser.

Eine elegante Lady, an einem Tisch neben dem Mittelgang, wurde von einer gekickten Zigarettenschachtel getroffen. Die Lady zuckte zusammen, als sie das kantige kleine Ding in den Nacken kriegte. Aber sie wagte nicht, sich umzudrehen. Und der Gentleman, der zu ihr gehörte, wurde grau im Gesicht. Doch er hatte keine Neigung, den Helden zu spielen.

Die Kerle wollten auf die Treppe zu, wollten nach oben, wo die Musik gerade Pause machte. Sie legten Tempo zu, schoben ihre Geisel ungestüm vorwärts, quer durch das Restaurant. Vielen Leuten war der Bissen im Hals stecken geblieben. Hollis bemerkte einige entsetzte Blicke, die das Geschehen verfolgten. Die meisten jedoch starrten angestrengt auf Teller oder Tischplatte.

Hollis zappelte und sträubte sich voller Verzweiflung. Ein Gedankenimpuls, aus Panik geboren, gaukelte ihr vor, dass sie das Geschehen wenden konnte. Dass sie es war, die durch ihre Unvorsichtigkeit das Verhängnis heraufbeschworen hatte.

Da ließ der Bodybuilder ihre Handgelenke los.

Sofort wollte Hollis um sich schlagen.

Noch bevor ihr Gehirn den Entschluss umsetzen konnte, geschah es.

Der kurzhaarige Kerl hatte unter seine Jacke gegriffen, ohne dass sie es richtig mitkriegte. Eine ruckartige, blitzschnelle Bewegung war es jetzt.

Hollis erstarrte.

Die Waffe war unglaublich groß. Kantig. Und die Mündung glich einem schwarzen glotzenden Auge. Es war auf sie gerichtet, fraß sich in die Mitte ihres Blickes hinein. Hollis hatte das Gefühl, als würde sie das tödliche Geschoss regelrecht anziehen, als würde es nur noch eine Frage der Zeit sein, wann die Kugel aus dem klobigen Stahl raste, um ihr Leben mit einem Donnerschlag zu vernichten. Schon glaubte sie zu sehen, wie sich der Zeigefinger des grinsenden Kerls krümmte.

Die Welt um Hollis herum verwandelte sich in einen kreisenden, wirbelnden Schleier. Im Zentrum dieser Wirbelhölle war sie allein mit ihren Peinigern. Allein mit der tödlichen, grinsenden Bedrohung.

Sie war von Menschen umgeben.

Und doch war sie einsam in ihrer Todesangst.

Einsam und verlassen.

Gab es denn niemanden, der ihr helfen konnte?

Plötzlich löste sich die Pranke von ihren geschwollenen Lippen.

Sofort formte sich der neue Schrei in ihrer Kehle. Es war der Instinkt, der sie dazu trieb, ein Überlebenswille, der die tödliche Gefahr vielleicht erst recht verschärfte. Sie wusste es, und doch musste sie schreien.

Als sie den Mund aufriss, zuckte der Stahl auf sie zu.

Er schmeckte nach scheußlichem Öl. Schmerz durchschnitt ihren Gaumen. Sie begriff nicht richtig, dass sie den Pistolenlauf im Mund hatte. Ihre Sinne sträubten sich dagegen.

Den Arm, der ihren Leib zusammenpresste, spürte sie schon nicht mehr. Und es war totenstill. Niemand schrie, niemand alarmierte die Polizei. Geballte Angst füllte das Lokal aus wie ein unsichtbares Riesentier.

Die Kerle blieben in Bewegung. Hollis bemerkte es kaum. Sie befand sich in einem merkwürdigen Schwebezustand.

Noch bevor sie die Treppe erreichten, verharrten die Kerle jäh.

Hollis' Herzschlag raste und stockte. Holperte wieder los, raste und stockte erneut.

Etwas bohrte sich in die weiche Haut zwischen ihrem Kehlkopf und ihrem Kinn. Im selben Moment wurde ihr die Pistole aus dem Mund gezogen. Der Muskelmann wich federnd zurück, sprang auf die zweite Treppenstufe und schwenkte seine Waffe nach oben.

Nur mühsam wurde Hollis klar, dass sich dies alles in einer Sekunde abgespielt hatte – in der längsten Sekunde ihres Lebens.

Der Spitzbärtige hatte ebenfalls eine Waffe gezogen und drückte ihr die Laufmündung unter das Kinn. Bis er in der Lage gewesen war, das zu tun, hatte der andere die Zeit überbrücken müssen. Aber warum taten sie das? Hollis verstand es nicht. Die Kerle hatten sie doch auch so in ihrer Gewalt, auch ohne die Waffen. Sie brauchten doch keine Pistolen und keine Revolver, um ihr das anzutun, was sie ihr antun wollten.

Eine vage Vermutung keimte in ihr auf.

Es ging eigentlich gar nicht um sie. Sie war nur Mittel zum Zweck.

Sie kam nicht mehr dazu, den Gedanken fortzusetzen.

Denn die Hölle brach los.

Hinter uns kippten unsere Gläser und Stühle um. Das feine Klirren der zerschellenden Gläser und das Poltern der Stühle klang überlaut in der Stille.

Phil und ich waren aufgesprungen. Wir stürmten hinaus auf die Tanzfläche und griffen nach unserern 38er unter den Jacketts. Automatisch gingen wir auf Abstand. Sicherheitsabstand. Wer uns erwischen wollte, konnte nur einen zur Zeit erwischen.

Wir waren noch drei Yards von den kunstvoll gedrechselten Treppenpfosten entfernt.

Da setzte der Höllenlärm ein.

Und der Teufel persönlich spielte die erste Geige.

Der erste Schuss krachte allein. Doch es war nur ein Auftakt. Uns blieb nicht mal Zeit zum Luftholen. Dieser erste einzelne Schmetterschlag war noch nicht verklungen, als das Gehämmer begann.

Sie feuerten aus allen Rohren. Die Schüsse krachten in rasender Folge, verdichteten sich zu ohrenbetäubendem Donner. Die Entsetzensschreie der Menschen waren nicht mehr als dünne Hintergrundgeräusche. Lampen und Spiegel zerbarsten mit hellem Splittern. Scherben rauschten herab wie Hagelkörner und prasselten auf Tische und Stühle und die gekrümmten Rückenpartien der Männer und Frauen, die sich Schutz suchend auf den Boden kauerten. Geschosse zerschlugen auch die Bilder an den Wänden und die wertvollen Intarsien der Vertäfelungen.

Mit einem Satz überbrückten Phil und ich die letzten zwei Yards. Breitbeinig, die 38er im Beidhandanschlag, grätschten wir über das glatte Parkett auf die Treppenpfosten zu. Phil links, ich rechts.

Der Teufelstanz hörte nicht auf.

Sie schienen den ganzen Laden in Stücke schießen zu wollen.

Ich erfasste die Situation mit einem Blick.

Es war wie ein eiskalter Hammer. So musste es sein, wenn man schockgefrostet wurde.

Und die Kerle sahen uns im selben Moment.

Wir hatten sie im Visier.

Zwei von ihnen.

Logisch.

Was das hieß, wussten sie verdammt genau.

Schlagartig stellten sie das Feuer ein.

Ihre Kanonen ruckten in unsere Richtung.

Irgendwo rieselten noch ein paar Scherben über eine schräge Tischplatte.

Dann wurde es still. Totenstill.

Der Kerl, der die Zigarettenverkäuferin festhielt, hatte als

Einziger nicht gefeuert. Die drei anderen, die jetzt auf uns zielten, hatten den ganzen Höllenlärm veranstaltet. Und wir brauchten uns keinen Illusionen hinzugeben: Jede ihrer Waffen hatte eine Magazinkapazität von fünfzehn bis achtzehn Schuss. Dagegen sahen wir mit den sechs Patronen in der Revolvertrommel alt und grau aus.

Am schlimmsten waren Hollis Doughertys Augen.

Diese Augen schrien mich an.

Sie schrien um Hilfe, und sie schrien in Todesangst.

Der Spitzbärtige starrte mit tückisch glitzernden Augen an Hollis' Haarpracht vorbei. Seine Stimme war scharf wie ein Peitschenhieb.

»Ah, Bullen, was?«

Seine Komplizen hatten Steingesichter. Ihre gemeißelten Mienen spiegelten die ganze Anspannung, unter der sie standen. Sie warteten auf den Feuerbefehl ihres Anführers. Und zugleich wussten sie, was ein solcher Befehl bedeuten würde: Zwei von ihnen würden wir mit auf die Reise nehmen.

Aber das war keine Lösung. Weder für uns noch für Hollis Dougherty.

Deshalb mussten wir das tun, was die Kerle am allerwenigsten erwarteten.

Das, was Hollis grausam wehtun würde.

Doch wenn wir sie retten wollten, gab es keine andere Chance.

Ich verständigte mich mit Phil, indem ich das linke Auge kaum erkennbar zusammenzog. Mehr war nicht nötig. Kein Wort, kein Laut. Die lange partnerschaftliche Zusammenarbeit ermöglicht so etwas: wissen, was der andere beabsichtigt. Weil man seine Gedankengänge kennt, seine Reaktionen in früheren, vergleichbaren Situationen.

Wir wichen zurück – gleichzeitig, zügig, wie auf ein unausgesprochenes Kommando. Und nur drei schnelle Schritte waren erforderlich, um aus dem Blickwinkel der Kerle zu gelangen.

Ich sah die grenzenlose Verblüffung in ihren Augen.

Die Kante des Treppenabsatzes schnitt uns aus dem Blickfeld der Gangster. Geduckt wichen wir weiter zurück, die Dienstrevolver unverändert im Beidhandanschlag. Nur kurz drehte ich mich um. Die meisten Gäste hier oben waren schon in Deckung gegangen. Jessica und Ted hatten die Sache im Griff. Lautlos, mit Handbewegungen, gaben sie denjenigen Anweisungen, die immer noch nicht mitgekriegt hatten, was hier lief. Dann, endlich, gingen Jessica und Ted selber in Deckung, hinter dem auf die Seite gelegten Tisch.

Abermals verständigte ich mich mit Phil durch einen Blick. Mein Freund nickte. Wir wussten, welche Richtung wir einschlagen mussten. Zum Glück kannten wir auch die hinteren Räumlichkeiten des *TUXEDO*. Dadurch ergaben sich die Möglichkeiten, die wir hatten. Es waren verschwindend wenige. Aber wir mussten auch die winzigste Chance nutzen, um Hollis aus der Gewalt der Kerle zu befreien.

Denn ihre Absicht war klar. Sie wollten Hollis als Geisel benutzen, um noch größere Zerstörungen in Jessicas Lokal anzurichten. Und anschließend musste Hollis als Geisel für den sicheren Abzug herhalten. Ihre Aussichten, das zu überleben, waren gering.

Phil und ich erreichten die Mitte der Tanzfläche.

In diesem Moment geschah etwas Unvorhergesehenes. Die Gangster waren besser ausgerüstet, als wir erwarten konnten.

Die Dinger flogen durch die Luft. Grau und zylindrisch waren sie, unscheinbarer als Dynamitstangen und dünner als kleine Konservendosen. Diese Blechröhren torkelten in flachem Bogen über die Treppenkante, landeten auf dem Parkett und rollten auf uns zu.

Phil und ich bewahrten trotzdem Ruhe.

Wir zogen uns weiter zurück, zum Bandpodium hin. Wir hätten die Röhren dahin befördern können, wo sie hergekommen waren. Drei gezielte Fußtritte hätten genügt. Aber das Risiko wäre zu groß gewesen, die Gefahr für Hollis unkalkulierbar. Denn von einer Kurzschlussreaktion bei den Geiselnehmern musste man in einem solchen Fall ausgehen.

Die Blechdinger zischten, kamen zur Ruhe.

Ich hatte das Podium fast erreicht. Phil war noch drei, vier Yards entfernt.

Drei dumpfe Schläge hieben in die Stille.

Die Abstände zwischen den kleinen Detonationen betrugen nur Sekundenbruchteile. Es gab keine Druckwelle.

Da, wo eben noch die Blechröhren gelegen hatten, entstanden graue Quellwolken. Wie schmutzige, rissige Wucherungen vergrößerten sich die Wolken unheimlich schnell, vervielfältigten sich in einer unaufhörlichen Kettenreaktion, quollen mannshoch und höher und breiteten sich zugleich aus wie ein qualliger Körper, der im Zeitraffertempo beim Zunehmen gefilmt worden war.

Der künstliche Nebel wälzte sich auf uns zu.

Ich stieß mit dem Rücken gegen die Balustrade und tastete mit der freien Hand danach. Die Balustrade begrenzte das Podium zur Tanzfläche hin. Dahinter standen die Musikinstrumente und die Stühle der Musiker.

Ich fackelte nicht lange, stieß den Smith & Wesson ins Leder und schwang mich über das verschnörkelte Holz. Für eine Sekunde hatten wir noch freie Sicht. Deshalb kriegte Phil mit, was ich vorhatte. Mit einem Handzeichen signalisierte er mir, dass er verstanden hatte.

Ich landete sicher zwischen zwei Stühlen und brachte es sogar fertig, die Saxofone in ihren Ständern nicht zu beschädigen.

In Windeseile fand ich meinen Weg – quer über die Bühne auf den dunkelroten Samtvorhang zu, der die Wand neben der Bühnendekoration verhüllte. Ich wusste, was sich dahinter verbarg. Phil wusste es. Und die Gangster wussten es. Davon ging ich aus. Denn das, was sich über uns befand, im zweiten Stock, war eine bekannte Tatsache. Man brauchte sich nur draußen auf den Broadway zu stellen und den Kopf in den Nacken zu legen, dann sah man es.

Aber weniger als eine Hand voll Menschen im *TUXEDO* kannten die alte Verbindung zwischen den Etagen.

Das Gewölk der Nebelkerzen hatte inzwischen die Decke erreicht und sich bereits über die ersten Tische am Rand der Tanzfläche ausgebreitet. Die Sichtweite betrug weniger als zwei Yards. Die Treppe zum Erdgeschoss war längst nicht mehr zu erkennen. Auch Phil war hinter der grauen Wand verschwunden. Doch ich wusste, dass er jeden Moment wieder zur Stelle sein würde.

Ich schlüpfte hinter den Samtvorhang. Der Korridor mit den Waschräumen und Toiletten war nur schwach beleuchtet. Aber es reichte.

Ein offener Durchgang führte in den Korridor. Ich entschied mich für die erste Tür links. Zum Glück war sie nicht verschlossen. Dahinter war es dunkel. Ein Geräteraum. Ich schlüpfte hinein. Es roch durchdringend nach Putzmitteln. Ein Hauch vom guten alten Bohnerwachs war auch dabei. Die Tür ließ ich einen Spaltbreit offen.

Ich zog den 38er wieder und verharrte regungslos.

Die Stille war wie zum Schneiden.

Wo steckte Phil? Warum waren seine Schritte nicht zu hören? Was, zum Teufel, spielte sich ab? Verdammt, ich musste einsehen, dass ich mich selbst vom Geschehen abgeschnitten hatte. Aber genau das musste sein, wenn ich etwas ausrichten wollte.

Das Licht im Korridor war mein einziger Trost.

Die Sekundenbruchteile dehnten sich.

Auf einmal hörte ich es.

Es war weniger als ein Scharren.

Ich schob mich neben den Türrahmen. Links davon, vor einem undeutlich zu erkennenden Regal, war gerade noch so viel Platz, dass ich durch den Spalt spähen konnte. Ich spannte die Muskeln. Langsam und vorsichtig zog ich den Hahn des 38ers zurück. Das Knacken war kaum zu hören.

Ich stand regungslos, atmete flach und horchte.

Sekunden verstrichen.

Das Scharren war nicht ständig zu hören, nur mit Unterbrechungen.

Unvermittelt wurde es deutlicher. Ich erkannte die Ursache. Der Vorhang bewegte sich. Und im nächsten Moment wusste ich, was dieses Scharren zu bedeuten hatte. Die Gangster selbst bewegten sich völlig lautlos. Das wurde mir klar, als sich die erste Silhouette in den Korridor schob. Es war der Kurzhaarige. Ein riesenhafter Kerl. Die Automatic in seiner Pranke war wie ein Klotz aus brüniertem Stahl.

Die beiden anderen erschienen in kurzen Abständen. Erst der Schnauzbärtige, dann der Typ mit dem Milchgesicht. Das Scharren war wieder zu hören, ganz nah jetzt. Ich hielt den Atem an. Die Kerle schlichen an meinem Versteck vorbei, drehten sich ein paar Mal um. Ihre ganze Aufmerksamkeit galt dem Anführer.

Und dann sah ich ihn.

Mit Hollis.

Er hatte ihr den Bauchladen abgenommen. Wahrscheinlich hatte er das Ding auf der Tanzfläche deponiert. Noch immer hielt er sie mit der Linken umklammert, und nun ließ er sie zu Boden sinken. Die ganze Zeit musste er sie angehoben haben, so gut er konnte, und dabei hatten ihre hochhackigen Schuhe den Boden berührt. Das Scharren.

Hollis war noch blasser geworden. Sie atmete schwer. Es konnte nicht mehr lange dauern, und sie würde zusammenklappen. Die Pistolenmündung ruhte jetzt an ihrer Wange, grub eine Delle in die Haut. Der Spitzbart verharrte mit ihr im Eingang zum Korridor. Er starrte seinen Komplizen nach, seine Augen flackerten neben Hollis' Kunstfrisur. Im selben Atemzug wusste ich, was sich abspielen würde.

Der Spitzbart nickte den Kerlen zu. Seine Lippen,

zwischen oberem und unterem Teil des Bartes, waren nur ein Strich. Und in diesem Moment beging er den Fehler seines Lebens. Er drehte sich mit dem Rücken zur Wand, schräg gegenüber von mir. So konnte er seine Mitstreiter sehen und zugleich kontrollieren, ob ihm Gefahr von hinten drohte, vom Vorhang her. Er hielt Hollis vor sich.

Und ich sah ihn schräg von der Seite.

Ich musste tun, was getan werden musste.

Ich hatte keine andere Wahl.

Den rechten Arm hob ich zügig an, hinter dem Türblatt noch. Mit der Linken öffnete ich die Tür weiter.

Die Schüsse krachten.

Drei halbautomatische Pistolen wummerten. Es war, als ob der enge Korridor von einer Explosion auseinander geblasen wurde. Und doch ging es nur um die Tür, um den Durchgang nach oben.

Der Spitzbart beobachtete seine Komplizen. Es war eine Stahltür, die sie aufzuschießen hatten. Das ließ sich anscheinend nicht auf die Schnelle erledigen.

Der Schussdonner hielt an.

Hollis Peiniger wandte den Kopf nach links, checkte das Terrain zum Vorhang hin. Mehr als eine Sekunde würde er dafür nicht brauchen. Und die Blondine in seinem Klammergriff war kurz vor dem Kollaps. Wie, in aller Welt, würde der Kerl reagieren, wenn sie ohnmächtig wurde?

Ich musste diesen Augenblick nutzen.

Senkrecht über dem Kopf schwenkte ich den Revolver um die Türkante herum. Ich kickte die Tür mit dem Fuß auf und ließ den Revolver in die Visierlinie absacken.

Hollis sah mich. Ihre Augen weiteten sich jäh.

Im selben Moment ruckte der Kopf des Spitzbärtigen zurück.

Die Schüsse endeten.

Alles geschah auf einmal.

Der Geiselnehmer sah mich und erschrak. Der Reflex drohte seinen Zeigefinger zucken zu lassen.

Ich feuerte.

Hollis schrie.

Noch während der 38er wummerte, sackte Hollis in sich zusammen. Sie rutschte dem Mann aus dem Griff.

Doch er stand da wie steif geworden, wie zur Schaufensterpuppe erstarrt. Nichts an seiner Haltung hatte sich geändert. Der linke Arm umfasste den nicht mehr vorhandenen Körper, und die Pistole zeigte auf die nicht mehr vorhandene Wange. Geändert hatte sich nur das Aussehen des Geiselnehmers.

Dann sackte er zusammen und schlug lang hin.

Der Vorhang bewegte sich. Ich hörte Phils Stimme.

»Jerry!«

»Alles okay!«, antwortete ich.

Im nächsten Moment stürmte mein Freund an mir vorbei, den 38er schussbereit.

Die drei Gangster waren schon nicht mehr zu sehen. Die Tür aus Stahlblech stand offen, sah um das Schloss herum aus wie Blumenkohl.

Der Tote lag neben Hollis. Sie war ohnmächtig. Ich richtete mich auf und rief Ted und Jessica. Als sie zögernd den Vorhang zur Seite zogen, zeigte ich wortlos auf das blonde Girl. Dann wandte ich mich ab und folgte Phil.

Der schwere Wagen war schwarz wie die Nacht.

Ein Lincoln Continental, die lange Version. Eine jener Limousinen der gehobenen Luxusklasse, wie sie in New York nur von der reichen Oberschicht gefahren wurde. Mit abgeblendeten Scheinwerfern glitt der Lincoln die Jay Street hinunter, unmittelbar am Ufer des Hudson River entlang.

»Wo sind wir jetzt?«, fragte der Mann im geräumigen Fond. Die ledergepolsterte Sitzbank war gemütlich wie eine Couch. Er hatte die Beine lang ausgestreckt, und es war trotzdem noch eine Armlänge Platz bis zu den vorderen Sitzen. Links, vor der Armlehne, war ein Mahagonitisch ausgeklappt. Eine Halterung darauf hielt ein Longdrink-Glas mit Bourbon auf Eis. In einer zweiten Halterung ruhte ein Aschenbecher.

»Pier siebenundsechzig, Sir«, antwortete der Leibwächter auf dem Beifahrersitz, indem er sich halb umdrehte. »Das ist in Höhe der achtundzwanzigsten Straße.«

»Gut, gut«, brummte Ernest Navarro. »Dann sind wir ja praktisch da.«

»Aber es ist kein Schwanz zu sehen, Sir.«

Navarro grinste und schnippte den langen Havanna-Zigarillo auf die Aschenbecherkante. »Für wie beschränkt hältst du unsere Leute? Mein Gott, wir lassen doch keine Idioten für uns arbeiten!«

»Natürlich nicht, Sir.«

»Also anhalten.«

»Ja, Sir«, antwortete der Fahrer anstelle des Leibwächters.

Ruckfrei kam die Limousine zum Stehen.

Navarro beugte sich ein Stück vor und blickte interessiert auf den Hudson hinaus, als könnte er dort Außergewöhnliches beobachten. Aber außer ein paar Müllkähnen und den Lichtern von Jersey City war nichts zu sehen.

Navarro war ein untersetzter Mann mit schwarzem, leicht gelocktem Haar und einem gepflegten Oberlippenbart. In seinem flächigen Gesicht fielen die Lachfalten um Augen- und Mundpartie auf.

Nichts schätzte Ernie Navarro mehr als derbe Witze, Komödien im Fernsehen, Comics in den Zeitungen – kurz, jeden Grund zum Lachen. Doch den hatte er zur Stunde überhaupt nicht. »Da rührt sich was«, murmelte der Fahrer, der den Außenspiegel beobachtete.

Der Leibwächter beugte sich schräg nach vorn, um in den rechten Außenspiegel linsen zu können. »Tatsächlich«, stellte er fest und wandte sich wieder nach hinten. »Er kommt, Sir. Muss sich beim alten Pierschuppen versteckt haben.«

»Sag ich doch«, knurrte Navarro. »Wenn er total blöd wäre, hätte ich ihn nicht auf meiner Lohnliste.«

»Wollen Sie ihn trotzdem streichen?«

»Es gibt keine Garantie dafür, dass gute Leute auch auf Dauer gut sind.«

Der Leibwächter zog die Schultern hoch. »Soll er wirklich in den Wagen steigen, Sir?«

»Es wird so gemacht, wie ich es gesagt habe. Jede Einzelheit.«

»Selbstverständlich, Sir. Dann steige ich jetzt aus und rolle den roten Teppich aus.«

Navarro grinste und paffte graublauen Rauch unter den Wagenhimmel. Er hatte was übrig für humorvolle Mitarbeiter. Manchmal setzte er sich zu ihnen, trank Bier und Whisky mit ihnen und grölte vor Heiterkeit, wenn sie ihre Witze erzählten. Yeah, für die Art von Geselligkeit hatte er eine Menge übrig.

Der Leibwächter schwang sich ins Freie, schloss die Beifahrertür und öffnete gleich darauf die Tür zum Fond. Warme Abendluft und der Geruch von Brackwasser wehten ins klimatisierte Innere der Limousine.

»Hi, Cyrus«, sagte der Leibwächter. »Du kannst gleich einsteigen. Mr. Navarro erwartet dich.«

»Draußen auf Staten Island?«

»Nein. Hier, im Wagen.«

»Oha! Womit hab ich denn die Ehre verdient?«

»Das sagt dir der Boss gleich selbst. Steig jetzt ein. Wir fahren die Jay Street ein Stück weiter runter. Okay?«

»Okay. Logisch.«

Der Mann, der sich herabbeugte und mit einer Verneigung in den Fond des Wagens tauchte, war schlank und dunkelhaarig. Er trug einen hellen Sommeranzug und ein dunkelrotes Hemd ohne Krawatte. Verglichen mit Navarros gediegener Eleganz war er eher lässig gekleidet. Er hatte den Mob-Boss noch nie anders gesehen als in einem seiner dunkelblauen Seidenanzüge. Die weißen Hemden, die Navarro trug, waren maßgeschneidert aus italienischem Stoff, den er selbst importierte. Direkt aus Mailand.

»Setz dich hier neben mich, Veltman.«

»Danke, Sir. Und guten Abend.« Cyrus Veltman fiel auf, dass Navarros Stimme belegt klang, ernster als sonst.

Und er erwiderte den Gruß nicht. Vorn stieg der Leibwächter ein, und die Limousine setzte sich lautlos in Bewegung.

»Wie sieht es aus?«, fragte Navarro ohne jede Einleitung.

Veltman wusste, dass er jetzt unmöglich gegenfragen konnte, was sein Auftraggeber denn meine. Damit hätte er sich nur lächerlich gemacht. Denn es gab zwischen ihnen kein anderes Gesprächsthema als das »Paramount«, den neu eröffneten Musikclub am Broadway, zwischen der 42nd und 43rd Street.

»Die Inhaber sind harte Burschen«, erklärte Cyrus Veltman, indem er die Hände zwischen den Knien faltete und die Finger ineinander verkrampfte. »Harte und bockbeinige Burschen.«

»Was heißt das?«

»Na ja, also – ich meine …«

Navarro klemmte den Zigarillo zwischen die Zähne. Er grinste, während er den zögernden, sich windenden Mann von der Seite ansah. »Nach einer Erfolgsmeldung klingt das nicht, Veltman.«

»Ich bin noch nicht so weit, Sir.« Der Dunkelhaarige quetschte es hervor. Er unterdrückte das Verlangen, sich eine Zigarette anzustecken. Wenn Ernie Navarro rauchte, bedeutete das noch lange nicht, dass es jedem anderen in seiner Umgebung auch erlaubt war.

»Nicht ganz …«, wiederholte Navarro gedehnt, ohne den Zigarillo aus dem Mund zu nehmen. »Das bedeutet – überhaupt nicht.«

»Nein, nein!«, wehrte Veltman hastig ab. »So ist es ja nun nicht, Sir! Ich hab die Vorarbeit geleistet, die zu leisten war, und es ist nur noch eine Frage der Zeit, wann die Typen reif sind. Ich denke, ich brauche das Rollkommando nur noch einmal …«

»Was?« Navarros Stimme peitschte das Wort. »Du hast die Jungs dreimal gehabt! Dreimal haben sie den Laden auseinander genommen! Und jedes Mal haben die Inhaber den Schaden behoben, ohne mit der Wimper zu zucken! Sie werden es auch ein viertes Mal tun. Das sind finanzkräftige Hunde. Du hättest dir längst was anderes einfallen lassen müssen, Veltman.«

»Aber ich bin hart dran, Sir! Wirklich!«

»So, bist du das?«, entgegnete der Mob-Boss spöttisch. Während er sprach, kam der Lincoln sanft zum Stehen. »Ich sag dir, was Sache ist, Veltman. Ich sag es dir noch mal, obwohl du es verdammt genau weißt. Ich werde die Musikszene in Manhattan beherrschen. Im Theater-Distrikt, in Harlem, in Greenwich Village, in SoHo und in TriBeCa! Überall! Ich werde die ganze verdammte Szene kontrollieren und der Schickeria das allerfeinste Kokain liefern! Das ist ein Markt, den noch keiner vor mir erschlossen hat. Kapiert? Und nebenbei fließen mir auch noch die Anteile am Musikgeschäft zu. Himmel noch mal, das muss doch einzusehen sein, dass wir dabei sind, eine Goldgrube aufzumachen. Das muss einem doch klar werden, wenn man bloß mal ein bisschen reinriecht in die Sache!«

»Es ist mir auch klar, Sir. Wirklich, ich brauche nur noch ein paar Tage, dann habe ich das ›Paramount‹ in der Tasche. Das garantiere ich, Sir! Ich bin doch auch dran interessiert, meine Anteile zu verdienen.«

»Klar bist du das. Nur bewegst du deinen Arsch ein bisschen zu langsam.«

»Geben Sie mir noch drei Tage, Sir!« Veltman flehte fast. »Nur noch drei Tage!«

»Steig jetzt aus«, sagte Navarro. Sein Ton war geradezu väterlich.

Veltman zog die Brauen hoch. »Heißt das – ich kriege die drei Tage?«

Navarro nickte. »Du kriegst alle Zeit dieser Welt, mein Junge. Aber jetzt steigst du aus, okay?«

»Ja, Sir, natürlich, Sir.« Cyrus Veltman wirkte erleichtert. Er öffnete die Tür und schwenkte die Beine hinaus. Erst in diesem Moment sah er, dass der Wagen an der Kaimauer eines Hafenbeckens hielt. Veltman drehte sich noch einmal um. »Sir, ich glaube, ich kann hier nicht …« Der Rest blieb ihm im Hals stecken.

Navarro hielt ihm den klobigen Schalldämpfer der Automatic direkt vor die Nase. Der schwere, matt schimmernde Stahl stieß einen blassroten Blitz aus. Das leise Plopp hörte Veltman schon nicht mehr.

Die Wucht des Einschusses schleuderte ihn hinaus.

Ernest Navarro wartete den kurzen Moment ab, bis das Klatschen zu hören war, als der Tote auf der Wasseroberfläche aufschlug.

Dann zog der Mob-Boss die Tür zu. Der Fahrer gab sofort Gas, und die schwere Limousine beschleunigte seidenweich.

»War das wirklich nötig, Sir?«, sagte der Leibwächter nach einer Weile, als sie schon kurz vor der Einfahrt zum Brooklyn Battery Tunnel waren. »Die Bullen werden die Leiche finden.«

»Na und?«, grinste Navarro. Er verstaute die Schalldämpfer-Pistole im Schubfach unter seinem Sitz. »Sie werden die Leiche eines mehrfach vorbestraften Strolches finden. Und was ist das Bemerkenswerte an dieser gottverdammten Leiche?«

Der Leibwächter wusste keine Antwort. Auch der Fahrer schwieg.

Navarro lehnte sich zurück. »Was die Bullen finden werden, ist eine Leiche mit durchschossenem Schädel. Was sie nicht finden werden, ist die Kugel, die durch den Schädel gerast ist. Begriffen?«

Die beiden Männer auf den Vordersitzen schwiegen betreten. Wieder einmal mussten sie einsehen, dass der Fuchs Navarro ihnen gewaltig überlegen war.

Das Treppenhaus war schon wer weiß wie lange nicht mehr benutzt worden. Staub wirbelte bei jedem Schritt auf. Der uralte rote Sisalteppich auf den Stufen gab kleine puffende Laute von sich, sobald man drauftrat. Was sich außer Staub noch alles in den Ritzen und Winkeln verbarg, konnte man nur entfernt ahnen. Kammerjäger hätten hier eine Aufgabe fürs Leben gefunden. Ganze Heerscharen von Kakerlaken und Artverwandten mussten in diesen ausgedorrten Gewölben hausen.

Ich hatte meine kleine Akkulampe aus der Jackentasche gekramt und angeknipst. Denn es gab hier natürlich keine funktionierende Lichtleitung mehr.

Ich hörte Phils Schritte.

Gut so. Denn es bedeutete, dass der Vorsprung der drei Gangster noch nicht allzu groß sein konnte.

Erdgeschoss und erster Stock des Gebäudes waren hermetisch voneinander abgeriegelt. Dieses muffig riechende Treppenhaus bildete die Grenze zwischen zwei Welten. Früher, vor dreißig Jahren, war das noch anders gewesen. Da hatte das Haus einen Tanzpalast beherbergt, mit Musik in allen Etagen, von Charleston bis Tango, von Boogie bis Rock and Roll. Für jeden Geschmack hatte der Laden etwas geboten.

Aber dann war die Gewinn- und Verlustrechnung der Betreiber nicht mehr aufgegangen. Die unterschiedlichsten Vermieter hatten sich eingenistet, waren wieder ausgezogen, hatten neuen Leuten Platz gemacht. Einzig das *TUXEDO* hatte sich über die Jahre halten können. Nur mit Ach und Krach allerdings.

Phils Schritte endeten.

Ich nahm jeweils zwei von den Staub aufwirbelnden Stufen auf einmal.

Für den Laden hier oben warben große, bunte Schilder an der Fassade des Gebäudes. Schwülstige Gemälde von nackten Girls. Wetterfest und weithin sichtbar. Und der Name des Etablissements – schreiend rote Leuchtbuchstaben, gelb eingerahmt – war der Größe der Aktbilder angepasst: PUSSYCAT THEATER.

Bilder und Buchstaben waren Jessica Goodwin ein Dorn im Auge. Denn die bescheidene und stilvolle Leuchtreklame für das *TUXEDO* fiel dadurch überhaupt nicht auf. Nur durch Mundpropaganda, positive Kritiken und Zeitungsanzeigen war das Jazzlokal wieder in Schwung gekommen.

Und der Geier hockte oben drüber. Bildlich gesprochen.

Das PUSSYCAT THEATER war wie eine unausgesprochene Bedrohung.

Denn hinter dem Strohmann, der in dem üblen Stripschuppen als Inhaber fungierte, stand kein anderer als Ernie Navarro. Ernie, die derzeitige Nummer eins unter New Yorks Mafia-Größen. Unsere Steuerfahnder hatten das rausgekriegt. Und nun war es einer der Gründe für Phil und mich, Stammgäste im *TUXEDO* zu sein.

Jessicas Fans waren wir schon seit Jahren.

Navarro wollte ihr Geschäft nicht etwa kaputtmachen. Nein, alles andere als das war seine Absicht. Er wollte das Jazzlokal nur unter seine Kontrolle bringen, wollte an Jessicas Erfolg teilhaben – im wahrsten Sinn des Wortes und in klingender Münze. Jessica hatte anonyme Anrufe erhalten. Eindeutig genug. Und heute Abend war zum ersten Mal ein Rollkommando eingetroffen. Denn Jessica Goodwin war nicht der Typ, der sich von Drohungen einschüchtern ließ.

Also hatte Navarro zu härteren Bandagen gegriffen.

Phil und ich wussten, dass er dahinter steckte. Wir waren sogar absolut sicher. Aber wir konnten nicht nach Staten Island fahren und es ihm auf den Kopf zusagen. Dazu fehlten uns die Beweise, ohne die wir von keinem Haftrichter einen Haftbefehl und von keinem Staatsanwalt eine offizielle Anklage bekamen.

Ich lud meinen Revolver nach, bevor ich das obere Ende der Treppe erreichte. Ein Korridor öffnete sich vor mir. In dem kleinen Lichtkegel erblickte ich Wände mit herabhängenden vergilbten Tapetenfetzen. Rechts standen zwei Tische mit einer fingerdicken Staubschicht darauf. Ein Stück weiter waren alte Stühle gestapelt, ebenfalls mit Staub zugedeckt.

Ich verharrte.

Kein Laut war zu hören.

Komisch. Hier oben musste eigentlich der Teufel los sein. Die Shows, die hier abgezogen wurden, liefen doch nicht ohne Musik! Völlig ausgeschlossen.

Ein leiser Zischlaut ertönte. Ein zweiter Lichtkegel flammte auf und erlosch sofort wieder. Ich hatte keine Probleme mehr. Die Akkulampe da vorn war genau das gleiche Billigmodell wie meines. Die Hüter der FBI-Gelder bemühten sich immer wieder, als die sparsamsten Burschen der Nation dazustehen. Zügig, ohne meine eigene Lampe auszuschalten, pirschte ich auf das Ende des Korridors zu.

Dann sah ich, dass es tatsächlich mein Freund und Kollege war, der da auf mich wartete. Er stand unmittelbar neben einer grauen, rostfleckigen Stahltür. Sie wirkte so uneinnehmbar wie der Tresor der Federal Reserve Bank in Manhattan Süd. Auf den ersten Blick jedenfalls. Jetzt schaltete ich die Lampe aus.

»Ich bin dabei, das Schloss zu knacken«, flüsterte Phil. »Ich wollte nur wissen, ob du es wirklich bist.«

»Okay«, entgegnete ich ebenso leise. »Dann lass dich nicht länger aufhalten. Wie wär's mit ein bisschen Licht?«

»Keine schlechte Idee.«

Ich knipste meine Lampe wieder an und richtete sie auf die Tür. Erst jetzt sah ich die feinen Stahlstifte, die Phil in das Yale-Schloss geschoben hatte. Die Fliehenden besaßen also einen Schlüssel, und sie hatten auch nicht vergessen, wieder abzuschließen. Folglich hatte ihr Fluchtweg von vornherein festgestanden.

Phil arbeitete mit geschickten Fingern.

»Warum hören wir hier nichts?«, fragte ich gedämpft.

»Ich nehme an, die Stockwerke waren schon früher

schallisoliert. Und keiner hat sich die Mühe gemacht, das zu ändern.«

»Hm. Könnte man sich vorstellen.«

»Das würde bedeuten, dass die Leute hier oben von den Schüssen nichts gehört haben.«

»Richtig. Und es würde weiter bedeuten, dass die Kerle versuchen, sich leise und heimlich einzuschleichen. Das heißt, sie dürften ihren Versuch schon erfolgreich beendet haben.«

Wir brauchten uns nicht erst gegenseitig zu erklären, was das bedeuten konnte. Wenn sich die Gangster unter das Publikum gemischt hatten, ohne dabei auf die Nase gefallen zu sein, sahen wir alt aus. Verdammt alt. Aber erst mussten wir überhaupt mal in den Laden eindringen. Von dem, was uns hinter der Tür erwartete, hatten wir ja nicht die leiseste Ahnung.

Harry Connick jr. spielte seine Wahnsinns-Klavierversion von *All Of Me*. Eine Konserve natürlich. Videoclip, Kassette oder CD. Harry, der New Yorker Publikumsliebling, war auf dem besten Weg, zum Weltstar zu avancieren. Er hatte es nicht mal zu Beginn seiner Karriere nötig gehabt, in einem Stripschuppen live aufzutreten. Das Klavier und die Bigband-Begleitung klangen noch gedämpft, nur wie eine schwache Hintergrundmusik. Das bedeutete, wir waren noch lange nicht am Ziel. Eine Menge Schalldämmung musste noch vor uns liegen.

Phil lehnte die Stahltür behutsam an. Sie fiel nicht zu. Immerhin möglich, dass wir diesen Rückzugsweg brauchten.

Ich knipste die Lampe aus. Es war nicht mehr völlig dunkel. Wir befanden uns in einem Requisitenraum. Kulissen und Bühnenmöbel lagerten in wirren Stapeln. Und Staub, überall Staub. Nur ein yardbreiter Gang war frei. Er führte dorthin, woher die schwache Helligkeit und die

Musik kamen. Das Licht drang durch Ritzen. Dennoch mussten die Wände enorm viele Geräusche schlucken.

Phil tippte mir auf die Schulter. Das hieß, es konnte weitergehen.

Ich schlich voran, den Smith & Wesson schussbereit. Durchaus denkbar, dass die Kerle versuchen würden, den Spieß umzudrehen, indem sie uns eine Falle stellten.

Die Luft war knochentrocken. Ich unterdrückte einen Hustenreiz. Irgendwo raschelte es, deutlich hörbar trotz der Musik. Phil und ich verharrten sofort. Aber das Geräusch war schon verklungen. Der Teufel mochte wissen, was hier alles hauste. Nicht nur Kakerlaken passten in die Landschaft. Ratten würden sich in diesem Teil des Gebäudes ebenso wohl fühlen – vierbeinige und auch zweibeinige Ratten.

Wir setzten unseren Weg lautlos fort. Nur für einen Sekundenbruchteil ließ ich die Akkulampe aufleuchten. Die Tür vor uns bestand aus Sperrholz in einem massiven Rahmen. Auch die Wände schienen so gefertigt zu sein. Wahrscheinlich befand sich eine dicke Schicht Füllmaterial zwischen dem diesseitigen und dem jenseitigen Sperrholz.

Ich steckte die Akkulampe ein und tastete die Tür ab. Der Knauf war glatt und staubfrei. Und er ließ sich drehen. Ich zog. Es gab keinen Widerstand. Trotzdem hatten wir noch keinen Grund zum Jubel. Langsam und vorsichtig öffnete ich die Tür einen kleinen Spalt. Es dauerte elend lange, bis die Musik lauter wurde. Das lag daran, dass die Tür verdammt dick war.

Auf der anderen Seite war nur schwaches Licht. Das konnte noch nicht das eigentliche PUSSYCAT THEATER sein. Umso besser. Ich drückte die Tür weiter auf. Stimmen waren nun auch zu hören. Raue, grunzende Organe von Männern. Und die höheren weiblichen Tonlagen: Neckisches Kichern und auch schrilles Kreischen, verursacht von vorwitzig zupackenden Männerfingern.

Phil und ich verschwendeten keine Sekunde. Wir

drangen weiter vor. Der schwach beleuchtete Raum vor uns war durch einen Vorhang vom Saal abgetrennt. Ein Saal musste es schon sein, nach der Vielzahl der Stimmen zu urteilen. Nur zwei Wandlampen erhellten die schmucklosen Quadratyards vor uns. Die Räume für Ladys und Gentlemen befanden sich links von uns. Auf der anderen Seite gab es zwei Garderoben und einen dritten Raum, dessen Tür offen stand. Mit einer Kopfbewegung wies ich Phil darauf hin. Mein Freund nickte. In die Richtung konnten wir uns zurückziehen, wenn es sein musste.

Denn von diesem Moment an mussten wir ständig damit rechnen, dass uns jemand in die Quere kam.

Ich sah mir das Zimmer mit der offenen Tür an. Währenddessen näherte sich Phil dem Vorhang. Die Hälften des schweren Stoffs überlappten einander, deshalb musste Phil den inneren Teil zur Seite ziehen. Ohne jede Hektik natürlich. Ich ließ den Lichtkegel aufflammen.

Der Raum war schmal wie ein Handtuch, Schaltkästen an beiden Seiten. Hinten, an der Stirnseite, befand sich die Jalousie eines Lüftungsschachts. Die Schalter links und rechts wurden häufiger benutzt. Es fehlten die Staubschichten. Beleuchtung, Klimaanlage und verschiedene Schaltkreise einer Alarmanlage wurden von hier aus gesteuert. Außerdem gab es Kontrollschalter für die verschiedenen Schließeinrichtungen, für Fluchtwege und für das Belüftungssystem.

Nachdenklich schaltete ich die Lampe aus und kehrte in den Flur zurück.

Mein Freund stand noch hinter dem Vorhang. Als er mich kommen hörte, drehte er sich um und schüttelte den Kopf. Fassungslos.

Die Stereoanlage war auf Glenn Millers *Moonlight Serenade* umgestiegen. Die gute alte Originalversion. Selbst in Rotlichtkreisen fand man also wieder Gefallen an der handgemachten Musik. Elektrik und Elektronik näherten sich dem Out. Zumindest hier.

»Was der Job so alles mit sich bringt«, flüsterte Phil. »Ich komme mir vor wie in einer Peepshow!«

»Dann sollten wir so schnell wie möglich was dran ändern«, erwiderte ich.

»Fragt sich nur, wie. Sieh dir das mal an!«

Ich befolgte die Aufforderung und linste durch den Vorhangspalt. Prompt blieb mir die Spucke weg. Genau das hatte Phil geahnt. Ich folgerte es aus seinem Grinsen, das ich am Rand meines Blickfelds sah. Es war ein grimmiges Grinsen, aus der Gewissheit heraus, dass wir es hier mit einer verteufelt haarigen Situation zu tun hatten.

Mein Gesichtsausdruck musste Bände sprechen. Und das konnte nur daran liegen, dass wir nicht zum Kundenkreis des PUSSYCAT THEATER oder ähnlicher Schuppen gehörten. Falls Phil und ich so was mal betreten hatten, dann aus dienstlichem Anlass, bei Razzien. Einen solchen Laden im Alltagsbetrieb zu sehen hatte absoluten Seltenheitswert.

Erst nach einem Atemzug merkte ich, dass ich den Mund nicht wieder zukriegte. Ich klappte den Unterkiefer gewaltsam hoch und blinzelte angestrengt, doch nichts änderte sich. Das Bild war Wirklichkeit. Keine Sinnestäuschung, kein Wachtraum.

Die Bühne, von gleißenden Spots angestrahlt, stach als Blickfang ins Auge. Vor dem Klangteppich der *Moonlight Serenade* taten drei Girls, als hätten sie etwas Ernsthaftes zu tun. Alle drei trugen nichts auf dem Leib außer ihrem Nagellack. Stählerne Kletterstangen ragten aus den Brettern am vorderen Bühnenrand bis zur Decke. Mit schlangengleichen Tanzschritten kehrten die Stripperinnen immer wieder zu den Stangen zurück, wanden sich drum herum und täuschten verzweifelte, vergebliche Kletterversuche vor.

Jeder abgebrochene Versuch wurde durch gleitende, streichende Handbewegungen beendet, so als müsste der glatte Stahl besänftigt werden. Das ausschließlich männliche Publikum quittierte es mit johlendem Beifall.

Ich schätzte die Zahl der Zuschauer auf etwa hundert, verteilt auf acht Sitzreihen, von denen jede eine schmale Tischreihe hatte wie in einem Verzehrkino. Aber hier war es heller als im Kino. Die Gäste wollten schließlich sehen, was sie geboten kriegten. Auf den Tischen brannten kleine Lampen mit weißen Rüschenschirmen.

Etwa ein Dutzend Girls waren da im Einsatz.

Ich konzentrierte mich auf den männlichen Teil der Anwesenden. Da ich sie zu neunundneunzig Prozent nur von hinten sah, war es keine einfache Sache. Haarfarbe und Kopfform mussten mir als Hauptunterscheidungsmerkmale genügen. Trotzdem dauerte es nicht lange, bis ich unsere speziellen Amigos entdeckte. Sie hatten sich anscheinend unbemerkt eingeschlichen und so niedergelassen, dass sie bei nächster Gelegenheit schnell verschwinden konnten.

Ich duckte mich etwas, sodass Phil über meinen Kopf hinwegspähen konnte.

Sie saßen in der vierten Reihe von hinten, ganz rechts.

Babyface hatte eine mollige Blondine auf dem Schoß. Er hatte den Platz ganz außen am Gang, deshalb konnte er sie jederzeit von der Sitzkante stoßen. Die nackte Blonde nahm ihre schwergewichtigen Brüste in die Hände, hob sie hoch und ließ ihn mit dem Gesicht dazwischentauchen. Der Schnauzbärtige hieb ihm auf die Schulter, dass ihm das Girl fast von den Knien kippte.

Auf dem übernächsten Platz links schüttelte der kurzhaarige Schrank verständnislos den Kopf. Sein milchgesichtiger Komplize musste also die Gelegenheit beim Schopf ergriffen haben, nach dem Prinzip: wenn schon tarnen und täuschen, dann auch total.

Ich blickte den Seitengang hinunter. Der Teppich war abgetreten, aber noch vorhanden. Die alte Täfelung an der Wand reichte bis in Schulterhöhe. Das dunkle, blank gewetzte Holz endete beim Hauptausgang, nur zwei oder drei Schritte von der vorderen Sitzreihe entfernt. Ein Vorhang, halbkreisförmig aufgehängt, diente wiederum als Verhüllung der Tür.

Gut so. Ich bemerkte, wie der Muskelmann und der Schnauzbärtige miteinander redeten. Eine Kopfbewegung des Schnauzbärtigen ließ vermuten, dass sich das Gespräch um den Dritten im Bunde drehte. Sein Verhalten schien ihnen nicht zu gefallen. Immerhin bedeutete das, dass sie vorübergehend mit sich selbst beschäftigt waren. Sie begingen den Fehler, ihrer Umgebung nicht die volle Aufmerksamkeit zu widmen.

Die Bühnenshow dauerte an. Die Klettervcrsuche der drei nackten Girls wollten kein Ende nehmen. Nur die Musik änderte sich. Nach Glenn Miller war Louis Armstrong dran, mit einem Stück aus seiner Schnulzenzeit: *What A Wonderful World*.

Okay.

Trotzdem musste sich in den nächsten Minuten etwas tun. Mit Eintönigkeit ließ sich auch das genügsamste Publikum nicht abspeisen. Und genau darauf beruhte mein Plan. Ich erklärte ihn Phil im Flüsterton. Es war einer der seltenen Fälle, in denen mein Freund und Kollege nichts einzuwenden hatte. Wahrscheinlich lag es aber auch nur daran, dass er selbst keine bessere Idee hatte.

Bei den drei Gangstern war die Lage unverändert.

Dachten wir.

Doch plötzlich geschah es.

Der Kurzhaarige drehte sich um.

Er starrte in unsere Richtung, als ob er den Spalt zwischen den beiden Vorhanghälften entdeckt hätte. Deutlich waren seine schmalen, bösartigen Augen zu erkennen. Sein Gesicht lag im Schein der Tischlampe seines Hintermanns.

Im ersten Moment hätte ich fast den Fehler begangen, meinem Reflex zu gehorchen – den Vorhang ruckartig zu schließen. Ich konnte mich gerade noch bremsen. Ich verharrte reglos und spürte, dass Phil das Gleiche tat.

Die bösartigen Augen starrten uns an.

Sahen sie uns auch?

Verdammt, jeden Moment konnte die Hölle ausbrechen.

Hier hatten sie Geiseln, so viel sie wollten.

Meine Rechte schloss sich fester um das Griffstück des 38ers. Wenn es sein musste, würden wir jetzt eingreifen. Es konnte uns gelingen, das Schlimmste zu verhindern. Fest stand nur, dass die mollige Blondine ein Ersatz für Hollis Dougherty werden würde – als Geisel.

Ich spannte die Muskeln.

Auch Phil war bereit, loszuschnellen.

Der Kurzhaarige wandte sich wieder nach vorn.

Erleichterung.

Es war wie ein tonnenschwerer Stein, der mir vom Herzen fiel.

Phil tippte mir auf den Oberarm. Ich nickte. Lautlos zog sich mein Freund zurück.

Es konnte losgehen.

Natürlich hatte uns der Gangster nicht sehen können. Dazu war es hier, hinter dem Vorhang, zu dunkel. Das Starren des Kerls war ein instinktmäßiges Verhalten gewesen.

Old Satchmos Reibeisenstimme klang aus.

Die Stripperinnen verabschiedeten sich endgültig von den Kletterstangen.

Während sie nach hinten verschwanden, tänzelte ein drahtiger Dandy in weißem Anzug auf die Bühne, entließ jedes der drei Girls mit einem Klaps auf den Hintern und hielt dann ein silbrig glitzerndes Mikrofon wie einen Marschallstab hoch. Locker in den Kniekehlen federnd, erreichte er den Bühnenrand und verharrte zwischen zwei Kletterstangen.

»Nun denn, liebe Freunde der Nachtmusik! Habe ich zu viel versprochen oder nicht? War unser Herzchen-Trio nicht einfach zum Anbeißen?«

Beifallsgebrüll erschallte.

»Gibt es irgendjemanden im Publikum, der nicht zufrieden ist – bis jetzt? Ist da irgendjemand, für den wir noch schwerere Geschütze auffahren müssen?«

»Hier!«, brüllte einer, und im nächsten Moment wurde ein lauter mehrstimmiger Chor daraus. »Hiiier! Hiiier!«

Der Moderator-Dandy machte dämpfende Handbewegungen.

Ich sah, dass der Schnauzbärtige und der Kurzhaar-Schrank unruhiger wurden. Babyface konnte sich noch immer nicht von der Blondine trennen.

Ich gab Phil das vereinbarte Handzeichen.

Sämtliche Lampen erloschen.

Nur die Lampen.

Ich schleuderte den Vorhang zur Seite und schnellte los – so leise wie möglich.

Und der Dandy kam mir zu Hilfe.

»Oh – oh - oh, was haben wir denn da?«, dröhnte seine Stimme. »Stehen wir hier im Dunkeln oder wie sehe ich das, Freunde?« Er gab sich beruhigend als souveräner Lagebeherrscher. »Jedenfalls gibt es keinen Grund zur Panik, Freunde …«

Ich schob mich an der glatten Wandtäfelung entlang. Ganz in meiner Nähe kicherte ein Girl. Die Mollige auf Babyfaces Knien?

»… sieht so aus, als ob sich unsere Techniker einen kleinen Scherz erlaubt haben. Oder sollte es etwa eine kleine Unterstützung für diejenigen unter euch sein, die mit ihren auserwählten Damen noch ein wenig intimer werden möchten – ein wenig ungestörter …?«

Röhrendes Gelächter brandete aus der Dunkelheit auf.

Ich erreichte den Vorhang und schlüpfte in das Halbrund dahinter.

Und atmete auf, als ich den Ausgang abtastete.

Eine Pendeltür.

Ich hielt die eine Hälfte fest, als ich hinausgetreten war.

Noch bevor ich anfing, mich auf meinen Tastsinn zu verlassen, hörte ich die Schritte. Sie klangen dumpf auf dem Teppich, gedämpft, doch die Burschen gaben sich weniger Mühe als ich.

Meine Rechnung war aufgegangen. Bis jetzt.

Sie nutzten die Gelegenheit, die sich ihnen so unverhofft geboten hatte.

Hölle und Teufel, ich brauchte eine passende Ecke, bevor das Licht wieder anging! Mir kribbelten die Haarwurzeln. Ich hastete an einer schmucklosen Wand entlang. Tapete. Das war auch alles, was ich feststellte. Kein Türrahmen, kein Winkel, nichts.

Jäh wurde es hell. Ich ruckte herum. Mein Smith & Wesson folgte der Bewegung und flog in Anschlag.

Die Pendeltür stand still. Noch! Aber da waren die Schritte, deutlicher, lauter.

Die Zeit, die mir blieb, war null. So gut wie null.

Ich wirbelte in die andere Richtung.

»Oh – ah – was haben wir denn da?«, ölte die Dandy-Stimme aus dem Saal. »Ja, was ist denn das?«

Mein Blick erfasste einen Tresen. Garderobenhaken, aber keine Mäntel. Wir hatten Mitte Juni.

»Es wurde Licht, liebe Freunde. Endlich können wir es wieder sehen – all das Schöne, das uns aus dem Paradies mit auf den Weg gegeben wurde. Unsere Jungs von der Technik ...«

Ich schnellte los, überwand zwei Yards mit einem Satz, stützte mich mit der Linken ab und flankte über den Tresen. Eine halbe Drehung und ich landete dahinter. Bevor ich abtauchte, blieb mir ein Sekundenbruchteil, um zu sehen, was Sache war - nicht mehr als ein verwischender Blick über die Holzplatte hinweg.

Die Pendeltür bewegte sich. Zu mir her.

Und da waren die Schritte.

Die Stimme aus dem Saal, lauter jetzt, schien sie vor sich herzutreiben.

»... sind eben doch nicht die Allerschlechtesten. Vielleicht wollten sie bloß mal auf sich aufmerksam machen – auf ihre Arbeit im Verborgenen. Also spendieren wir ihnen doch mal einen Sonderapplaus! Ich denke, das haben sie verdient!«

Das Klatschen und Johlen übertönte die Schritte.

Ich verharrte kauernd, die Unterarme auf den Knien, den Revolver in beiden Händen, den Kopf im Nacken. Jeden Moment konnte es passieren. Ein Blick über den Tresen, und sie hatten mich.

Doch während das Beifallsgetöse langsam abebbte, hörte ich die Schritte wieder. Hölle und Teufel! Es funktionierte! Mit dem Aus- und Einschalten des Lichts hatte sich Phil exakt an die Zeitvorgaben gehalten. Er würde auch den nächsten Punkt des Planes einhalten.

Ich glaubte, ein metallisches Knacken zu hören. Den Schließmechanismus eines Schlosses. Aber das konnte Einbildung sein. Weil ich wusste, dass es geschehen würde. Jetzt, in diesem Augenblick.

Im Saal wurde es wieder still.

»Okay, liebe Freunde, dann machen wir mal weiter im Text. Unser Programm kennt keine Grenzen, das werden Sie ja schon mitgekriegt haben …«

Die zupendelnde Tür dämpfte den Wortfluss des Dandys.

Keine Schritte mehr.

Ein Fluch ertönte.

Ich schnellte in die Senkrechte und stieß den Smith über den Tresen hinweg. Und ich hatte diese Hundertstelsekunde, um die Lage zu erfassen.

Da standen sie. Alle drei. Um die Tür herum, die ins vordere Treppenhaus führte und zum Fahrstuhl. Der Kurzhaarige hatte vergeblich versucht, die Tür zu öffnen. Und was nicht weniger wichtig war: Babyface hatte die Mollige nicht bei sich.

»Streckt sie hoch!«, rief ich schneidend.

Es sah aus, als hätte sie ein Peitschenhieb getroffen, so zuckten sie zusammen.

»Oh – aber – hallo! Sir, Sie können doch nicht einfach rauslaufen. Doch nicht ausgerechnet jetzt! Was sich gleich auf der Bühne abspielt, das wird Sie glatt von den Socken hauen …« Der Junge mit dem Mikrofon unterbrach sich resignierend. Der, den es anging, hörte nicht auf ihn.

Die drei an der Tür interessierten sich nur für mich. Weil ihnen keine andere Wahl blieb.

Phil hatte auch die Schließvorrichtung genau nach Zeitplan ausgelöst.

»Macht ihn fertig!«, fauchte der Kurzhaarige. »Los, schnappt ihn euch, den Scheißbullen!« Er stieß es hervor wie einer, der seine Hofhunde von der Kette ließ. Wut und Enttäuschung verzerrten sein Gesicht. Enttäuschung darüber, dass ich es doch geschafft hatte, dass ich plötzlich wie aus dem Nichts aufgetaucht war.

Er rüttelte an der Tür. Meinen Revolver schien er nicht wahrzunehmen.

Die beiden anderen zögerten. Sie hatten sich geduckt. Ihnen juckte es in den Fingern, gehorsame Beißer zu sein, die Kanonen herauszureißen. Ihre Muskeln spannten sich. Die Hemmschwelle schmolz.

»Dies ist ein FBI-Einsatz!«, sagte ich kalt, laut und vernehmlich. »Letzte Warnung! Die Hände hoch, oder …«

»Mein Gott!«, überdröhnte mich der Bühnen-Dandy. »So was darf man sich doch nicht entgehen lassen! Jetzt kommt Maria, das Kolossalweib!«

Nebenan ging ein Raunen durch die Publikumsreihen.

Und hier, vor meinem Revolverlauf, geschah alles auf einmal.

Der Kurzhaarige explodierte. Mit einem Wutschrei stieß er sich von der Tür ab.

Ich sah, dass er unter die Jacke griff, während er sich nach vorn warf.

Auch die Hofhunde tauchten ab – unter meine Visierlinie.

Links von mir krachte es. Die Pendeltür flog auf.

Ich zog durch. Im Revolverdonner ging das Krachen der Tür unter. Die Kugel schmetterte in den Rahmen. Ich hatte hoch genug gehalten. Mehr als ein Warnschuss sollte es nicht sein.

Phil verharrte breitbeinig. Der Smith & Wesson ruhte sicher in seinen Fäusten. Ich sah ihn aus den Augenwinkeln heraus. Trotzdem konzentrierte ich mich auf die Kerle. Sie hatten den Landeanflug beendet und rechneten sich eine Chance aus. Sie dachten nicht daran, sich von unseren Dienstwaffen beeindrucken zu lassen.

Der Kurzhaarige warf sich herum, prallte gegen Babyface und brachte seine Automatic unter dem Körper hervor. Babyface brüllte, weil er auf seinen rechten Arm gestoßen wurde. Unter dem Gewicht seines Oberkörpers scheiterte sein Versuch, die eigene Pistole hochzuschwingen. Die Waffe knallte auf den Fußboden. Ein Schuss löste sich und die Kugel zog eine Furche in die Bodenbretter.

Phil feuerte im selben Moment.

Der Kurzhaarige schrie, seine Automatik wummerte.

Ich hatte den Schnauzbärtigen im Blick.

Im Winkel zwischen Fußboden und Wand ruckte er blitzartig um die eigene Achse. Ein matter Reflex huschte über den Schießstahl in seiner Rechten. Die Bewegung war so schnell, dass man sie kaum mit Blicken verfolgen konnte. Neben dem Schnauzbärtigen stieß der Muskelmann erneut die Pistole nach vorn. Er blutete, schrie aber nicht mehr. Die Waffe seines Komplizen im Wandwinkel federte hoch, über sein verzerrtes Gesicht hinweg.

Ich fackelte nicht lange, denn da war auch noch Babyface, der anfing, seine Lage in den Griff zu kriegen. Ein kleiner Schwenk genügte, und ich hatte den Schnauzbärtigen in der Visierlinie. Das war in dem Moment, in dem sich sein Zeigefinger krümmte. Er hatte einen winzigen Zeitvorsprung, als ich durchzog. Noch während ich die Kugel aus dem Lauf jagte, warf ich mich nach links. Der Smith ruckte in meinen Fäusten. Ein heißer Hauch zischte über mein rechtes Ohr wie der Luftzug einer Peitsche. Das Wummern der Schüsse bohrte sich in die Gehörgänge, schien sie mit Beton auszufüllen.

Ich fand Halt am Tresen, sah den Schnauzbärtigen, wie

er von der Wucht des Einschusses gegen die Wand geschleudert wurde. Erst jetzt begriff ich, dass auch Phil abermals gefeuert hatte. Der Kurzhaarige bäumte sich auf dem Fußboden auf, und im selben Atemzug sackte er in sich zusammen. Dabei begrub er die Pistole unter sich.

Ich stieß mich ab, hatte die Senkrechte wieder, machte eine halbe Drehung nach rechts. Auch Phils Revolver stieß in die gleiche Richtung.

Babyface sah die beiden Mündungen, als er seine Waffe eben hochreißen wollte. Er erstarrte. Das Entsetzen stand in seinem Gesicht wie hineingeschlagen.

Und plötzlich kreischte er los.

»Nein! Neiiiin! Neiiiiiin! Nicht schießen! Um Himmels willen, nicht schießen!« Die Automatic fiel ihm weg, als hätte sie sich in glühendes Eisen verwandelt. Er selber vergrub das Gesicht in den Armbeugen. Sein Geschrei verwandelte sich in ein dumpfes Wimmern.

Phil nickte mir zu. Ich erwiderte sein Nicken. Mein Freund war mit drei raschen Schritten bei den Kerlen. Ich richtete den Smith auf Babyface, behielt aber auch die beiden anderen im Auge. Gegen Finten musste man immer gerüstet sein.

Phil beförderte die sichtbaren Waffen mit Fußtritten weg und verpasste dem Wimmernden Handschellen. Dann drehte er den Kurzhaarigen auf den Rücken und kickte auch dessen Schießeisen außer Reichweite. Von beiden verwundeten Gangstern drohte jedoch keine Gefahr mehr. Wir hatten sie mit Schulter- und Oberarmschüssen außer Gefecht gesetzt. Im Gegensatz zu ihrem spitzbärtigen Komplizen würden sie es überleben.

Und sie würden vor Gericht gestellt werden.

Doch das bedeutete noch lange nicht, dass wir auch Navarro an den Kanthaken kriegen würden. Denn die alten Mafia-Regeln wurden noch immer eingehalten. Nummer eins: die Omerta. Die Mauer des Schweigens, frei übersetzt. Selbst wenn sie wollten, waren diese drei Burschen garantiert nicht in der Lage, Navarro ans Messer zu liefern. Wahrscheinlich kannten sie ihn nicht mal. Die Spitzenfiguren des organisierten Verbrechens erteilten ihre Befehle niemals direkt. Stets wurden verschiedene Übermittler eingeschaltet, einschließlich anonymer Zwischenstufen. Auf die Weise ließ sich ein Befehl niemals von der Basis bis an die Spitze zurückverfolgen.

So lief es.

Das Patentrezept von Navarro und Co.

Aber manchmal passierte es, dass das Rezept versagte. Dann steckte der FBI dahinter. Und das passierte immer öfter. Mr. Navarro wusste es nur noch nicht.

Oder er wollte es nicht wissen.

Man hätte es eine Trauminsel nennen können. Das Anwesen in Emerson Hill wurde gelegentlich von Hubschrauber-Piloten bewundert. Denn die waren die Einzigen, die es richtig zu sehen kriegten. Emerson Hill gehörte zu den bevorzugten Wohngegenden von Staten Island, New York. Die Menschen, die hier lebten, konnten sich riesige Grundstücke mit hohen Einfriedigungsmauern und noch höheren grünen Wällen aus Bäumen und Buschwerk leisten.

Grundstücke, in denen die prächtigsten Villen so versteckt lagen, dass nicht mal die Nachbarn wussten, wie das Haus nebenan aussah.

Ernie Navarro fuhr mit bis vor den Garagentrakt. Dort entließ er den Leibwächter und den Fahrer für den Rest des Tages. Seinen Aktenkoffer am langen Arm, schlenderte der bullige Mann auf seinen Palast zu. Der Vorplatz war mit roten Betonsteinen gepflastert. Es waren keine Besucherautos da, registrierte Navarro erfreut. Labella hatte sich also an seinen Wunsch gehalten. Wenigstens diesmal.

Noch mehr freute er sich, als er die Lichter hinter den Fenstern im ersten Stock sah. Natürlich war auch das Erdgeschoss hell erleuchtet. Aber der erste Stock stand für

Musik, Heiterkeit, blendende Laune. Und dann der zweite Stock, das Dachgeschoss! Bei dem Gedanken an die Treppen, die hinaufführten, lächelte Navarro versonnen.

Er beschleunigte seine Schritte, fühlte sich beflügelt. Ein wenig lag es wohl auch an der lauen Luft dieser Frühsommernacht. Die Säulenzypressen am Rand des Vorplatzes und die weißen Marmorstatuen auf den Rasenflächen gaben der Atmosphäre etwas Italienisches.

Das ergab einen starken Kontrast zu dem mächtigen Palastgebäude. Es war im englischen Tudor-Stil errichtet, mit all diesem filigranen Schwarz-Weiß-Fachwerk. Spitze Giebel und zierliche Türme setzten dem Ganzen die Krone auf.

Leichtfüßig nahm Ernie Navarro die Stufen zu dem Vorbau, einer ziemlich großen Veranda, die seitlich verglast war und deren Dach von schwarzen Balken im Stil des Fachwerks getragen wurde. Die Eingangstür aus massiver kanadischer Eiche öffnete sich lautlos, als der Hausherr noch zwei Yards entfernt war. Eine Lichtschranke bewirkte das, gekoppelt mit einem elektronischen Kennungssystem. Den entsprechenden Minisender, flach wie eine Kreditkarte, trug Navarro in der Brieftasche.

Der Butler war direkt aus England importiert. Aus der Stadt York. Natürlich hieß der Knabe James, wie es sich für einen englischen Butler gehörte. Und er sah auch aus wie der typische Inselbrite: hager, aschblond, spitznasig, hochnäsig. Daran änderte auch die Tatsache nichts, dass Navarro ihn bei einer seiner England-Reisen buchstäblich vor dem Aus gerettet hatte. James hatte in York bei einer neureichen Autohändler-Familie auf einem pompösen Herrensitz gearbeitet. Der Autohändler war mit fliegenden Fahnen Pleite gegangen, nachdem zuvor sein Lieferant, eine englische Nobelmarke, für immer die Segel gestrichen hatte.

James verneigte sich in der von gelben Wandlampen ausgeleuchteten Eingangshalle. Mahagoni und Messing spielten die Hauptrolle in der Einrichtung, wie auf einem Teeklipper der englischen Ostindischen Kompanie.

»Miss Marice erwartet Sie im Musiksalon, Sir!« James näselte es, nachdem er sich wieder aufgerichtet hatte und kerzengerade stand, wie mit einem Besenstiel anstelle des Rückgrats. »Darf ich Ihnen den Koffer abnehmen, Sir?«

Navarro nickte und lächelte erfreut. Er händigte James den Koffer aus und steuerte beschwingt auf die Treppe zu. James war neben Don Clayton, seinem Anwalt, der Einzige, dem er wichtige Dinge anvertraute. In diesem Fall tat der Butler nichts weiter, als den Koffer im Büro zu deponieren. James wusste, dass sein Brötchengeber eine Menge Arbeit erledigte, wenn er im Auto unterwegs war. Der Lincoln hatte alles Erforderliche an Bord: Telefon, Faxgerät und Notebook.

»Lassen Sie Champagner raufbringen, James!«, rief Navarro, schon auf den teppichbelegten Treppenstufen.

»Wie Sie wünschen, Sir!«

Der Mob-Boss lief schneller. »Und Lobster-Cocktail, James. Wie üblich. Das gibt Tinte auf den Füller, hab ich Recht?«

»Sehr wohl, Sir.« James stolzierte in Richtung Küche davon. Die Bestellung des Hausherrn hatte Vorrang vor dem Aktenkoffer. Ein guter Butler hatte das nötige Fingerspitzengefühl, um so etwas zu wissen.

Als er den daunenweichen Teppichboden im Korridor des ersten Stockes überquerte, hörte Ernie Navarro bereits die heiteren Klänge aus dem Musiksalon.

Der Flügel perlte buchstäblich.

So hörte es sich jedenfalls für Navarro an. Don Clayton hatte sich vor ein paar Wochen mal zu der Bemerkung verstiegen, dass Labella in etwa das Talent einer Musiklehrerin hätte, die in Tombstone, Arizona, die vierte Grundschulklasse unterrichtete. Nur die Tatsache, dass Don Clayton Don Clayton war, hatte ihn davor bewahrt, in dem weichen Untergrund zu landen, den jetzt dieser Typ namens Cyrus Veltman als letzte Ruhestätte genoss.

Ernie Navarro öffnete die Tür zum Salon, blieb stehen

und ließ sich von der Musik überfluten. Zurzeit, in diesen Wochen, gab es für ihn nichts Schöneres als Labellas Klavierspiel. Es war zwar nur *Glory, Hallelujah*, was sie da gerade klimperte. Aber das »Was« spielte überhaupt keine Rolle. Nur das »Wie«. Labellas unvergleichliche Heiterkeit, ihre lockere Art, ihr Temperament. Trudy Smith, ihr wirklicher Name, klang viel zu langweilig, gab nichts von ihrer Persönlichkeit wieder. Dass Labella Marice ein Künstlername war, wusste nicht mal Don Clayton, der Superschlaue. Wahrscheinlich würde er es auch nicht glauben, weil er Labella eben nicht für eine Künstlerin hielt.

In dem Salon aus weißem Carrara-Marmor und weißem Schleiflack wirkte sie wie eine Königin. Über den Flügel hinweg strahlte sie ihn an. Sie ließ den letzten Takt des alten Südstaaten-Liedes verklingen. Einen Moment lang blickte sie Ernie Navarro noch lächelnd an. Dann erhob sie sich. Labella war schlank und schwarzhaarig und von klassischer Schönheit. Sie trug schwarz wie meistens. Diesmal ein körperbetonendes Rüschenkleid, das zugleich einem duftigen Sommernachtshauch glich.

»Ernie-Darling!«, rief sie, breitete die Arme aus und trat hinter dem Flügel hervor. »Mein Gott, warum hast du mich nur so lange allein gelassen!«

»Mein Engel!«, entgegnete er und ging auf sie zu.

Natürlich wusste er, was jetzt kommen würde. Das Spiel war jedes Mal von neuem aufregend. Erst der Champagner. Dazu das Wortgeplänkel. Dann der zweite Akt. Und der dritte. Yeah, und dann ging es erst richtig los.

Er schloss sie in die Arme und küsste sie. Nach einer Weile löste sie sich von ihm. Möglich, dass sie die Sekunden abzählte. Aber das wusste er natürlich nicht genau.

Labella hielt sich an seinen Unterarmen fest und bog ihren Oberkörper zurück. Mit einem schüchtern-mädchenhaften Lächeln senkte sie den Kopf, um gleich darauf einen Augenaufschlag zu produzieren, der jede Tiefkühltruhe in einen Backofen verwandelt hätte.

»Ich sehe, du hast mir etwas zu sagen«, eröffnete Ernie das Spiel in väterlich-wohlwollendem Ton.

»Ja, so ist es«, hauchte Labella.

»Okay, dann sag es doch.« Er zog sie wieder an sich.

Sie barg den Kopf an seiner Schulter. »Ich traue mich nicht«, flüsterte sie in seine Halsbeuge.

»Aber, aber!« Er strich ihr über das Haar.

»Nein, wirklich nicht!« Labella schluchzte fast.

»Ich verspreche dir, dass ich genau zuhören werde und dass ich dich tröste, wenn es etwas Schlimmes sein sollte.«

Labella hob den Kopf und blickte zu dem bulligen Mann auf. Sie betrachtete sein Gesicht wie suchend, als studierte sie die Lachfalten, um darin einen Schlüssel für seine Stimmungslage zu finden. Dann schüttelte sie den Kopf, langsam erst und immer schneller, um schließlich in schallendes Gelächter auszubrechen. »Es – es stimmt gar nicht!«, prustete sie.

»Was stimmt nicht?«

»Dass ich mich nicht traue.«

»Nein? Was ist es denn dann?«

Labella kicherte. »Ich wollt es bloß ein bisschen spannend machen.«

Ernie tätschelte ihr den Hintern. »Na, dann lass es mal raus, dein kleines Geheimnis!«

Sie lachte, lief von ihm weg und hüpfte und tanzte auf dem Weg zurück zum Flügel. Schnaufend setzte sie sich an die Klaviatur. »Ich hab ein Lied geschrieben, Ernie-Darling!«

Er sperrte den Mund weit auf, die Augen noch weiter und spielte beglücktes Erstaunen. »Nein!« Er klatschte die Hände unter dem Kinn zusammen. »Du hast ein eigenes Lied geschrieben – so richtig mit allem Drum und Dran? Text und Noten? Einfach alles?«

»Ja, so ist es, Ernie-Darling. Es ist wahr!« Labella rief es voller Begeisterung. »Soll ich es dir vorspielen? Soll ich?«

»Du musst! Ich verlange es! Ich bestehe darauf!«

Navarro trat in die Rundung des Flügels und blickte sein

Girl über die nur flach geöffnete Klappe hinweg an. Er blinzelte verträumt. »Meine kleine Künstlerin! Wie habe ich auf diesen Moment gewartet! Und ich sehe deinen ganz großen Auftritt vor mir! Ja, eines Tages wirst du berühmt sein. Du wirst im Rampenlicht stehen und …«

»Kann ich jetzt anfangen?«, unterbrach ihn Labella voller Ungeduld.

»Aber ja! Natürlich!« Ernie klappte demonstrativ den Mund zu und stellte gespannte Aufmerksamkeit zur Schau. Er lehnte sich auf das weiß lackierte Holz des teuren Musikinstruments, stützte das Kinn in beide Hände und himmelte Labella an.

Sie zwinkerte ihm zu. »Es heißt *Up The Hills* – also, die Hügel hinauf.«

»Oh! Ein interessanter Titel!«

»Ist es auch. Es ist die Jazzversion eines bekannten Themas, vom Text her angereichert mit sozialkritischen Aspekten.« Wie sie es sagte, hörte es sich auswendig gelernt an.

Natürlich hatte sie es irgendwo gelesen. Ernie Navarro wusste es. Labella zog sich solche Sätze rein, weil sie glaubte, sie für ihre Karriere zu brauchen. Eine Karriere, die erst noch stattfinden sollte. Ernie glaubte fest daran, ganz im Gegensatz zu Don Clayton, diesem unverfrorenen Rechtsverdreher.

Labella schlug die ersten Akkorde an. Eine ziemlich schräge Einleitung, dann ging es weiter in flottem Tempo. Die ganze Begleitung schien ähnlich einfach zu sein wie bei *Glory, Hallelujah* und all diesen Stücken.

Und Labella sang. »… yeah, take me up to the – yeah – Black Hills – the Black Hills – yeah – down there in Dakota …«

Ernie verdrehte die Augen, während er zuhörte. Er steckte sich einen Zigarillo an, obwohl er wusste, dass Labella jede Art von Tabakrauch hasste. Rauch schadete ihrer Stimme. Und wenn sie erst so weit war, dass sie auf der Bühne stand, ja, dann würde das Rauchen in der Öffentlichkeit sowieso vollständig verboten sein. Dabei hatte Labella eine dunkle, interessante Stimme, die sich so anhörte, als ob Alkohol und Nikotin ihre Grundnahrungsmittel wären.

Dieser Stimme fehlt das Blues-Feeling, wie es nur Schwarze haben. Sie wird niemals eine richtige Jazzsängerin werden.

Don Claytons Worte.

Der Himmelhund behauptete, etwas von Jazz zu verstehen.

Ernie Navarro knurrte und grinste. Don konnte reden, wie er wollte. Bei ihm, Ernest Navarro, lief es eben etwas anders als bei Durchschnittstypen. Er fing nicht mühsam von unten an. Er brauchte sich nicht mit dem Jazz zu befassen, um ihn zu kapieren. No, Sir, bei ihm ging die Sache standesgemäß über die Bühne. Er würde sich die komplette New Yorker Jazzszene einverleiben, rein geschäftlich, und dabei würde das Verständnis ganz von selbst kommen.

Von Drogen hatte er schließlich auch nichts verstanden, als er angefangen hatte, damit Geschäfte zu machen. Okay, und der Tag war nicht mehr fern, an dem Labella auftreten würde, wo sie wollte.

Die neckischen Spiele würden sie trotzdem immer weiterspielen.

»Na?«, rief sie, noch bevor der letzte Akkord verklang. »Was denkst du? Wie findest du es?«

»Kommt mir irgendwie bekannt vor. Ich meine – die Sache mit den Black Hills – und so ...«

Labellas Miene verdüsterte sich schlagartig. »Hab ich das nicht gesagt?«, fauchte sie. »Ich hab gesagt, es ist ein bekanntes Thema. Aber es ist eine Variation. Kapiert? Ich nehme mir einen Rohling, ein Stück Marmor – und ich mache was Neues draus, ein völlig neues Kunstwerk. Ist das so schwer zu kapieren?«

»Hm.«

Labella sprang auf. »Was heißt hier ›hm‹?«, rief sie erbost.

»Ich meine - ich dachte ...«

»Ah, ich weiß schon! Es gefällt dir nicht! Aber wenn du mit mir ins Bett steigen darfst, gefällt dir alles an mir!«

»Es gefällt mir!«, beteuerte Ernie. »Ich hab doch nur gedacht, weil es ein bekanntes Volkslied ist ...«

»Es ist kein Volkslied. Es ist ein Schlager. Da sieht man mal, dass du keine Ahnung hast!« Labella sprang auf und knallte den Deckel über die Tasten. »Jetzt reicht es! Ich wette, ein Engagement hast du mir auch wieder nicht besorgt!«

Ernie biss sich auf die Unterlippe. Beschämt senkte er den Kopf. Dabei musste er sich mächtig anstrengen, um nicht zu grinsen. Andererseits hätte es Labella dann tatsächlich in Fahrt gebracht. Wenn er sich nicht an die Spielregeln hielt, konnte sie vor Wut platzen. Nichts ärgerte sie mehr. Er wusste nicht genau, was er besser fand: ihren gespielten oder ihren echten Zorn.

Okay, wenn der Zorn gespielt war, gab es ein Happy End. Das war das Ausschlaggebende.

»Es hat heute noch nicht geklappt«, sagte Ernie so kleinlaut, wie er nur konnte. »Aber ich bin kurz vor dem Ziel, mein Engel. Wirklich, es wird nicht mehr lange dauern. Ich verspreche dir, du kriegst das tollste Engagement, das sich eine Jazzsängerin in New York wünschen kann!«

»Das versprichst du mir schon seit Monaten«! schrie Labella. »Du willst mich doch bloß hinhalten! Vertrösten! Wer weiß was! Wenn das so weitergeht, haue ich ab! Ich verstehe sowieso nicht, weshalb ich nicht gleich mit irgend so einem geilen alten Bock ins Bett steige. Es gibt genug Plattenproduzenten, die sich alle zehn Finger nach mir lecken würden!«

»Ja, nach deinem Körper«, entgegnete Ernie weinerlich.

»Na und!«, giftete Labella. »Der Appetit kommt beim Essen! Dann setze ich eben meinen Körper ein, um mein wirkliches Ziel zu erreichen. Na und? Bei dir setze ich ja auch meinen Körper ein – bloß mit dem kleinen Unterschied, dass ich das Ziel nicht erreiche!«

»Nun sei aber nicht ungerecht, mein Engel!«

»Und du hör auf, Sprüche zu klopfen!«, zischte Labella. »Mir reicht es für heute. Lass mich in Ruhe, verstehst du? Ich will nichts mehr von dir hören und sehen! Kapiert?« Mit einem Ruck wandte sie sich ab, und wie eine Furie hastete sie aus dem Salon.

»Labella, mein Engel!«, rief Ernie ihr nach – voller Verzweiflung. Den Tonfall hatte er gut drauf. Verdammt gut. Da konnte er richtig stolz auf sich sein.

Doch Labella beachtete ihn nicht mehr. Sie knallte die Tür zu, und nur noch wenige Sekunden waren ihre Schritte zu hören. Dann schluckte der Teppich jeden weiteren Laut.

Voller Vorfreude auf den vorletzten und letzten Teil des Spieles genehmigte sich Ernie Navarro einen doppelten Bourbon on the rocks. Labella verzog sich in dieser Minute in ihre Suite im Dachgeschoss und schloss sich ein. Er würde nach etwa einer halben Stunde hochstiefeln und an ihre Tür klopfen. Sie würde ihn nicht reinlassen. Er würde flehen, betteln und jammern, würde ihr alle nur erdenklichen Versprechungen machen.

Yeah, und dann irgendwann ließ sie sich erweichen.

Dann ließ sie ihn rein.

O verdammt, es war jedes Mal aufregender als alles, was er je zuvor erlebt hatte!

Im Gebäude des *TUXEDO* turnten mehr Cops herum als im Revier Midtown South bei Schichtwechsel. Uniformierte gaben sich die Klinken in die Hand. Beamte in Zivil schleppten ihre Spezialausrüstung für die Spurensicherung. Es galt, alles an Beweismaterial zu sichern, was sich nur aufstöbern ließ – vom Fingerabdruck auf Tatwaffen bis zur abgefeuerten Patronenhülse.

Die weiß gekleideten Männer vom EMERGENCY

SERVICE, dem Rettungsdienst, hatten den Schauplatz des Geschehens bereits wieder verlassen.

Hollis Dougherty stand unter Schock. Sie wurde ins Bellevue Hospital gebracht.

Babyface und seine Komplizen waren reif für die Insel.

Drei Rettungswagen, von FBI-Kollegen begleitet, waren unterwegs nach Rikers Island, der New Yorker Gefängnisinsel. Während Babyface direkt in eine Zelle im Trakt für Untersuchungshäftlinge gebracht wurde, kamen die beiden anderen ins ebenso hermetisch abgeriegelte Hospital von Rikers Island.

Das Programm im *TUXEDO* war abgebrochen worden. Die Gäste hatten ihr Eintrittsgeld zurückerhalten.

Die Kollegen von der City Police hatten Fleißarbeit geleistet. Sämtliche Namen und Adressen von Gästen und Mitarbeitern waren notiert worden. Desgleichen im PUSSYCAT THEATER im zweiten Stock. Die Büros in den höheren Etagen waren um diese Zeit ohnehin leer. Im ersten Stock waren die Musiker der TUXEDO SYNCOPATORS noch damit beschäftigt, ihre Instrumente einzupacken. Die Band hatte sich nach dem Lokal benannt, das heute Jessica Goodwin gehörte. Früher war Ted Williams festes Mitglied der Band gewesen, heute stieg er nur noch dann ein, wenn seine Kollegen in ihrem Stammlokal gastierten.

Phil und ich trafen Ted und Jessica im Erdgeschoss, im Aufenthaltsraum neben der Küche. Eine Kaffeemaschine brodelte.

Jessica und Ted drückten uns stumm die Hand. Dann versorgte Jessica uns mit Kaffee und Sandwichs. Es war die reinste Wohltat. Jessica setzte sich uns gegenüber. Ted schlürfte seinen Kaffee hastig, rauchte eine Zigarette und verabschiedete sich dann.

»Ich werde morgen als Erster an Deck sein«, erklärte er. Und mit einem Zwinkern fügte er hinzu: »Ich habe Jessica bis abends freigegeben. Sie braucht ein bisschen Erholung. Und zwar dringend.«

Die Inhaberin des *TUXEDO* ergriff Teds Unterarm und blickte dankbar zu ihm auf. Dann, als wir allein waren, sah sie uns lange schweigend an.

»Ich bekomme meine ersten Zweifel«, sagte sie leise. Sie atmete tief durch und zog die Unterlippen zwischen die Schneidezähne. »Ehrlich gesagt, ich weiß nicht, ob ich das durchstehe.«

Phil und ich wechselten einen Blick.

»Jessica«, sagte ich eindringlich. »Du solltest dich für ein paar Tage aus dem Geschäft zurückziehen. Ted ist in der Lage, dich zu vertreten, denke ich.«

»Und wir werden weiter zur Stelle sein«, fügte Phil hinzu.

Jessica schüttelte den Kopf. »Ich kann nicht erwarten, dass ihr Aufgaben übernehmt, für die ihr nicht zuständig seid«, sagte sie leise.

»Wir sind zuständig«, widersprach ich. »Der FBI bekämpft das organisierte Verbrechen. Das ist seit Edgar Hoovers Zeiten so.«

Ein Anflug von Bestürzung malte sich in Jessicas müde Gesichtszüge. »Das organisierte Verbrechen ...«, wiederholte sie dumpf. Sie blickte auf die Tischplatte, als könnte sie dort eine Erklärung für all ihre unbeantworteten Fragen finden. Unvermittelt sah sie uns wieder an. »Was mir nicht in den Kopf will, was ich nicht begreife, das ist ...« Sie holte Luft wie unter Atemnot. »Warum ich?«

»Du meinst, warum dein Lokal«, verbesserte ich sie.

»Wo ist da der Unterschied?«

»Der Unterschied ist, dass sie ihre persönlichen Feinde umbringen.«

Jessica sah mich erschrocken an. »Das ist der Punkt. Mein Gott, wenn ich mich weiter weigere, werde ich zum persönlichen Feind! Ich meine, was habe ich denn getan, dass sie sich ausgerechnet mich ausgesucht haben?«

»Du hast verschiedene Dinge getan«, entgegnete ich. »Erstens hast du eines der bekanntesten Jazzlokale New Yorks übernommen. Zweitens hat es die denkbar beste Lage am Broadway. Drittens hast du es auf eine Weise übernommen, die dich zunächst mal unangreifbar machte: schuldenfrei nämlich.«

»Exakt«, bekräftigte Phil. »Meist sacken Typen wie Navarro ihre Opfer auf dem Weg ein. Weil die meisten Neu-Inhaber von Restaurants oder Musik-Lokalen erst mal bis über beide Ohren verschuldet sind. Und da kann man sie am besten packen – bei ihren Schulden.«

»Das passiert nicht nur in der Gastronomie«, fügte ich hinzu. »Es passiert im Baugewerbe, in der Dienstleistungsbranche – kurz, überall da, wo sich die Mafia gern als Teilhaber einnistet. Du zahlst deine Prozente, die so genannte Schutzgebühr, und du hast ab sofort keine Probleme mehr. Weder finanziell noch sonst wie. Niemand wagt es mehr, deinen Laden zu demolieren.«

Jessica nickte nachdenklich. »In deiner Liste fehlt noch Punkt vier, Jerry. Das ist Ted. Ich habe den besten Geschäftsführer, den man sich wünschen kann. Er ist nicht nur ein hervorragender Musiker, sondern er hat auch kaufmännische Fähigkeiten und ein überragendes Organisationstalent. Er ist mindestens so gut wie die Leute drüben im ›Paramount‹, und die haben ja auch schwer mit dem Mob zu kämpfen. Ted stellt für mich das gesamte Musikprogramm auf. Ich brauche mich praktisch nur um das Restaurant zu kümmern. Und Ted hat sich in die Sache mit dem Stripschuppen verbissen. Er hat Kontakt mit der Stadtverwaltung aufgenommen, und es wird ihm wahrscheinlich gelingen, das ›Pussycat‹ rauszukriegen. Damit treten wir diesem Mobster Navarro natürlich direkt auf die Füße. Ein Opfer, das zurückbeißt – sozusagen.«

In dem Punkt konnten Phil und ich nicht widersprechen.

Jessica Goodwin war ein absolut untypischer Fall in ihrer Branche. In ihrer Heimatstadt New Orleans war sie als Bluessängerin bereits gefeiert worden, als sie vor zehn Jahren ein verlockendes Angebot aus New York erhalten hatte. Zu dem Zeitpunkt war sie fünfundzwanzig gewesen.

Und heute hatte sie die Gewissheit, dass der Big Apple ihr all das gegeben hatte, was ein Musikerleben lebenswert machte.

Aber ausgerechnet jetzt wollte ein skrupelloser Mobster ihr das Leben zur Hölle machen. Niemand hatte so etwas verdient. Jessica am allerwenigsten.

Schon auf dem Höhepunkt ihrer Karriere, in New York, war für Jessica so etwas wie ein Märchen wahr geworden. Sie hatte diese Nachricht aus ihrer Heimatstadt erhalten und hatte geglaubt zu träumen. Ihr Onkel mütterlicherseits war gestorben: Aristide LaFourche, ein reicher kreolischer Gentleman, von dem sie zuletzt als kleines Mädchen etwas gehört hatte. Der geizige alte Sonderling, der nie verheiratet gewesen war, hatte sich an Jessica erinnert. Weil er keinen anderen Angehörigen mehr hatte auftreiben können.

Und so hatte die erfolgreiche Sängerin plötzlich als Erbin einer Textilfabrik in Louisiana dagestanden. Einer Fabrik, zu der sie keine Beziehung gehabt hatte. Also hatte sie den ganzen Laden für 750000 Dollar an die beiden Generalbevollmächtigten des Unternehmens verkauft. Mit einer Dreiviertelmillion in der Tasche war Jessica nach New York zurückgekehrt und hatte getan, was ihr am Herzen lag.

Das *TUXEDO* war reif für den Abschuss gewesen.

Aus Navarros Sicht.

Unter den bisherigen Inhabern, einem Ehepaar, hatte das renommierte Jazzlokal schon seit Jahren nur noch mit Verlust gearbeitet. Navarro musste überzeugt gewesen sein, dass ihm der Laden wie ein reifer Apfel in den Schoß fallen würde. Er hatte zu dem Zeitpunkt gerade erst angefangen, sich für die Musikszene zu interessieren. Und er musste aus allen Wolken gefallen sein, als Jessica Goodwin plötzlich neue Schlagzeilen machte. Das Inhaber-Ehepaar war nur zu froh gewesen, sich von dem Jazzlokal auf saubere Weise trennen zu können und finanziell mit einem blauen Auge davonzukommen. Jessica hatte eine Abstandssumme für das Inventar gezahlt und die Pacht für das *TUXEDO* für ein

Jahr im Voraus beglichen. Der Jubel in der New Yorker Kulturszene kannte keine Grenzen mehr, würde man es doch der beliebten Sängerin verdanken, dass mit dem *TUXEDO* ein Wahrzeichen des Broadway erhalten blieb.

Und das neue Konzept, das Jessica mitbrachte, war die absolute Erfolgsgarantie. Die Gäste wussten, dass die neue Inhaberin jeden Abend mit mindestens drei, vier Liedern zu hören war. Und überdies hatte die Musik der großen alten Meister den Vorrang. Damit lag das Lokal voll im Trend des Publikumsgeschmacks.

Navarro dagegen musste die Galle hochgekommen sein.

»Seit heute Abend stehen wir vor einer neuen Situation«, sagte ich. »Navarro hat eine schwere Niederlage einstecken müssen. Damit hat er nicht im Traum gerechnet.«

»Ein Schock für ihn«, grinste Phil. »Wahrscheinlich der Schock seines Lebens.«

Wir ahnten zu diesem Zeitpunkt beide nicht, wie schnell sich Navarro davon erholen würde.

Jessica schenkte Kaffee nach und forderte uns mit einer Handbewegung auf, den Vorrat an Sandwichs zu dezimieren. Wir langten zu. Denn es würde noch eine lange Nacht werden. Erst wenn die Spurensicherer fertig waren, würden auch wir Feierabend machen.

Ted Williams fühlte sich wie auf Wolken gebettet. Das war jedes Mal so, wenn er spätabends nach Hause fuhr. Dann waren die Straßen fast leer. Dann konnte er den Mercedes so richtig genießen. Die schwere silbergraue Limousine glitt lautlos über den Asphalt des unteren Broadway.

Seit er den Job bei Jessica bekommen hatte, seit der Laden lief, gab es für Ted keine finanziellen Probleme mehr. Deshalb hatte er sich auch diesen Superschlitten leisten können. Die Fahrt durch das nächtliche Manhattan wirkte beruhigend auf den schlanken blonden Mann – auch heute, nach dem dramatischen Geschehen.

Er hatte mit angesehen, wie der Tote abtransportiert worden war.

Und er hatte in Hollis Doughertys Gesicht abgelesen, was Todesangst bedeutete. Sie verdankte Jerry Cotton ihr Leben. Ted Williams empfand Hochachtung vor Jerry und Phil. Die beiden FBI-Agenten hatten ohne Rücksicht auf ihr eigenes Leben gegen die Gangster gekämpft. Das war für Ted alles andere als eine Selbstverständlichkeit. Nur verdammt wenig Menschen waren bereit, sich so bedingungslos für andere einzusetzen.

Ted erreichte die Houston Street. Die Ampel zeigte Rot. Er betätigte den Blinker rechts und brachte den Wagen zum Stehen. Fußgänger waren nirgends zu sehen. Nur in den Eingängen der Restaurants und Kneipen hielten sich Menschen auf. Entweder warteten sie auf ein Taxi, oder sie waren gerade mit einem angekommen. Auf der Houston rollte ein spärlicher Fahrzeugstrom vorbei. Ein Streifenwagen der City Police, zwei oder drei Taxis und nur ein einziger Privatwagen.

Die Ampel sprang auf Grün. Ted zog den Mercedes nach rechts. Er fuhr jetzt kaum mehr als Schritttempo. Zur Westside hin war die Straße etwas belebter. Szenekneipen sorgten dafür. SoHo war ein In-Viertel. Für Leute, die was auf sich hielten, galt es zurzeit als schick, hier aufzukreuzen. Das Village hatte dagegen schon mächtig verloren, war nicht mehr das, was es früher mal gewesen war. SoHo stand für ›South of Houston Street‹ und hatte mit dem eher berüchtigten Londoner Soho nicht das Geringste gemeinsam.

Ted Williams wohnte an der Wooster Street mitten in SoHo.

Drei Blocks westlich von der Kreuzung Broadway und Houston bog Ted nach links ab, in die Wooster. Er wohnte in der Nummer vierundsechzig, einem renovierten fünfstöckigen Brownstone-Gebäude. Die Feuerleitern, noch vor der Fassade, waren mit dunkelblauem Rostschutzlack gestrichen. Die Fensterrahmen hatte der Architekt in einem etwas blasseren Blau anpinseln lassen. Anstelle eines normalen Daches thronte oben auf dem Gebäude ein Penthouse, das aussah wie ein Gewächshaus.

Ted hatte sich mit der Fünf-Zimmer-Eigentumswohnung im vierten Stock begnügt. Das Haus hatte seine Garagenplätze unter dem Nachbargebäude, einem Neubau, der aber dem alten Stil des Viertels angepasst worden war.

Der Geschäftsführer des *TUXEDO* lenkte seine Luxuslimousine die Betonrampe hinunter. Er betätigte den Garagentoröffner, und das rote Rolltor hob sich langsam. Das Rattern der waagerechten Torsegmente war in Teds Wagen deutlich zu hören, zumal der Achtzylindermotor praktisch keine Eigengeräusche verursachte.

In dem hell gestrichenen Betongewölbe flammten die Leuchtstoffröhren auf. Ted fuhr hinein. Hinter ihm schloss sich das Rolltor wieder. Seine Parkbucht befand sich gleich neben dem Durchgang, der mit dem Treppenhaus des benachbarten Brownstone-Gebäudes verbunden war.

Ted rangierte den Mercedes an seinen angestammten Platz, zog den Zündschlüssel ab und stieg aus. Die Zentralverriegelung arbeitete mit einem kaum hörbaren Schnappen. Ted wandte sich ab und machte den ersten Schritt in Richtung Wagenheck.

Den zweiten schaffte er nicht mehr.

Er vernahm noch so etwas wie einen Luftzug, einen kalten Hauch im Nacken.

Dann flog sein Hinterkopf auseinander.

Es war wie eine gigantische Explosion, die sein Bewusstsein auslöschte. Grellweißes Licht sog ihn auf.

New York erwachte mit Getöse.

Es war wie an jedem Morgen um sechs. In Manhattan waren die Berufsfahrer noch weitgehend unter sich. Bäckerei-Lieferwagen und Lebensmittel-Trucks donnerten durch die Straßen und Avenues. Kehrmaschinen bürsteten den Dreck der Nacht aus den Rinnsteinen. Gähnende Cops in parkenden Streifenwagen tranken Kaffee aus Kunststoffbechern und sehnten den Schichtwechsel um acht Uhr herbei.

Ausgerechnet in der Nähe des belebten Columbus Circle parkte kein Streifenwagen. Aus dem dichten Grün des Central Park stiegen milchige Dunstschwaden. Die Sonne hatte noch nicht die Kraft, sie aufzulösen.

Es war vier Minuten nach sechs, als der Auslieferungsfahrer Harry Grayson Manhattans Morgenduft Nummer eins in den Kreisverkehr einfädelte.

MANHATTANS MORNING SCENT NUMBER ONE

Der Werbeslogan stand in großen leuchtend blauen Buchstaben auf dem geschlossenen Aufbau des Dreitonners, den Harry Grayson fuhr. Die Grundfarbe des gesamten Trucks war ein warmes Gelb. Etwas kleiner, in Rot, waren die Buchstaben des Firmenschriftzugs gehalten: JOLLY JOKER BAKERY.

Knusprig braune Brotlaibe und Brötchen waren auf das Karosseriegelb gemalt, und alle trugen die bekannte Banderole mit dem Joker.

Neben der Ampel, an der der Bäckerei-Truck eben noch gehalten hatte, versammelte sich schon wieder die nächste Fußgängerschar, um auf Grün zu warten. Und tatsächlich vermochten sie den appetitanregenden Duft des frischen Backwerks zu schnuppern, das im Laderaum des Trucks gestapelt war.

Harry Grayson benutzte die rechte Fahrspur. Sein Ziel war die Columbus Avenue, der Supermarkt CASH BACK. Geld zurück. Über die Unverfrorenheit der Namensgeber konnte man nur immer wieder den Kopf schütteln. Die taten wahrhaftig so, als wären sie der einzige Laden, in dem die Kunden ihr Wechselgeld zurückkriegten. Grayson grinste bei dem Gedanken. Sicher grinste jeder drüber, aber irgendwas blieb hängen. Im Unterbewusstsein.

Als Auslieferungsfahrer hatte man viel Zeit, über die Dinge des Lebens nachzudenken, den Dingen auf den Grund zu gehen. Das Unterbewusstsein war eine interessante Einrichtung des menschlichen Geistes.

Harry Graysons Bewusstsein war eine Spur zu langsam.

Es registrierte nicht schnell genug, dass sich abspielte, was sich nicht abspielen durfte.

Scharf rechts vor ihm, aus der Südwest-Einfahrt des Central Park, rollte ein Wagen. Nicht mal schnell. Vielleicht lag es daran, dass er nicht sofort auffiel. Sicher, daran musste es liegen. Denn Harry Graysons berufsfahrerisch geschultes Unterbewusstsein ging davon aus, dass der Fahrer die Vorfahrt beachten, also anhalten würde. Auf den Fahrspuren im Kreisverkehr rollte schließlich jede Menge Blech.

Erst als die Limousine schon unmittelbar vor ihm war, nahm Grayson sie richtig wahr. Er stieg auf die Bremse, dass er glaubte, die Brote und Brötchen müssten wie Raketen von hinten kommen und das Fahrerhaus und ihn durchbohren.

»Verdammter Idiot!«, brüllte Grayson in das Wimmern und Kreischen der voll gebremsten Reifen hinein. »O verdammt – verdammte Scheiße!«

Auch links neben ihm wurde gebremst. Aber darauf achtete Harry Grayson nicht. Er sah kommen, was kommen musste, und er wünschte diesem Penner in seinem Luxusschlitten die Pest an den Hals. Der musste ja wirklich noch nicht ganz da sein – so stur, wie der hinter dem Lenkrad hockte und geradeaus starrte. Harry Grayson sah, dass er den Zusammenprall nicht mehr vermeiden konnte. Deshalb riss er das Lenkrad nach rechts. Wegen der Vollbremsung nutzte das nicht viel.

Er erwischte den silbergrauen Schlitten am Heckkotflügel.

Und erst in diesem Moment wunderte sich Grayson darüber, dass die teure Kiste im Neunzig-Grad-Winkel auf die Fahrspuren des Circle rollte.

Durch den Anprall hinten wurde der Wagen ein Stück

herumgerissen. Doch gleich darauf kriegte er das nächste Ding von links mit, von Graysons Nebenmann, der seinen Dodge Van auch nicht mehr rechtzeitig zum Stehen brachte.

Nur auf der inneren Fahrspur hatte der Mercedes freie Bahn. Ein Taxifahrer hatte dort früh genug bremsen können. Mit aufgerissenen Augen, über das Lenkrad gebeugt, stierte er auf die schwere Limousine, wie sie am Rand der Insel zum Stehen kam.

Die Tür an der Fahrerseite war nur angelehnt gewesen.

Jetzt schwang sie weit auf.

Und wenn der Fahrer immer so ausstieg, dann hatte er eine verdammt komische Art auszusteigen.

Er ließ sich einfach zur Seite kippen, im Zeitlupentempo. Doch er machte keine Anstalten, den Arm auszustrecken und sich an der Türlehne festzuhalten. Wie ein nasser Sack kippte er aus der Eleganz des Wagens.

»Besoffenes Schwein«, knurrte der Taxifahrer.

Dann fraß sich sein Blick an den auf dem Asphalt liegenden Mann fest.

Der Hinterkopf des Mannes war blutüberströmt.

Mit Rotlicht und Sirene knüppelte ich den Jaguar um den Central Park herum. Mir war der Frühstücks-Toast im Hals stecken geblieben. Phil war es nicht wesentlich besser ergangen. In der Vorahnung dessen, was uns erwartete, stülpte sich mir der Magen um. Das bisschen, was ich in noch ungestörter Morgenstimmung runtergekriegt hatte, drängte aufwärts, statt sich widerstandslos dem Verdauungsprozess zu fügen.

Aber noch hatte ich mich unter Kontrolle.

Auf der Kreuzung Fifth Avenue und Central Park South hatten zwei Beamte der City Police ihren Streifenwagen quer gestellt. Sie hielten die Kreuzung frei, leiteten einen Teil des Verkehrs in die East 59th um. Ein Fußstreifen-Cop unterstützte die Kollegen.

Ich bedankte mich mit einem Handzeichen, als ich den Jaguar in die Straße südlich des Central Park wedeln ließ. Es würden noch mehr Fahrzeuge kommen, die auf schnellstem Weg den Tatort ansteuerten. Weitere Streifenwagen und die Wagen der Mordabteilung.

Nur der Rettungswagen würde nicht gebraucht werden.

Stattdessen würde ein schwarzer, unscheinbarer Kastenwagen eintreffen.

Vom Leichenschauhaus.

Verdammt, verdammt!

Ich sah, dass meine Fingerknöchel weiß hervortraten. Dabei war ich mir nicht mal bewusst, dass ich das Lenkrad umklammerte. Das andere höllische Gefühl in mir überschattete einfach alles. Es war dieses Wissen, zu spät zu kommen, nichts mehr ausrichten zu können.

Warum jagten wir mit Geheul durch die Gegend, wenn es sowieso nichts mehr zu tun gab? Wenn wir nur noch zur Bestandsaufnahme dessen anmarschierten, das wir nicht hatten verhindern können. Genügte es da nicht, im Schneckentempo herbeizuschleichen und mit den Zähnen zu knirschen?

No, Sir!

Meine innere Stimme rief mich zur Ordnung.

Jede Minute, jede Sekunde konnte kostbar sein. Konnte! Musste nicht. Um das erst mal festzustellen, mussten wir uns eben beeilen. Mir wurde in diesem Moment klar, dass es Schmerz und etwas wie ohnmächtige Hilflosigkeit waren, die einen auf solche selbst zermarternden Gedanken brachten. Und die ewig gleiche Frage: Warum hatten wir es nicht verhindern können?

Ich scheuchte den roten Flitzer durch die Gasse in der Fahrbahnmitte. Trucks und Lieferwagen hielten sie uns frei. Die Gasse war eine Schlucht aus Reifen und Karosserieblech. Es war zwanzig nach sechs. Noch gehörte Manhattan dem rollenden Teil des Handels- und Dienstleistungsgewerbes.

»Erreichen Einsatzziel Columbus Circle«, sagte Phil.

Er sagte es nicht mir, sondern dem Funkmikro. Vom anderen Ende der drahtlosen Verbindung antwortete einer der Kollegen von der Nachtbereitschaft. Er bestätigte die Durchsage.

Auf dem Columbus Circle hatte die Hektik bereits begonnen.

Uniformierte Cops lenkten den Verkehr über die Südwesthälfte des Kreises um. Gleich rechts von der Einmündung der Straße Central Park South war Trassierband gespannt. Auf dem weißen Untergrund der Plastikbänder gellten feuerrote Buchstaben:

CRIME SCENE – DO NOT PASS!

Damit wurde der Tatort weiträumig abgegrenzt, als Schauplatz eines Verbrechens, den kein Unbefugter zu betreten hatte.

Ich zog den Jaguar quer auf den Bürgersteig und fuhr bis unmittelbar an das Trassierband. Phil klappte die rechte Sonnenblende herunter. Das FBI-Schild mit der Ausnahmegenehmigung der Stadt New York war in seinem leuchtenden Blau-Weiß weit zu erkennen. Es erlaubte uns, im Fall von Alarm-Einsätzen in Verbotszonen zu parken.

Beim Aussteigen klemmten wir unsere Dienstmarken außen an die Brusttasche der Jacketts. Ein Patrolman der City Police salutierte, als wir das Trassierband anhoben und drunter hindurchtauchten.

»Wer ist der Einsatzleiter?«, fragte Phil.

»Lieutenant Zachary, Sir!« Der uniformierte Beamte wies mit einer Handbewegung auf einen Kollegen in Zivil, der das Metallschild der Kriminalabteilung an der Lederjacke trug.

Zachary stand breitbeinig auf der mittleren Fahrspur des Kreisverkehrs und gab Anweisungen wie ein Filmregisseur, der seine Schauspieler auf die Positionen scheucht.

Die Schauspieler waren in diesem Fall Beamte der Spurensicherung, und die Positionen befanden sich rings um den Mercedes. Der schwere Wagen war an der Verkehrsinsel mit dem Columbus-Denkmal zum Stehen gekommen.

Wir bedankten uns bei dem Patrolman, gingen auf die Bordsteinkante zu, vorbei an der Einmündung der Park-Ausfahrt, auf den Circle hinaus. Mit jedem Schritt wurden die Einzelheiten deutlicher. Und der Kloß in meinem Hals wurde größer und größer und ließ sich nicht mehr hinunterschlucken.

Lieutenant Zachary schien im Hinterkopf Augen zu haben, denn er drehte sich um, noch bevor wir uns bemerkbar machen konnten.

Zachary war ein breitschultriger Mann von mittlerer Größe. Sein kantiges Gesicht spiegelte grimmige Tatkraft. Er nickte, als hätte er nichts anderes erwartet, als Phil und mich haargenau in diesem Moment zu erblicken. Er gehörte der Detective Division des Reviers Midtown North an. Wir kannten uns, hatten schon etliche Einsätze zusammen hinter uns gebracht.

Er kam auf uns zu, und wir konnten deutlicher erkennen, was Sache war.

Ted Williams' Schädel war buchstäblich zerschmettert worden.

Ich musste mich zusammenreißen, um das mörderische Gefühl im Magen zu bezwingen. Am rechten Rand meines Blickfelds sah ich Phils Gesicht. Es war grau, die Nasenspitze weiß.

»Dies ist nicht der Tatort«, sagte der Lieutenant statt einer Begrüßung.

Phil und ich erwiderten seinen Blick überrascht. Wir nahmen Zachary in die Mitte. Während wir auf die silbergraue Limousine zugingen, schilderte uns der Lieutenant in polizeilich knapper Art, was die Zeugen beobachtet hatten.

Wir blieben vor dem Wagenheck stehen. Sich mit den Einzelheiten zu befassen war die beste Medizin gegen das Grauen. Es drohte einen zu packen, ob man wollte oder nicht. Zachary erging es da nicht anders als uns. Wir wussten es, weil wir mit ihm und anderen Kollegen oft genug über dieses Thema gesprochen hatten.

An den Anblick des Todes konnte man sich nicht gewöhnen.

Niemals.

Jede Art von Abgebrühtheit, die Ermittlungsbeamte in der Wirklichkeit oder in Filmen angesichts eines gewaltsam ums Leben gekommenen Menschen zur Schau stellen, ist nichts als Fassade. Schutz vor der eigenen Empfindsamkeit. Denn die verliert man nicht, und wenn man noch so viele Berufsjahre auf dem Buckel hat.

Der Polizeifotograf schoss Aufnahmen von der Leiche. Obwohl das Tageslicht ausreichte, benutzte er ein Blitzgerät, um die Schattenzonen unmittelbar neben dem Mercedes aufzuhellen. Noch während die Blitze zuckten, lief von der anderen Seite der Verkehrsinsel her ein Mann mit wehendem Sommermantel auf uns zu. Er war hager, hatte silbergraues Haar und trug einen rundlichen schwarzen Koffer.

Dr. Abelman. Einer der Polizeiärzte der Mordabteilung. Er begrüßte uns mit einem Nicken und machte sich sofort an die Arbeit. Er ging neben dem Toten in die Knie und sah ihn sich an, ohne ihn zu berühren. Dann gab er dem Fotografen Anweisungen für Nahaufnahmen vom Kopf des toten Musikers.

»Also«, sagte ich mit belegter Stimme, »kommen wir zur Frage Nummer eins: Wie konnte Williams quer zur Fahrtrichtung auf den Circle fahren? Wie konnte ein Toter überhaupt noch fahren?« Ich brauchte das nicht näher zu erklären, denn Phil und der Lieutenant wussten, was ich meinte.

Ted Williams war schon seit Stunden tot. Die Leichenstarre hatte bereits eingesetzt, und das Blut seiner Kopfwunde war verkrustet.

»Bildet euch euer eigenes Urteil«, forderte Zachary uns auf. »Ich habe meine Theorie, aber ich will euch nicht beeinflussen. Der Mann, der es als Erster gesehen hat, steht da drüben.« Er zeigte auf einen gelben Truck der JOLLY JOKER BAKERY. Manhattans Morgenduft Nummer eins war normalerweise gleichbedeutend mit Behaglichkeit, mit dem letzten wohltuenden Durchatmen vor Beginn eines arbeitsreichen Tages. Hier jedoch, an diesem Morgen und vor dem Hintergrund dieses Geschehens, hatte der Duft der frischen Backwaren etwas Störendes. Denn Behagen und Unbehagen passten nun mal nicht zusammen.

Harry Grayson hatte seine Aussage bereits zu Protokoll gegeben. Jetzt wartete er nur noch darauf, dass der gelbe Truck fotografiert wurde. Fotos und Zeichnungen von der genauen Position des Bäckereiwagens gaben Sachverständigen später Aufschluss über Anprallwinkel und Geschwindigkeit des Mercedes - falls notwendig. Denn ob diese Dinge in einem Gerichtsverfahren eine Rolle spielen würden, war fraglich.

Grayson lehnte an der vorderen Stoßstange des Trucks. Mit dem Fahrzeug als Hintergrund war der gelb-braune Overall des Mannes so etwas wie ein Tarnanzug. Nennenswerte Schäden waren nicht zu sehen, nur ein bisschen silbergrauer Lack klebte von links an der Stoßstange.

Wir zeigten Grayson unsere Dienstausweise. Er betrachtete sie und warf einen ehrfürchtigen Blick auf die schimmernden Abzeichen auf unseren Jacken.

»Mit FBI-Agenten hab ich noch nie zu tun gehabt«, murmelte er, beinahe mehr zu sich selbst.

»In einem Fernsehkrimi«, entgegnete ich mit einem angedeuteten Lächeln, »hätte der Drehbuchautor Sie wahrscheinlich sagen lassen: ›He, seit wann sind G-men für Verkehrsunfälle zuständig?‹«

Er sah mich an und nickte. Er wusste, wovon ich redete. »Fernsehkrimis sind bescheuert«, brummte er. »Die meisten jedenfalls. Da wird die Wirklichkeit auf den Kopf gestellt. Da kommt einem alles so vor, als ob man es nicht ernst nehmen muss. Aber die Wirklichkeit ist furchtbar. Man sieht es ja hier ...« Mit einer matten Handbewegung deutete er auf die grüne Columbus-Insel. Das Geschehen hatte ihn mehr mitgenommen, als er sich anmerken lassen wollte. Der Notarzt würde sich um ihn kümmern müssen. Vielleicht stand Grayson unter Schock.

»Was haben Sie gesehen?«, fragte Phil behutsam.

»Hm!« Der Fahrer stieß die Atemluft durch die Nase aus. »Wie ist das bei den meisten Unfällen. Die Leute, die darin verwickelt waren, sagen hinterher: ›Ich hab keine Ahnung, wie das passieren konnte. Ich hab den überhaupt nicht gesehen!‹« Er schnaufte. »Und so war es bei mir wirklich, Gents. Ich hab den Silberschlitten wohl kommen sehen, aber ich hab ihn auch wieder nicht gesehen. Verstehen Sie, was ich meine?«

Wir verstanden.

»Wie schnell fuhr er?«, erkundigte ich mich.

»Nicht viel mehr als Schritttempo. Deshalb dachte ich ja auch, er würde anhalten. Erst als er es nicht tat, ist er mir aufgefallen.«

»Und sonst haben Sie nichts beobachtet?«, hakte Phil nach. »In dem Wagen, an dem Wagen, dahinter …«

»Sie meinen, ob jemand mit drin gegessen hat und rausgesprungen ist? Oder ob jemand geschoben hat und dann weggelaufen ist?« Grayson schüttelte den Kopf. »Nein, Sir, tut mir Leid. Damit kann ich nicht dienen.«

Wir bedankten uns bei ihm und gingen an der Einfahrt entlang, die in den Central Park führte. Die Fahrbahn war noch leer. Gegenüber würden später die einspännigen Kutschen stehen, mit denen sich Touristen durch den Central Park karren ließen. Das Buschwerk rechter Hand war etwa hundert Yards von der äußeren Fahrspur des Columbus Circle entfernt.

Ich blieb stehen. Das Gebüsch war wie eine grüne Wand.

Phil wandte sich zu mir um. »Du meinst, er hat es von hier aus gestartet?«

»Der Killer?«

»Wer sonst?«

»Vielleicht hatte er einen Handlanger.«

»Nicht, wenn er der typische Killer ist.«

»Okay«, sagte ich. »Gehen wir mal davon aus, dass er den Mercedes noch in der Nacht hergebracht hat ...«

»... und Ted Williams ans Steuer setzte.«

»Richtig. Dann musste er ihn vorher in den Kofferraum gepackt haben.«

»Oder auf den Beifahrersitz. Das wäre unauffälliger gewesen.«

»Einverstanden. Also, um die Sache heute Morgen zu inszenieren, brauchte er nur den Motor anzulassen und die Automatik auf ›D‹ zu stellen. Anschließend könnte er sich hier im Gebüsch versteckt haben. Mit einem Nylonseil oder etwas in der Art ...«

Phil nickte. »Gut. Er könnte dieses Seil so befestigt haben, dass es abrutschte, sobald die Bremse gelöst war und der Wagen anrollte.«

Ich nickte nachdenklich. »So dürfte es gewesen sein. Die Spurensicherer werden es herausfinden.«

Mit bloßem Auge konnten wir in dem weichen Boden am Rand des Gebüschs jedenfalls nichts erkennen. Auch das war anders als in Hollywoods Produktionen. Wirkliche G-men oder Kriminalbeamte haben selten diese Fähigkeit, nur mal kurz hinzusehen und – zack – das Beweisstück zu finden, das zwanzig Spurensicherer vorher vergeblich gesucht haben.

Wir gingen auf den Circle zurück. Ich erklärte Lieutenant Zachary, wie es unserer Meinung nach gelaufen sein musste. Es war auch seine Theorie. Er versprach, uns zu informieren, sobald er Genaueres wusste.

»Ich verstehe nur eines nicht«, fügte Zachary hinzu. »Warum treibt der Killer einen solchen Aufwand, statt die Leiche verschwinden zu lassen?«

»Die Antwort kann ich dir geben«, sagte ich. »Der Mörder wollte bestimmte Leute beeindrucken – mit dieser Aktion.«

»Zum Beispiel euch?«

»Uns«, erwiderte Phil, »und die gesamte New Yorker Musikszene.«

Zachary nickte und presste die Lippen zusammen. Dann knurrte er: »Ich hoffe, dass diese Burschen eines Tages daran ersticken – an diesem merkwürdigen Imponiergehabe.«

Dr. Abelman sagte uns schließlich, was er bislang festgestellt hatte.

»Es scheint nur ein einziger Schlag gewesen zu sein, der das Opfer tötete. So, wie der Mann zugerichtet ist, bedeutet das, dass es sich um eine gewaltige Hiebwaffe gehandelt haben muss. Um das näher zu ergründen, müsste man erst einmal den Tatort kennen.«

Wir sagten dem Doc und dem Lieutenant, dass wir uns um genau diesen Punkt kümmern würden.

Tagsüber war SoHo fast so nüchtern-geschäftig wie der Wall-Street-Bezirk. Touristen bevölkerten die Bürgersteige hier wie dort. Denn es hatte sich mittlerweile im Rest der Welt herumgesprochen, dass in Manhattan südlich der Houston Street ein neues Künstler- und Lebenskünstler-Viertel entstanden war. Eines, gegen das selbst das Greenwich Village von früher nur ein schlapper Versuch gewesen sein konnte.

Phil hatte Ted Williams' Hausnummer über Funk von der Zulassungsstelle für Kraftfahrzeuge besorgt. Wir hatten Jessica noch nicht angerufen. Es ging erst auf sieben Uhr zu. Und die Nachricht, die wir zu überbringen hatten, überbrachte man sowieso besser persönlich.

Ted war für Jessica ein guter Freund gewesen – und der beste Geschäftsführer, den sie sich wünschen konnte. Auch als Musiker hatte Ted einen herausragenden Namen gehabt. Ohne ihn brachen für Jessica und das *TUXEDO* eine schwere Zeit an. Und eben das würde Ernie Navarro mächtig gut in den Kram passen. Außerdem durften wir sicher sein, dass er weitere Hinterhältigkeiten auf Lager hatten, um Jessica das Geschäft zu verderben. Er würde sie so weit bringen, entweder ihr gesamtes Privatvermögen ins Geschäft zu stecken und zu verlieren – oder aber vorzeitig das Handtuch zu werfen. Navarro würde jedes Mittel recht sein, um sein Ziel zu erreichen. In der Beziehung war er der gerissenste Hund, den man sich vorstellen konnte.

Ich fand eine Parklücke gegenüber dem Brownstone-Haus mit der Nummer vierundsechzig. Phil beugte sich vor und blickte durch die Windschutzscheibe.

»O verdammt, verdammt«, murmelte er niedergeschlagen. Mehr nicht.

Doch es war für mich klar, was er damit ausdrücken wollte.

Für Ted Williams waren Erfolg und Wohlstand beileibe nicht immer selbstverständlich gewesen. Er hatte uns über die Jahre erzählt, in denen er sich als Musiker schlecht und recht durchgeschlagen hatte. Dann hatte es ein paar gute Engagements gegeben und schließlich den Job bei Jessica. Besser hätte es für Ted nicht kommen können. Mit seinen achtunddreißig Jahren hätte er noch eine vielversprechende Zukunft vor sich gehabt.

Ted hatte sich diese Wohnung in einem Luxus-Brownstone geleistet und den Wagen der Luxusklasse dazu. Er hatte lange genug in schäbigen Buden gelebt und lange genug das Klappern seiner Rostlauben ertragen. Nicht im Traum hätte er sich vorstellen können, dass ausgerechnet die Mafia ihn eines Tages vernichten würde.

Phil teilte dem Kollegen in der Funkzentrale mit, dass wir das Fahrzeug verließen. Wir überquerten die Straße und klingelten beim Hausmeister. Der Mann hieß Alderley und wohnte in einem Anbau nach hinten raus. Das ging aus einem Zusatz zum Klingelschild hervor. Logisch. Die Eigentümer solcher Häuser überließen ihre Super-Komfort-Wohnungen niemandem zum Billigtarif.

Ich klingelte. Eine verschlafene Frauenstimme erkundigte sich per Sprechanlage, wer wir seien und was wir wollten.

Phil hielt seinen Dienstausweis mit der aufgesteckten Plakette unter die Optik der Videokamera. Das Ding hing über uns im Türwinkel. Ich erklärte, was der Ausweis zu bedeuten hatte, nannte unsere Namen, erklärte, weshalb wir hier waren, und beendete meinen Vers mit der Bitte, den Mann der Gnädigsten sprechen zu dürfen. Wir erfuhren, dass wir bei dem Mieter im Erdgeschoss klingeln sollten. Der war in Urlaub, und Mr. Alderley schraubte da an einem kaputten Heizkörper herum.

Tatsächlich kamen wir zum Zug.

Alderley, ein blasser Typ mit strähnigem Haar, ließ uns sofort herein, als er erfuhr, worum es ging. Seine froschgrüne Latzhose war schwarz verschmiert. Seine Hände waren es auch. Verlegen wischte er sie an der Hose ab, als ob es ihm unangenehm wäre, beim Empfang einer Todesnachricht so schlecht angezogen zu sein.

»Können Sie feststellen, ob Mr. Williams gestern Abend nach Hause gekommen ist?«, fragte Phil.

»Aber ja«, antwortete Alderley sofort. »Unsere elektronischen Sicherheitseinrichtungen sind mit einer Datenspeicherung gekoppelt. Wenn Sie wollen, zeige ich es Ihnen gleich mal. Jeder Berechtigte, das heißt also jeder Hausbewohner, hat seinen persönlichen Code, der in allen Schließsystemen enthalten ist. Das fängt an mit dem Garagentoröffner und geht bis zur Magnetkarte für die Wohnungstür. Wissen Sie, wir haben dieses System, das hauptsächlich von Hotels verwendet wird. Schlüssel kann man nachmachen, Magnetkarten nicht. Und wenn einer mal seine Karte verliert, ist es auch kein Problem. Dann wird die Schließvorrichtung an der Tür einfach auf eine neue Karte umprogrammiert – und fertig!«

Stolz führte uns Alderley in seine Sicherheitszentrale, einen mit Monitoren, Keyboards und sonstiger Hardware voll gestopften Kellerraum, gleich neben Fahrstuhlschacht und Treppenhaus. Es gab einen Durchgang zu gefliesten Räumen. Alderley verschwand ein paar Minuten dorthin.

Er erklärte uns, dass er sich niemals an das empfindliche elektronische Gerät setzte, ohne sich vorher die Hände gewaschen zu haben. Nach der Prozedur schwang er sich auf den Drehstuhl und rollte damit vor das Keyboard eines Computers.

Phil und ich blickten ihm über die Schulter.

»Okay, dann gehen wir mal alles durch«, sagte Alderley, und man hörte ihm an, wie froh er war, eine so wichtige Aufgabe zu haben. Bereitwillig erklärte er, was er tat. »Ich rufe jetzt erst mal die Datei mit den Schließsystemen auf. Unsere Garagenplätze haben wir unter dem Nachbargebäude. Aber wie gesagt – wir haben auch das Garagentor voll unter Kontrolle. Also …« Er betätigte eine Serie von Tasten. »Ich lasse den Computer jetzt nach Mr. Williams' persönlichen Code suchen, und zwar ab jetzt zwölf Stunden zurück. Ist das okay?«

»Hundertprozentig«, antwortete ich.

»Hm«, brummte Alderley, ohne den Blick vom Bildschirm zu wenden. Zahlen- und Buchstabenkolonnen rollten darauf von oben nach unten. Der Hausmeister hielt das Gewirbel für einen Moment an. »Komisch. Bis um vier Uhr morgens war er nicht in seiner Wohnung. Dabei kommt er – sorry, kam er sonst nie so spät nach Hause.«

Phil und ich sahen uns an und nickten kaum merklich. Auf einmal ahnte ich, dass wir hier der entscheidenden Information auf der Spur waren. Und Phil hatte die gleiche Ahnung wie ich. Davon konnte ich ausgehen.

»Also, das ist …« Alderley unterbrach sich und drehte sich um. »Also, wenn die Kiste nicht verrückt spielt, ist Mr. Williams in die Garage reingefahren und zehn Minuten später wieder raus.«

Ich hörte eine innere Alarmsirene schrillen.

»Zeigen Sie uns die Garage? Mr. Williams' Platz«, sagte ich rasch.

»Kein Problem«, antwortete der Hausmeister. »Da brauchen wir nur mal eben rüberzugehen.«

In der Tat waren es nur wenige Yards. Unsere Schritte hallten in dem Durchgang und wurden aus dem Betongewölbe nebenan als Echo zurückgeworfen.

Lange Ketten von Leuchtstoffröhren brannten unter der Decke.

Alderley zeigte auf die Parkbucht gleich neben dem Durchgang. Phil und ich wiesen ihn an, stehen zu bleiben. Wir gingen um die Bucht herum und betrachteten den ölfleckigen Boden. Auf dem Nachbar-Parkplatz stand ein dunkelroter Pontiac Bonneville.

»Wem gehört der?«, erkundigte sich Phil.

»Mr. Hegarty. Das ist der, bei dem ich gerade in der Wohnung war. Der in Urlaub gefahren ist.«

Ich zog meine Akkulampe aus der Tasche und leuchtete den Betonboden unmittelbar neben dem Pontiac ab. Der Schatten dort war so dunkel wie die Ölflecken. Ich näherte mich den Vorderreifen der Limousine.

Und sah zwei Sachen auf einmal.

Den größeren Fleck – dunkel auch, aber heller als das Öl.

Den metallischen Reflex vor der Lauffläche des Reifens.

»Phil!«, stieß ich hervor.

Mein Freund war sofort zur Stelle.

Wir gingen in die Knie. Ich richtete den kleinen Lichtkegel auf das Metallding vor dem Reifen und hatte das Gefühl, dass sich das Blut in meinen Adern in Eiskristalle verwandelte.

Ein Vorschlaghammer!

Groß wie zwei Fäuste zusammen.

Ich schätzte, dass der Stahlklotz mindestens fünf Pfund wog. Und der Stiel war lang und klobig. Wer mit so etwas gezielt zuschlug, der musste schon ein Bulle von Kerl sein. Aber vor allem musste er einer sein, dem es keine Albträume bereitete, ein Menschenleben auszulöschen.

Der hellere Fleck war Teds Blut, das zum größten Teil in den porösen Beton eingesickert war. Natürlich würde es auf dem Vorschlaghammer keine Fingerabdrücke geben.

»Warum, zum Teufel, tut er das?«, flüsterte Phil.

Er sprach von dem Mörder. Ich wusste es. Er sprach davon, weshalb dieser Killer uns so deutliche Hinweise gab. Weshalb er uns zeigte, was geschehen war, uns aber trotzdem keine Chance einräumte, ihn zu erwischen.

»Ich sage dir, warum«, antwortete ich. »Er will uns verhöhnen.«

Schlaftrunken tappte Jessica Goodwin durch ihre Wohnung. Sonnenlicht flutete durch die Fenster an der Ostseite herein und machte den Livingroom und das Esszimmer zu strahlend hellen Inseln am Rand des Halbdunkels, in dem der Rest des Apartments noch lag.

Das Telefon hörte nicht auf, den fröhlichen Dreiklang von sich zu geben.

Jessica hätte es verfluchen können.

Denn sie fand es nicht. Natürlich, sie hatte letzte Nacht noch mit ihren Eltern in New Orleans telefoniert! Es war ein schnurloses Telefon, das sie überallhin mitnehmen konnte. Und auf dem Terminal lag es nicht. Hundemüde wie sie gewesen war, musste sie es irgendwo vergessen haben.

Sie fand es endlich unter ihrem Hausmantel, im Schlafzimmer neben dem Bett. Sie überlegte, ob sie den Hausmantel überstreifen sollte, denn noch war sie so nackt, wie sie aus dem Bett gesprungen war. Doch dann musste sie über sich selbst grinsen. Es gab doch noch kein Bildtelefon!

»Hallo«, gähnte sie, nachdem sie die Empfangstaste gedrückt hatte.

»Miss Goodwin?«

Eine Männerstimme. Jessica runzelte die Stirn. Sie hatte diese Stimme schon mal gehört. Nur war ihr morgendumpfes Hirn nicht in der Lage, auf Anhieb die richtige Erinnerungsschublade aufzumachen.

»Nein, ich bin es nicht. Ich bin noch nicht ich selbst – so früh am Morgen.«

Der Anrufer lachte. »Oh, es ist nach neun Uhr! Sorry, aber ich dachte, um die Zeit könnte man Sie schon mal kontaktieren.«

»Im Prinzip ja, aber ...« Jessica stutzte. »Mit wem spreche ich überhaupt? Hören Sie, wenn Sie Ihren Namen nicht sagen, lege ich sofort wieder auf!«

»Ich bitte nochmals um Entschuldigung. Ich dachte, Sie hätten mich erkannt. Wir hatten zwar persönlich noch nicht das Vergnügen, aber - nun, ich habe Sie ja schon gelegentlich angerufen. Mein Name ist ...«

»Navarro!«, entfuhr es Jessica. Sie ließ sich auf die Bettkante sinken und hasste sich dafür, dass sie diesen idiotischen Scherz gemacht hatte – *ich bin noch nicht ich selbst*. So ein Schwachsinn. Sie hätte sich dafür selbst in den Hintern treten können.

»Na, sehen Sie!«, tönte der Mobster. »Wie ist es, soll ich später noch mal anrufen? Ich meine, es tut mir wirklich Leid, Sie aus den Federn geholt zu haben. Obwohl, wenn ich es mir bildlich vorstelle ...«

Jessica stand schlagartig senkrecht.

»Rufen Sie nie wieder an!«, fauchte sie. »Nie wieder. Verstanden?«

»Nein, ehrlich gesagt, das verstehe ich nicht.«

»Ich lege jetzt auf.«

»Tun Sie es nicht. Ich habe eine Bitte.«

»Sie haben was?«

»Eine Bitte.«

»Es darf gelacht werden.«

»Nein, nein, es ist mir ernst.«

»Hören Sie, sehr geehrter Mr. Navarro ...« Jessica ließ sich wieder auf die Bettkante sinken. »Erst schicken Sie mir ein Rollkommando ins *TUXEDO*, gestern Abend, und dann haben Sie die Unverfrorenheit, mich am nächsten Morgen anzurufen und sich über mich lustig zu machen? Das darf doch wohl nicht wahr sein!«

»Was ist ein Rollkommando?«

»Ach, du liebe Güte!«, stöhnte Jessica. Sie verdrehte die Augen und schickte einen Hilfe suchenden Blick zur Zimmerdecke. »Jetzt auch noch die Tour! ›Ich bin ein ahnungsloser Engel, und ich hab nicht die leiseste Ahnung, weshalb die Zeitungen mich den mutmaßlichen Top-Mobster von New York nennen.‹«

»Einen ahnungslosen Engel würde ich mich nicht gerade nennen. Aber das andere, was Sie gesagt haben, kann ich voll unterschreiben.«

»In Ordnung. Ich werde deshalb trotzdem nicht in Sympathie zu Ihnen ausbrechen.«

»Das habe ich auch nicht erwartet.«

»Sondern?« Etwas Unbestimmtes hinderte Jessica daran, das Gespräch zu beenden. Sie wusste beim besten Willen nicht, was es war. Vielleicht die Ahnung, dass Navarros Anruf letzten Endes doch etwas mit gestern Abend zu tun haben musste?

»Ich sagte schon, ich möchte Sie um etwas bitten.«

»Also gut.« Jessica seufzte. »Ich bringe Sie nicht davon ab. Sie können es sich leisten, mich auf den Arm zu nehmen.«

»Nein, nein, Sie irren sich!« Navarro lachte glucksend. »Es ist so: Ich habe eine sehr nette, sehr liebe, gute Bekannte. Eine wirkliche Freundin.«

»Wie schön für Sie.«

»Ja, das ist es auch. Nun werden Sie sagen, ich kann mir so viele Freundinnen leisten, wie ich will. Das werden Sie sagen, wenn Sie den Zeitungen glauben.«

»Stimmt.«

Navarro lachte erneut. »Es tut aber nichts zur Sache, verehrte Miss Goodwin. Denn die Freundin, von der ich rede, ist einmalig. Sie hat ein besonderes Talent. Sie ist eine begnadete Sängerin.«

»Nein!«, ächzte Jessica in düsterer Vorahnung. »Wenn sie der Typ für die Oper ist, warum bringen Sie sie dann nicht an der Met unter?«

»Miss Goodwin, jetzt nehmen Sie mich aber auf den Arm. Ich würde mir doch keinen Sopran ins Haus holen! Da kennen Sie meinen musikalischen Geschmack aber schlecht. Erstens mag ich keine schrillen Stimmen und zweitens keine Opern oder überhaupt klassische Musik.«

»Ich weiß, Sie entwickeln eine seltsame Vorliebe für den Jazz.«

»Die entwickle ich nicht, die habe ich!«

»Nun, immerhin geben Sie zu, dass es eine seltsame Vorliebe ist.«

Navarro stieß einen Pfiff aus. »Da haben Sie mich aber erwischt! Ein Punkt für Sie. Ohne Neid. Darf ich trotzdem auf mein Thema zurückkommen?«

»Was für eine ausgesuchte Höflichkeit! Das ist ja ein völlig neuer Zug an Ihnen!«

»Für Sie, Miss Goodwin, für Sie. Aber schieben Sie es meinetwegen nur darauf, dass ich etwas von Ihnen will. Es handelt sich um meine entzückende kleine Sängerin. Ihr Name ist Labella Marice. Schon mal von ihr gehört?«

»Müsste ich das?«

»Nein, natürlich nicht. Sie steht erst am Anfang ihrer Karriere. Mit Ihnen würde sie sich niemals vergleichen. Noch nicht.«

Jessica schwante Böses. Auf einmal hatte sie das Gefühl, fliehen zu müssen. Sie wäre am liebsten aufgesprungen und weggelaufen, hätte den Hörer gegen die Wand geschmettert. Aber sie brachte es nicht fertig. Eine vage Angst hinderte sie daran.

»Also«, sagte sie matt. »Was ist es?«

»Ich möchte meiner kleinen Labella ein Engagement verschaffen. Sie braucht das – zur Festigung ihrer Persönlichkeit, ihres Selbstwertgefühls und so. Sie kennen ja sicher all diese Psychiater-Sprüche. Jedenfalls wäre sie überglücklich, wenn sie ein Engagement hätte.«

»Etwa bei mir?«

»Daran hatte ich gedacht. Ich dachte mir, Sie könnten

schlecht nein sagen.« Auf einmal klang der pure Hohn aus Navarros Stimme.

Jessica glaubte, in den Boden zu versinken. Reiß dich zusammen, befahl ihre innere Stimme, du hättest wissen müssen, dass von diesem Bastard nichts Gutes kommt. Also verlier jetzt nicht die Nerven! Jerry und Phil sind schließlich auch noch da! Laut sagte sie: »Ich wüsste nicht, weshalb ich Ihre Labella engagieren sollte.«

»Ach? Sie wissen das nicht? Nun, dann werden Sie es sicherlich noch erfahren. Ganz bestimmt werden Sie es erfahren. Im Übrigen ist Labella eine hoffnungsvolle Bluessängerin.«

»Wenn sie es wäre, hätte ich von ihr gehört.«

»Ach, Sie haben wohl Angst vor Konkurrenz, was?« Navarros Stimme klang scharf und kalt.

»Lächerlich.« Jessica war den Tränen nahe.

»Na, umso besser. Ich melde mich wieder. Oder Labella lässt gleich selbst von sich hören. Wir werden sehen.«

»Ich denke nicht daran, Ihre kleine Schlampe zu engagieren!«

»Sie werden«, entgegnete Navarro eisig. »Sie werden, verlassen Sie sich drauf. Und die kleine Schlampe nehmen Sie zurück.«

Jessica stieß einen Schrei aus. Sie hieb mit der Faust auf die Empfangstaste und schleuderte das Telefon auf die Bettdecke. Schluchzend vergrub sie das Gesicht in den Händen.

Das Schlimme an der Sache war, da sie nicht wusste, ob sie einen Fehler begangen hatte. Denn Navarro hatte überhaupt nicht so geklungen, als ob er den Fehlschlag seines Rollkommandos als Niederlage betrachtete.

Woher nahm dieser Mann seine Unverschämtheit?

Der Gong riss Jessica aus ihrer trübsinnigen Versunkenheit. Sie schrak hoch. Der volle tiefe Ton des Türgongs bahnte sich seinen Weg durch die Wohnung und schien jedes Zimmer auszufüllen.

Jessica bückte sich, griff nach dem Hausmantel und zog ihn an. Sie fischte das Telefon aus den Falten der Bettdecke und knotete den Gürtel des Hausmantels zu. Auf nackten Sohlen lief sie nach nebenan.

Immer noch gongte es an der Tür.

Jessica verlangsamte ihre Schritte und legte die letzten Schritte lautlos zurück. Sie wohnte im achten Stock eines komfortablen Apartmenthauses an der East 71st Street. Jeder Wohnungseingang war mit modernsten, elektronisch gesteuerten Sicherheitsmitteln ausgestattet. Deshalb konnte man sich tagsüber auf einen bewaffneten Wachmann in der Eingangshalle beschränken. Der ließ Halunken gar nicht erst rein.

Jessica verharrte neben der Tür und betätigte vorsichtig die Taste, die den kleinen Monitor über der Sprechanlage einschaltete. Der Monitor erzeugte ein senkrechtes Streifenmuster. Es gab ein paar weitere Tasten für automatische Funktionen. Mit einer konnte sie internen Alarm auslösen. Mit einer anderen wurde direkt das zuständige Revier der City Police verständigt.

Wieder verstummte der Gong.

Das Monitorbild wurde klar.

Einen Atemzug lang blinzelte Jessica.

Dann fühlte sie sich unendlich erleichtert, wie von Tonnenlasten befreit.

»Jerry und Phil!«, rief sie, obwohl die Sprechanlage noch gar nicht eingeschaltet war. In freudiger Hast löste sie die insgesamt vier Schlosssicherungen und gab ihren persönlichen Code in die zusätzliche elektronische Sicherung ein. Dann erst ließ sich die Tür öffnen.

»Jerry! Phil!« Das Telefon in der Linken, ließ Jessica die Tür freudestrahlend aufschwingen. »Das muss Gedankenübertragung gewesen sein. Niemanden hätte ich in diesem Augenblick sehnlicher erwartet als euch. Kommt rein, ich hab euch eine Menge zu erzählen! Es ist einfach unglaublich ...« Sie stutzte und sprach nicht weiter.

Es musste an unseren Gesichtern liegen.

Wir waren keine Schauspieler, und wir hatten ja auch keine Ahnung, was hier gerade gelaufen war. Wir hatten genug mit der seelischen Last zu tun, die wir den ganzen Weg im Fahrstuhl heraufgeschleppt hatten. Diese unendlich schwere Aufgabe, jemandem den Tod eines Menschen mitzuteilen, der dem Betreffenden nahe gestanden hat. Weder Phil noch ich schafften es daher, Jessicas herausplatzende Fröhlichkeit zu erwidern.

Schweigend trat sie zur Seite. Ihre Arme sanken herab, ihre Augen waren groß und furchtsam auf uns gerichtet. Ich ging als Erster an ihr vorbei in die Wohnung. Hinter mir hörte ich Phils matt klingende Stimme, wie er Jessica bat, die Tür wieder abzuschließen und zu sichern.

Dann, als wir im Wohnzimmer standen, wurde diese verdammte Last noch schwerer und völlig unerträglich.

Jessica sah unendlich verletzlich aus, wie sie uns anstarrte. Das aufkeimende Entsetzen in ihren Augen war so deutlich, dass es mir einen körperlich spürbaren Schmerz verursachte.

»Sag uns erst, was hier los war«, bat ich und konnte mich nicht erinnern, mich jemals so linkisch und unbeholfen gefühlt zu haben.

»Nein!« Jessica schrie es fast. »Es war nichts! Nicht der Rede wert! Ihr seht aus wie – wie ...« Sie atmete durch. »Ich will es wissen. Sofort!«

»Es handelt sich um Ted«, sagte ich hölzern und hörte meine eigene Stimme wie die eines Fremden.

Jessicas Augen weiteten sich. Ihr Mund öffnete sich. Ihre Stimmbänder formten einen Laut, aber er drang nicht heraus. Ihre Lippen bewegten sich und vermochten dennoch keine einzige Silbe zu formen.

»Es fällt uns sehr schwer, dir diese Nachricht zu überbringen«, sagte Phil heiser.

Jessica verdrehte die Augen, das heißt, ihre Augen verdrehten sich selbst.

»Er ist tot!«, brach es aus ihr hervor. »Das ist es doch nicht wahr! Mein Gott, was hat er denn getan, dass man ihn ...« Mitten im Satz versagte ihre Stimme.

Ich sah, dass ihre Augen nach hinten wegkippten. Mit einem Satz war ich bei ihr. Auch Phil war im selben Moment zur Stelle. Gemeinsam hielten wir Jessica fest und betteten sie auf das Sofa.

»Ich rufe einen Arzt«, sagte Phil.

Ich nickte, während ich Jessicas bleiches Gesicht ansah. Sie war eine energiegeladene junge Frau. Normalerweise kippte sie nicht gleich um. Aber es war zu viel geschehen – in den letzten Tagen, in den letzten Stunden.

Die Hure hielt inne und wischte sich den Schweiß von der Stirn. Die Morgensonne schickte erste helle Streifen in das schäbige Hotelzimmer. Das grelle Tageslicht fiel durch die schräg gestellten Jalousie-Lamellen und zeigte den nackten, fülligen Körper der Frau in allen Einzelheiten.

»Verdammt, mach weiter!«, knurrte Lew Ruscoe. Er lag auf dem Rücken und hatte den Telefonhörer zu sich herangeholt. »Bezahl ich dich für Pausen? Oder was?«

»Mein Gott!«, schnaufte die Hure. »Du bist ja kein Mensch, du bist ein Tier! Anders ist so was von Ausdauer doch nicht möglich!« Sie strich sich die schweißnassen Strähnen ihres schwarzen Haares aus der Stirn.

Manchmal sah dieser Ruscoe richtig unheimlich aus. Unwahrscheinlich breite Schultern hatte er und gewaltige Muskelpakete. Sein Haar war dunkel, der Schnauzbart buschig und die Augen meist schmal vom Zusammenkneifen. Die ausgeprägten Wangenknochen verrieten, dass er zumindest ein paar indianische Vorfahren hatte.

Insgeheim rechnete die Hure damit, dass er jeden Moment die Geduld verlor und sie hinauswarf. Sie hatte

Angst davor, denn dann würde sie den versprochenen zweiten Hunderter nicht kriegen. Also strengte sie sich an.

Ruscoe grinste und drückte die Wahlwiederholungstaste. Am anderen Ende ertönte das Rufzeichen.

»Hallo?«, sagte eine keuchende Männerstimme.

»He, he!«, rief Ruscoe. »Könnte es sein, dass du genau das Gleiche machst wie ich?« Er streckte den Hörer von sich weg, auf die schnaufende Hure zu. Dann nahm er den Hörer wieder ans Ohr.

»Yeah, könnte sein«, gluckste Navarro.

»War deswegen dauernd besetzt bei dir?«

»Nicht deswegen. Ich hatte eine nette Unterhaltung, mit einer netten gemeinsamen Bekannten.«

»Aha.«

»Aha!«, äffte Navarro ihn nach. »Ist das alles, was du zu sagen hast?«

»Melde Vollzug!«, bellte Ruscoe militärisch. »Alles nach Einsatzplan gelaufen, Sir!«

»Na, fein. Kann dein Girl mithören?«

»Ach was! Die hechelt sich die Lunge aus dem Hals. Die hört nichts als ihr eigenes Gekeuche.«

»Gib bloß nicht so an!«

»Hab ich überhaupt nicht nötig. Also – gibt es weitere Orders?«

»Halte dich bereit. Ich hab noch nichts Konkretes. Aber es kommt mir verdammt so vor, als ob Cotton uns eine Menge Schwierigkeiten machen wird. Ich weiß noch nicht, was es ist. Aber es kommt da was auf uns zu.«

»Na, dann lassen wir es doch mal kommen. Schwierigkeiten sind dazu da, aus dem Weg geräumt zu werden. Bin ich dafür Spezialist oder nicht?«

»Wenn du es nicht wärst, würden wir keine Geschäfte zusammen machen.«

Ruscoe lachte und legte auf.

»Wenn das Jerry wüsste!«, sagte Helen und zwinkerte.

»Ein G-man kennt keinen Neid«, behauptete Phil grinsend. »Ich könnte es ihm erzählen, und er würde mich beglückwünschen.«

Die Sekretärin des Chefs schüttelte geschmeichelt-vorwurfsvoll den Kopf. »Sie können aber auch alles und jedes in ein Kompliment umdrehen.«

»Dabei bin ich nicht mal Politiker!«

»Okay, okay, gehen Sie schon hinein. Der Kaffee ist in einer Minute da.«

»Die Stunde zwischen Nachmittag und Abend könnte nicht angenehmer verlaufen«, lächelte Phil.

»Jetzt reicht es aber!«, rief Helen. »In Ihren Dienstvorschriften steht nichts davon, dass Sie weibliche Angestellte des FBI verwirren sollen.«

»Wenn mir das nur jemals gelänge«, seufzte Phil, und dann beeilte er sich, ins Büro des Chefs hinüberzuwechseln. Denn Helen machte erkennbare Anzeichen, zu einer mittelschweren Büroklammer zu greifen, um sie als Wurfgeschoss zu verwenden. In Wahrheit wusste sie es natürlich zu schätzen, dass jeder Special Agent des FBI-Distrikts sie für ihre besonderen Fähigkeiten rühmte. Und die bestanden nun einmal darin, dass Helen einen Kaffee zu kochen verstand, dem die besten Restaurants und Cafés in New York nichts Gleichwertiges entgegenzusetzen hatten.

Das änderte nichts daran, dass Helens berufliche Qualifikation überragend war. Als langjährige engste Mitarbeiterin John D. Highs war sie einfach unersetzlich.

Phil brachte die schallisolierte Doppeltür hinter sich. Er wusste, dass sein Freund und Kollege gern an dieser Lagebesprechung teilgenommen hätte – allein wegen Helens Kaffee. Aber Jerry hatte eine Aufgabe übernommen, die für Jessica Goodwin so etwas wie lebensrettend war.

Sie musste aus ihrem Schock heraus.

Dazu brauchte sie Hilfe.

Ihr Hausarzt hatte es auf den Punkt gebracht. Aus

medizinischer Sicht, rein körperlich, war Jessica in der Lage, den Schock sehr schnell zu verkraften. Aber die psychische Seite wog schwerer. Sie war zwar nicht mit Ted Williams verheiratet gewesen, doch er hatte ihr ungeheuer viel bedeutet – als Geschäftsführer, als Musikerkollege und als Freund. Ohne ihn bestand die Gefahr, dass sie ihren Kampf aufgab. Dass sie sich in ihr Schicksal ergab und Navarros Forderungen erfüllte.

John D. High begrüßte den G-man mit einem Nicken und deutete auf den Besuchertisch. Mit den sechs ledergepolsterten Stühlen war dies zugleich ein Ort für kleine Konferenzrunden. So manche Krisensitzung hatte hier schon stattgefunden. Spätabends oder nachts, seltener tagsüber. Das Verbrechen hielt sich nicht an die üblichen Bürozeiten.

Das helle Sonnenlicht des Juninachmittags wurde durch die Außenjalousien der Officefenster gefiltert. Das silbergraue Haar des Chefs schimmerte in der Helligkeit. In seinem schmalen, markanten Gesicht stand angespannte Konzentration. Licht und Schatten spielten auf seinen feinnervigen Künstlerhänden, als er einen Stapel Schnellhefter sortierte und umschichtete.

Helen brachte den Kaffee und zog sich so leise wieder zurück, wie sie gekommen war. Mr. High öffnete eine Mappe, die er von einem anderen Stapel zog.

»Ich habe die Pressekonferenz um eine Stunde verschoben«, erklärte er. »Inzwischen liegt der Vorbericht der Pathologie vor. Insofern war die Entscheidung richtig.«

»Neue Erkenntnisse?«, fragte Phil, während er sich Kaffee einschenkte und den unvergleichlichen Duft genoss.

»Eher eine Bestätigung«, antwortet der Chef. »Es ist so, wie Dr. Abelman schon vermutete. Es gab nur einen einzigen Hieb. Der wurde allerdings mit solcher Gewalt geführt, dass Ted Williams auf der Stelle tot war. Der Bruch der Schädeldecke zeigt eindeutig, dass der Vorschlaghammer aus der Tiefgarage die Tatwaffe war.«

Phil presste die Lippen zusammen und schüttelte den

Kopf. »Verstandesmäßig ist das ja alles zu erfassen. Aber begreifen kann ich es beim besten Willen nicht.«

John D. High nickte. »Wer dieser Killer auch sein mag, er hat die Neigung, diejenigen zu schockieren, die es angeht. Ob es eine krankhafte Neigung ist, wird sich noch herausstellen.«

»Falls wir den Mann erwischen, Sir.«

»Davon gehe ich aus.«

Phil zog überrascht die Augenbrauen hoch. Vorschusslorbeeren dieser Art waren Jerry und er normalerweise von Mr. High nicht gewohnt. »Sie meinen, weil Navarro unter Zugzwang steht?«, sagte Phil.

»Ich würde es eher so nennen: Er ist besessen von einer Idee. In seinen Adern fließt sizilianisches Blut. Da wird die Vernunft manchmal von blinder Wut ausgeschaltet.« Der Chef lehnte sich zurück. »Aber wem sage ich das? Wenn ich behaupte, dass uns der Killer ins Netz geht, dann deshalb, weil ich meine besten Agenten auf den Fall angesetzt habe.«

»Sie meinen – Jerry und mich, Sir?« Phil blinzelte verdutzt.

»Ja. Das muss auch einmal gesagt werden. Weshalb soll ich es immer nur denken?« Ein angedeutetes Lächeln kerbte sich in die Mundwinkel des Chefs.

»Danke«, antwortete Phil verlegen. »Verzeihung, Sir, aber Sie sind eigentlich nicht der Typ, der zum Psychiater geht und dann dessen Ratschläge in die Tat umsetzt.«

Das Lächeln des Chefs verstärkte sich. »Okay. Bevor wir uns jetzt gegenseitig mit Lobeshymnen überhäufen, sage ich Ihnen den wahren Grund für meine Bemerkung. Ich halte den Einsatz gegen Navarro für ein Himmelfahrtskommando. Das zeigt sich besonders angesichts dieses brutalen Killers, von dem wir nicht die leiseste Ahnung haben, wer er ist. Deshalb lag es mir einfach am Herzen, etwas zu sagen, was gesagt werden musste.«

Mr. Highs persönliches Faxgerät sprang an. Dadurch wurde Phil einer Antwort enthoben. Der Chef schwenkte mit seinem Schreibtischsessel herum. Er brauchte nur einen Moment zu warten, bis das Blatt aus dem Gerät geschnattert war. Er riss es ab, überflog es und wandte sich damit dem Spezialagenten zu.

»Das Ergebnis der Laboruntersuchung. Der Vorschlaghammer ist die Tatwaffe. Es wurden daran Haare und Hautfetzen gefunden, die eindeutig von Ted Williams stammen.«

»Und kein einziger Fingerabdruck«, entgegnete Phil.

Der Chef nickte. »Sie und Jerry haben ja bereits richtig erkannt, dass der Mörder nicht nur seinen Auftrag ausführt, sondern auch noch seine Gegner verhöhnt. Übrigens«, Mr. High zog einen anderen Schnellhefter aus dem Stapel rechts, »hat Lieutenant Zachary vor zehn Minuten angerufen. Die gesicherten Spuren aus der Einfahrt zum Central Park bestätigen Jerrys Theorie. Der Mörder hat den Mercedes tatsächlich mit einem Seil in Bewegung gesetzt.«

Phil beugte sich vor. »Ist das alles? Ich meine, der Mann muss doch Fußspuren hinterlassen haben, wenn er sich im Gebüsch versteckt hat.«

John D. High nickte. Und ein beinahe grimmiger Ausdruck entstand in seinem Gesicht. »Stimmt hundertprozentig. Er hat Fußabdrücke hinterlassen. Seine Fährte führt in einem Bogen durchs Gebüsch, bis zum nächsten festen Bürgersteig, wo er vom Columbus Circle aus nicht gesehen werden konnte. Tja, und genau an der Stelle haben die Kollegen ein Paar Gummistiefel gefunden. Das Profil der Sohlen stimmte präzise mit den Abdrücken überein. Aber …« Der Chef hob die Handflächen, um sie auf die Aktenstapel fallen zu lassen.

»… auf den Stiefeln fand sich ebenfalls kein einziger Fingerabdruck«, folgerte Phil.

Mr. High brauchte nichts zu sagen, um es zu bestätigen.

Und bevor die beiden Männer ihr Gespräch fortsetzen konnten, summte das graue Telefon auf dem Schreibtisch des Chefs. Er nahm ab. Sofort nachdem er sich gemeldet hatte, schaltete er den Mithörlautsprecher ein.

»… konnte ich jetzt nicht mehr stillhalten, Sir, nach allem, was gewesen ist. Verstehen Sie, es hat mich große Überwindung gekostet, beim FBI anzurufen. Vielleicht mache ich mich lächerlich. Kann ja sein. Vielleicht ist mein Verdacht hirnrissig. Aber andererseits werden in unseren Zweigbüros und Agenturen andauernd Mitarbeiter bedroht und belästigt! Seit Wochen geht das schon so. Und das Schlimme ist, wissen Sie, jeder redet in dieser Stadt von der Mafia. Jeder tut so, als ob er ganz genau Bescheid wüsste. Auch ich, das gebe ich zu. Aber wenn man dann plötzlich selber betroffen ist, dann – dann kriegt man den Schock seines Lebens. Nun, ich dachte mir…«

»Mr. Burke«, bremste John D. High den Redefluss des Anrufers. »Sie sind der Inhaber der Konzertdirektion Burke, vermute ich?«

»Habe ich vergessen, das zu sagen?«

»Ich habe es mir gedacht.«

»Ich bin Mitinhaber, Sir. Mein Bruder und ich sind gleichberechtigt. Allerdings bin ich Geschäftsführer, während er ständig unterwegs ist und auf dem Musikmarkt einkauft, was New York noch nicht gehört hat oder wieder hören will.«

John D. High wechselte einen Blick mit Phil. Der G-man schmunzelte. Er nippte an seinem Kaffee und zündete sich eine Zigarette an. Mr. Burkes Branche musste eine Branche sein, in der Wortreichtum angesagt war.

»Okay, Mr. Burke«, sagte der Chef. »Was ist der konkrete Grund für Ihren Anruf? Sie sagen, Ihre Mitarbeiter werden seit Wochen bedroht und belästigt. Haben Sie die City Police eingeschaltet?«

»Ja, Sir. Die Cops haben die jeweiligen Fälle zu Protokoll genommen, und das war es dann. Für Personen- und Objektschutz ist die City Police weder zuständig noch personell ausreichend besetzt. Man hat mir geraten, mich an ein privates Bewachungs-Unternehmen zu wenden.«

»Das ist auf jeden Fall nicht die schlechteste Lösung.«

»Zu dem konkreten Grund, Sir ...«

»Ja?«

»Es gibt ihn. Ich würde Sie sonst nicht mit dieser Angelegenheit belästigen.«

»Das tun Sie nicht.«

»Danke, Sir. Es ist so: Gerade eben, vor zehn Minuten, bekam ich einen Anruf. Ich habe diese zehn Minuten zum Nachdenken gebraucht. Und dann entschloss ich mich, Sie zu verständigen.« Burke atmete schwer.

»Das war absolut richtig.«

»Der Anrufer war Don R. Clayton. Dieser Rechtsanwalt.«

Phil verschüttete fast den Kaffee, den er gerade nachschenkte. Auch Mr. High war überrascht. Jeder Zeitungsleser und jeder Fernsehzuschauer in New York kannte Clayton, Navarros rechte Hand und Rechtsberater, sein erster Verteidiger in Strafprozessen. In Friedenszeiten – so hatte ein Journalist einmal jene Perioden genannt, in denen gegen Navarro gerade mal kein Verfahren lief – arbeitete Clayton vor allem im wirtschaftlichen Bereich. Als Navarros Unternehmensberater.

Ein weites Betätigungsfeld für Clayton, den Fuchs. Denn die Zahl der Firmen, an denen Ernie Navarro direkt oder indirekt beteiligt war, ließ sich kaum noch überblicken. Jede einzelne dieser legal betriebenen Companys diente letztlich der Geldwäsche. Ob es die Briefmarkenautomaten in den Hotel-Lobbys waren oder die Müllabfuhr für Restaurants und Gewerbebetriebe – ob Zulieferbetriebe für Bauunternehmen oder freie Autowerkstätten und Tankstellen. Jede sich bietende Möglichkeit wurde genutzt, um die illegalen Profitquellen durch »Waschanlagen« abzudecken.

Für die Millioneneinnahmen aus Drogenhandel, Glücksspiel, Kreditwucher und Prostitution brauchten Männer wie Navarro vor allem jene verschlungenen geschäftlichen Kanäle, die es ihnen ermöglichten, legales Geld daraus zu machen.

Und nun wollte sich Navarro also auch in der Musikbranche ausbreiten.

Wie ein Polyp.

»Was will Clayton von Ihnen?«, fragte John. D. High gespannt.

»Vorbeikommen. Er ist schon auf dem Weg hierher. Er ließ sich nicht abwimmeln. Dass ich gar keinen Termin für ihn frei habe, interessierte ihn überhaupt nicht. Er sagte, sein Angebot wäre so interessant, dass ich jeden anderen Termin dafür sausen lassen müsste. Was soll ich jetzt bloß tun, Sir? Wie soll ich reagieren?«

»Lehnen Sie alles ab. Strikt und entschlossen. Werden Sie das schaffen?«

»Bestimmt. Ohne Ellbogen wird man in meiner Branche nicht groß.«

»Gut. Mr. Decker, einer unserer Spezialagenten, wird jetzt sofort zu Ihnen kommen. Lassen Sie sich von Clayton nicht beeindrucken. Bieten Sie ihm notfalls an, zu warten, bis Ihr Rechtsberater eintrifft.«

»Das wäre dann – Mr. Decker?«

»So ist es. Sie können ihn getrost so ausgeben.«

Phil drückte die Zigarette in den Aschenbecher und stand auf dem Sprung.

Geoffrey Burke hatte aus seinem Büro im Rockefeller Center einen atemberaubenden Blick auf Manhattans Wolkenkratzer und Straßenschluchten. Das Büro lag im 45. Stock. Temperatur und Luftfeuchtigkeit wurden von der Klimaanlage von morgens bis spätabends konstant gehalten. Burke und die leitenden Angestellten der Konzertdirektion arbeiteten oft sehr lange.

Im Augenblick interessierte den Mitinhaber des Unternehmens weder das atemberaubende Manhattan im Schein der Junisonne noch die Gediegenheit seiner unmittelbaren Umgebung. Die weißen Wände waren mit Platten aus hellgrünem, dunkel gemasertem Connemara-Marmor verziert. Die Platten hatten unterschiedliche Formate, von der Größe einer CD-Hülle bis zu den Ausmaßen eines Küchentischs.

Das Arrangement der Marmorplatten zueinander war ein Kunstwerk. Geschaffen hatte es ein junger irischer Bildhauer, den Burke hatte einfliegen lassen. Die Marmortafeln waren zuvor direkt von Connemara, Irland, nach New York verschifft worden.

Burkes Blick saugte sich an der Visitenkarte fest. Seine Sekretärin hatte sie hereingebracht. Mit besorgter Miene wartete sie neben dem voll gepackten Mahagoni-Schreibtisch ihres Chefs. Ihre Schritte waren auf dem hellen, weichen Teppichboden nicht zu hören gewesen.

Burke bewegte die Visitenkarte zwischen Daumen und Zeigefingern beider Hände.

Donald Rutherford Clayton
Lawyer
971 Third Avenue
New York, N.Y. 10022
Telefone 212-8187177

Büttenpapier.

Das Teuerste, was man für so eine Karte verwenden konnte. Burke strich mit den Fingerkuppen über die Schrift. Buchdruck. Das alte Verfahren, mit handgesetzten Bleibuchstaben. So was war heutzutage kaum noch bezahlbar.

»Was soll ich nun sagen, Sir?«, drängte die Sekretärin, eine schlanke Mittvierzigerin in elegantem, dunkelblauem Kostüm.

Burke erwachte aus seinem Sinnieren. Er hob den nur noch spärlich behaarten Kopf. »Erinnern Sie sich noch an früher, Mary? Ich meine, an die Jahre, als wir den Laden aufgebaut haben …«

»Ja, sicher, Sir, aber …«

»Damals waren wir ganz schön mutig und unerschrocken, was?«

»Sir, ich verstehe nicht …« Die Sekretärin blinzelte verwirrt und schüttelte den Kopf.

»Wir sind satt und zufrieden geworden«, murmelte Burke, mehr zu sich selbst, während er die Visitenkarte zwischen den Fingern drehte. Dabei war sein Blick auf die Schreibtischplatte und zugleich ins Unendliche gerichtet. »Ja, Mary, das ist es. Unsere gottverdammte Bequemlichkeit! Wir fürchten uns ja schon vor den kleinsten Risiken, habe ich Recht?«

»Sir, dieser Mr. Clayton …«

»Ja?« Burkes Kopf ruckte hoch, als erwachte er mit einem Schreck. Er grinste. »Ah, der ehrenwerte Mr. Clayton ist ungeduldig, stimmt's?«

»Allerdings, Sir. Und ich muss sagen, dass er mir unheimlich ist – in seiner kalten, aalglatten Art.«

Burke warf die Visitenkarte auf den Schreibtisch und strich über Marys Unterarm. Es war eine väterliche, keineswegs anmaßende Geste. »Lassen Sie ihn rein, den Großkotz. Den nehme ich mir jetzt zur Brust.«

Diesmal war es Mary, die erschrocken aussah. Sie bekam den Mund nicht wieder zu. »Aber, Sir, Sie wollen – wirklich …?«

»Haben Sie nicht gesagt, er wäre ungeduldig?«

»Ja, aber …«

»Na also. Dann rein mit ihm!«

Fassungslos öffnete Mary die schalldichte Tür zum Vorzimmer. Mr. Burke erwartet Sie, Sir, wollte sie so huldvoll sagen, wie sie konnte, doch alles, was sie hervorbrachte, war: »Mr. Bur…«

Da wurde ihr der Türknauf schon aus der Hand gerissen. Mary blickte dem Hereinstürmenden entsetzt nach. Ihr Chef beschwichtigte sie mit einer Handbewegung an Clayton vorbei, sodass Mary einmal tief durchatmete und dann die Tür von draußen schloss.

Don R. Clayton sah so aus, wie man ihn von Zeitungsfotos und aus Fernsehberichten kannte. Als Verteidiger von mutmaßlichen Mobstern war er berühmt geworden. Nicht zuletzt deshalb, weil er den Gerichtssaal bislang stets als strahlender Sieger verlassen hatte.

Mit federnden, energiegeladenen Schritten steuerte er auf Burkes Schreibtisch zu und verharrte davor, als wollte er den Firmeninhaber quer über die Platte ziehen. Sekundenlang musterte Clayton den älteren Mann aus schmalen Augen. Clayton war schlank und mittelblond. Er trug einen seiner maßgeschneiderten grauen Anzüge, dazu ein weißes Hemd und eine mehrfarbig gemusterte Krawatte. Letztere war der einzige bunte Tupfer, der ihn vor einem mausgrauen Gesamteindruck bewahrte.

»Vielleicht darf ich mich setzen«, sagte der Anwalt. Seine Stimme klirrte frostig.

»Guten Tag«, entgegnete Burke. »Ich nehme an, Sie sind Mr. Clayton.« Er zeigte auf die Visitenkarte. »Normalerweise hätte ich Sie nicht empfangen können. Aber Ihr schneidiges Auftreten hat mich beeindruckt. Also setzen Sie sich – bitte. Ich schlage vor, wir geben uns zehn Minuten Höchstzeit, um uns gegenseitig anzuhören.«

Claytons schmale Augen wurden weit. Sein Gesicht verlor an Farbe. Er vergaß den Besucherstuhl.

»Sagen Sie mal«, flüsterte er. »Wissen Sie, wen Sie vor sich haben?«

Burke winkte ab. Er lehnte sich zurück und lächelte.

»Lassen wir das lieber. Ich möchte Ihnen nicht gleich zu Anfang sagen, für was ich Sie halte. Ich bin ein höflicher Mensch. Nun setzen Sie sich doch. Wenn Sie schon mal da sind, sollen Sie es nicht unbequemer haben als die anderen Besucher.«

Clayton grinste plötzlich. Er zog den Stuhl heran, setzte sich, ohne Burke aus den Augen zu lassen, und klappte einen schmalen Aktenkoffer aus Kalbsleder auf den Knien auf. Er nahm eine gelbe Kunststoffhülle heraus, schloss den Koffer wieder und stellte ihn neben sich auf den Fußboden. Die Hülle warf er auf den Schreibtisch. Dabei rutschten die zusammengehefteten, eng bedruckten Seiten zwischen der Plastikfolie hervor.

»Das ist ein Vertragsentwurf«, erklärte der Anwalt, ohne sein Grinsen einzustellen. »Ich empfehle Ihnen, den Text mal kurz zu überfliegen und dann normal mit mir zu reden. Hören Sie um Himmels willen auf mit dem auswendig gelernten Kram.«

Burke verschluckte sich fast. »Auswendig gelernter Kram?«, wiederholte er keuchend. »Ich glaube, bei Ihnen …«

»Keine Beleidigungen!«, sagte Clayton schneidend. »Ich bin bereit, mich vernünftig mit Ihnen zu unterhalten. Einziges Gesprächsthema: der Vertragsentwurf, den ich Ihnen gerade vorgelegt habe.«

Burke lief rot an. »Wann und mit wem ich Verträge abschließe, entscheide ich immer noch selbst«, knurrte er mit mühsamer Beherrschung. »Ich kann mir nicht vorstellen, dass Sie mir einen Gesangsstar oder eine populäre Rockgruppe anzubieten hätten. Im Übrigen suche ich mir selbst aus, mit wem ich Konzerte veranstalte und mit wem nicht!«

Clayton lachte lautlos. »Es könnte sein, dass sich gerade das in Zukunft ein wenig ändert. Zumindest wird es so sein, dass Ihnen entscheidungsfreudige Helfer mit Rat und Tat zur Seite stehen werden. Es wird alles sehr viel einfacher für Sie werden. Wozu, in aller Welt, wollen Sie sich noch schinden? Schalten Sie zurück auf halbe Kraft, erhöhen Sie Ihre Privatentnahmen und leben Sie glücklich und zufrieden.«

»Ich – ich – weiß nicht, wovon Sie reden«, flüsterte Burke entgeistert.

»Es liegt da vor Ihnen«, entgegnete Clayton spöttisch. »Der Vertragsentwurf enthält genaue Einzelheiten darüber, wie ich mir die Beteiligung an Ihrer Firma vorstelle. Ich bin sicher, dass wir uns über die handelsrechtlichen Fragen schnell einig werden. Was die Neugründung einer Körperschaft betrifft, haben Sie in mir den sachkundigsten Berater, den Sie sich wünschen können.«

»Beteiligung – Neugründung?« Burke starrte den Anwalt an. »Ich glaube, Sie verstehen noch immer nicht. Ich rede nichts auswendig Gelerntes. Also noch einmal, und diesmal im Klartext: Navarro wird kein Teilhaber bei mir!«

»Wer ist Navarro?«

»Kommen Sie mir nicht so!« Burke hieb mit der Faust auf den Tisch. »Wollen Sie etwa behaupten, Sie hätten den Hurensohn noch nie vor Gericht verteidigt?«

»Ich habe viele Mandanten«, antwortete Clayton kühl. »Da kann ich unmöglich jeden Namen im Kopf haben. Aber eines steht fest: Ich vertrete keine Hurensöhne. Überlegen Sie sich genau, was Sie sagen, Mr. Burke.«

»Das tue ich. Verdammt, das tue ich!«

»Hoffentlich. Es ist jedenfalls in dem Vertragsentwurf von keinem Mr. Navarro die Rede. Sie können sich die Namen ansehen …«

»Strohmänner, ich weiß.«

»Mr. Burke, werden Sie nicht beleidigend!«

Der Inhaber der Konzertdirektion sprang auf. »Nein«, erwiderte er, und seine Stimme zitterte in erzwungener Selbstkontrolle. »Ich werde Sie nicht beleidigen. Ich sage Ihnen nur klipp und klar, was Sache ist. In ein paar Minuten wird ein Spezial Agent des FBI hier eintreffen. Mr. Decker, falls Ihnen der Name was sagt. Ich darf Ihnen verraten, dass ich mit Mr. High persönlich gesprochen habe und dass mir der FBI mit Rat und Tat zur Seite steht. Ich brauche also keine anderweitige Unterstützung. Und schon gar keinen neuen Teilhaber. Habe ich mich klar genug ausgedrückt? Wenn Sie auf Mr. Decker warten wollen, steht Ihnen mein Vorzimmer zur Verfügung.«

Don R. Clayton stand auf wie in Trance. Er war kreidebleich geworden, doch er hatte sich rasch wieder unter Kontrolle. Ruckartig schnappte er sich die Plastikhülle mit dem Vertragsentwurf.

»Wollen Sie den nicht hier lassen?«, rief Geoffrey Burke spöttisch.

Clayton packte seine Sachen ein. Schon im Losmarschieren drehte er sich noch einmal um. »Ich muss Sie darauf aufmerksam machen, dass Sie mir nichts unterstellen sollten, was nicht den Tatsachen entspricht. Ich habe Ihnen ein Angebot unterbreitet. Das ist alles.«

»Aber natürlich! Ich weiß. Und ich habe sowieso keine Beweise. Wer sollte denn einem Spitzen-Anwalt wie Ihnen schon etwas anlasten können?«

Clayton grinste kühl. »In dem Punkt liegen Sie endlich mal richtig. Sie hören wieder von mir – in der einen oder anderen Form.« Clayton stelzte hinaus.

Geoffrey Burke hatte ein leeres Glas in der Hand, als Phil Decker das Büro betrat.

»Whisky«, gestand der Inhaber der Konzertdirektion mit einem gequälten Lächeln. »Den hatte ich wirklich nötig. Sie haben diesen Bastard nur um zwei Minuten verpasst.«

Phil klappte seinen Dienstausweis zu und steckte ihn in die Tasche. Er trat ans Fenster und blickte auf Manhattan hinaus. Auf der Sohle der Straßenschlucht krochen die Autos wie bunt lackierte Ameisen, aufgereiht an einer unsichtbaren Schnur. Die Third Avenue lag dort unten in tiefem Schatten. Das ging vielen Straßen in Manhattan so. Zwischen den Hochhäusern gab es Hinterhöfe, in die niemals ein Sonnenstrahl drang.

Und es gab die Schattenseiten der Gesellschaft in dieser Stadt.

Wie in jeder anderen Großstadt.

Die düstere Seite menschlicher Gier.

Ihr Name war Mafia.

Der G-man wandte sich dem Konzertmanager zu. »Ich nehme an, er hat Sie nicht direkt bedroht.«

»O nein, dazu ist er viel zu clever! Er hat mir einen Beteiligungsvertrag angeboten. Einfach so.« Burke berichtete. Zwischen den Sätzen musste er innehalten und Luft holen.

Die Aufregung, die er noch nicht bezwungen hatte, bereitete ihm Atemnot.

Phil nickte. »Es wird auf die übliche Weise laufen. Man wird versuchen, Sie massiv unter Druck zu setzen. Natürlich so, dass Navarro oder Clayton niemals etwas nachzuweisen ist. Ich schlage Ihnen Folgendes vor, Mr. Burke: Wir postieren FBI-Kollegen in Ihren Zweigbüros und Agenturen. Wie viele sind es?«

»Dreiundzwanzig, über das Stadtgebiet verteilt.«

»Gut. Die Kollegen müssten dort jeweils auch eine Übernachtungsmöglichkeit bekommen. Lässt sich das einrichten?«

»Aber natürlich!«

»Sie sind also einverstanden?«

»Mein Gott, im Augenblick wüsste ich nichts, worüber ich mich mehr freuen könnte!«

Der G-man zog die Schultern hoch. »Ich bin nicht sicher, ob es das reine Vergnügen wird. Wenn die Gangster gegen Ihre Büros schwere Geschütze auffahren, kann es durchaus sein, dass sogar meine Kollegen überfordert sind.«

Burke nickte. »Ich verstehe. Trotzdem bin ich bereit. Soll ich meine Mitarbeiter verständigen?«

»Wir werden das jetzt im Einzelnen durchgehen«, antwortete Phil.

Mein einziger Nachteil war, dass ich kein Musikinstrument spielte. Jessica hatte mir jedoch versichert, ich würde auch so einen prächtigen Geschäftsführer abgeben. Und wenn ich mich mal genauer umsehen würde in den Jazzlokalen Manhattans, dann würde ich jede Menge Inhaber und Geschäftsführer finden, die noch nicht mal wussten, wie der Grundakkord in B-Dur aussieht.

»Ted war eben ein einmaliger Ausnahmefall«, murmelte Jessica, als wir an diesem Nachmittag in ihrem Büro saßen und das Programm für die nächsten Tage durchgingen.

In dem kleinen Office standen zwei Schreibtische aneinander. Jessica und ich saßen uns gegenüber. Mit meinem Blick forschte ich in ihrem Gesicht. Sie blätterte in dem Vertrag, der für diesen Abend gültig war. Sie checkte nicht wirklich durch, was auf den lasergedruckten Seiten stand. Ihre Augen wirkten leer. Erst nach einem Moment spürte sie, dass ich sie musterte. Sie hob den Kopf und bemerkte meinen Blick.

»O mein Gott!«, hauchte sie und schlug die Hand vor den Mund. »So habe ich das nicht gemeint! Bitte entschuldige, Jerry!«

»Jack.«

Sie seufzte. »Ja, natürlich. Jack. Tut mir Leid. Ich hoffe, ich verplappere mich nicht bei der nächstbesten Gelegenheit.«

»Das wirst du nicht«, entgegnete ich lächelnd. »Solange ich in deiner Nähe bin, werde ich gut aufpassen.«

»Danke.« Sie brachte ein mattes Lächeln zu Stande. »Warte, lass mich wiederholen ...« Sie schloss die Augen einen Moment, um sich zu konzentrieren.

Dass es ihr schwer fiel, wusste ich. Sie würde Ted Williams' Tod nicht von heute auf morgen verkraften.

»Also, du stammst aus Hartford, Connecticut. Da hast du die letzten zwanzig Jahre deines Lebens verbracht, und zwar als Angestellter von Johnson, Lyndale and Partners. Das ist die größte Konzertdirektion in Hartford. Dein Name ist Jack Terrence, und dich gibt es wirklich. Du bist in Harpersvillage, Connecticut, geboren. Und du bist Junggeselle.«

»Na bitte!«, lobte ich sie. »Mehr brauchst du nun wirklich nicht zu wissen. Dass der wahre Jack Terrence mehr auf Rock und Pop spezialisiert ist, brauchen wir ja nicht unbedingt zu betonen.«

»Falls sich überhaupt jemand für den wahren Jack Terrence interessiert.«

»Richtig«, sagte ich. Jessica hatte Recht. Vielleicht würde es gar nicht so weit kommen, dass meine Legende auf die

Probe gestellt werden würde. Nichtsdestoweniger war diese Legende so hieb- und stichfest, wie man es sich nur wünschen konnte.

Jack Terrence war ein Schulfreund. Wir waren beide in Harpersvillage aufgewachsen, und wir ähnelten uns vom Typ her. Windermeere, der Maskenbildner des FBI-Distrikts, hatte nicht besonders viel Arbeit gehabt. Jack Terrence hatte ein ziemlich neues Schwarz-Weiß-Foto von sich per Scanner in das Grafik-Programm seines Computers gezogen und es per Datenübertragung einem unserer FBI-Computer herübergejubelt.

Windermeere war mit dem Foto zufrieden gewesen. Und er hatte als Erstes die Schere angesetzt. Ergebnis war, dass ich mich oberhalb der Ohren fast kahl fühlte. Denn Jack trug diese modische Frisur, die »Caesar« genannt wurde. Eine Vorstufe zum militärischen Borstenschnitt. Zum Ausgleich für die reduzierte Haarpracht schmückte sich Jack mit einem Schnauzbart. Der fiel dann umso dichter aus. Da mir die Zeit für den eigenen Bartwuchs fehlte, hatte Windermeere mir eine selbstklebende Oberlippenzierde verpasst.

Mit einem hellblauen Sommeranzug, einem waldmeistergrünen Seidenhemd und Schuhen wie aus Zitronenschale sah ich aus wie Jack, wenn er in der Musikszene von Hartford herumschlurfte.

In seiner Firma hatte er sich offiziell abgemeldet mit dem Hinweis, dass er den Job des ermordeten Ted Williams in New York übernehmen werde. Für ein paar Wochen, voraussichtlich. Über die Wahrheit informiert war nur Jacks Chef, Mr. Johnson von Johnson, Lyndale & Partners. Und nur Mr. Johnson wusste, dass der wahre Jack Terrence die Gelegenheit nutzte, um für seine Firma nach Europa zu fliegen und dort neue Kontakte zu knüpfen. In London und Dublin vor allem, wo es eine schillernde Rockszene gab.

Jessica tippte auf den Vertrag, den sie vor sich liegen hatte.

»Du hast die Zweitausfertigung in deinem Ordner. Ted

hat das Organisationsschema entwickelt. Wir müssen beide jederzeit über jeden Vorgang genau informiert sein. Nur dadurch ist gewährleistet, dass man sich gegenseitig vertreten kann. Und dass man sich den Musikern gegenüber einheitlich äußert.«

Ich blätterte in dem Ordner. »Sind das denn so krumme Hunde, dass sie einen ausnutzen würden, wenn sie einen Vorteil wittern? Oder dass sie einen von uns gegen den anderen ausspielen würden?«

»Ich würde es anders herum ausdrücken«, entgegnete Jessica. »Niemand, der im *TUXEDO* spielt, soll das Gefühl haben, es könnte Ungereimtheiten in der Vertragsabwicklung geben. Musiker sind sehr empfindliche Leute. Auch bei der Bemessung der Gagen muss man Fingerspitzengefühl haben. Selbst scheinbare Ungerechtigkeiten können zu schlimmen Auseinandersetzungen führen.«

»Ich bin sicher, wir werden uns gegenseitig ergänzen«, sagte ich zuversichtlich.

Ich fand den Vertrag. An diesem Abend und auch an den beiden kommenden Abenden spielte eine Band von der Westküste.

JOHNNY GILL'S CALIFORNIAN SUNSHINE BOYS

Eine Bigband in der Besetzung der zwanziger Jahre. Ihr Repertoire war Hot Dance Music aus eben jener Zeit. Etwas, das es heute nicht mehr gab, eine Stilrichtung zwischen Tanzmusik und Jazz. Die Band tourte an der Ostküste, kam von Atlantic City herüber, hatte zur Stunde wahrscheinlich schon ihre Hotelzimmer im Lexington bezogen.

Ich wollte Jessica fragen, worauf es bei dem Vertrag mit Johnny Gills Leuten ankam. Doch in diesem Moment meldete sich die Türsprechanlage mit einem Schnarren. Das *TUXEDO* war noch geschlossen. Lieferanten und andere Geschäftspartner mussten an der Seitentür klingeln.

»Wer sind Sie denn?«

Labella Marice musterte mich von Kopf bis Fuß und wieder aufwärts. Sie trug ein enges schwarzes Kostüm. Der Rocksaum umspannte ihre Schenkel zwei bis drei Handbreit über den Knien. Sie stand formvollendet auf dünnen, hohen Absätzen. Auf ihrem hochgesteckten schwarzen Haar thronte ein rundes rotes Ding, das aussah wie ein kantig gebügeltes Barett.

Ich kannte Labella, weil sie sich über die Sprechanlage angekündigt hatte. Sie war allein, hatte nur eine hellbraune Ledertasche unter dem Arm. Kein Leibwächter an ihrer Seite. Und erst recht nicht Ernie Navarro.

»Jack Terrence«, stellte ich mich vor und lächelte gewinnend. Jedenfalls war ich überzeugt, gewinnend zu wirken. »Ich bin der neue Geschäftsführer.«

»Hier?«, rief Labella spitz. »Im *TUXEDO?*«

»Sie haben doch nicht aus Versehen beim *PUSSYCAT THEATRE* geklingelt?«

Labella blinzelte. Ihr Gesicht färbte sich weiß und rot und wieder weiß. Sie machte den Mund auf und zu und erinnerte dabei an einen Fisch auf dem Trockenen.

»Ich hoffe, Ihnen ist das nicht passiert«, sagte ich rasch und ließ es fürsorglich-warmherzig klingen. »Wissen Sie, Miss Goodwin hatte deshalb schon oft Ärger. Wenn Künstlerinnen, die vom *TUXEDO* engagiert waren, den Klingelknopf verwechselten und prompt für Stripperinnen gehalten wurden.«

Labella verzog das Puppengesicht, offenbar, weil sie sich gerade vorstellte, selbst für eine Stripperin gehalten zu werden.

»Das ist ja zum Kotzen!«, sagte sie wenig damenhaft.

»Ist es«, nickte ich. »Wissen Sie, wem der Laden gehört?«

»Nein.«

»Mr. Navarro.«

»Was?«

»Ja, wirklich. Hat er es Ihnen nicht erzählt?«

»Nein!«, stieß sie entsetzt hervor.

»Machen Sie sich nichts draus«, riet ich väterlich. »So was gehört bei New Yorker Geschäftsleuten fast zum guten Ton – nebenbei einen netten kleinen Stripschuppen zu besitzen.«

»Na, dann!«, schnaufte sie. »Dann muss ich mich wohl damit abfinden – wenn ich es überhaupt glauben kann.«

»Es wird Ihnen nicht schwer fallen«, prophezeite ich. »Kommen Sie herein. Miss Goodwin ist schon sehr gespannt auf Sie. Man hört ja Großartiges über Sie.«

Labella fragte nicht, von wem. Vielmehr errötete sie. »Nun übertreiben Sie mal nicht«, zwitscherte sie mit gekonnt geschürzten Lippen.

»Ehre, wem Ehre gebührt«, erwiderte ich ölig und ließ einen anzüglichen Blick über ihre Rundungen gleiten. Ich registrierte, dass sie es mitkriegte. Das war die Sprache, die sie verstand. Sie sollte glauben, dass sie mindestens mich um den kleinen Finger wickeln konnte – einerlei, wie widerborstig sich Jessica auch verhalten mochte.

Ich schloss die Tür und schaltete die Sicherungssysteme wieder ein.

Labella erwiderte meinen Blick mit einem Augenaufschlag, bevor sie mir erlaubte, die Führung zu übernehmen. Die singende Mobster-Molly reagierte. Jetzt war sie überzeugt, bei mir einen Stein im Brett zu haben. Ich geleitete sie durch das Restaurant nach hinten und hoffte, dass sich Jessica inzwischen mit meinem Plan angefreundet hatte.

Natürlich konnte ich meine Arbeitgeberin auf Zeit verstehen, wenn sie Navarros Baby am liebsten die Augen ausgekratzt hätte. Doch dadurch wurde Ted Williams nicht wieder lebendig. Und außerdem verspielten wir dann die Chance, die ich erkannt hatte.

Wir betraten das Büro. Jessica beherrschte sich.

»Sie sind also die große Labella Marice«, sagte sie und bemühte sich, es so wenig spöttisch wie möglich klingen zu lassen.

»Groß will ich erst noch werden«, entgegnete Labella

kühl. »Und zwar mit Ihrer Hilfe, Miss Goodwin.« Sie stellte ihre Tasche auf die Kante von Jessicas Schreibtisch, zog einen dünnen Schnellhefter heraus und hielt ihn der Inhaberin des *TUXEDO* hin. »Damit Sie gleich Bescheid wissen. Das ist ein vorbereiteter Vertrag. Ich muss ihn unterschrieben zurückbringen.«

Jessica erbleichte. »Wer sagt das?« Sie kämpfte mit sich.

»Sie wissen, wer«, antwortete Labella grinsend.

Ich trat neben sie und nahm ihr den Schnellhefter aus der Hand. Sie sträubte sich nicht. Im Gegenteil, sie warf mir einen dankbaren Seitenblick zu.

»Wir werden schon sehen, dass wir das hinkriegen«, sagte ich gütig und zwinkerte Labella zu. »Ich schlage vor, wir legen erst mal einen Auftrittstermin fest - einen ersten Auftrittstermin -, und dann gehen wir zum üblichen Vorsingen nach oben. Da lernen Sie dann gleich schon mal die Bühne kennen, Miss Marice.«

»Sagen Sie Labella zu mir«, hauchte sie und widmete mir einen dankbar schmachtenden Blick.

Ich nickte und lächelte. »Ich heiße Jack, und meine entzückende Chefin ist Jessica. Passt auf, ihr beide werdet noch die besten Freundinnen.«

Jessica rang sich ein gequältes Zustimmen ab.

Ich legte den Schnellhefter auf meinen Schreibtisch. »Wir kommen dann anschließend hierher zurück«, entschied ich. »Und machen Sie ich keine Sorgen wegen des Vorsingens, Labella. Es ist nur eine Formsache, wirklich nur eine Formsache. Jessica und ich wissen schließlich, was wir unseren Geschäftsfreunden schuldig sind.«

Labella strahlte.

Jessica verdrehte die Augen, als ich sie ansah. Bevor Navarros Baby es mitkriegen konnte, setzte sie wieder eine unbeteiligte Miene auf.

»Also, dann wollen wir mal«, ächzte Jessica und erhob sich hinter ihrem Schreibtisch.

Ich nickte ihr anerkennend zu, weil sie sich nun doch entschlossen hatte, gute Miene zum bösen Spiel zu machen. Jessica ging voraus. Ich wusste, dass es ihr am leichtesten fiel, wenn sie das schwarzhaarige Girl nicht auch noch ansehen musste. Doch Labella hatte ohnehin nur Augen für mich. Die vermeintliche Fürsorge, die ich ihr widmete, sog sie auf wie ein trockener Schwamm die ersten Regentropfen.

Handwerker hatten den ganzen Vormittag und auch am frühen Nachmittag im *TUXEDO* gearbeitet. Im Restaurant waren die Schäden bereits behoben. Im ersten Stock waren die Einschusslöcher provisorisch abgedichtet worden. Wer nicht wusste, wo sie sich befanden, entdeckte sie ohnehin nicht.

Labella ergriff meinen Arm, als sie die Bühne sah. Jessica ging bis an den Bühnenrand, ohne sich umzudrehen. Ich langte mit der Rechten um mich herum und strich beruhigend über Labellas Hand.

»Keine Angst«, sagte ich beruhigend. »Haben Sie gewusst, dass sogar Louis Armstrong Lampenfieber hatte – auch dann noch, als er schon ein Weltstar war?«

»Nein!«, wisperte sie und sah mich aus großen, furchtsamen Augen an.

Ich legte noch eins drauf. »Ich weiß jetzt schon, dass ich Ihr Fan werde!«, sülzte ich. »Das ist keine leere Versprechung.«

»Wirklich nicht?« Für die Dauer eines Atemzugs wurde ihr Blick schwül.

»Nein«, sagte ich. »Wirklich nicht.« Im Grunde war es sogar die Wahrheit, was ich sagte. Labella konnte mich tatsächlich beim Wort nehmen.

Jessica lehnte sich an die Balustrade und drehte sich um.

»So, dann bin ich mal gespannt«, sagte sie eisig.

Labella nickte entschlossen, und mit energischem Schwung ihrer hinteren Rundungen steuerte sie auf den Flügel zu. Mit Trotz in der Miene setzte sie sich an das riesige Instrument, klappte den Deckel auf und legte los.

Ich stellte mich neben Jessica, als die ersten Akkorde

durch den noch leeren Konzertraum hallten. Rhythmus war es, immerhin. Sehr schlicht. Umpah-Musik nannte man so was bei uns. Was nicht in jedem Fall abwertend gemeint war.

Nach ein paar Takten hörte Labella wieder auf.

»War nur ein kleines Vorspiel«, sagte sie und sandte mir einen tiefen Blick zu. Dabei öffnete sie den Mund, und ihre Zungenspitze erschien für einen kurzen Moment.

Ich fragte mich ernsthaft, ob sie es sich leisten konnte, mit dem Feuer zu spielen. Wie würde ein eifersüchtiger Navarro reagieren?

Okay, dachte ich, hoffentlich so, wie du es dir ausrechnest, Alter!

»Jetzt kommt ein richtiges Lied«, fuhr Labella fort und sah dauernd nur mich an. »Es heißt *Up the Hills,* und ich habe es selbst geschrieben! Text und Musik von Labella Marice!« Sie lachte, klatschte in die Hände und griff in die Tasten.

Akkordfolge und Tempo waren ähnlich wie bei ihrem Vorspiel. Und Labella sang.

»… yeah, take me up to the – yeah – Black Hills – the Black Hills – yeah – down there in Dakota …«

Jessica musste sich abwenden, um nicht laut loszuprusten. Während sie auf einen der Tische zuging und sich den Bauch hielt, hörte ich Labellas Eigenkomposition verzückt zu.

Mein Schwärmen beflügelte Navarros Baby. Ihre Stimme, die irgendwo zwischen Volkslied und Scheunenwalzer lag, wurde tatsächlich ein bisschen temperamentvoll.

Jessica beherrschte sich. Ich war froh darüber. Sie hatte sich auf einen Stuhl gesetzt und zündete sich eine Zigarette an. Wahrscheinlich sah sie keine andere Möglichkeit, sich auch weiterhin im Zaum zu halten.

Ich nickte ihr zu und ließ es so aussehen, als ob ich ihr zeigen wollte, wie sehr mich Labellas Vortrag beeindruckte. In Wahrheit bedankte ich mich dafür, dass Jessica es nun auf die humorvolle Art nahm. Es war die beste Voraussetzung dafür, dass mein Plan funktionierte.

Labellas Song klang aus.

Ihre Eigenkomposition war nach meinen Begriffen nichts anderes als das alte *Take Me Back To The Black Hills*, lediglich angereichert mit ein paar eingestreuten »Yeahs«.

Ich klatschte begeistert, als der letzte Akkord verklang.

»Fantastisch!«, rief ich lärmend. »Das reicht, Labella. Jetzt gehen wir sofort runter und machen den Vertrag!«

Sie sprang auf, trippelte herüber und fiel mir um den Hals – über die Balustrade hinweg.

Was, zum Teufel, wollte ich mehr!

Die Canal Street ist eine der wichtigsten Querverbindungen im südlichen Manhattan und eine belebte Geschäftsstraße zugleich. Das hatten Phil und ich nun bereits den zweiten Tag als ständiges Bild vor Augen. Ein Bild, das auf die Größe eines Schaufensters beschränkt war. Und zwar von drinnen nach draußen gesehen.

Unsere Position war das Konzertbüro BURKE an der Canal, Ecke Lafayette Street. Ein Laden im Erdgeschoss eines alten Backsteingebäudes. Vorn arbeiteten zwei Angestellte. Zweigstellenleiter Harold Elkhart und Sachbearbeiterin Stella Tibbett. Phil und ich hatten sowohl im Hinterzimmer des Burke-Ladens als auch im Dachgeschoss des Hauses Stellung bezogen. Wir wechselten uns ab.

Am ersten Tag hatte Phil durch den offenen Durchgang nach vorn in den Laden gelinst und war aus dem Staunen nicht herausgekommen. Die Leute gaben sich die Ladentür in die Hand. Was hier an Konzertkarten verkauft wurde, war einfach unglaublich, und es ließ nur den einen Schluss zu: New York war und blieb doch die Kulturhauptstadt der Welt.

Am zweiten Tag ging Phil nach oben in den fünften Stock. Dort hatte uns der U-Bahn-Fahrer Joe Zukovsky seine Junggesellen-Wohnung zur Verfügung gestellt. Das Wesentliche an der Bude war, dass sie ein Erkerzimmer hatte. Drei winklig zueinander angeordnete kleine Fenster ermöglichten einen fantastischen Ausblick. Man kam sich da oben vor wie der Heckschütze in einer Fliegenden Festung, diesem mächtigen Bomber der US Air Force im Zweiten Weltkrieg.

Ich warf einen Blick auf die Armbanduhr.

Halb sieben.

In einer halben Stunde machten Harold und Stella Feierabend. Das war früh genug für mich, um mir den Schnauzbart über die Oberlippe zu pappen und Jack Terrence aus der Versenkung auftauchen zu lassen. Meinen Geschäftsführer-Job bei Jessica Goodwin brauchte ich erst dann anzutreten, wenn das *TUXEDO* öffnete. Bis dahin wechselten sich FBI-Kollegen stündlich bei der Beschattung Jessicas ab. Zu ihrer Sicherheit. Abends übernahm ich den Job.

Ich schlürfte lauwarmen Kaffee aus einem Pappbecher. Auf dem Bürgersteig vor dem Schaufenster waren lauter typische New Yorker unterwegs. Man erkannte sie an ihrer Eile. Morgens und tagsüber brachte sie der Job auf Trab. Abends waren es die vielen privaten Termine. Beim Freizeitvergnügen durfte man um Himmels willen nichts verpassen.

Auf den Fahrspuren der Canal Street dröhnten die Automotoren, schwach gedämpft durch das doppelte Fensterglas.

Im Laden feilschten sechs Youngster mit Harold und Stella um die letzten freien Billigplätze im Madison Square Garden. Am Freitag standen dort Guns'n'Roses auf der Bühne.

Ich knipste mir eine Zigarette an und schaltete das Walkie-Talkie auf Senden.

»Wie sieht's aus, Alter?«, fragte ich so gedämpft, dass ich das Palaver im Laden unmöglich übertönen konnte.

»Wie heute Morgen um neun«, antwortete Phil mit krächzender Membranstimme. »Nur sind die Leute müder.«

»Danke für die Information«, grinste ich das Gerät an. »Ohne deine wertvolle Hilfe wäre ich so ahnungslos wie Harry Miller aus Nebraska.«

»Dann sei froh, dass du in New York leben darfst und nicht in Nebraska dahindämmern musst.«

»Lass das mal den zuständigen Gouverneur in Lincoln hören.«

»Zum Glück verkehren wir nicht auf so hoher Ebene.«

»Heute bist du wild drauf, das letzte Wort zu haben, was?«

»So kannst du es ausdrücken.«

»Wär es trotzdem möglich, eine ernsthafte Auskunft von dir zu kriegen?«

»Brauchst mich nur zu fragen! Bei mir erfährst du alles, was du schon immer wissen wolltest.«

»Himmel!«, ächzte ich. »Wo soll das noch hinführen?«

»Also, etwas leichter müssten deinen Fragen schon sein.«

»Sag mal, du hast dich doch nicht etwa an Joe Zukovskys eisernen Alkoholreserven vergriffen?«

»Seit du gestern hier oben gehockt hast, ist ja nichts mehr vorhanden.«

Ich konnte Phil grinsen sehen.

»Na gut«, seufzte ich, »wir haben noch fünfundzwanzig Minuten. Wirst du es in der Zeit schaffen, mir zu sagen, was der Rest der Crew macht?«

Phil hatte außer dem Walkie-Talkie ein leistungsstarkes Koffer-Funkgerät oben in Joe Zukovskys Bude. Dort bekam niemand etwas mit, wenn wir den Lagebericht von den Kollegen einholten oder wenn sie sich von sich aus meldeten.

Ein Großeinsatz lief.

Sämtliche dreiundzwanzig Zweigbüros und Agenturen der Firma BURKE waren unter unserer Kontrolle. Jeweils zwei G-men bewachten die Läden der Konzertdirektion – unauffällig und nahezu unsichtbar wie Phil und ich.

»Ich habe den letzten Rundruf vor zwei Minuten beendet«,

antwortete mein Freund und Kollege nun wirklich ernsthaft. »Es gibt nirgends auch nur das geringste Anzeichen, dass sich was anbahnt. Keine lungernden Typen vor dem Laden, kein verdächtiges Fahrzeug. Einfach nichts.«

»Vielleicht müssen wir uns mit dem Gedanken anfreunden, dass es nicht unbedingt während der Geschäftszeit stattfindet. Sie können die Läden ja auch demolieren, wenn sie geschlossen sind.«

»Das würde bedeuten, dass wir unseren Job auf vierundzwanzig Stunden ausdehnen.«

»Nicht für mich. Ich hab ja noch meinen Nebenberuf.«

»Wusste ich es doch, dass du dich wieder irgendwie aus der Affäre …«

Phils Stimme war wie abgeschnitten.

Und es geschah innerhalb dieses Bruchteils einer Sekunde.

Im ersten Moment war es nur eine huschende Bewegung. Eine, die sich jäh aus dem Auf und Ab der Autos löste. Und dann ein plötzlicher starker Kontrast.

GUNS'N'ROSES war groß und gelb auf die Schaufensterscheibe gepinselt. Für mich in Spiegelschrift.

Und tiefschwarz schoss dieses Huschen darauf zu.

Mir blieb weniger als die Spanne eines Atemzugs, um zu begreifen.

Meine Reflexe kamen automatisch. Ich ließ das Walkie-Talkie fallen und blitzartig ruckte meine Rechte in Richtung Schulterholster.

Schreie gellten auf dem Bürgersteig.

Menschen flohen in wilder Panik, hasteten nach links, nach rechts.

Das Schwarz nahm Konturen an. Die Umrisse eines bulligen Geländewagens.

»Ein Jeep Cherokee!«, brüllte Phil scheppernd aus dem hingefallenen Gerät. »Der fährt ins Schaufen…«

Der Rest ging im Höllenlärm unter.

Ich schnellte los, in den Durchgang hinein.

Die Feilscher-Gemeinde im Laden kreischte vor Entsetzen.

Das Krachen der Schaufensterscheibe war wie eine Explosion.

Der Smith & Wesson lag wie von selbst in meiner Hand.

Gewaltige, stahlglänzende Stoßfänger trieben einen Schwall von Scherben vor sich her. Holzteile des Schaufensters zersplitterten. Die Schreie im Laden und auf der Straße wollten nicht enden. Riesengroß schob sich der Geländewagen in den Laden. Die Stahlschnauze kam zum Stehen. Die vorderen Türen flogen auf.

Mein Vormarsch endete mit einem federnden Satz breitbeinig hinter der Tresenkante mit dem 38er im Beidhandanschlag. Ich sah Harold und Stella in Deckung liegen. Auch die Youngster hatten sich flach gemacht. Endlich.

Hinter den dunklen getönten Scheiben des Jeeps kamen die Kerle zum Vorschein. Fahrer und Beifahrer. Und wieder schimmerte Stahl.

Waffenstahl diesmal.

Ich gab ihnen die Karenzzeit von einer halben Sekunde – vor allem, um mich zu vergewissern, dass ich in Notwehr handelte. Es waren schon Leute erschossen worden, die mit Spielzeugpistolen Überfälle begangen hatten.

Aber diese Dinger, die sie da durch den Winkel zwischen Tür und Karosserie stießen, waren echt. Hundertprozentig.

Ich schaffte es, ihnen mit einem Warnschuss zuvorzukommen.

Und dann schaffte ich es gerade noch, mich in Deckung zu werfen.

Aus dem Stahl in den Türwinkeln zuckten grellrote Blitze.

Feuerstöße.

Zwei Maschinenpistolen hämmerten.

Dagegen war die Explosion der Schaufensterscheibe ein

schlappes Patschen gewesen. Das Stakkato der Schüsse ballte sich zum Donner zusammen, der zwischen den Ladenwänden hin und her rollte. Wieder gellten Schreie, doch sie waren kaum zu hören. Umso mehr die schmetternden Einschläge der Geschosse. Sie pflügten splittrige Furchen in die Oberfläche des Tresens.

Ich sah Harolds und Stellas kreidebleiche Gesichter rechts von mir. Und ich wusste, dass mir weniger als ein Luftholen blieb, um zu reagieren.

Deshalb tat ich, was die Kerle nicht erwarten konnten.

Ihre MPis hörten nicht auf zu hämmern.

Ich kam halb hoch. So schnell ich konnte. In Sitzposition zog ich die Beine an, kreiselte halb herum und stieß mit beiden Füßen in das großflächige Regal unter den Tresen. Die Holzverkleidung zerbarst. Formulare und Briefbögen wirbelten durch das klaffende Loch hinaus.

Ich stoppte meinen Schwung, indem ich die Beine flach auf den Regalboden knallte. Im selben Moment hatte ich den Smith im Anschlag.

Die Gangster reagierten nicht schnell genug.

Ich zog durch.

Erst in diesem Moment sägten ihre Geschossgarben abwärts.

Mein 38er hackte hart und trocken in das Hämmern.

Splitternde und berstende Einschüsse rasten in der noch intakten Tresenvorderwand auf mich zu. Ich spürte das heiße Zischen der Geschosse und hörte, wie sie hinter mir in die Wand klatschten.

Währenddessen hörte ich nicht auf zu feuern.

Der 38er bäumte sich in meinen Fäusten auf und spie heißes Blei.

Mit der dritten Kugel schleuderte ich den Kerl aus dem Türwinkel an der Beifahrerseite. Er brüllte auf. Seine letzte MPi-Garbe ratterte in die holzvertäfelte Decke.

Ich schwenkte den Revolver und zog sofort wieder durch.

Eine zweite Stimme mischte sich in das harte Hacken

meiner Dienstwaffe. Es war die gleiche Tonlage. Der scharfe Tenor eines 38ers aus dem Hause Smith & Wesson.

Phil!

Trotz meiner Erleichterung feuerte ich die Trommel leer.

Der Fahrer des Jeeps wurde von der Wucht der Einschüsse hochgerissen. Seine MPi verstummte, als sie ihm aus den Händen fiel. Dann sank der Mann nach hinten weg. Er riss einen Prospektständer mit sich und ging in einem Wirbel von buntem Papier zu Boden.

Stille kehrte ein.

Ich war sofort auf den Beinen. Noch während ich mich umdrehte, schwenkte ich die Revolvertrommel aus und betätigte den Ejektor, um die leer geschossenen Hülsen aus den Trommelkammern zu stoßen. Mit dem Schnell-Lader füllte ich sechs fabrikfrische Patronen nach. Auf einen Schlag.

Phil nickte mir zu. Er war schon auf dem Weg in den Laden.

»Bleiben Sie liegen!«, rief er den Jugendlichen zu. »Nicht bewegen!«

Ich folgte Phil.

Eine Sekunde später konnten wir Entwarnung geben. Die Gangster waren bewusstlos, und wir hatten ihre Waffen gesichert. Beide Kerle waren schwer verwundet. Nicht so schwerwiegend jedoch, dass sie daran zu Grunde gehen würden. Sie würden es überstehen und vor Gericht aufmarschieren. Irgendwann. In naher Zukunft.

In der Shopping-Passage an der Pearl Street war es eine Agentur der Konzertdirektion BURKE, die von einem Zeitschriften- und Tabakwaren-Geschäft mit betrieben wurde. Von ihrer Größe und von der Lage her war die Agentur dem Zweigbüro an der Canal Street jedoch durchaus gleichzusetzen.

Der Laden, voll verglast wie alle anderen, befand sich im ersten Stock der Passage, nur wenige Schritte von einem Springbrunnen entfernt, der das optische Zentrum bildete, weil seine Fontäne vom Erdgeschoss bis in die Höhe der Galerie im ersten Stock reichte.

Die Spezialagenten Steve Dillaggio und Zeerookah hatten den Einsatz in der Passage übernommen. Steve und Zeery verbrachten mit den drei weiblichen Angestellten der Agentur nicht eine einzige langweilige Minute.

Wie an der Canal Street bahnte sich das Geschehen eine knappe halbe Stunde vor Ladenschluss an.

Die Besucher, die vor den Schaufenstern der Passage flanierten, hielten es für einen neuen Werbegag, als aus dem Fahrstuhl jenseits der Galerie ein Golfkarren herbeirollte. Die beiden Männer auf dem Karren trugen denn auch weiße Overalls mit dem Schriftzug eines Golfartikel-Herstellers. Aus den großen Köchern hinter ihren Sitzen ragten Bündel von Golfschlägern.

Als der elektrisch angetriebene Karren die Springbrunnen-Galerie hinter sich gebracht hatte, beschleunigte er auf einmal.

Die Menschen im ersten Stock der Passage wichen auseinander, hielten die rasante Fahrt aber immer noch für einen Bestandteil des beginnenden Werbegags.

Doch plötzlich fuhr der Golfkarren einen engen Bogen und raste auf den Laden mit der Agentur BURKE zu.

Der Rest spielte sich innerhalb von zwei Sekunden ab.

Krachend zersplitterte das getönte Schaufensterglas unter dem Anprall des Golfkarrens. Die Girls im Verkaufsraum warfen sich schreiend in Deckung. Die weiß Gekleideten hatten längst in die Köcher gegriffen und aus den Golfschläger-Bündeln dunkel schimmernde Maschinenpistolen hervorgeholt, und sie feuerten in die Ladenregale, noch bevor der Scherbenschwall zu Boden regnete. Schüsse und Schreie füllten die gesamte Passage mit höllischem Lärm aus.

Die wenigsten bekamen mit, was sich in diesen beiden Sekunden noch abspielte.

Die MPi-Schießer registrierten es mit Fassungslosigkeit.

Statt der Verkäuferinnen tauchten plötzlich zwei Männer auf – athletisch gebaut und elegant gekleidet. In flachem Sprung schnellten sie aus dem Hinterzimmer hervor, überschlugen sich rasant, federten noch und zogen im selben Moment durch, noch bevor die Karrenfahrer ihre MPis abwärts schwenken konnten.

Den Mann am Lenker erwischte es an der rechten Schulter. Die MPi flog ihm in hohem Bogen weg. Im selben Atemzug traf es seinen Nebenmann an der Hüfte und am linken Oberarm. Mit einem gellenden Schmerzensschrei krümmte er sich zusammen. Als der Fahrer mit der Linken den Lenker packte und sich krampfhaft festhielt, rutschte der Verwundete neben ihm in dem engen Raum vor dem Sitz.

Die G-men stellten das Feuer ein.

Unter einer Aufwallung verzweifelter Energie schaffte es der noch aufrecht sitzende Gangster, den Golfkarren aus dem Laden zurückzustoßen. Die Leute, die sich draußen hingeworfen hatten, schrien in neu aufflackernder Angst.

Wie unter einem aberwitzigen Zwang versuchte der Gangster, mit dem Golfkarren zu den Fahrstühlen zu fliehen.

Steve und Zeery waren aufgesprungen, folgten dem davoneilenden Karren mit schussbereiten Dienstrevolvern.

Das große Risiko war hier, Unbeteiligte zu treffen. Doch sie brauchten es nicht einzugehen. Denn noch weit vor der Galerie verlor der Verwundete den Karren aus der Kontrolle. In Schlangenlinien jagte das Gefährt auf das Geländer zu und durchbrach es.

Der Anprall klang wie ein scharfer Knall. Die Eisenstäbe und -bänder zerrissen. Mit aufheulendem Elektromotor segelte der Golfkarren abwärts – und hieb die Springbrunnen-Fontäne platt. Die beiden Gangster hatten das

Glück, nicht unter ihrem Kleinfahrzeug begraben zu werden. Es landete auf den Rädern. Das Wasser spritzte nach allen Seiten weg wie ein schillernder Teller.

Oben blickten die G-men über das zerborstene Geländer.

Zeery hatte bereits das Walkie-Talkie auf Senden geschaltet.

An der West 42nd Street war es ein Zweigbüro, nur einen Steinwurf vom Times Square entfernt. Die FBI-Agenten Joe Brandenburg und Floyd Winter gingen hier nach dem gleichen Einsatzplan vor, wie er für alle dreiundzwanzig BURKE-Läden entwickelt worden war.

Und eine seltsame Ironie des Zufalls wollte es, dass auch die Gegenseite nach einem Plan vorging, der in allen dreiundzwanzig Fällen sehr ähnlich aussah.

Es sollte ein spektakulärer Schlag gegen die Konzertdirektion werden.

Dass es ein spektakulärer Fehlschlag wurde, wussten die Drahtzieher zu diesem Zeitpunkt noch nicht.

Das Zweigbüro an der West 42nd Street bestand aus zwei nebeneinander liegenden Räumen mit zwei Schaufenstern. Das linke davon war mit Konzertplakaten restlos zugeklebt.

Ein grüner Chevrolet Pickup scherte aus dem laufenden Verkehr aus. Der Fahrer wählte logischerweise das rechte Schaufenster, durch das er freien Blick in den Laden hatte. Der Beifahrer feuerte bereits in die Regale und Prospektständer, als die Scherben des Doppelglases noch herunterklirrten. Unterdessen konzentrierte sich der Fahrer darauf, den Pickup so rechtzeitig zum Stehen zu bringen, dass er im Handumdrehen zurücksetzen und die Flucht ergreifen konnte.

Überflüssig.

Joe Brandenburg und Floyd Winter hatten im Nebenraum gewartet und waren präzise im richtigen Augenblick zur Stelle.

Ihre Schüsse bereinigten die Situation innerhalb von Sekundenbruchteilen.

Kampfunfähig geschossen, kippte der Beifahrer nach rechts aus dem Wagen. Der Fahrer sackte über dem Lenkrad zusammen.

Die beiden G-men entwaffneten die Bewusstlosen und verständigten erst ihre Kollegen Cotton und Decker an der Canal Street über Funk, danach die Cops vom zuständigen Revier Midtown South.

An der Canal Street liefen die Funkmeldungen jetzt Schlag auf Schlag ein. Im FBI-Distriktgebäude an der Federal Plaza hatte John D. High bereits alle Vorbereitungen für eine außerplanmäßige Pressekonferenz getroffen. Helen, seine Sekretärin, schickte eine Fax-Rundsendung an die Polizeireporter der Tageszeitungen, der Illustrierten, der Radiostationen und der Fernsehsender.

Die beiden Männer hatten es sich auf der rückwärtigen Terrasse der Villa gemütlich gemacht. Im Außenkamin prasselte ein Feuer, die Flammen züngelten um armlange Birkenscheite. Die Terrasse war überdacht. In den Boden eingelassene Glaswände konnten hydraulisch hochgefahren werden, sodass in Minutenschnelle ein Wintergarten entstand. Doch dazu bestand an diesem Juniabend keine Notwendigkeit.

Während die Sonne hinter dem westlichen Horizont versunken war, strahlte das Mauerwerk der Villa noch die tagsüber gespeicherte Wärme aus. Nur allmählich war die Abenddämmerung hereingebrochen. Bis es endgültig dunkel wurde, würde es noch eine Weile dauern.

Ernie Navarro hatte den tragbaren Fernseher oben auf den Barwagen gestellt. Der Lokalsender WNBC lief mit heruntergedrehtem Ton. Eine Reportage. Es ging darum, welche Möglichkeiten Touristen und Einheimische hatten, auf Long Island den Traditionen des Walfangs nachzuspüren.

Navarro und Clayton saßen in weichen Sesseln. Beide rauchten Zigarillos und tranken sizilianischen Weißwein aus dem fahrbaren Weinkühlschrank.

»Ich hätte nicht herkommen sollen«, sagte Clayton, während er seinen Blick über die parkähnliche Gartenlandschaft aus Rasen und Ziersträuchern gleiten ließ. Die Nachbargrundstücke hinter den hohen Buschwällen schienen endlos weit entfernt.

»Du spinnst«, brummte Navarro. »Labella ist nicht da. Also kann es auch keinen Streit geben, weil du sie mal wieder schlecht machen musst.«

Clayton grinste und griff zu seinem Weinglas. »Komisch, dass dir das immer an die Nieren geht. Warum kannst du die Dinge nicht so sehen, wie sie sind? Labella ist eine mittelmäßige Sängerin. Auf einer Country-and-Western-Bühne könnte sie einigermaßen mithalten. Aber die New Yorker Szene ist eine Nummer zu groß für sie. Vor allem die Jazzszene. Sie wird sich lächerlich machen. Das solltest du ihr ersparen.«

»Unsinn!«, blaffte Navarro. »Ich mache einen Star aus ihr. Männer wie ich haben schon ganz andere Stars aufgebaut.«

»Okay, du bist der Boss. Aber ich denke, ich sollte jetzt doch langsam verschwinden …«

»Warum, zum Teufel?«

»Ich könnte gesehen worden sein, als ich herkam. Ausgerechnet heute Abend bin ich hier – wo wir zum entscheidenden Schlag gegen Burke ausgeholt haben. Es wäre besser, ich bin zu Hause, wenn die Cops oder die G-men anrufen.«

»Quatsch! Du bist mein Rechtsberater, und du bist jeden Tag hier. Und außerdem«, Navarros Lachfaltengesicht verzog sich zu einem breiten Grinsen, »wüsste ich nicht, was wir mit der Sache zu tun haben sollten, die da heute Abend läuft.«

»Ich weiß es auch nicht.« Clayton erwiderte das Grinsen des Top-Mobsters. »Aber unsere Freunde vom FBI werden der Sache auf den Grund gehen wie bissige Hofhunde. Vergiss nicht, dass Burke sie schon um Hilfe angebettelt hat. Und sie haben ihm Hilfe zugesagt!«

»Na und? Das kratzt mich ungefähr so viel, wie wenn in Peking eine Rikscha Plattfuß kriegt.«

»Sieht so aus«, feixte Clayton, »als ob mit deinem Optimismus überhaupt nichts schief gehen kann.«

»Verlass dich drauf«, bekräftigte Navarro. Er sah auf seine Rolex. »Ich nehme an, die ersten Erfolgsmeldungen werden jeden Moment eingehen.«

»Das nehme ich auch an.« Clayton deutete auf den Bildschirm. Dort erschien das Nachrichtenlogo von WNBC. »Vielleicht kriegen wir die guten Neuigkeiten ja auch per Antenne geliefert.«

Navarro wandte sich interessiert dem Fernsehapparat zu. James O'Rourke, der Sprecher dieser Woche, erschien mit seiner gewohnten Katastrophenmiene. Keiner verstand es wie er, schlimme Geschehnisse schon durch einen gequältbestürzten Gesichtsausdruck anzukündigen.

»Ah!«, rief Navarro. »Das sieht schon mal nach einer dicken Sache aus!«

Guten Abend, liebe Zuschauer. Aus dem Newsroom von WNBC Local schalten wir heute Abend direkt in das FBI District Office. Dort hat in dieser Minute eine Pressekonferenz begonnen, die vom Special Agent in Charge, Mr. John D. High, persönlich geleitet wird. Doch zuvor …

»Hä?«, entfuhr es Navarro. »Was, zum Teufel …«

Clayton erlaubte es sich, seinen Arbeitgeber mit einer Handbewegung um Ruhe zu bitten.

… sehen Sie einige Bilder, die an diesem Abend Manhattan und weitere Stadtbezirke in den übrigen vier Boroughs erschüttert haben …

O'Rourke wurde ausgeblendet.

In der ersten Aufnahme fuhr die Kamera über einen vor Nässe glitzernden roten Fliesenboden. Dann richtete sich der Aufnahmewinkel höher und erfasste einen rauschenden

Wasserschwall. Oben drüber, auf Wasserpflanzen und Natursteinen gebettet, thronte ein Golfkarren.

Die Männer, die diesen Karren gefahren haben, befinden sich bereits im Gefängnishospital auf Rikers Island, sagte O'Rourke mit der eindringlichen Stimme eines Sportreporters, der seinen Zuschauern die Hintergründe über einen Wechsel in der Mannschaftsaufstellung zuraunt.

»Nein!«, keuchte Navarro. Er packte die Armlehnen seines Sessels mit beiden Händen. Seine Fingerknöchel wurden zu weißen Hautflecken.

Clayton biss sich auf die Unterlippe.

Die zweite Aufnahme zeigte den Pickup im BURKE-Zweigbüro an der West 42nd Street. Dann folgte das dritte Bild. Es kam aus der Canal Street. O'Rourke wurde wieder eingeblendet.

Insgesamt dreiundzwanzig Agenturen und Zweigstellen der Konzertdirektion Burke, verehrte Zuschauer, wurden vor etwa einer Stunde überfallen – und zwar zeitgleich. Alles sah nach einem generalstabsmäßigen Großangriff aus. Doch wer immer dahinter stecken mag – er dürfte die größte Pleite seines Lebens zu verdauen haben.

»Nein!«, schrie Navarro. »O Hölle, das darf doch nicht …«

Wieder ließ er sich von Clayton mit einer Handbewegung zum Verstummen bringen.

Denn in allen dreiundzwanzig Fällen konnten die Täter festgenommen werden. Dabei gab es keinen einzigen Toten. Wir schalten jetzt um ins FBI-Gebäude …

Navarro sackte in sich zusammen. Sein Atem ging stoßweise. Mit hervorquellenden Augen starrte er auf den Bildschirm, auf dem nun in Großaufnahme sein Erzfeind erschien.

John D. High.

Ich bin besonders stolz darauf, sagte der Chef des FBI-Distrikts, *dass es meinen Männern gelungen ist, sämtliche Täter lediglich kampfunfähig zu schießen. Es war ein Erfolg auf der ganzen Linie. Wir haben sechsundvierzig Festnahmen – und keinen einzigen Toten ...*

Aufgeregte Reporterstimmen überschrien den Vorgesetzten der New Yorker G-men. Das Stimmengewirr wurde zum Chaos. Mehrere Sekunden lang. Die Spezialagenten Dillaggio und Zeerookah, die neben High und seiner Sekretärin auf dem Podium saßen, versuchten vergeblich, für Ruhe zu sorgen. Betrachtete man die Aufregung als ein Barometer, dann zeigte es glasklar an: Eine derartige Sensation gab es selten während einer Pressekonferenz des FBI. Hier war den G-men ein besonders spektakulärer Schlag gelungen.

Die Medien würden verrückt spielen. Extrablätter der Zeitungen waren zu erwarten. Sondersendungen der Fernsehsender. Die Radiostationen würden als Erste mit ausführlichen Berichten auf den Markt gehen.

Ernie Navarro rang nach Atem. Sein Gesicht war kalkweiß und von Schweißperlen bedeckt. Er hielt den Mund weit geöffnet und schien trotzdem nicht genug Luft zu bekommen.

Auch Don R. Clayton war mittlerweile bestürzt. Er beugte sich vor und starrte auf den Bildschirm. Das Gebrüll der Journalisten ließ etwas nach, und die einzelnen Fragen waren zu verstehen.

»Wer steckt hinter diesem Anschlag?«

»Wo befinden sich die Festgenommenen? Im Gefängnis-Hospital?«

»Wurden Unbeteiligte verletzt?«

»Können Sie Namen nennen?«

Unvermittelt hörte Clayton Navarros Röcheln. Der Anwalt wandte sich ruckartig zur Seite. Er fluchte, als er den Top-Mobster sah. Ernie hatte sich in der letzten Zeit körperlich übernommen, hatte nicht wahrhaben wollen, dass er 48 war. Clayton schaltete den Fernseher leiser und griff sich das schnurlose Telefon. Er wählte den Hausanschluss des Butlers.

»James! Hier Clayton. Rufen Sie den Hausarzt. Aber presto! Sieht so aus, als ob ihr Boss seinen Kreislauf nicht mehr unter Kontrolle hat.«

Buhrufe und Pfiffe tönten durch den ersten Stock des *TUXEDO*. Das Publikum des Jazzlokals stand unter Schock. Viele der Gäste saßen einfach mit offenem Mund da, starrten auf die Bühne und konnten nicht begreifen, was sich da abgespielt hatte. Die anderen, die ihrem Unmut Luft machten, wünschten sich Tomaten und Eier als Wurfgeschosse. Aber niemand war damit gerüstet, denn von Jessica Goodwins Programm war niemand bislang enttäuscht worden.

Labella Marice, noch am Flügel, zuckte bei jedem Pfiff und bei jedem Ruf zusammen. Ihre Augen waren groß und entgeistert, und ihr Schock war mindestens genauso stark wie der des Publikums.

Ich beobachtete das Geschehen durch einen Vorhangspalt hinter der Bühne. Labella wurde immer kleiner auf ihrem Klavierschemel. Jessica saß an ihrem gewohnten Tisch. Ich sah die Besorgnis in ihrem Gesicht, sah, wie sie sich auf die Unterlippe biss. Sie wusste, dass sie etwas tun musste. Sie würde eine Erklärung finden müssen. Wir hatten darüber gesprochen. Die beste Variante würde sein, Labella als eine Nachwuchs-Sängerin zu bezeichnen, der man eine Chance geben wollte. Vielleicht half anschließend noch die Bitte, nicht zu hart zu ihr zu sein. Wenn man die Zuhörer um Verständnis bat, würden sie noch am ehesten einlenken.

Unvermittelt erblickte ich Phil. Er schlenderte durch die Tischreihen.

Er blickte wie zufällig herüber und nickte kaum merklich in meine Richtung. Er wusste, dass ich hinter der Bühne war, denn wir hatten alles abgesprochen, soweit es sich vorausplanen ließ.

Phil war zur Stelle, um Jessica zu beschützen. Er konnte jederzeit Verstärkung anfordern. Die Cops vom Revier Midtown South waren informiert und ebenso die Kollegen von der Nachtbereitschaft des FBI.

Ich konnte mich um Labella kümmern.

Nach dem Desaster dieses Abends würde sie seelischen Beistand brauchen.

Darauf beruhte mein Plan.

Phil setzte sich zu Jessica an den Tisch.

Auf der Bühne saß Labella noch immer wie erstarrt. Die Pfiffe und Buhrufe schienen kein Ende nehmen zu wollen. Plötzlich erwachte die Schwarzhaarige. Tränen schossen ihr aus den Augen. Sie sprang auf, dass der Schemel hinter ihr wegkippte. Sie trug ein enges Glitzerkostüm, doch das vermochte die Situation auch nicht mehr zu retten. Im Nebenraum lachten die Musiker, die ihr zuliebe eine Pause eingelegt hatten. Dorthin konnte sie nicht fliehen.

Sie wählte den Vorhang, wie ich vermutet hatte.

Ich wich rechtzeitig zurück. Als sie mich im Licht des Korridors erblickte, stieß sie einen leisen Aufschrei der Erleichterung aus. Und wie selbstverständlich flog sie mir in die Arme. Ihr Körper bebte.

»Schon gut, schon gut«, sagte ich gütig und strich ihr über das Haar und über die Schultern. »Das bringen wir schon in Ordnung, Kleines. Keine Sorge. Enttäuschungen erlebt jeder mal! Die sind dazu da, dass man sich über die nächste positive Sache umso mehr freuen kann.«

Sie schluchzte wie unter Krämpfen, barg den Kopf an meiner Schulter. Es würde eine Weile dauern, bis sie sich beruhigte.

Einerseits tat sie mir Leid. Nur ein bisschen jedoch. Für das, was sie getan hatte und was ihr geschehen war, war sie selbst verantwortlich. Vielleicht hatte sie sich von Navarro dazu anstacheln lassen, okay. Aber das allein reichte nicht aus, um sich so bloßzustellen. Sie musste es schon selbst gewollt haben.

Und sie war die Molly eines Mobsters.

Das war eine der entscheidenden Tatsachen.

»Bitte!«, schluchzte sie. »Bitte, Jack! Bringen Sie mich von hier weg!« Sie hob den Kopf, blickte aus tränennassen Augen zu mir auf. »Tun Sie mir den Gefallen?« Sie schniefte. »Ich kann jetzt einfach nicht allein sein. Und – ich – kann auch nicht nach Hause …«

Sie mochte Ernie also nicht unter die Augen treten. Innerlich beglückwünschte ich mich. Es lief fantastisch.

»Kein Problem«, sagte ich großspurig. »Für dich würde ich nun wirklich alles tun.«

Unter dem Tränenschleier ihrer Augen entstand ein neuer Glanz. Und ein Glitzern – noch sehr klein, kaum erkennbar in der Tiefe ihrer Pupillen.

Sie war ein triebhaftes Mädchen, sonst hätte sie sich nicht mit Navarro eingelassen. Was da glitzerte, durfte ich getrost als ihr Verlangen einstufen. Es wuchs. Es war vorhanden – trotz der Demütigung, die sie gerade hatte einstecken müssen.

Sie hauchte mir einen Kuss auf die Wange. »Ich danke dir!«, flüsterte sie. »Oh, ich weiß noch gar nicht, wie ich dir danken soll!«

»Dir wird schon was einfallen«, entgegnete ich und grinste. Ich trat an ihre Seite und legte den Arm um ihre Schultern. »Okay, dann wollen wir mal, was? Mein Wagen steht an der Sechsundvierzigsten, gleich um die Ecke.«

Sie nickte so willig und dankbar, als ob ich sie aus der heißesten Kampfzone eines osteuropäischen Bürgerkriegslands retten würde.

Wir nahmen den Weg durch das Treppenhaus. Das *PUSSYCAT THEATRE* war vorerst geschlossen worden. Ob es jemals wieder öffnen würde, war fraglich. Die Ordnungsbehörde der Stadtverwaltung hatte einen Dreh gefunden, den Laden wegen mangelnder Hygiene dichtzumachen. Die Renovierung, genau nach Vorschrift, würde eine sechsstellige Summe verschlingen. Wahrscheinlich würden Büroräume daraus werden, denn die ließen sich mit weniger Aufwand einrichten.

Auf den Bürgersteigen herrschte der abendliche Betrieb, wie er für den Theater-Distrikt typisch war. Elegant gekleidete Menschen, nach dem letzten Vorhang unterwegs zu den vorbestellten Restaurantplätzen, gaben Manhattans Midtown und dem Broadway einen Hauch jenes Glanzes zurück, für den dieser Stadtteil immer berühmt gewesen war.

Ich hatte dieses Gefühl. Es begann, noch bevor wir die 46th Street erreichten, und es hörte nicht auf.

Es war dieses Kribbeln im Nacken.

Das Gefühl, beobachtet zu werden.

Jemand aus dem *TUXEDO* konnte uns gefolgt sein. Zwar hatte uns niemand aus dem Publikum weggehen sehen. Aber vielleicht hatte es sich einer an zehn Fingern ausgerechnet.

Zügig führte ich Labella auf den blauen Ford Crown Victoria zu, den ich als Jack Terrence fuhr. Der Wagen stammte zwar aus der FBI-Fahrbereitschaft, war jedoch mit einem Connecticut-Kennzeichen ausgerüstet. Und bei einer Anfrage würde die Zulassungsstelle in Hartford den Crown als Eigentum eines gewissen Jack Terrence bestätigen. Solche Feinheiten vermochten die Legendenbastler des FBI im heutigen Zeitalter der Datenübermittlung mühelos und blitzschnell zu arrangieren.

Als ich Labella einsteigen ließ und dann auf die Fahrerseite des Wagens wechselte, sah ich mich unauffällig um. Aber die Zeit reichte nicht, um jemanden zu entdecken. Keine dunkle Gestalt in einem Hauseingang. Kein Fußgänger, der durch besondere Langsamkeit aufgefallen wäre.

Trotzdem blieb dieses Kribbeln im Nacken auch dann, als ich den Wagen schon anrollen ließ.

Ernie Navarro erwachte aus seiner Kreislaufschwäche wie aus einer vorübergehenden Geistesabwesenheit. Er blinzelte angestrengt, und sein Verstand holte ihn nach und nach in die Gegenwart zurück. Er stellte fest, dass er in dem weichen Terrassensessel hing, in dem er auch vorher schon gesessen hatte. Er fühlte sich schlapp und elend, doch mit jedem Atemzug wurde es besser. Er spürte den feinen Schmerz in der Armbeuge. Sofort war sein Erinnerungsvermögen wieder da.

Dr. Bonaiuto war gekommen, hatte ihm die Injektion gegeben und ihn gerade noch vor einer Ohnmacht bewahrt.

Navarro wusste allerdings, dass er wohl etliche Minuten fast weggetreten gewesen sein musste. Er hatte nicht mehr mitgekriegt, wie James den Doc nach getaner Arbeit hinausgeführt hatte.

Es war inzwischen dunkel geworden. Die Außenbeleuchtung war eingeschaltet.

Navarros Blick erfasste Don Clayton, wie er in seinem maßgeschneiderten grauen Anzug am Rand der Terrasse herumspazierte. In der einen Hand hielt Clayton ein halb gefülltes Longdrinkglas, in der anderen einen dünnen schwarzen Zigarillo, von dem ein weißgrauer Rauchfaden aufstieg.

Der nächste Blick des Top-Mobsters fiel auf den Fernsehapparat.

Die Kiste war ausgeschaltet.

Augenblicklich geriet Navarros Blut in Wallung. Und er brüllte los: »Schalt den Apparat wieder ein! Verdammt noch mal, wer hat was von Abschalten gesagt? Hier gibt nur einer Anweisungen, und das bin …«

Das Telefon ließ ihn verstummen.

»Soll ich rangehen?«, fragte Clayton, der sich müde grinsend zu Navarro umgedreht hatte.

»Nein, mach ich selber.« Schnaufend streckte Navarro den rechten Arm aus. Er erreichte den tönenden Apparat selber nicht.

Clayton war bereits unterwegs. Er nahm das Telefon vom Tisch auf, drückte die Sprechtaste und sagte: »Einen Moment, bitte.« Dann übergab er den Apparat an Navarro.

»Hallo!«, bellte der Mob-Boss gereizt.

»Ich bin es, Ruscoe.« Hohle Hintergrundgeräusche zeigten an, dass er ein Autotelefon benutzte. In einem fahrenden Wagen.

»Ja, und?«

»Was soll das?«, knurrte der Killer. »Verarschen kann ich mich selber. Und wir sind nicht verheiratet. Klar?«

»Klar«, fauchte Navarro. »Aber ich werd ja wohl fragen dürfen, weshalb du anrufst.«

»Hast du jemals erlebt, dass dich einer anruft und nicht sagt, warum?«

»Wenn einer falsch verbunden war.«

»Okay. Aber das bin ich nicht, glaube ich.«

»Sieht nicht so aus.«

»Und wir hatten vereinbart, dass ich nur anrufe, wenn es was Wichtiges gibt - mit Labella ...«

»Labella!«, stöhnte Navarro. »Was ist mit ihr?«

»Sag mal, hast du deinen Grips in der letzten Stunde mit Whisky zugeschüttet, oder was? Wir hatten abgemacht, dass ich auf Labella aufpasse, wenn sie in diesen Jazzschuppen geht ...«

»Stimmt, verdammt. Ausgerechnet heute Abend musste sie das machen. Ausgerechnet heute Abend. Dabei müsste sie jetzt hier sein. Weil ich sie jetzt brauche, verdammt noch mal.«

»Du kannst den Hals wohl nicht voll kriegen, was?« Der Killer lachte rau. »Im Moment ist die kleine Süße jedenfalls nicht verfügbar. Die zieht nämlich gerade mit dem Geschäftsführer von dem Schuppen los. In seinem Wagen, und ich hänge dran. Richtung Norden, Upstate. Wir sind schon kurz vor Yonkers.«

»Waaas?«, flüsterte Navarro.

»Labella fährt mit dem Typ nach Norden«, wiederholte

Ruscoe. »Und ich muss dir noch was sagen, Ernie. Dieser Bursche nennt sich Jack Terrence. Aber ich glaube, das ist nicht sein richtiger Name. Du weißt, wozu diese Kerle vom FBI fähig sind. Die legen dir die tollste Maskerade hin, na ja, wem sag ich das. Also – von der Größe her und vom Körperbau könnte Freund Terrence durchaus Cotton sein.«

Navarro erbleichte von neuem. Er brauchte einen Moment, ehe er wieder klar denken konnte. »Schick mir seinen Skalp, per Express!«

Ich benutzte die Abfahrt des Interstate Highway 87 kurz vor Ardlsey, gut zwei Meilen nördlich von Yonkers. Der Ford schnurrte fast lautlos über die Betonfahrbahn. Labella hatte einen Radiosender eingeschaltet, der Countrymusik brachte. Sie summte leise mit und schien sich besser zu fühlen, nun, nachdem sie in die musikalische Landschaft zurückgekehrt war, die zu ihr passte.

»He!«, rief ich unvermittelt. »Wär das was? Oder wär das nichts?«

Labella fuhr hoch. Ich zeigte ins Scheinwerferlicht. Ein Hinweisschild schälte sich am Fahrbahnrand heraus.

HUDSON VALLEY MOTEL

Ein Pfeil unter der Schrift zeigte an, dass die Autofahrer-Herberge über die nächste Abzweigung rechts zu erreichen war. Darüber, dass es etwas in dieser Art sein sollte, waren Labella und ich uns bereits einig geworden.

»Das ist es!«, rief sie begeistert und klatschte in die Hände. »O Baby, das ist es! Yeah, das ist es!«

»Na, prima«, grinste ich und befürchtete einen Moment lang, sie würde in die Black Hills of Dakota ausbrechen – gesangsmäßig. Aber sie verschonte mich.

Vielmehr ließ sie sich in den Sitz zurücksinken und genoss die dahinperlende Musik aus dem Mittleren und Fernen Westen.

Ich betätigte den Blinker und zog den Ford nach rechts. Hohe Platanen säumten die Zufahrt. In den Lichtkegeln der Scheinwerfer standen die Baumstämme dicht an dicht und wirkten wie eine massive Wand. Ich bemerkte Helligkeit im Innenspiegel. Etwas wie eine Lichtglocke, die aus dem Blickfeld glitt, zur Seite weg.

Die Zufahrt verlief jetzt schnurgerade. Am Ende, schätzungsweise dreihundert Yards entfernt, waren bereits die Pilzleuchten der Motelanlage zu erkennen.

Ich blickte erneut in den Spiegel, aber da war nichts mehr. Nur Dunkelheit hinter uns. Und ein bisschen ferne Helligkeit vom Highway.

Aus den Augenwinkeln heraus sah ich Labella. Sie hatte die Lider geschlossen und war voll in die Musik vertieft. Nach dem Schock auf der Bühne des *TUXEDO* musste es die beste denkbare Nervenberuhigung für sie sein.

Ich fuhr bis vor die Anmeldung des Motels. Von einem Rondell zweigten die Verbindungswege zu den einzelnen Gebäuden ab. Es waren Holzhäuser, dunkelbraun und mit Vordächern und Balustradengängen. Das Ganze machte einen westernartigen Eindruck. Labella musste sich wohl fühlen. Sie schien aber von ihrer Umgebung noch nichts wahrnehmen zu wollen, hatte die Augen noch immer geschlossen.

»Ich bin gleich wieder da«, sagte ich beim Aussteigen.

»Beeil dich«, murmelte sie schläfrig. »Ich kann es kaum noch erwarten, mit dir in die Koje zu steigen.«

Mir blieb fast die Spucke weg. Als Navarros Flittchen, das sie war, pokerte sie verdammt hoch. Sie musste sich darüber im Klaren sein, dass sie nie wieder zu ihm zurückkonnte. Aber vielleicht wollte sie nie wieder zu ihm zurück.

Als ich mich neben dem Wagen aufrichtete, glaubte ich etwas Dunkles, Glänzendes zu sehen – weit entfernt in der Zufahrt. Etwas wie dunkles Metall. Oder Lack. In den Ausläufern des Pilzleuchtenlichts hatte es einen Reflex verursacht. Möglicherweise. Ich bemühte mich, nicht zu genau hinzustarren. Doch ich war zugleich sicher, dass ich sowieso nichts mehr erkennen würde.

Was, zum Teufel, spielte sich da ab? Ein schwarzes Fahrzeug ohne Licht? Etwas in der Art? Kurvte es dahinten durchs Gelände?

Ich stiefelte in die Anmeldung und legte meine Kreditkarte vor. Der Nachtportier, ein grauhaariger Mann in Hemdsärmeln händigte mir den Schlüssel für Zimmer 3 in Haus A aus. Das war die erste Bude, gleich rechts, wenn man das Motelgelände erreichte.

Ich kutschierte Labella hinüber.

»Mach dich startklar, Baby«, feixte ich. »Gleich ist deine Kondition gefordert.«

»Na, da darf ich wohl gespannt sein«, entgegnete sie, richtete sich im Sitz auf und reckte ihren Busen vor.

Holundergebüsch rahmte das Motelgrundstück ein. Die Blütendolden leuchteten weiß im Abblendlicht. Haus A schien in dieser Nacht komplett unbewohnt zu sein. Es stand kein anderes Auto davor, und hinter keinem der Fenster brannte Licht.

Ich zog den Zündschlüssel ab. Der Motor stellte seinen nahezu geräuschlosen Betrieb ein. Labella stieß ihre Tür auf. Ich sah, wie sich die Holunderzweige bewegten. Und Labella war noch halb auf dem Sitz.

Mir blieb eine Hundertstelsekunde zur Entscheidung.

Warnendes Gebrüll hatte keinen Sinn.

Nichts hatte einen Sinn.

Deshalb tat ich das fast Unmögliche.

Ich stieß mich ab, mit aller Kraft.

Labella schrie erschrocken, als ich sie packte und aus dem Wagen rammte.

Sie schrie noch, als wir schon auf dem Betonpflaster landeten.

Ein gelbroter Blitz stach aus dem Holundergebüsch.

Ich umklammerte Labella und rollte mit ihr über den Beton.

Etwas orgelte über uns hinweg.

Ich nächsten Moment krachte es. Die Druckwelle schleuderte uns weiter von dem Ford Crown weg.

Labella schrie und schrie. Sie wand sich in meinen Armen, wollte sich losreißen. Ihr Gestrampel war kraftvoll. Ich musste alle Kraft aufbieten, um sie halb hochzuziehen und mit ihr unter das Vordach zu springen. Am Rand meines Blickfelds sah ich den Ford. Er stand in Flammen. Ein schwarzer Rauchpilz bildete sich bereits über dem düsteren Rot.

Die zweite Gewehrgranate schlug irgendwo in der Gegend von Zimmer 3 ein. Reiner Zufall. Der Schießer hatte seine Waffe nicht schnell genug herumgeschwenkt. Fenster und Tür flogen dort hinten auseinander. Eine Stichflamme schoss aus dem Dach, als die Explosion grollte.

Ich warf mich mit dem Rücken gegen die nächsterreichbare Tür. Splitternd gab sie nach. Ich riss Labella herum, in den Raum hinein. Und sofort zog ich sie quer hindurch. Ich machte mir nicht die Mühe, das hintere Fenster zu öffnen. Wir nahmen den direkten Weg. Durchs Glas.

Vom Scherbenregen begleitet segelten wir ins Freie.

Gerade rechtzeitig.

Hinter uns krachte Granate Nummer drei in den rechten Teil des Holzhauses. Die andere Hälfte stand bereits in hellen Flammen. Sengende Hitze breitete sich aus. Und die rötliche Helligkeit des Feuers. Ich zog Labella auf die Beine.

»Lauf!«, rief ich. »Los, mach schon! Da rüber!« Ich zeigte auf das Holundergebüsch, das sich auch hinter dem Gebäudekomplex erstreckte.

Labella schrie nicht mehr.

Sie gehorchte. Und das, obwohl ihre Beine weich wie Butter sein mussten.

Ich warf mich nach rechts herum und zog den Smith & Wesson, während ich loslief. Flammenschein und Hitze hüllten mich ein. Ich wechselte zum Rand des Gebüschs hinüber und umrundete die Gebäudeecke.

Und sah ihn.

Er hatte sich in seinen Wagen geworfen, einen schwarzen Jeep Wrangler.

Mit aufheulendem Motor brach der Geländewagen aus dem Gebüsch hervor, schwenkte herum und steuerte in meine Richtung.

Das Scheinwerferlicht erfasste mich, bevor ich mich in Deckung werfen konnte. Der Motor brüllte unter Volllast. Die grellweißen Scheinwerferaugen schienen mich versengen zu wollen.

Ich ließ den 38er hochfliegen. Mir blieb weniger als ein Luftholen. Ich zog durch, hielt den Revolver in der Visierlinie, zog noch einmal durch. Und ein drittes Mal.

Ich sah, wie Löcher in die Windschutzscheibe hineingestanzt wurden.

Ob ich den Killer erwischt hatte, wusste ich nicht.

Buchstäblich im letzten Moment warf ich mich zur Seite.

Er raste an mir vorbei. Der Motor brüllte noch immer. Prasselnd und berstend brach der Jeep in die Büsche. Erst nach zehn oder fünfzehn Yards brachten sie ihn zum Stehen.

Den Smith schussbereit, lief ich in die Schneise, die der Jeep geschlagen hatte.

Meine Vorsicht war überflüssig.

Die Fahrertür hatte sich geöffnet.

Der Mann, der herauskippte, würde mir nicht mehr gefährlich werden.

Er konnte es nicht mehr. Denn alle drei Kugeln hatten ihn getroffen. Jede für sich allein wäre tödlich gewesen.

Ich wandte mich ab, holsterte den Revolver und holte Labella aus dem Gebüsch.

Die zuständige Feuerwehr war aus der Ferne schon zu hören.

Sirenen gellten durch die Nacht. Verstörte Hotelgäste liefen zusammen, starrten aus sicherer Entfernung auf das brennende Haus und die brennende Limousine. Ich ging mit Labella an den Leuten vorbei.

In der Anmeldung reichte mir der grauhaarige Mann wortlos das Telefon, als ich ihm meinen Dienstausweis zeigte.

Als Phil und ich das Villengrundstück auf Staten Island erreichten, war es bereits seit eineinhalb Stunden hermetisch abgeriegelt. Die Kollegen von der City Police hatten das für uns erledigt.

Ich fuhr mit dem Jaguar direkt vor das Tor, ließ den Motor laufen, zog die Handbremse an und stieg aus. Phil blieb am Funkgerät.

Hinter den schmiedeeisernen Gitterstäben des Tores stand Clayton wie ein Palastwächter, die Arme vor der Brust verschränkt und mit strenger Miene. Hinter ihm vier Kerle, die aussahen wie Leibwächter aus dem Bilderbuch – breitschultrig, athletisch, mit Anzügen, in denen sie viel Bewegungsfreiheit hatten. Bewegungsfreiheit auch für die Schießeisen in Schulter- oder Gürtelholstern.

»Sind Sie der Verantwortliche für diesen Aufmarsch?«, herrschte Clayton mich an, als er meinen Dienstausweis mit der draufgeklemmten FBI-Marke sah.

»So kann man es ausdrücken«, entgegnete ich. »Machen Sie das Tor auf, Clayton. Ich habe einen Durchsuchungsbefehl und zwei Haftbefehle. Einen auf den Namen Navarro und einen auf Ihren Namen.«

Der Anwalt lachte verächtlich. »Mann, damit kommen Sie doch nie im Leben durch!«

Ich zeigte ihm die Dokumente, faltete sie wieder zusammen und steckte sie ein.

»Man merkt, dass Sie nicht ganz auf dem Laufenden sind«, sagte ich ruhig. »Ein Killer, der in unseren Akten als Lew Ruscoe registriert ist, kann zwar nicht mehr aussagen. Dafür haben wir eine schriftliche Einverständniserklärung einer Lady namens Labella Marice, als Hauptbelastungszeugin gegen Navarro aufzutreten. Er hat ihr in gewissen gemeinsamen Stunden eine Menge Sachen erzählt, die nach meinem Begriff jeden Staatsanwalt in Verzückung bringen werden.«

Clayton wurde blass.

Die Leibwächter hinter ihm wurden blass. Ich hatte das bewerkstelligt, was die schussbereiten Maschinenpistolen der aufmarschierten Cops nicht fertig gebracht hatten.

»Öffnen Sie besser freiwillig«, riet ich.

Clayton nickte wie in Trance. Er wusste, wann er einen Kampf verloren hatte.

Ich überließ ihn und die Bodyguards den Cops.

Gemeinsam mit Phil fuhr ich auf das Grundstück, auf den Vorplatz der Tudor-Villa.

Ein steingesichtiger Butler stand unter dem Vordach mit den schwarzen Balken.

Wir marschierten im Eilschritt auf ihn zu, zeigten ihm schon aus drei Yards Entfernung unsere Dienstausweise und die richterlich besiegelten Dokumente.

»Ich wüsste nicht, was Sie hier noch zu suchen hätten, Gentlemen!«, sagte der Butler schneidend und hochnäsig.

Phil und ich blinzelten ihn an, stoppten unseren Vormarsch aber dennoch nicht.

»Wo steckt Navarro?«, knurrte ich den Mann an.

»Auf der Terrasse!«, schrie er wütend.

Zwei Minuten später begriffen wir.

Navarro hing in seinem bequemen Sessel.

Er war an diesem warmen Juniabend gestorben, im Schein der gemütlichen Außenbeleuchtung. Die Aufregung war zu viel gewesen für ihn.

Der Arzt richtete sich neben ihm auf.

»Ich bin leider zu spät gekommen«, sagte er tonlos. »Exitus. Herzversagen.«

»Leider«, nickte ich. »Wir hätten ihn auch lieber vor Gericht gesehen.«

ENDE

Cuba libre

1

»Es ist aus, Jerry!«

Ich erkannte ihn nicht an der Stimme. Wie denn auch? Es lag zehn Jahre zurück, dass ich ihm in Miami begegnet war. Während eines heißen Sommers, als die Männer vom VICE damit beschäftigt gewesen waren, eine Organisation aufzurollen, die sich »Cuba libre« nannte. Einer dieser Männer vom VICE war Jonny McCoy gewesen, der mir jetzt, wusste der Teufel von wo, durchs Telefon mitteilte, dass es aus sei. Wenn Jonny McCoy damals nicht gewesen wäre, würde es mich heute nicht mehr geben.

»Sie haben mich erwischt, Jerry. Verdammt …«

Jonny McCoys Worte gingen unter in einem krachenden Hintergrundgeräusch. Eine Tür wurde aufgesprengt. So jedenfalls hörte es sich an, und so war es letztlich auch.

McCoy lachte.

Es war das gleiche Lachen, das er damals von sich gegeben hatte, nachdem er mit seinem Lincoln bewusst in die Seite des Chevy-Van gerauscht war, aus dem heraus man mich unter Feuer genommen hatte.

McCoy hatte die Killerbande im allerletzten Moment von der Straße rammen können. Bevor sie das Spritlager in die Luft hatten jagen können, in das sie mich damals getrieben hatten. Zielstrebig, um einen lästigen G-man mit einem Riesenfeuerwerk aus dieser Welt zu verabschieden. Es war ihnen gelungen, mich in die tödliche Falle zu treiben, weil ich mich in der Gegend nicht ausgekannt hatte.

Der Chevy-Van, von dem aus sie mich hatten erledigen wollen, war in die Luft geflogen. Drei Killer hatten den Anschlag auf mich mit ihrem Leben bezahlt. McCoy war mit einem Schlüssel-, Waden- und Schienbeinbruch davongekommen. Neben einer schweren Gehirnerschütterung, die ihn drei Wochen lang ans Bett gefesselt hatte. Ich hatte dem Mann vom VICE zwar die Hand drücken können. Aber bevor aus dieser Begegnung mehr hatte werden können, war Jonny McCoy wieder verschwunden gewesen.

Weggetaucht als Undercover-Agent.

Das alles schoss mir rasend schnell durch den Kopf, und es war, als wäre es gerade erst gestern passiert.

»Mann, Jonny, wo bist du?«, keuchte ich.

Phil, der auf der anderen Seite des Schreibtischs saß und über den zweiten Apparat mithörte, warf mir einen verzweifelten Blick zu.

»In Harlem, Jerry.«

McCoy lachte wieder. Einige Schüsse fielen. Dann rauschte die Leitung für zwei Sekunden nur noch.

Phil Decker hatte den technischen Dienst mit der Rückverfolgung der Leitung beauftragt. Das war nur möglich, wenn die Verbindung über einen bestimmten Zeitraum bestand und ein Gespräch stattfand.

»Sie lassen sich viel Zeit, Jerry. Sie fürchten mich noch immer wie den Teufel, obgleich sie schon drei Löcher in mich geschossen haben.«

»Verdammt, McCoy, ich …«

»Vielleicht fragst du dich, warum ich gerade dich anrufe und nicht die Kollegen vom VICE.«

»Unsinn!«

»Wenn man genau weiß, dass man am Ende ist, dann kommt man ins Nachdenken, Jerry. Vor allem dann, wenn da noch jemand ist, den man beschützt sehen will. Dann erinnert man sich an einen Mann, der einem noch etwas schuldig ist. Verstehst du?«

»Ja«, sagte ich mit rauer Stimme. Ich verstand ihn in groben Zügen. Aber das reichte wohl nicht.

»Carmen Castello, vom Brooklyn Star. Vergiss den Namen nicht, Jerry. Sie konnte bislang in Ruhe arbeiten, weil ich schützend die Hand über sie gehalten habe. Ich will, dass du dich um sie kümmerst und auf sie aufpasst. Ich sage es, verdammt, nicht gerne, aber du stehst in meiner Schuld, G-man. Es ist sicher nicht anständig, aber es bleibt mir gar nichts anderes übrig, als diese Schuld einzuklagen und sie an Carmen Castello zu übertragen. Das siehst du doch ein, oder?«

Im Hintergrund waren erneut Schüsse zu hören. Jonny McCoy stöhnte.

»Verdammter Mist, dass du jetzt nicht hier sein kannst, G-man. Zusammen hätten wir sie sicherlich …«

Holz splitterte. Deutlich war zu hören, dass einige Leute dort eindrangen, wo sich Jonny McCoy aufhielt. Ich konnte spanische Wortfetzen auffangen.

»Vergiss es nicht, G-man! Ohne mich hätte man dich damals in Miami begraben. Du stehst in meiner Schuld …«

»Hurensohn von einem Verräter!«, schrie einer der Männer, die sich jetzt in Jonny McCoys Nähe aufhielten. »Du bist ein schmieriger, kleiner Bulle, McCoy!«

Es war eine tiefe, leicht vibrierende gutturale Stimme, wie man sie nicht oft hörte. Auf den ersten Ton würde ich sie wiedererkennen, wenn der Kerl mir gegenüberstand und den Mund aufmachte.

»Wer ist in der Leitung?«

»G-man Jerry Cotton«, sagte McCoy schwach. Seine Stimme zitterte. Drei Kugeln steckten in ihm, hatte er gesagt. Und nun war die Abordnung erschienen, die ihm den Rest geben sollte. Kein Wunder also, dass einem Mann in einer solchen Situation die Stimme zitterte.

»Du hast verstanden, was ich gesagt habe, Jerry?«

»Ja«, sagte ich und fühlte mich elender als jemals zuvor. Es ist ein schlimmes Gefühl, einen Mann, der einem mal das Leben gerettet hatte, in Gefahr zu wissen und nichts für ihn tun zu können. »Kannst du nicht mehr …?«

»Dazu ist keine Zeit mehr, G-man. Es wird gleich einen lauten Knall geben. Genau wie damals in Miami. Es hat noch immer mit der Sache von damals zu tun. Man kann der Vergangenheit und seinem Schicksal nicht davonlaufen. Aber ich habe es kommen sehen und mich auf diesen Moment vorbereitet. Die Arschlöcher hier fliegen mit mir in die Luft und wissen es noch gar nicht. Mach's gut, Jerry.

Vielleicht gibt es ja doch ein Leben nach dem Tod. Dann sehen wir uns bald wieder.«

»Leg den Hörer auf, Perro!«

McCoy lachte. Es jagte mir eine Gänsehaut über den Rücken. »Macht die Tür hinter euch zu, Pfefferfresser! Was hier geschieht, geht nur uns etwas an. Wir brauchen keine Zeugen und Zuschauer, wenn wir zur Hölle fahren!«

Jemand hackte in einem fürchterlichen Akzent spanische Flüche herunter.

»Verdammt!«, keuchte ein anderer außer Atem. »Verdammt, das kannst du doch nicht tun, Jonny – man kann doch über alles reden ...«

»Reden nicht mehr, nur noch beten.«

»Por dio – no ...!«

Eine fürchterliche Explosion fetzte durch die Stille, und die Leitung war auf einen Schlag unterbrochen.

»Mein Gott, das kann doch nicht wahr sein«, keuchte Phil.

Ich schwieg. Ich legte den Hörer auf die Gabel zurück und wusste, dass es wahr war. McCoy war einer jener Männer gewesen, die nicht verlieren konnten, die alles für eine Sache riskierten, die man nicht schnappen und ausquetschen konnte und die sich irgendwann einmal vorgenommen hatten, niemals alleine aus dieser Welt auszusteigen.

McCoy war ausgestiegen, wie er gelebt hatte: schnell und laut und kräftig.

Das Telefon schellte. Phil griff danach wie ein Ertrinkender nach dem Rettungsring. »Ja?«

Ich zündete mir eine Zigarette an und starrte auf das Blatt Papier, auf das ich den Namen geschrieben hatte. Carmen Castello, Brooklyn Star.

»449 West 127th Street«, sagte Phil, drückte die Gabel und gab die Meldung an die Zentrale der City Police raus.

»Wir wollen sofort hören, was da geschehen ist!«

Er sah mich an.

»Wie lange ist das her?«, fragte er leise.

»Zehn Jahre, vielleicht etwas mehr.«

Ich versuchte, mich an McCoy zu erinnern. Ich sah ihn als einen großen Burschen. Blond und schlaksig. Mitte zwanzig damals. Einer von der Sorte, die keinen Schritt zurückwichen. Die mit dem Schädel so lange gegen eine Mauer rannten, bis der Beton bröckelte. Blaue Augen, Jeans, T-Shirt und Turnschuhe. Dass er ein Bulle vom VICE war, war ihm nicht anzusehen gewesen. Man konnte ihn viel eher für einen Beachboy halten, der auf der Suche nach der Frau war, die ihm das Abendessen bezahlte. Ich wusste nicht einmal, ob er verheiratet gewesen war.

»Versuche über den VICE etwas mehr zu erfahren, Phil. Schalte auch die Kollegen aus Miami ein. Er sagte, es hänge noch mit der alten Sache zusammen. Mit ›Cuba libre‹. Wir müssen mehr darüber wissen und …«

Ich brach ab. Wozu, verdammt, sagte ich das alles?

Phil wusste genau, auf was es ankam und was er tun musste.

Ich stand auf, nahm den 38er aus der Schublade, steckte ihn ein und zog mir den Mantel an. Es regnete und war kalt. Bitterkalt für einen Mann aus dem Sunshine State.

»Ich fahre nach Harlem, dann nach Brooklyn.«

Phil nickte. Als ich das gemeinsame Büro verließ, hatte er den Telefonhörer schon wieder aufgenommen.

»Paco, José und Martine sind tot!«

Juan Alvarez machte sich noch kleiner, als er es ohnehin schon war. Er zuckte zusammen. Seine Augen verengten sich. In den dunklen Pupillen flackerte Angst. Er starrte den großen, schlanken Mann mit den auffallend blauen Augen an, über dessen rechte Gesichtshälfte eine noch frische, halbmondförmige Narbe verlief.

Alvarez kannte den Namen des Mannes nicht. Vor drei Tagen war er aufgetaucht. Er war aus Havanna angekündigt worden, und es war Alvarez von Anfang an klar gewesen, dass der Kerl hier in New York das Kommando hatte übernehmen sollen, nachdem es einige Pleiten gegeben hatte.

»Wie konnte das passieren?«, fragte Alvarez, nahm die schmalen Schultern zurück und setzte sich gerade auf. Er wollte sich nicht anmerken lassen, dass er um sein Leben zitterte, seit der Unbekannte aus Kuba auf dem La Guardia Airport aus der Linienmaschine aus Miami gestiegen war.

»Das frage ich dich, Alvarez.«

Alvarez zuckte mit den Schultern. Neben ihm und dem großen Kubaner hielten sich noch zwei weitere Männer in diesem schäbigen Hotelzimmer in Harlem auf. Alvarez warf den beiden einen fragenden Blick zu.

Sie schwiegen und taten so, als hätten sie mit allem gar nichts zu tun.

»Sie waren mit McCoy unterwegs«, sagte er dann. Er zündete sich eine Zigarette an. Es gelang ihm nicht, das Zittern seiner Finger zu unterdrücken. »Was, zum Teufel, hat das zu bedeuten, he? Ist das ein Tribunal oder was?«

»McCoy war ein Bulle!«

Ein Faustschlag mitten ins Gesicht hätte Alvarez nicht mehr getroffen als diese Aussage. Er verschluckte sich am Rauch und hustete. Mit einem Satz erhob er sich von dem schäbigen Bett, auf dem er bislang gesessen hatte. Sekunden verstrichen. Dann schüttelte er den Kopf.

»McCoy war ein Bulle«, wiederholte der Unbekannte, den Havanna geschickt hatte, um hier einige Sachen zu regeln. »Einer vom VICE. Sie sind auf dich aufmerksam geworden, weiß der Teufel wie, und sie haben dir den Bullen nachgeschickt.«

Es war zugig in dem Hotelzimmer. Die Fenster schlossen nicht dicht. Der Wind blähte die schäbige Gardine, mit der sich die Gäste seit Jahren die Schuhe putzten und die niemals ausgewechselt worden war. Dennoch schoss dem kleinen Alvarez der Schweiß auf die Stirn.

»Wir haben ihn überprüft …«

»Er hatte eine gute Legende, wie nicht anders zu erwarten. Ich wusste es nach zwei Tagen, Alvarez. Man brauchte nur etwas in der Zeit zurückzugehen. Vor zehn Jahren hat er in Miami schon mal drei unserer Leute getötet, die einen New Yorker G-man in eine Falle gelockt hatten und gerade erledigen wollten. Es war nicht schwer, das herauszubekommen.«

»Mein Gott, warum ...?«

»Wir hatten ihn unter Kontrolle. Ich habe Paco, José und Martine damit beauftragt, ihn festzusetzen und alles aus ihm herauszuquetschen. Sie haben es versucht. Vor zwei Stunden hat sich McCoy, nicht weit von hier entfernt, mit unseren Leuten in die Luft gesprengt. Es war ihm klar, dass er keine Chance mehr hatte, nachdem er enttarnt worden war.«

Alvarez schluckte schwer. Mit dem Handrücken wischte er sich den Schweiß von der Stirn. »Warum hast du mir nicht früher gesagt, dass ...?«

Der Unbekannte aus Havanna lachte hohl und unheilvoll. Alvarez' Blick wurde wie magisch angezogen von den blauen Augen des Großen, die gar nicht zu seinem sonstigen Aussehen passten. Eine Laune der Natur, irgendwelche Erbanlagen aus grauer Vorzeit hatten ihm diese blauen Augen beschert, die ihn aus der Menge heraushoben wie ein schwarzes Schaf aus einer schneeweißen Herde.

»Ich hätte mich getäuscht haben können, Alvarez. Ich wollte meiner Sache sicher sein.«

»Das hat Paco, José und Martine das Leben gekostet!«

Der Mann aus Havanna schüttelte den Kopf. »Sie sind gestorben, weil du dich hast täuschen lassen. Was kann McCoy herausgefunden haben?«

»Nichts«, antwortete Alvarez schnell. »Nichts.«

»Mit wem außer unseren Leuten hatte er Verbindung?«

»Mit keinem.«

»Keine Freunde, keine Frauen? Überleg gut, Alvarez. Kann sein, dass dein Leben davon abhängt. Wir stecken mitten in den Vorbereitungen, einen wichtigen Mann auf unsere Seite zu holen. Hat er davon gewusst?«

»McCoy stand da draußen«, versicherte Alvarez. »Verdammt, er sollte einen Überfall vorbereiten, um uns frisches Geld zu besorgen. Das weiß jeder.«

Die beiden anderen Männer nickten zum ersten Mal.

»Es sollte seine Bewährungsprobe sein«, sagte einer der beiden, ohne den blauäugigen Mann aus Havanna anzuschauen. Sie hatten Angst vor ihm, das war deutlich.

»Ist das alles?«

»Er war mit Martine zusammen«, sagte Alvarez. »Ich habe sie von Anfang an auf McCoy angesetzt. Sie hat etwas mit ihm angefangen und ihn ausgehorcht. Er hat ihr Namen und Organisationen genannt, für die er schon mal tätig gewesen war. Ich habe das überprüft. Ich habe auch Havanna eingeschaltet. Keiner hat ein Haar in der Suppe gefunden. McCoy war für mich okay. Dennoch habe ich dafür gesorgt, dass er von unseren Plänen nichts erfährt. Er sollte sich erst so verstricken, dass wir ihn sicher in der Hand haben. Wir haben es immer so gemacht und ...«

»... diesmal war es falsch, Alvarez. Er stand nicht so unter Kontrolle, dass er dem VICE oder dem FBI nicht doch einen Tipp auf dich und die anderen geben konnte. Richtig?«

»Man kann keinen Mann so unter Kontrolle haben.«

Der Blauäugige mit der Narbe auf der rechten Gesichtshälfte nickte gelassen. »Eben«, sagte er ruhig. »Davon gehen wir auch aus. Deshalb werden wir die Leute, die er verraten haben kann, aus New York abziehen, Alvarez.«

Alvarez setzte sich wieder. Seine Gedanken jagten sich. Er war sich nicht mehr sicher, ob McCoy nicht doch etwas herausgefunden haben konnte. Er war mit Martine zusammen gewesen, und deren Aufgabe war es gewesen, den Mann zu ködern, den man brauchte, weil er wichtige Informationen liefern konnte. Vielleicht hatte McCoy, wenn er wirklich ein so guter Mann gewesen war, doch herausbekommen ...

Der Unbekannte aus Havanna hatte ihm ganz kurz den Rücken zugedreht. Jetzt, als er sich wieder herumdrehte, lag eine 45er Automatic mit dickbäuchigem Schalldämpfer wie angegossen in seiner Rechten. Alvarez starrte in das Mündungsloch, und seine Gedanken rissen auf einen Schlag ab.

»Nein«, stammelte er. »Das könnt ihr nicht machen!«

»Vielleicht hat er nicht viel herausgefunden, Alvarez. Aber deinen Namen hat er mit Sicherheit weitergegeben. Wir denken, dass sie, wenn es geschehen ist, dir auf den Fersen sind. In Havanna glaubt man nicht daran, dass du ein Mann bist, der besonders großen Druck aushält. Die anderen können wir austauschen, Alvarez. Dich nicht. Um den Schaden so gering wie eben möglich zu halten, musst du zum Schweigen gebracht werden.«

»Nein – ich …«

Das Schussgeräusch war kaum zu hören. Die erste Kugel traf den schmächtigen Alvarez in die Brust, hob ihn einen halben Yard in die Höhe und schleuderte ihn gegen die Wand unter das Fenster. Er drehte sich auf die Seite. Seine Augen waren weit aufgerissen. Er starrte den Blauäugigen an, dann die beiden anderen, die mit hängenden Armen dastanden und auf deren Gesichtern sich keine Regung abzeichnete.

Der Blauäugige war einen Moment lang erstaunt darüber, dass die erste Kugel den kleinen Mann nicht auf der Stelle getötet hatte. Er kniff die Augen zusammen und hob die 45er ein zweites Mal.

Alvarez stützte sich an der Wand ab und kam langsam hoch. Sein schmales, eingefallenes Gesicht zeigte keine Angst mehr. Im Gegenteil. Es sah aus, als grinste er. Er hob die Hand und schüttelte den Kopf.

»Du hast zu schnell geschossen, Bastard«, sagte er kaum verständlich. »Da war noch etwas, was mit McCoy zusammenhängt. Eine Frau aus Brooklyn, eine Kubanerin. McCoy war hin und wieder mit ihr zusammen. Wenn er etwas herausgefunden hat, weiß sie es auch. Ich kann …«

Der Tod nahm ihm die letzten Worte von den Lippen.

Alvarez stürzte mit dem Gesicht voran auf den zerschlissenen, mit Brandlöchern übersäten grauen Teppich des schäbigen Hotelzimmers.

Der Blauäugige, der mit der 45er auf ihn zielte, ließ die Waffe sinken. Er stieß einen Fluch aus und wandte sich an die beiden anderen. »Was ist mit der Frau?«

»Keine Ahnung.«

»Verdammt, ihr wart mit McCoy zusammen. Genau wie Martine und die beiden anderen. Was ist mit der Frau?«

Erneut schüttelten die beiden den Kopf.

»Keine Ahnung. Wenn es eine Kubanerin war, und wenn sie auf der anderen Seite steht, kann er sie nur im ›La Esperanza‹ kennen gelernt haben. Dort treffen sich diejenigen, die lieber heute als morgen mit der Waffe in der Hand gegen Havanna marschieren würden.«

Der große, schlanke Mann mit den blauen Augen und der Narbe auf der rechten Gesichtshälfte steckte die 45er ein. Er strich sich gedankenverloren über das zurückgekämmte Haar. »Erledigt die Sache hier«, sagte er. »So, dass man Alvarez noch identifizieren kann. Dann verschwindet aus der Stadt und wartet darauf, dass jemand Verbindung mit euch aufnimmt. Verstanden?«

Er wartete die Antwort nicht ab, drehte sich um und verließ das schäbige Hotelzimmer in Harlem. Er wusste nun, dass er einen Fehler begangen hatte. Er war sich darüber im Klaren, dass sein Leben keinen Pfifferling mehr wert war, wenn Havanna davon erfuhr und dieser Fehler Konsequenzen nach sich zog. Dann würden sie einen Mann schicken, der ihn erledigte.

Das waren die Spielregeln. Er kannte sie und hatte sie akzeptiert. Die politische Lage in Kuba war kritisch und spitzte sich mit jedem Tag mehr zu. Castro und seine alte Garde gaben Millionen dafür aus, um an die Leute heranzukommen, die von Amerika bezahlt wurden und auf der Insel alles taten, um ein schnelles Ende der Castro-Ära herbeizuführen.

Er hatte den Job übernommen, dass Castro die Liste dieser Männer und Frauen erhielt. Die Konditionen waren abgesprochen: zwei Millionen bei Erfolg. Eine Kugel, wenn es schief ging.

2

»Cotton, FBI«, sagte ich, nachdem mein Jaguar von einem Patrolcar der City Police und einem neutralen Fahrzeug blockiert worden war.

Ein kleiner, beinahe zierlicher Mann kletterte aus dem neutralen Buick. Er duckte sich unter dem Regen, schob die Schultern nach vorn und kam an meinen Jaguar heran.

»FBI?«

Ich nickte.

»Ausweis!«

Es war nicht nur die schnarrende Stimme, die mir auf den ersten Ton nicht gefiel. Eigentlich war es die ganze Erscheinung dieses Knaben, der nur um einen halben Kopf größer war als ein Zwerg und giftig schien wie eine Kobra.

»Hören Sie, Mister …«

Der Kleine warf dem Sergeanten der City Police, der neben ihm wie ein Riese wirkte und der auch nicht besonders freundlich aus der Wäsche schaute, einen schnellen, warnenden Blick zu. Der Sergeant zog genauso schnell wie Wyatt Earp. Eine Sekunde später, nachdem ich in das Mündungsloch des 38ers geschaut hatte, verwunderte es mich, dass ich noch lebte. Da gab es einen Ausdruck in dem bärbeißigen Gesicht des Sergeanten, der unmissverständlich sagte: Nur ein falscher Augenaufschlag, und du bist gewesen, Sonny!

»Aussteigen, Hände aufs Dach und die Ruhe bewahren, Freund«, schnarrte der Kleine und wischte sich mit dem Handrücken den Regen aus dem Gesicht.

»Bisschen schneller als sonst«, blaffte der Sergeant. »Wir haben hier noch was anderes zu tun, als faulen Journalisten, die sich als G-men ausgeben, auf die Finger zu klopfen!«

Ich war ihm nicht böse. Ich kannte die Schwierigkeiten, die die Cops bei solchen Zwischenfällen mit Journalisten hatten, die sich als alles Mögliche ausgaben, um ja dicht genug ans Geschehen heranzukommen.

Ich stieg aus. Sehr vorsichtig. Ich drehte mich um, legte die Hände auf das Dach des Jaguar und spreizte die Beine, bevor der Riese von Sergeant sie mir unsanft auseinander treten konnte.

»Auf jeden Fall verstehst du was von der Prozedur«, knurrte der Riese, der jetzt hinter mir stand und dessen linke Hand meinen Körper abtastete. Als er das Schulterholster berührte, zuckte er zusammen und wich einen halben Schritt zurück.

»Der Ausweis steckt in der Brusttasche«, sagte ich, drehte den Kopf und schaute den kleinen Giftzwerg an, der sich nachdenklich am Kopf kratzte.

»Sir?«, fragte der Sergeant unsicher.

»In Ordnung«, sagte der Kleine.

Der 38er verschwand wieder in der Versenkung, und der Sergeant schob sich etwas verlegen die Schirmmütze zurück. »Ich tue hier nur meine Pflicht«, sagte er.

»Sicher.« Ich nickte, nahm die Hände vom Dach und stellte mich bequem hin.

Gegenüber, nur zwanzig Schritte entfernt, lag der alte Wohnblock, der, so hatte es den Anschein, zum Abbruch freigegeben und von den Mietern schon vor langer Zeit verlassen worden war. Die Explosion hatte im zweiten Stock stattgefunden. Es gab ein riesiges Loch in der Außenfassade, und die Decke zum dritten Stock war eingestürzt. Der Brand konnte nicht lange gewütet haben, weil es kaum etwas Brennbares gegeben hatte, oder weil die Feuerwehr schnell zur Stelle gewesen war.

»Fergusson, CIA!«, schnarrte der Giftzwerg mit der

unangenehm klingenden Stimme, die einem Menschen abwechselnd einen heißen und einen kalten Schauer über den Rücken jagte. Hätte er mir mitteilen wollen, dass er der Kaiser von Harlem sei, hätte er seine Tonlage nicht mal zu ändern brauchen. Hochherziger und herablassender ging es gar nicht. »Ich kann mich nicht daran erinnern, dass wir den FBI um Hilfe gebeten haben!«

Ich zuckte mit den Schultern. »Was ist passiert?«

»Gasexplosion«, schnarrte Fergusson. »Das ist Sache der Gasversorgungsbetriebe und der Feuerwehr.«

Er log, ohne eine Miene dabei zu verziehen. Nach all meinen Begegnungen mit CIA-Leuten hatte sich bei mir der begründete Verdacht eingeschlichen, dass man ein Diplom im Lügen ablegen musste, wenn man dem Verein beitreten wollte.

Ich schaute ihn an. Ich kannte ihn nicht, und er kannte mich nicht. Aber es war deutlich, dass er mich nicht mochte. An meinem Gesicht konnte es nicht liegen. Vielleicht am Jaguar und dem Umstand, dass ich G-man war. Es gab komischerweise kaum Freundschaft und Loyalität zwischen der CIA und dem FBI.

»Ich vermisse die Männer vom VICE«, sagte ich.

Fergussons Brauen huschten erstaunt in die Höhe. »Wir sind hier nicht in Miami, Mann. Was hat der VICE damit zu tun?«

»McCoy war ein Mann vom VICE«, sagte ich und deutete zur ausgebrannten und zerstörten Wohnung hinauf. »Es hat ihn dort oben erwischt, und er hat einige Leute mitgenommen auf seiner Höllenfahrt.«

»McCoy vom VICE?«

Es hörte sich beinahe so an, als hätte er wirklich keine Ahnung. Aber wie gesagt, sie konnten fantastisch lügen, die Burschen von der CIA.

Ich drehte mich vom Jaguar weg und musste den kleinen Giftzwerg beiseite schieben, der sich mir in den Weg zu stellen versuchte.

Nachdem er zwei Schritte zurückgewichen war, blieb er stehen und schaute mich wütend an. »Du solltest dich da besser heraushalten, G-man«, sagte er spitz. »Falls dir das noch keiner gesagt hat, wird es dein Vorgesetzter bald nachholen.«

»McCoy war ein alter Bekannter von mir, Fergusson. Kurz bevor es knallte, hat er mich angerufen. Übers Telefon wurde ich praktisch Zeuge seiner letzten Minuten auf dieser Welt. Sie haben ihn angeschossen, er hat Zuflucht in diesem Haus gesucht, aber sie haben ihn gefunden. Vielleicht war es Glück im Unglück, dass die Telefongesellschaft vergessen hat, die alten Leitungen stillzulegen. Auf jeden Fall wusste er genau, was mit ihm passierte, wenn die Kubaner ihn in die Hände bekämen. Er war darauf vorbereitet, hat er gesagt. Ich nehme an, er trug einen Dynamitgürtel und hat ihn gezündet, als es wirklich hoffnungslos für ihn wurde. Versuch also nicht, dich aufzublasen, Mister CIA.«

Fergussons Augen waren nur noch Sehschlitze, und seine Lippen waren sekundenlang nur ein einziger Strich in diesem schmalen Rattengesicht. Er hatte die Zähne zusammengebissen und seine Backenmuskeln zuckten.

Ich war sein Feind, das brauchte er nicht extra zu sagen. Aber ehrlich gesagt, mich interessierte das in diesem Moment nicht die Bohne. Ich dachte an McCoy, an die Schwierigkeiten, die mein Lebensretter aus Miami mit den Kubanern gehabt hatte, und ich dachte an eine Frau namens Carmen Castello, eine Journalistin vom Brooklyn Star, die laut McCoy nun ebenfalls Schwierigkeiten bekam.

Ich dachte, dass ich es ihm schuldig war, mich um seinen Tod und die Begleitumstände zu kümmern. Ganz egal, ob dem CIA oder einer anderen Stelle das nun passte oder nicht.

»Was noch?«, fragte Fergusson angriffslustig.

»Nichts.« Ich schüttelte den Kopf. Als ich einen Schritt von ihm wegtrat, platschte mein Schuh in eine Pfütze. Eigentlich war es erst dieses Geräusch, das mir bewusst werden ließ, dass ich im strömenden Regen stand und nass bis auf die Haut war.

»Verdammt, wenn der Kerl bis zur letzten Sekunde seines verdammten Lebens mit dir telefoniert hat, hat er dir auch mehr berichtet ...«

Es machte »klick« in meinem Kopf. Eine Sicherung sprang raus. Er nannte McCoy einen Kerl und redete über McCoys verdammtes Leben. Mit zwei schnellen Schritten hatte ich die Distanz zu Fergusson überbrückt. Es gab zwischen uns nicht mal mehr Luft genug, dass die Abendausgabe des »Standard« dazwischen gepasst hätte. Meine Hände hatten sich zu Fäusten geballt, und Fergusson verlor auf einen Schlag seine gesunde Gesichtsfarbe. Die kleinen Augen begannen zu flattern. Mit einem zischenden Geräusch sog er die Luft in seine Lungen.

»Sir!«

Der Sergeant, der mich eben noch mit seiner Kanone aufs Korn genommen hatte, hatte Mitleid. Mit Fergusson oder mit mir, das war noch nicht deutlich. Auf jeden Fall stand er hinter mir und legte mir seine schwere Hand auf die Schulter. Im wirklich allerletzten Moment, denn ich war so weit, dass ich dem kleinen Giftzwerg von der CIA an die Kehle gegangen wäre.

»Okay.« Ich drehte mich herum. »Danke, Sarge.«

Er grinste matt. »Ich kenne das, Sir«, sagte er. »Wenn man einen Freund verloren hat und jemand redet dummes Zeug über ihn, dann kann man das nicht gut vertragen. Ich kenne das.«

Ich legte dem riesigen Sarge die Hand auf die Schulter.

Fergusson atmete, als häte er gerade die Marathonstrecke hinter sich gebracht. Vorsichtshalber war er zwei weitere Schritte zurückgetreten, und seine Rechte hatte sich unter den hellen Wettermantel verirrt. Wahrscheinlich umschlossen die kleinen Finger schon den Griff seiner Waffe.

»So geht das nicht, G-man«, piepste er aufgeregt. »So nicht! Verdammt, du bist dazu verpflichtet ...«

Ich nickte dem Sarge zu und kletterte wieder in den Jaguar. In diesem Moment wusste ich selbst nicht mehr, warum ich nach Harlem hinausgefahren war. Es war klar gewesen, dass ich für McCoy nichts mehr tun konnte. Es war klar gewesen, dass hier noch keiner die Informationen gesammelt hatte, die McCoys Tod etwas transparenter machten. Ich hatte wohl nur die Stelle sehen wollen, an der es McCoy erwischt hatte.

»Cotton!«, brüllte Fergusson.

Ich versuchte ruhig zu bleiben, aber meine Finger zitterten dennoch. Ich warf noch einen Blick an der rußgeschwärzten Fassade des alten Wohnblocks hinauf, in dem McCoy gestorben war. Dann startete ich den Motor.

»Wir sind noch nicht fertig miteinander, Cotton!« Fergusson hatte die Hand wieder unter dem Wettermantel hervorgezogen, sie zur Faust geballt und schwang sie in meine Richtung wie ein Straßenjunge. Er sagte noch mehr, denn seine Lippen bewegten sich. Aber ich konnte ihn nicht mehr verstehen. Seine Worte gingen unter in dem Röhren des Motors und dem Quietschen der breiten Reifen, als ich eine Runde um ihn und dem neutralen Buick herumdrehte und über den Old Broadway in Richtung Süden davonfuhr.

Ich versuchte mir ins Gedächtnis zurückzurufen, was damals, vor zehn Jahren, in Miami gewesen war, als McCoy mir das Leben gerettet hatte.

In New York hatte es zwei illegale Mexikaner erwischt, die mit einer Gruppe von Kubanern in Verbindung gebracht worden waren, die von der Zuckerinsel in die Staaten geschickt worden waren, um hier ein paar Feinde des kommunistischen Regimes zu erledigen. Die Spur zweier Männer hatte direkt nach Miami geführt. Ich war runtergeflogen nach Florida, um mich darum zu kümmern. Zusammen mit den Kollegen aus Florida. Der VICE war wegen einer anderen Sache an denselben Kubanern interessiert, die eine Organisation mit dem Namen »Cuba libre« gegründet hatten. Der VICE hatte die besseren Karten, und der FBI hatte sich zurückhalten sollen. Das jedoch war mir erst mitgeteilt worden, nachdem ich schon mitten in der Geschichte gesteckt hatte und die Kubaner auf mich aufmerksam geworden waren.

Sie hatten mir McCoy nachgeschickt, damit er, wie sie es salopp ausgedrückt hatten, meinen Arsch retten sollte. Genau das hatte Jonny McCoy getan, als er die Killer im Chevy-Van von der Straße gerammt hatte. Danach war die Sache vom FBI abgeblasen worden. VICE hatte alles weiter bearbeitet. Ich war nach New York zurückgekehrt und hatte, bis McCoy mich angerufen hatte, niemals wieder etwas von »Cuba libre« gehört.

Jetzt deutete alles darauf hin, dass die Sache vor zehn Jahren nicht erledigt worden war, dass McCoy noch immer damit beschäftigt gewesen war und diesmal nicht das Glück auf seiner Seite gehabt hatte.

Es regnete durchs offene Fenster des Jaguar herein.

Einige Tropfen trafen klatschend mein Gesicht, doch ich ließ das Fenster offen. Ich brauchte den scharfen, kalten Wind, denn mein Körper glühte wie im Fieber.

McCoy hatte sich hier in New York, genau wie ich damals in Miami, auf unbekanntem Territorium befunden. Warum, zum Teufel, hatte er sich nicht eher mit mir in Verbindung gesetzt? Was er über Telefon gesagt hatte, war vollkommen richtig: Zusammen hätten wir den Burschen das Fürchten gelehrt.

McCoy war tot. Erst in den letzten Minuten seines Lebens hatte er sich an mich erinnert und daran, dass ich in seiner Schuld stand. Es war keineswegs unmoralisch, dass er diese Schuld einzuklagen versucht hatte. Nicht für sich. Dazu war es zu spät gewesen. Was ich an ihm nicht mehr gutmachen konnte, sollte ich nun an einer Frau namens Carmen Castello gutmachen.

Ich wusste nicht, ob er die Schwierigkeiten geahnt hatte, vor die er mich gestellt hatte. Die CIA war anscheinend in derselben Sache tätig, die ihn das Leben gekostet hatte. Und die Burschen fanden es ganz und gar nicht gut, wenn sich ein G-man in ihre Belange einmischte. Ich saß in der Zwickmühle und wusste nicht, wie ich da herauskommen sollte.

Das Funksprechgerät schnarrte, und die rote Lampe leuchtete auf. Ich nahm das Mikro aus der Halterung. Phil befand sich am anderen Ende der Leitung.

»Wo bist du, Jerry?«

Ich musste mich erst orientieren. Wie in Trance hatte ich mich aus Harlem entfernt und den Weg Richtung Brooklyn eingeschlagen. »Brooklyn Queens Express Highway«, sagte ich. »Höhe Benny Bridge Station.«

»Es gibt Ärger, Jerry.«

»CIA?«

»CIA«, bestätigte Phil.

»Sie haben schnell reagiert.«

»Denen scheint der Boden unter den Füßen zu brennen. Der Chef hat sich gerade gemeldet. Du hattest Ärger mit einem Mann namens Fergusson. Jemand von ziemlich weit oben hat angeordnet, dass du die Hände in den Taschen behältst und in dieser Sache absolut nichts unternimmst.«

»Was sagt der Chef?«

Phil lachte leise, aber freudlos. »Er meint, solange er dich nicht erreichen kann, kann er dir auch keine Befehle geben. Er kennt die Geschichte mit McCoy.«

Ich nickte. Ich steckte nicht allein in der Zwickmühle eines Interessenkonflikts. Mr. High, mein Chef, steckte ebenfalls drin. Auf der einen Seite verstand er, dass ich mich um die Sache kümmern musste, auf der anderen Seite durfte er es nicht zulassen. Bislang hatte er sich geschickt aus der Affäre gezogen und mir den Rücken freigehalten. Aber das konnte nicht von Dauer sein. Es sei denn, ich verschwand von der Bildfläche, und er konnte die Order, die er von höherer Stelle erhalten hatte, nicht an mich weitergeben.

»Da ist noch etwas«, sagte Phil. »Ein paar Straßen weiter hat es nach McCoy einen Kubaner namens Alvarez erwischt. Wir haben die Nachricht gerade eben von der City Police bekommen. Demnach wurde Alvarez in einem alten Hotel erschossen. Jemand hat Benzin im Zimmer verschüttet und es angesteckt. Sieht so aus, jedenfalls behauptet das die City Police, als wäre es bei der Brandstiftung nicht darum gegangen, dass man Alvarez nicht identifizieren kann, sondern im Gegenteil darum, dass man sehr schnell auf seine Leiche aufmerksam wird. Wie auch immer, Jerry. Auf diese Sache hat die CIA noch keine Rechte angemeldet. Zeery und ich kümmern uns darum. Irgendwie sieht es aus, als hingen McCoys und Alvarez' Tod zusammen. Verstehst du?«

Ich verstand meinen Freund ausgezeichnet. Er spielte mir einen Ball zu, den ich unbedingt aufnehmen musste. Solange man mich nicht erreichte, konnte mich niemand zurückhalten, in der McCoy-Sache zu ermitteln. Und wenn die beiden Toten in Zusammenhang standen, wie Phil annahm, dann war der FBI doch damit beschäftigt. Phil und Zeery ermittelten. Sie konnten mir eventuelle Hinweise zuspielen.

»Gut«, sagte ich. »Scheint so, als würde mein Funkgerät den Geist aufgeben, Phil.«

»Noch einen Moment, Jerry.«

»Ja?«

»Carmen Castello ist eine bekannte Frau. Amtlich bekannt, meine ich, denn es ist kaum anzunehmen, dass man privat etwas über ihre Vergangenheit und Herkunft weiß. Ihr wirklicher Name ist Carmen Langosto. Ihr Bruder und ihr Vater sind vor einem Jahr auf undurchsichtige Art und Weise mit einem Sportflugzeug abgestürzt, als sie versucht haben, Kuba den Rücken zu kehren. Sie gehörten einer Gruppe Leute an, die an Castros Sturz arbeiten. Carmen hat sich in Schweigen gehüllt, und irgendwelche Stellen haben dafür gesorgt, dass sie eine neue Vergangenheit bekommt, Jerry.«

»Cuba libre«, sagte ich.

»Wahrscheinlich. Wenn McCoy sie gekannt hat, ist anzunehmen, dass auch die Leute, die McCoy enttarnt haben, sie kennen, oder doch wenigstens von ihr wissen.«

»Auf jeden Fall muss man davon ausgehen«, sagte ich. »Auf der anderen Seite jedoch war McCoy ein absoluter Profi. Er wird nichts getan haben, was Carmen Castellos Legende zerstört.«

»Sie hat zwei Adressen, Jerry. 1325 Lafayette Avenue, das ist die offizielle Adresse, unter der sie auch im Telefonbuch steht, und 345 Prospect Park West. Das ist eine Gegend, in der Latinos in der Überzahl sind.«

»Ich nehme wieder Kontakt mit dir auf, Phil. Sag dem Chef, dass ich mich bei dir gemeldet habe und es mir gesundheitlich nicht besonders geht. Auf jeden Fall nicht so gut, dass ich morgen oder übermorgen meinen Dienst wieder aufnehmen kann. Was Psychisches, was mich dazu treibt, mich in die Einsamkeit zurückzuziehen.«

»Wenn ich mich richtig daran erinnere, deutete Mr. High etwas Ähnliches an und hat den Leuten von der CIA das auch mitgeteilt. Er meinte aber, totale Einsamkeit wäre nicht die richtige Medizin für deine Leiden.«

Ich schaltete mich aus und dachte, dass ich verdammtes Glück hatte mit meinem Special Agent in Charge, Mr. John D. High.

3

»Ist das nun Zufall, oder laufen Sie mir nach, Mister?«

Joshua Wagner zuckte zusammen. Das Glas, das er sich an die Lippen führen wollte, schwebte einen Moment lang in der Luft, dann stellte er es ab und drehte sich um.

Die Frau stand so dicht hinter ihm, dass er mit der Schulter ihren Busen berührte, weil sie sich etwas nach vorn beugte. Sie war zu groß und zu sehr mit aufregenden

Kurven bepackt, als dass er sich nicht auf den ersten Blick an sie erinnerte.

Vorgestern war sie ihm zuerst aufgefallen. Im Gatsby Club, in dem er nach Dienstschluss seiner Behörde hin und wieder einkehrte, um sich mit dem ersten Whisky über die Trostlosigkeit seines Daseins hinwegzuhelfen. Sie war vor ihm dort gewesen, das stand außer Frage. Sie hatte ein anderes als dieses weiße, tief ausgeschnittene Kleid wie jetzt getragen. Schwarz, daran erinnerte sich Wagner. Eng anliegend und darauf zugeschnitten, die Vorzüge ihres Körpers zu unterstreichen.

Gestern Abend hatte er sie erneut gesehen. Im Sunshine Club, den er auch regelmäßig und aus demselben Grund wie den Gatsby Club besuchte. Auch da war sie vor ihm gewesen. Bekleidet mit einem knallroten Hosenanzug und in Begleitung zweier Frauen und Männer. Da hatte er sie genauso bewundernd angestarrt, und er war sich sicher gewesen, dass sie seine unverhohlenen interessierten Blicke aufgefangen hatte.

Nun stand sie hier im Tequila Sunrise Club wieder hinter ihm. So dicht, wie er es sich nicht zu träumen gewagt hätte, und sie versuchte nicht, den Oberkörper zurückzunehmen, damit sich seine Schulter und ihr Busen nicht mehr berührten. Und wieder konnte es keinen Zweifel daran geben, dass sie den Club vor ihm betreten hatte. Der große, ein bisschen zu volle Wagner starrte sie an, spürte ein angenehmes Kribbeln und bekam einen roten Kopf. Er war kein Draufgänger und Frauenjäger. Er machte seine Bekanntschaften auf leise, unauffällige Art und Weise und war immer darauf bedacht, dass ihn keiner bei einem Seitensprung beobachten oder auch nur der Gedanke daran aufkommen konnte, dass er sich neben seiner Frau auch noch anderer Weiblichkeit bediente.

»Sorry«, sagte Wagner mit belegter Stimme. »Aber es ist wirklich nicht so, dass ich Ihnen …«

Die große, dunkelhaarige Frau, die kohlrabenschwarze

Augen hatte und ein fein geschnittenes Madonnengesicht, lächelte. Sie trat einen halben Schritt nach links und stand damit neben Joshua Wagner an der Theke.

»Natürlich nicht«, sagte sie mit einer Stimme, die Joshua Wagner den nächsten wohligen Schauer über den Rücken jagte. »Obgleich, wenn ich mich richtig daran erinnere, dann haben Sie mich gestern schon so angesehen, als würden sie mich gerne wiedersehen. Es ist wohl Zufall oder Schicksal, dass wir uns hier zum dritten Mal begegnen. Ich bin Manuela Browning. Ich trinke Champagnercocktail und lasse mich nur von mir sympathischen Männern einladen, die mich dann Manuela nennen dürfen.«

Joshua Wagner schluckte trocken. Mit einer verlegenen Handbewegung strich er sich über das dünne, grau melierte Haar. Automatisch zog er den Bauch ein, der sich im entspannten Zustand etwas über den Hosenbund spannte. Nicht so, dass man sich daran stören konnte, aber es fiel doch auf, dass er einige Kilo zu viel mit sich herumschleppte.

»Joshua Wagner«, stellte er sich vor und machte eine etwas linkische Verbeugung. »Darf ich Sie vielleicht zu einem Champagnercocktail einladen?«

»Ich bitte darum.« Sie lachte hell, aber unaufdringlich. Als sie die Hand auf den Tresen legte, geschah es wie zufällig, dass sie dabei Wagners Hand berührte. »Wir scheinen dieselbe Art Bars zu mögen, Joshua.«

»Sieht so aus.« Wagner nickte. Er war noch etwas unsicher. Die Nähe dieser betörenden Frau, die eine Mischung zwischen Südamerika und Amerika war, machte ihn befangen. »Zum Glück. Es ist wirklich so, wie Sie annehmen. Als ich Sie vorgestern zum ersten Mal sah, habe ich mir wirklich gewünscht, Sie wiederzusehen.«

»Nur zu sehen?«

Wagner hüstelte. Er war sich nicht sicher, ob sie sich über ihn lustig machte. Erst als sie dichter an ihn herantrat und ihr Schenkel seinen berührte, war das Eis gebrochen. Da fühlte sich Wagner sicher.

»Zuerst nur zu sehen«, sagte er, ließ seinen Blick über sie streichen und versenkte ihn länger als normal in den Ausschnitt ihres Kleides. »Denn das allein ist ja schon ein Erlebnis. Aber das hören Sie heute sicher nicht zum ersten Mal.«

»Richtig.« Manuela Browning nickte. »Aber es wurde mir selten so charmant und mit so viel Zurückhaltung gesagt. Eigentlich schade, dass Sie nicht schon vorgestern versucht haben, Kontakt mit mir aufzunehmen. Da war ich in einer ziemlich miesen Stimmung und hätte die Bekanntschaft eines Mannes, wie Sie es sind, begrüßt.«

»Ist das heute anders?«, hakte Wagner nach. Jetzt, nachdem das erste Eis gebrochen war, wollte er nichts mehr anbrennen lassen.

»Ich weiß nicht. Auf jeden Fall ist es anders. Wahrscheinlich liegt es daran, dass ich mich gedanklich beinahe schon wieder aus New York verabschiedet habe. Es ist so, dass ich für die Maschine morgen Nachmittag nach Los Angeles gebucht bin. Es bleibt also nicht mehr viel Zeit, einen sympathischen Mann wie Sie besser kennen zu lernen.«

Wagner traute seinen eigenen Ohren nicht. Er hatte sich vorgenommen, nichts anbrennen zu lassen. Nun musste er feststellen, dass sich Manuela Browning das Gleiche vorgenommen hatte.

»Champagnercocktail, Mr. Wagner?«, fragte der Keeper der Tequila Sunrise Bar, der Wagner natürlich kannte.

Wagner warf seiner frischen Bekanntschaft einen fragenden Blick zu. Es geschah genau das, was er sich wünschte. Manuela Browning schüttelte den Kopf. »Jetzt nicht mehr.«

»Jetzt nicht mehr, Sam«, sagte Wagner zu dem Bartender, der sich daraufhin diskret zurückzog. Wagner spürte den Druck des Schenkels an seinem und erwiderte ihn.

»Nicht mehr hier«, sagte Manuela Browning leise. Sie hatte sich so dicht zu ihm gebeugt, dass ihre Lippen sein

Ohr berührten. »Aber nach Champagner ist mir noch immer.«

Wagner legte einen Schein auf die Theke, stellte das noch halb volle Glas darauf und schlang seinen Arm um Manuela Brownings schmale Taille. »Wo?«

»Fairbank Hotel. Suite 1001. Gib mir eine Stunde.«

Er wollte sie nicht loslassen, weil er dachte, das mit der einen Stunde konnte ein Vorwand sein, unter dem sie sich im letzten Moment doch noch abseilen wollte. Aber mit einer geschickten und schnellen Bewegung drehte sich die schwarzhaarige Frau aus seinem Griff und entfernte sich in Richtung Garderobe. Dort wandte sie sich noch einmal zu ihm um. Der Blick ihrer glutvollen Augen machte Wagner unmissverständlich deutlich, dass sie sich entschlossen hatte, in der letzten Nacht, die sie in New York verbrachte, ein Abenteuer zu erleben, und er der Mann war, den sie sich dazu wünschte.

Wagners Finger zitterten, als er das halb volle Whiskyglas wieder von dem Geldschein nahm und es auf einen Zug austrank. Er zündete sich eine Zigarette an, starrte noch immer auf die Tür, durch die Manuela Browning gerade verschwunden war, und schrak zusammen, als Sam sagte: »Sie ist eine Klasse für sich, Mr. Wagner.«

»Ja«, gab Wagner zu. Das konnte er leicht tun. Man kannte ihn hier zwar dem Namen nach, aber man wusste nichts über ihn. Also auch nicht, dass er verheiratet war mit einer strengen Frau aus dem Mittelwesten, dass sie sich lange auseinander gelebt hatten, was noch gar nicht bis nach draußen gedrungen war, und sie eigentlich, wenigstens was Wagner anging, nur noch wegen Tatjana zusammenlebten, die gerade dabei war, den Sprung vom College auf die Universität in Iowa zu vollziehen. Danach, das stand für Wagner fest, würden er und Anne, seine Frau, sich trennen. Dann würde die Familie ohnehin auseinander gerissen werden, weil Tatjana in Iowa war, und dann würde es Tatjana auch nicht mehr belasten. Es ging ihm einzig und allein um seine Tochter, die er vergötterte und für deren Zukunft er alles Schlechte in seinem Leben in Kauf genommen hatte. »Hast du sie schon mal gesehen, Sam?«

Der große blonde Keeper schüttelte den Kopf. »Sie scheinen ein Glücksvogel zu sein, Sir.«

»Übertreib mal nicht«, winkte Wagner ab und befand sich in der Stimmung, dass er dem ersten Schein, mit dem er seinen Whisky bezahlen wollte, einen zweiten als Trinkgeld hinzufügte.

Er verließ die Tequila Sunrise Bar zehn Minuten später, betrat die nächste Telefonzelle und wählte seine eigene Nummer.

»Anne Wagner«, kratzte die Stimme seiner Frau durch die Leitung.

»Ich bin's«, sagte Wagner kurz angebunden. »Es wird später.«

Eine Sekunde Pause. »Es ist schon später geworden, Joshua.«

Schon der vorwurfsvolle Ton, mit dem sie seinen Namen aussprach, störte Wagner. »Es wird noch später werden. Wahrscheinlich komme ich heute nicht nach Hause.«

Wieder eine Sekunde Pause. »Schon wegen deiner Tochter solltest du auf ein lasterhaftes Leben verzichten, solange sie noch im Haus ist.«

Wegen deiner Tochter!

Wenn Anne von Tatjana sprach, sprach sie meistens von »deiner Tochter«. Sie war die Mutter, aber schon lange hatte er das Gefühl, dass es zwischen ihr und Tatjana nichts gab, was sie noch wirklich verband. Irgendwann in den letzten neunzehn Jahren, so alt war Tatjana, hatte sie sich gefühlsmäßig von Tatjana getrennt und in ihr eine Konkurrentin gesehen.

»Ist Tatjana zu Hause?«

»Nein. Sie trägt nicht nur deinen Namen, sie hat auch deine Sitten übernommen, scheint es. Sie hat vor einer Stunde angerufen. Von irgendeiner Party aus. Sie hat mir ebenfalls mitgeteilt, dass sie später oder heute Nacht gar nicht nach Hause kommt.«

»Dann ist es ja gut«, sagte Wagner und legte auf.

Es geschah nicht oft, dass Tatjana über Nacht nicht nach Hause kam. Aber sie tat es niemals unangemeldet. In der Regel war es so, dass sie es ihm und nicht ihrer Mutter mitteilte. Wohl wissend, dass er ihr keine Steine in den Weg rollte. Diesmal war er nicht zu Hause gewesen, also hatte sie es ihm nicht mitteilen können. Wagner machte sich weder Gedanken noch Sorgen.

Er ließ seinen eigenen Wagen stehen und nahm ein Taxi zum Fairbank Hotel. Als er die elegante Lobby betrat und einen Blick zur Uhr warf, stellte er fest, dass er fünfzehn Minuten zu früh war.

Joshua Wagner ging in die kleine Bar, bestellte einen Cognac, der ihn mehr kostete als ein Abend im Gatsby Club, und betrachtete die Gäste. Er stellte auf schmerzliche Art und Weise fest, dass er es nicht so weit gebracht hatte, um in einem Hotel wie dem Fairbank absteigen zu können.

Unwillkürlich gab er Anne, seiner Frau, die Schuld daran, dass er nur Mitarbeiter einer Außen- und Nebenstelle des State Department auf mittlerer Ebene geworden war. Mit Pensionsberechtigung, wenn in den nächsten zwanzig Jahren alles gut lief, aber ohne die Chance, auch nur noch eine Etage höher aufsteigen zu können. Dieser Zug war abgefahren. Er hatte ihn verpasst, weil Anne immer mit allem zufrieden gewesen war und ihn nicht so wie andere Frauen ihre Männer zu einer Karriere getrieben hatte.

Vielleicht änderte sich das, wenn Tatjana in Iowa studierte und er sich von Anne trennte. Der amerikanische Traum war nicht nur eine Karriere in jungen Jahren. Möglicherweise gab es für ihn doch noch eine Chance, es zu Reichtum und Wohlstand zu bringen.

»Noch etwas, Sir?«

Die Stimme des Barmanns riss Wagner aus seinen Gedanken. Er warf einen Blick zur Uhr und schüttelte den

Kopf. Er zahlte, verließ die Bar und ließ sich vom Liftboy in den zehnten Stock des Fairbank Hotels fahren. Keiner beachtete ihn oder stellte die Frage, ob er Gast in diesem exklusiven Hotel sei.

Wagner wartete, bis sich die Lifttür fauchend hinter ihm geschlossen hatte und die Kabine wieder nach unten schwebte. Dann beschritt er den langen Gang, der mit einem blauen Teppich ausgelegt war und an dessen Wänden Reproduktionen hingen, die so gut waren, dass man sie auf den ersten Blick für echte Kunstwerke halten konnte.

1001 befand sich am Ende des Ganges. Joshua Wagner blieb einige Sekunden lang stehen und fragte sich, ob er das alles nicht doch nur geträumt hatte und ihm, wenn er jetzt schellte, nicht Manuela Browning, sondern ein schlecht gelaunter Geschäftsmann die Tür öffnete und ihn wegjagte.

Er schellte.

»Die Tür ist offen!«

Es war dieselbe Stimme, die ihm schon im Club eine Gänsehaut über den Rücken gejagt hatte. Er hatte also nicht geträumt. Er betrat einen kleinen Vorraum und schloss die Tür hinter sich, wie es sich gehörte.

»Du kommst spät, Joshua Wagner. Geh in den Salon und mach den Champagner auf. Ich bin noch im Bad.«

Wagner gab sich selbst einen Ruck. Es geschah eigentlich zum ersten Mal, dass er eine so schnelle Absprache mit einem so klaren Ziel gemacht hatte. Dazu auch noch mit der schönsten Frau, die er jemals gesehen hatte, und in einer so schicken Hotelsuite, wie er sie sich selbst gar nicht leisten konnte.

Im elegant möblierten Wohnraum war ein kleines Büfett mit ausgesuchten Köstlichkeiten aufgebaut. Der Champagner stand im Kühler. Dom Perignon.

»Schenk schon einmal ein, Joshua. Bring mir ein Glas ins Bad.«

Eines war sicher: Manuela Browning wusste, wie man

Feste feierte, und für ihre letzte Nacht in New York hatte sie sich anscheinend etwas Besonderes vorgenommen.

Verdammt, das war genau das, was auch Joshua Wagner wollte nach all den eintönigen Jahren, deren Highlights verschwiegene Treffs mit fremden Frauen in schäbigen Pensionszimmern gewesen waren. Und das Frustrierende daran war, dass er für diese Heimlichkeiten meistens auch noch hatte bezahlen müssen.

Hier war das alles anders. Manuela Browning, darauf deutete alles hin, erstickte anscheinend im Geld. Eine erfolgreiche Geschäftsfrau wahrscheinlich, und vielleicht, so dachte Wagner, gab es eine Chance, diese Beziehung auszubauen und so vielleicht doch noch an die Fetttöpfe der feinen Gesellschaft zu kommen.

Er ließ den Korken knallen, kümmerte sich nicht um den Champagner, der aus dem Flaschenhals heraus auf den teuren Teppich sprudelte, füllte zwei Gläser und trug sie zum schwarz gekachelten Badezimmer, das mit mattgoldenen Armaturen ausgestattet war. Für einen Moment blieb Joshua Wagner stocksteif stehen und wusste nicht so recht, was er nun mehr bewundern sollte: den gediegenen Reichtum oder die wunderschöne, nackte Frau, die unter der Dusche stand und sich im Wasserstrahl langsam drehte, dass er ihren prächtigen Körper von allen Seiten eingehend betrachten konnte.

Dann blieb Manuela Browning stehen, stellte die Dusche ab und nahm ihm das Glas Champagner aus der Hand, das er ihr entgegenstreckte.

»Auf uns, Joshua«, hauchte sie und schaute ihn aus sinnlichen, halb verhangenen Augen an.

»Auf den Beginn einer wunderbaren Freundschaft«, sagte Joshua Wagner.

»Casablanca«, sagte die wunderschöne Frau, an der jede Kurve perfekt herausgearbeitet war. »Ich liebe Casablanca.«

»Das ist gut, Manuela. Wir lieben nicht nur dieselben Bars und Clubs, sondern auch dieselben Passagen aus ergreifenden Filmen. Ich bin wirklich ein Idiot gewesen. Ich hätte dich gleich vorgestern ansprechen sollen, als ich dich zum ersten Mal sah.«

Manuela Browning trank einen Schluck, stellte das Glas auf eine Ablage und stieg aus der Duschkabine. Nackt und nass blieb sich dicht vor ihm stehen. »Weißt du, was mir an dir gefällt, Joshua?«

Joshua Wagner schüttelte den Kopf und trank das Champagnerglas mit einem Schluck leer.

»Du kannst warten. Du weißt, dass du alles bekommen kannst, aber du wartest, bis man es dir gibt. Du bist ein Mann, der sich unter Kontrolle hat. Es wird dir gut gehen in der nächsten Zeit, Joshua. Ich werde dir alles geben, was du dir wünschst. Das Bad ist frei für dich. Ich warte im Schlafzimmer. Hast du noch eine Verabredung mit deiner Frau?«

Joshua Wagner war für einen Moment perplex. Er trug keinen Ring und hatte noch kein Wort darüber verloren, dass er verheiratet war.

Manuela Browning lachte hell.

»Natürlich bist du verheiratet, Joshua«, sagte sie. »Männer wie du werden meistens sehr schnell und von den falschen Frauen eingefangen. Ich sehe es einem Mann an, wenn er unglücklich ist und ausbrechen will. Und ich mag Männer, die nicht nur darüber nachdenken, sondern es auch wirklich tun. Beeil dich. Lass mich nicht zu lange warten.«

Joshua Wagner blieb allein im Bad zurück. Er schloss die Tür, zog sich aus und stellte sich unter die Dusche.

Er sei ein Glücksvogel, hatte der Keeper aus dem Tequila Sunrise Club gesagt. Verdammt, das war er wirklich. Eine Nacht und ein halber Tag lagen vor ihm, bevor sich sein Abenteuer aus New York verabschiedete. Es war eine unkomplizierte Sache. Ihre Maschine ging morgen Mittag nach Los Angeles. Sobald sie sich in die Luft erhob, würde alles wahrscheinlich lange wieder vergessen sein.

»One night stand« war doch gar nicht so schlecht, wie manche Zeitgenossen glaubten.

Er brauchte nur wenige Minuten. Dann betrat er das Schlafzimmer.

Es war abgedunkelt, sodass man die Hand kaum noch vor Augen sehen konnte.

Ein Feuerzeug flammte auf und zwei schwarze Herzen wurden angezündet. Danach einige Räucherstäbchen, die einen süßlichen, beinahe Ekel erregenden Geruch verströmten, an den man sich aber sehr schnell gewöhnte.

Dreimal atmete Joshua Wagner tief durch. Dann fühlte er sich leicht, etwas benebelt und glaubte, in eine andere Welt eingetreten zu sein.

Zwei-, vielleicht auch dreimal war er so betrunken gewesen, dass er das gleiche Gefühl gehabt hatte, über dem Boden zu schweben. Sein Kopf wurde gedankenleer, und er spürte eine Zärtlichkeit in sich, die ihn zu Manuela auf das breite Bett gleiten ließ. Er umarmte sie, hielt ihren nackten, bebenden Körper an sich gepresst, und seine Hände strichen unruhig über ihre heiße Haut.

»Ist das gut, Joshua?«

Ihre lockende Stimme klang zweigeteilt in seinen Ohren.

»Sehr gut.«

Er nickte, legte sein Gesicht auf ihren straffen Busen und küsste die harten, dunklen Brustspitzen. Er spürte noch etwas anderes. Zwischen seinen Beinen wuchs eine mächtige Erektion.

»Mein Gott ...«, stammelte Joshua Wagner verwundert.

»Joshua, wir werden alles um uns herum vergessen!«

Sie rollte sich über ihn hinweg, drehte sich zur Nachttischschublade und holte ein Tablettenröhrchen daraus hervor. Vier Tabletten schüttelte sie auf das lila Betttuch und schenkte ihm das Glas noch einmal mit Champagner voll.

»Wenn du sie nimmst, erlebst du etwas, was du noch nie erlebt hast, Joshua.« Ihre Stimme klang lockend und zwingend zugleich. »Ich werde sie ebenfalls nehmen, und wir werden das Gefühl haben, uns nie wieder trennen zu wollen.«

Joshua Wagner hatte einiges über die Designerdroge XTC gehört und gelesen, dass dieses Teufelszeug meistens nur dann wirkte, wenn man sich in einem absolut entspannten Zustand befand und die Sorgen des Tages abgeschüttelt hatte.

»Wie fühlst du dich, Joshua?«

Sie kam wieder an ihn herangekrochen, berührte ihn mit ihren Brüsten und schwang die langen Beine über ihn.

»Gut«, antwortete Wagner, den die Räucherstäbchen schon halb benebelt hatten. »Wirklich ausgezeichnet.«

»Dann nimm die Tabletten jetzt mit mir zusammen, Joshua!«

Sie schob ihm zwei der Pillen zu, und die anderen steckte sie sich selbst in den Mund. Mit Champagner spülte sie die Tabletten runter.

Wagner war sich einen Moment lang unsicher gewesen. Nachdem Manuela Browning es ihm vorgemacht hatte, tat er es ihr nach.

Dann legte er sich auf das Bett zurück, entspannte völlig und wartete auf das Erlebnis.

Manuela Browning lag dicht an ihn gedrängt, streichelte ihn mit ihrem Körper und richtete sich dann auf. Erneut schwang sie die langen Beine über ihn und senkte ihren Mittelpunkt langsam auf sein beinahe schmerzhaft erigiertes Glied hinab, um sich dann ohne Vorwarnung fallen zu lassen. Sie stieß leise Entzückensschreie aus.

»Schau mich an, Joshua!«

Joshua Wagner öffnete die Augen. Das schöne Madonnengesicht verschwamm immer mehr hinter einem dichten Nebel. So ungefähr hatte er sich immer seine letzte Stunde vorgestellt. Aber sie war es sicher nicht, seine letzte Stunde. Mit so viel Wonne im Körper konnte ein Mensch gar nicht sterben. Er packte ihre schmalen Schultern, riss sie zu sich herunter und drückte sie fest auf sich.

»Das darf nicht zu Ende gehen!«, keuchte Joshua Wagner wie von Sinnen. »Niemals!«

Manuelas Gesicht schwebte dicht über ihm und lächelte vielversprechend. »Es geht nicht vorüber«, versicherte sie. »Die Maschine nach Los Angeles wird ohne mich fliegen. Komm, Joshua. Zeig mir, was du drauf hast!«

Er wusste nicht, wie lange es gedauert hatte. Ewigkeiten schien es ihm. Auf der einen Seite war er völlig erschöpft, auf der anderen wollte er unter allen Umständen weitermachen. Manuela, die neben ihm lag, die seine Zweifel sah, zog ihn wieder zu sich heran.

»Du wirst mich doch nicht auf halber Strecke alleine zurücklassen?«

Er schüttelte den Kopf.

»Hier!«

Sie gab ihm zwei weitere Pillen, und Joshua Wagner schluckte sie würgend ohne Wasser. Auf dem Nachttisch stand eine Flasche Whisky. Manuela reichte sie ihm. Joshua Wagner trank, um den bitteren Geschmack der Pillen herunterzuspülen. Wenig später hatte er das Gefühl, ein Tornado jage durch seinen Körper, hebe ihn ab und trüge ihn ganz weit weg. Er konnte nichts mehr sagen und sich nicht mehr bewegen. Der Nebel vor seinen Augen wurde dichter und hatte eine leicht rosa Färbung angenommen.

Die Tür zum Schlafzimmer wurde geöffnet. Joshua Wagner sah den großen, dunkelhaarigen Mann, der blaue Augen hatte und eine Narbe auf der rechten Gesichtshälfte. Er schien heranzuschweben, blieb vor dem Bett stehen und schaute auf ihn hinab. Dann verlor Wagner das Bewusstsein.

»Wie geht es mit ihm?«, fragte der Mann aus Havanna.

Manuela Browning lachte leise. »Er ist nicht mehr von dieser Welt«, sagte sie. »Ich habe noch keinen Mann erlebt, der mich mit einer solch zärtlichen Hingabe geliebt und beinahe um den Verstand gebracht hat.«

»Du sollst nicht von ihm genießen, du sollst ihn gebrauchen!«

»Wenn er aufwacht und wieder in den Alltag zurücktaucht, wird er nur den einen Wunsch haben, alles noch einmal erleben zu können.«

Der Kubaner mit den blauen Augen nickte. »Was ist mit dir?«

»Ich fühle mich frisch wie ein Fisch im Wasser. Ich habe Placebos genommen.«

»Quetsch ihn aus. Wir müssen alles von ihm wissen. Noch ist nicht sicher, ob er der richtige Mann ist. Alvarez hat durch einen Bullen aus Miami, der sich in die Organisation eingeschlichen hat, drei Männer verloren. Ich habe Alvarez zum Teufel gejagt. Die anderen Leute haben die Stadt verlassen. Möglicherweise sind sie dem Bullen aus Miami aufgefallen, und er hat ihre Daten an seine Kollegen durchgegeben. Die beiden Franzosen werden morgen hier sein. Es muss alles schnell gehen. Fünf Tote in einer einzigen Nacht, das schluckt die New Yorker Polizei nicht. Die machen den FBI misstrauisch und rufen die CIA wieder auf den Plan. Finde seinen schwachen Punkt heraus. Dort werden wir Joshua Wagner packen. Mach deine Sache gut. Es steht eine ganze Menge auf dem Spiel: unser Leben!«

»Und genug Millionen, um überall auf der Welt sorgenlos und in Ruhe leben zu können.«

»Das auch«, sagte der Mann aus Havanna.

4

Es ging so schnell, dass ich die Gefahr nicht einmal roch, bevor sie mich ansprang. Prospect Park West war in der Tat eine windige Gegend. Nicht ganz so schlimm wie die Bronx auf der anderen Seite des Hudson, aber man musste schon aufpassen, wenn man nicht auf die Nase fallen wollte.

Wusste der Teufel, wo ich in diesem Moment meine Gedanken gehabt hatte.

Ich erreichte den windschiefen Eingang in dem alten

Wohnblock, in dem Carmen Castello eine ihrer beiden Adressen hatte. Ich wollte die Tür mit dem Fuß aufschieben, als sie mir entgegenflog und mich seitlich am Kopf erwischte, weil ich nicht schnell genug zurückweichen konnte.

Ich stieß einen mehr verwunderten als schmerzbetonten Schrei aus und versuchte, mich im Fallen so zu drehen, dass ich auf der linken Seite landete und nach dem Schulterholster greifen konnte.

Das Spiel kannten sie schon, und sie operierten mit Netz und doppeltem Boden. Einer hämmerte dem Opfer die Tür gegen den Leib, der Nächste tauchte hinter dem getroffenen Opfer auf und machte alles mit einem Schlag mit der Eisenstange klar.

Wie aus weiter Ferne hörte ich die Eisenstange heranzischen, und irgendwie gelang es mir doch noch, mich so zu drehen, dass die Stange mich verfehlte.

Aber damit war ich nur einer Gefahr entgangen. Da gab es noch einen weiteren Mann hinter mir. Das spürte ich, als mich ein harter Tritt unterhalb des Rippenbogens traf, noch bevor ich auf dem regennassen Pflaster vor den zwei Treppenstufen landete, die zum Eingang hinaufführten.

Ich schaffte es nicht einmal mehr, einen Schrei auszustoßen. Auf einen Schlag wurde mir die Luft aus den Lungen gepresst. Helle Kreise tanzten vor meinen Augen. Ich hatte das ungute Gefühl, als hätte jemand ein besonders langes und scharfes Messer quer durch mich hindurchgetrieben.

Dann knallte ich zu Boden, streifte mit der Schulter die Ecke der letzten Treppenstufe und wunderte mich darüber, dass ich diesen Schmerz aus allen anderen noch herausspürte. Aus reinem Selbsterhaltungstrieb, weil es all das Elend nicht bewusst erleben wollte, schaltete sich mein Gehirn aus.

Nicht für lange.

Ich wachte auf, als jemand meine Füße gegriffen hatte

und mich wie einen nassen Sack hinter sich herzog. Eine Tür klatschte ins Schloss. Ich wurde über einen gefliesten Boden geschleift, der Ekel erregend nach Desinfektionsmitteln stank.

»Was ist das für ein Vogel?«, fragte jemand auf Spanisch.

Natürlich auf Spanisch. Das Gebiet rund um den Prospect Park, insbesondere auf der Westseite, befand sich fest in mittelamerikanischer Hand.

»Keine Ahnung!«

Das war der Kerl, der mich hinter sich herschleifte.

Ich versuchte, ruhig zu bleiben und mich zu entspannen. Es war meiner Gesundheit sicherlich nicht dienlich, wenn sie schon jetzt bemerkten, dass die Lebensgeister in mich zurückgekehrt waren.

»Geh etwas vorsichtig mit ihm um, solange wir nicht wissen, wer er ist, verdammt!«

Der Kerl, der mich bei den Fußgelenken gepackt hatte, lachte abgehackt. Dann hörte ich auch den anderen, der sich noch weiter hinter mir bewegte. Ich ließ meinen Kopf etwas pendeln, wie es bei einem Bewusstlosen normal war, und konnte seinen Schatten sehen. Es war der Freund, der vergeblich versucht hatte, mir mit der Eisenstange klar zu machen, dass ich mich als Gringo hier auf absolut unsicherem Terrain bewegte. Seine Arme hingen schlaff an seiner Seite herab, und die Eisenstange kratzte mit einem unangenehmen Geräusch über die Fliesen.

»Bring ihn nach unten. Bringen, habe ich gesagt. Nicht werfen!«

Derjenige, der hier die Befehle gab und den ich nicht sehen konnte, schien ein eingefleischter Humanist zu sein. Auf jeden Fall war er feinfühliger als die beiden anderen, wenngleich ich davon ausgehen musste, dass er der Freund gewesen war, der mir zur Begrüßung die Tür entgegengeschleudert und damit meinen Untergang eingeläutet hatte.

Ich blieb ruhig. Etwas anderes blieb mir auch nicht übrig.

Es war so dunkel um mich herum, dass ich die beiden nicht sehen konnte. Es ging um eine Ecke herum. Der Kerl, der mich hinter sich herschleifte, fluchte verhalten. Der mit der Eisenstange lachte dreckig und schadenfroh, weil er nicht mehr zu schleppen hatte als seine Stange.

In einem Rechteck, das sich dicht vor uns befand, flammte Licht auf. Es war der steile Niedergang zum Keller. Ich konnte die abgetretenen Steinstufen sehen und mir an den Fingern einer Hand ausrechnen, wie viele Knochen ich mir brechen würde, wenn mich der Schlepper kurzerhand da hinunterbeförderte.

Der Schlepper war groß und athletisch gebaut. Er hatte langes schwarzes Haar, das ihm beinahe bis auf die breiten Schultern reichte, trug Jeans, Turnschuhe und eine schwarze, von der Nässe glänzende Lederjacke. »Todos por la patria« stand hintendrauf.

Er ließ meine Beine los und drehte sich um.

Eine Sekunde lang sah ich sein breites, grobporiges Gesicht. Er hatte eine geknickte Nase und ein eckiges Kinn, von dem die Faust nicht abrutschte, wenn man es richtig traf. Seine Augen waren dunkel und standen eine Spur zu dicht beieinander. Dadurch bekam er einen bösartigen, gemeinen Gesichtsausdruck.

Ich ging mal davon aus, dass er böse und gemein war und ich mir keine Gewissensbisse zu machen brauchte, wenn ich ihm mit gleicher Münze das zurückzahlte, was er mir hatte zukommen lassen.

Der Kerl starrte mich an, und in den engen Augen blitzte es auf. Die Erkenntnis, dass er einen Mann hinter sich hergeschleppt hatte, der sich genauso gut auf eigenen Füßen hätte voranbewegen können, kam ihm um den Bruchteil einer Sekunde zu spät. Er war zwar gelenkig in den Hüften und schnell auf den Beinen, aber er schaffte es dennoch nicht, meinen Füßen auszuweichen, die ich in dieser Sekunde mit aller Kraft nach vorn stieß.

Höher als bis zu seinen Knien reichten meine Beine

nicht hinauf. Das war auch nicht nötig. Meine Absätze trafen seine Kniescheiben. Er wurde zurückgeschleudert. Bevor er mit einem Schrei im hellen Treppenschacht zum Keller verschwand, waren seine Augen groß wie Untertassen geworden.

Was sich hinter mir abspielte, wusste ich, ohne dass ich mich deswegen herumdrehen musste. Selbst wenn der Stangenschwinger von Natur aus etwas träge und schwer von Begriff war, so hatte er doch Zeit genug gehabt, um zu begreifen, dass er als Nächster auf meiner Liste stand.

Natürlich schlug er zu. Aber das Glück war auch diesmal nicht auf seiner Seite. Ich wirbelte schnell genug beiseite. Nur knapp neben meiner Schulter knallte die lange Eisenstange auf die Fliesen und ließ die Funken sprühen. Durch die Wucht des fehlgegangenen Schlages wurde der Kerl nach vorn gerissen.

Er ließ die Stange los und versuchte, mit rudernden Armbewegungen seinem Körperflug eine andere Richtung als die zu geben, die ihn ebenfalls direkt dem hell erleuchteten Treppenschacht zum Keller entgegentrieb.

Ich hatte die Chance, seine Rettungsversuche zu vereiteln. Mit einer Sichelbewegung des rechten Beines erwischte ich ihn dicht oberhalb der Knie und beschleunigte so seinen Flug auf die steile Kellertreppe zu. Dann war er genauso verschwunden wie der Bursche mit den langen Haaren und der Lederjacke.

Mit einem Satz sprang ich auf. Es verwunderte mich selbst, dass ich nach all den Niederlagen sofort wieder sicher auf den eigenen Füßen stehen konnte. Unter meiner linken Achsel spürte ich noch immer das Gewicht des Schulterholsters, in der mein 38er Special steckte. Sie hatten gedacht, dass ich k.o. war und sich gar nicht die Mühe gemacht, mir die Waffe abzunehmen.

Meine Rechte tauchte unter die linke Achsel, als neben mir, aus dem Gang heraus, der Mündungsblitz aufzuckte. Haarscharf sirrte die Kugel an meinem Ohr vorbei und bohrte sich mit einem klatschenden Geräusch hinter mir in die bröckelnde Betonwand. Das Aufschlagen der Kugel übertraf bei weitem das Schussgeräusch.

Meine innere Alarmanlage begann zu kreischen. Ein Mann, der sich eine solche Waffe zulegte, war ein Profi, den man ernst nehmen musste, wenn man noch einige Zeit auf dieser Welt verweilen wollte. Ich wollte. Ich hatte noch eine Schuld einzulösen. Jonny McCoy hatte mir gesagt, was ich zu tun hatte: auf eine Frau namens Carmen Castello aufpassen.

»Okay«, sagte ich leise und hob zum Zeichen meines guten Willens die Hände in Schulterhöhe. »Okay, du hast gewonnen. Aber es war ein unfaires Spiel, denn ich war allein.«

Schweigen aus der Richtung, aus der gerade auf mich gefeuert worden war. Eine, zwei Sekunden lang dauerte die Ungewissheit an. Dann löste sich der Schatten aus der Dunkelheit.

Der Mann, der eine Luger mit einem gewaltigen Schalldämpfer in der Hand hielt, trat in den Lichtfall des Treppenschachts, der steil nach unten führte. Er war mittelgroß und kompakt, beinahe quadratisch gebaut. Von seinem Gesicht war wegen des gewaltigen Bartes, der es beinahe komplett zudeckte, wenig zu sehen. Nur die dunklen Augen, die sich zu schmalen Schlitzen zusammengezogen hatten, die kleine Nase mit dem geraden Rücken und die abstehenden Ohren, die ihn aussehen ließen wie eine Fledermaus mit Bart. Irgendwie lustig. Aber so empfand ich die Situation gar nicht. Es gab nichts, über das ich mich freuen und lachen konnte. Abgesehen von dem Umstand vielleicht, dass ich überhaupt noch lebte.

»Vamonos!«

Die Luger mit dem gewaltigen Schalldämpfer deutete zum Treppenschacht. Ich zögerte nur für den Bruchteil einer Sekunde, weil ich dachte, dass er seine Freunde rächen und mich ebenfalls die Treppe hinabstoßen wollte. Aber er bewegte sich nicht von der Stelle, als ich mich auf das helle Rechteck des Treppenschachts zubewegte.

Das war auch nicht notwendig.

Aber das stellte ich erst fest, als ich die erste Treppenstufe erreichte, nach unten schauen konnte und den Mann mit der Kalaschnikow entdeckte, der voll im Licht stand und mich über den Lauf hinweg anvisierte.

»Bleib oben«, sagte er zu dem Mann mit der Luger. »Und halt die Augen offen. Sie können, zum Teufel, noch einige Männer schicken!«

Der mit dem bärtigen Fledermausgesicht knurrte etwas Unverständliches. Der mit dem russischen Problemlöser gab mir mit dem Lauf ein Zeichen, meinen Weg fortzusetzen.

Ich ging weiter. Wie auf Eiern bewegte ich mich dicht an der Wand entlang. Meine Augen fixierten den Kerl mit der russischen Maschinenpistole, die zwar alt war, aber zuverlässig und so schnell auch nicht aus der Mode kommen würde in bestimmten Kreisen.

Es gab eigentlich nichts Besonderes an dem Mann. Abgesehen davon, dass er Mittelamerikaner war, ein braun gebranntes Gesicht hatte und einen Zweitagebart trug, der ihn etwas verwegen aussehen ließ. Ansonsten war sein Gesicht ebenmäßig, seine Größe entsprach der eines Massenmenschen, und gekleidet war er wie die meisten in dieser Gegend. Mit Jeans, Turnschuhen und Windbluse. Columbia University New York City stand mit weißen Buchstaben quer über die Windbluse geschrieben. Jetzt, als ich ihm immer näher gekommen war, konnte ich beinahe glauben, dass er an der Uni studierte, mit dessen Namenszug auf der Brust er herumlief. Er war jung. Mitte zwanzig. Wäre der Zweitagebart nicht gewesen, hätte man sein Gesicht für feminin halten können.

Rechts und links neben ihm lehnten an der Wand die beiden Unglücksraben, die ich den Treppenschacht hinabbefördert hatte. Und weil keiner von ihnen auch nur versuchte, sich dafür an mir zu rächen, nahm ich an, dass dieser Junge der Chef war. Jener Humanist, der eben verlangt hatte, dass man mich nach unten trug und nicht hinabwarf.

Ich erreichte die Talsohle des Ganges und drehte nach rechts ab, weil mich die Waffe in der Hand des Jungen dazu aufforderte. Das Licht wurde etwas schwächer und der Gang beschrieb einen scharfen Knick. Dann gab es auf der rechten Seite die offene Tür, die in einen grauen Betonraum führte, in dem es ein Bett gab, einen Tisch, zwei Stühle und ein Waschbecken.

Die Frau saß auf dem Bett. Kaum älter als der Junge mit der Kalaschnikow, der sich mir angeschlossen hatte und nun zwei Yards hinter mir stehen blieb. Sie war schlank, hatte langes schwarzes Haar, trug einen dunkelblauen, engen Pullover und eine Hose, die kaum weiter war. Ihr schönes Gesicht wirkte wie eine starre Maske. Ihre großen schwarzen Augen brannten beinahe Löcher in mich hinein.

Ich hatte sie niemals vorher gesehen, und Phil hatte sie mir über Funk auch nicht beschrieben. Dennoch war ich auf den ersten Blick sicher, Carmen Castello gefunden zu haben.

Sie hob die schmale rechte Hand mit den rot gelackten Fingernägeln und strich damit durch ihr langes Haar. Bei der Bewegung spannte sich ihr Oberkörper an. Die festen Formen ihres Busens traten noch plastischer unter dem feinmaschigen Pullover hervor.

Ich starrte darauf. Ich konnte gar nicht anders. Meine Augen wurden wie magisch angezogen und suchten sich erst einen anderen Blickfang, als mir der Junge die Kalaschnikow in die Seite stieß genau auf die Stelle, wo mich zuvor schon ein gewaltiger Tritt getroffen hatte.

Das war der Augenblick, in dem sich der teuflische Schmerz in meinem Körper zurückmeldete.

Selbst wenn ich es gewollt hätte, wäre ich gar nicht dazu in der Lage gewesen, mich dagegen zu wehren, als mir der Junge die Waffe aus dem Schulterholster fischte.

»Eine Polizistenwaffe!«, sagte er. Panik schwang in seiner Stimme mit.

Carmen Castello erhob sich vom Bett. Sie reckte sich. Nicht um mir die Kurven ihres gut gewachsenen Körpers vorzuführen, sondern um so die Spannung aus ihrem Körper zu nehmen.

»Jerry Cotton«, sagte ich leise. »FBI!«

»Das hat uns gerade noch gefehlt«, stöhnte einer der beiden, die ich die Treppe hinabbefördert hatte und die dem Jungen mit der Kalaschnikow gefolgt waren. »Was jetzt?«

»Sag Marco Bescheid.«

Damit meinte er das bärtige Fledermausgesicht mit der Luger, das oben auf weitere Männer wartete, von denen man annahm, dass sie mir folgten.

Hinter mir klangen Schritte auf und verstummten bald wieder.

Ich biss die Zähne zusammen, dass es knirschte. Plötzlich spürte ich jeden Knochen, gegen den man mich getreten und den ich mir auf der Treppenstufe gestoßen hatte. Ich hatte wieder das ungute Gefühl, als schnitte jemand mit einem großen, scharfen Messer durch meinen Körper.

Ich spürte, dass mir das Blut aus dem Gesicht wich. Meine Knie wurden weich wie Gummi. Irgendwie schaffte ich es, bis an das Bett heranzukommen, auf dem Carmen Castello bislang gesessen hatte. Ich stürzte der Matratze entgegen, die noch warm war von ihrem Körper, und verlor das Bewusstsein.

5

Die CIA war vor ihnen da. Unübersehbar.

Als Phil den Wagen gegenüber des heruntergewirtschafteten Gebäudes in der Lower West Side stoppte, in dem sich, den ersten Ermittlungen nach, Alvarez' Hauptquartier befunden hatte, fielen der rostfreie Buick und der betagte Dodge, die friedlich hintereinander parkten, auf den ersten Blick auf. Der Buick war für die Gegend zu neu. Der verschwand im Handumdrehen oder wurde ausgeschlachtet, wenn man kein wachsames Auge auf ihn hatte. Und der Dodge war so heruntergekommen, dass sich selbst jemand aus dieser Gegend schämte, in einem solchen Gefährt herumzufahren oder es in der Nähe seiner Wohnung zu parken.

Zeerookah, der indianische G-man, der neben Phil auf dem Beifahrersitz saß, grinste etwas verkniffen.

»Auf jeden Fall sind sie nicht originell und scheinen wild darauf zu sein, aufzufallen«, sagte der Indianer. »Fehlte nur noch, dass jemand mit Leuchtfarbe Polizei oder CIA auf die Karren sprühte. Was jetzt?«

»Flagge zeigen«, antwortete Phil, der eigentlich damit gerechnet hatte, vor der CIA hier zu sein und Informationen aus erster Hand zu bekommen, mit denen er später Jerry versorgen konnte. »Auf jeden Fall kann man den Freunden vom Geheimdienst nicht nachsagen, dass sie träge sind oder über schlechte Informationen verfügen.«

Es regnete in Strömen. Vom Hudson her wehte ein kalter, stürmischer Wind nach Manhattan hinein.

»Fahr weiter und warte«, wandte sich Phil an den Indianer. »Vielleicht ziehen sie schnell wieder ab und rechnen nicht damit, dass sich noch jemand aus unserem Verein für Alvarez' Bleibe interessiert, wenn ich zusammen mit ihnen verschwinde. Wir sehen uns dann später, Zeery.«

Phil stieg aus. Zeerookah legte den Gang ein. Noch während sich Phil dem Eingang näherte, drehte Zeery den Wagen quer über die Straße und war wenig später hinter dem Dunstschleier des aufgewirbelten Regenwassers verschwunden. Er würde am nächsten Block drehen, warten und dann in Schleichfahrt wieder in die Nähe des Eingangs zurückkommen.

»Hat der Indianer seine Friedenspfeife vergessen?«, fragte der Mann, der Phil im Treppenhaus abfing und über das ganze Gesicht grinste.

»Das Kriegsbeil«, antwortete Phil. »Was hast du verbrochen, dass man dich hier auf Strafexpedition ins Treppenhaus versetzt hat?«

Das anzügliche Grinsen verschwand aus dem Gesicht des CIA-Agenten. »Komisch, dass ihr immer dort auftaucht, wo ihr nichts verloren habt, G-man«, sagte er verkniffen.

»Komisch, dass ihr immer erst dann auftaucht, wenn das Kind schon in den Brunnen gefallen ist.«

»Wie meinst du das?«

»Ich meine, an Jonny McCoy seid ihr zu spät dran gewesen, man hat euch Alvarez praktisch unter der Hand weggeschossen, und hier haben Alvarez' Freunde inzwischen wahrscheinlich schon so gründlich aufgeräumt, dass es nichts mehr zu finden gibt.«

»Warum bist du dennoch gekommen?«

»Um Fergusson schwitzen zu sehen und ihm eine Freude zu bereiten. Ich habe mir sagen lassen, dass er sich in der Nähe eines anständigen G-man besonders wohl fühlt.«

Der CIA-Agent begann zu knurren. Phil hörte darüber hinweg und kümmerte sich nicht weiter darum. Dieser Bursche war zu farblos und unwichtig. Er spielte keine Rolle. Viel wichtiger war der kleine Giftzwerg Fergusson, der nun am oberen Treppenabsatz auftauchte und Geräusche verursachte, die sich anhörten, als entweiche Luft aus einem Reifen.

»Ist euch immer noch nicht klar, dass der verdammte FBI nichts mit dieser Kubaner-Sache zu tun hat?«, blaffte Fergusson dann heiser wie eine Hyäne.

»Heißt das, der Geheimdienst übernimmt in Zukunft die Ermittlungen jener Mordfälle, die wegen der Zuständigkeit von der City Police an den FBI weitergeleitet werden?«

Phil ließ den Wachhund im Treppenhaus stehen und ging nach oben.

Einige Uniformierte hatten die Sicherung der Etage übernommen, in der Alvarez nicht nur gewohnt, sondern in der sich auch seine Schaltzentrale befunden hatte.

Schulterzuckend ließen die Cops Phil passieren. Mit den Methoden der CIA, das war den Cops deutlich anzusehen, konnten sie sich ebenfalls nicht anfreunden. Auf den Gesichtern der Cops war sogar etwas Ähnliches wie Schadenfreude zu entdecken. Darüber, dass der Geheimdienst bislang überall zu spät aufgetaucht war.

Drei Türen des schmalen Etagengangs waren aufgebrochen worden. Fergusson hielt sich in dem mittleren der Räume auf. Von dem aus gab es einen direkten Zugang zu den beiden anderen Nebenwohnungen.

Fergusson hatte sich auf einen alten Bretterstuhl gesetzt. Er starrte verbiestert auf die Regentropfen, die an den verschmierten, kaum durchsichtigen Fensterscheiben perlten.

»Soweit wir das bis jetzt überblicken, Sir«, sagte ein hagerer Mann, der aus einer Nebenwohnung diesen Raum betrat, zu Fergusson, »haben die Kubaner mit mindestens zehn Personen hier gehaust.«

Fergusson zündete sich eine Zigarette an und rauchte einen hektischen Zug. »Was ist mit den anderen Wohnungen auf der Etage?«

»Unvermietet, Sir. Die Cops haben inzwischen die anderen Hausbewohner befragt. Die wollen nicht mal gewusst haben, dass hier unten überhaupt jemand wohnte.«

Phil konnte sich ein Grinsen nicht verkneifen. Fergusson war Ermittlungsarbeiten in solchen Gegenden natürlich nicht gewohnt. Der kleine Giftzwerg hatte wohl geglaubt, hier ganz schnell etwas zu erfahren, was ihn zu anderen militant tätigen Kubanern in dieser Stadt führte. Aber das lief nicht so. Sobald Cops auftauchten und Fragen stellten, wurden die erbittertsten Feinde wieder zu Freunden und bildeten eine gemeinsame Front gegen die Staatsgewalt.

Fergusson bekam mit seinen Methoden hier keinen Fuß auf den Boden. Selbst Phil würde es schwer haben. Aus diesem Grund hatte er auch Zeerookah mitgenommen, der, selbst einer ethnischen Minderheit angehörend, mit den Leuten hier viel besser zurechtkam. Doch bevor Zeery mit einer Umfrage beginnen konnte, mussten Fergusson und seine CIA-Leute erst einmal die Segel gestrichen haben.

»Es war ein verdammtes Nest«, sagte der Giftzwerg von der CIA wütend. »McCoy hat es gewusst und uns gegenüber damit hinter dem Berg gehalten. Verdammte Scheiße, G-man! Das kommt dabei heraus, wenn jeder Verein sein eigenes Süppchen kochen will und krampfhaft darum bemüht ist, den anderen ja nichts wissen zu lassen.«

Phil schaute den Kleinen überrascht an. »Heißt das, McCoy arbeitete nicht mit euch zusammen und hat ...«

»Er bearbeitete die Sache offiziell für den VICE und hat sich dann nach New York abgeseilt. Mit oder ohne Segen seiner Vorgesetzten, da sind wir uns noch nicht sicher.«

»Natürlich mit«, sagte Phil. »Die müssen ihn mit einer ausgezeichneten Legende versehen haben. Anders hätte er gar keine Chance gehabt, den kubanischen Verein zu infiltrieren, Fergusson.«

»Richtig.« Der Giftzwerg von der CIA nickte. »Natürlich haben sie den eigenen Mann abgeschottet. Der VICE konnte es sich gar nicht leisten, ihn fallen zu lassen, nachdem sich McCoy selbstständig gemacht hatte.«

»Warum sollte er das getan haben?«

»Es gefiel McCoy nicht, dass Washington ›Cuba libre‹ zentral bearbeiten wollte, die CIA damit beauftragte und alle anderen Stellen, die sich bislang vergeblich damit beschäftigt haben, zurückgepfiffen hat. McCoy hatte, denke ich, Privatinteressen. Anstatt uns an seinen Erkenntnissen über ›Cuba libre‹ teilhaben zu lassen, ging er seine eigenen Wege. Er war schon lange auf Alvarez aufmerksam geworden, bevor wir eine Ahnung davon hatten, dass Alvarez die Organisation ›Cuba libre‹ in New York vertrat. Mann, es wäre mir auch lieber, es hätte McCoy nicht erwischt. Er hat es sich selbst zuzuschreiben. Er hätte wissen müssen, dass man eine militante Organisation nicht im Alleingang aufrollen kann!«

Phil fragte: »Warum hat McCoy euch misstraut? Und hat er der CIA im Allgemeinen oder nur dir im Besonderen misstraut, Fergusson?«

Fergusson warf den Kopf in den Nacken und rollte mit den Augen. »Das ist doch verdammter Unsinn und ...«

Phil winkte ab. »Erzähl du mir keinen Bullshit, Fergusson! Da ist natürlich etwas gewesen, zwischen McCoy und der CIA.«

»Und was, verdammt, soll das gewesen sein?«

»Ihr habt ihn nicht ernst genommen, weil er keiner von euch war«, vermutete Phil. An der Reaktion des kleinen CIA-Mannes konnte er deutlich erkennen, dass er den Nagel auf den Kopf getroffen hatte. »Ich denke, er hat euch in der Vergangenheit etwas durchgespielt, und ihr habt ihm nicht geglaubt. Wahrscheinlich habt ihr damit andere, vielleicht McCoys Kollegen vom VICE, in Schwierigkeiten gebracht. McCoy war viel zu intelligent, um sich auszuklinken und anzunehmen, er könnte ein Komplott im Alleingang aufrollen.«

Fergusson schwitzte und strich sich mit dem Handrücken über die Stirn.

Er stand auf und trat ans Fenster. Einen Moment zögerte er, dann stieß er den Flügel auf und streckte den schmalen Kopf an die frische Luft.

Phil sah das Aufblitzen vom Dach gegenüber. Im nächsten Sekundenbruchteil wurde Fergusson in den Raum zurückgeschleudert. Der hagere CIA-Mann, der rechts von Phil stand, starrte mit weit aufgerissenen Augen auf seinen kleinen Chef und schien gar nicht mehr dazu fähig zu sein, sich von der Stelle rühren zu können.

Phil warf sich gedankenschnell zu Boden, angelte nach den Beinen des hageren CIA-Agenten und riss ihn mit sich.

Im genau richtigen Moment.

Auf dem Dach des gegenüberliegenden Hauses krümmte

der Heckenschütze erneut den Finger. Die zweite Kugel pfiff quer durch den Raum. Wäre der Hagere stehen geblieben, hätte es ihn unweigerlich erwischt.

Für den kleinen Fergusson konnte keiner mehr etwas tun. Der war tot. Das erkannte Phil, als er sich rasend schnell der Tür der Nachbarwohnung entgegendrehte, wo er sich im toten Winkel des Fensters befand.

»Gegenüber auf dem Dach!«, schrie Phil den Cops und CIA-Männern zu, die sich im Treppenhaus und im Hausgang vor den Wohnungen aufhielten. »Versucht, ihn festzunageln oder ihm den Weg abzuschneiden!«

Der Mann, den Phil von den Beinen gerissen hatte, lag lang ausgestreckt neben dem toten Fergusson und rührte sich nicht. Vom Dach auf der anderen Straßenseite konnte man ihn sehen. Und noch war die Gefahr nicht gebannt. Jedenfalls glaubte Phil nicht daran.

Der Mann dort drüben auf dem Dach brauchte nicht in Panik zu verfallen. Er konnte sich im Gegenteil alle Zeit der Welt lassen. Die Chancen, ihn zu schnappen, waren minimal.

Bevor jemand das gegenüberliegende Haus erreichte und den Weg bis auf das Dach hinauf geschafft hatte, hatte der Mordschütze Gelegenheit, sich auf verschiedenen Wegen in Sicherheit zu bringen. Die Häuser standen so dicht nebeneinander, dass man mühelos von einem Dach auf das andere springen und durch das Treppenhaus eines Nebengebäudes leicht entkommen konnte. Um das abzusichern, hätte man eine Hundertschaft an Cops gebraucht.

»Liegen bleiben!«, keuchte Phil mit heiserer Stimme, als der hagere CIA-Mann Anstalten machte, sich von Fergusson wegzudrehen. »Liegen bleiben, Mann!«

Phils Worte waren noch nicht verhallt, als die nächste Kugel durch das offene Fenster hereinpfiff.

Diesmal war sehr deutlich, dass der Schütze nicht auf eine Person gezielt hatte. Die Kugel fegte hoch heran, sirrte über den Schrank hinweg und bohrte sich, nur einen Fingerbreit von der dort stehenden, großen Vase entfernt, in die Tapetenwand.

»Habt ihr hier schon alles gecheckt?«, fragte Phil.

»Noch nicht alles«, keuchte der Hagere, der seine Nerven wieder unter Kontrolle hatte und sich nicht mehr bewegte. »Wir hatten noch gar keine Zeit, um alles …«

Phils Blick heftete sich auf die große Vase, die auf dem Schrank stand. So unauffällig und harmlos, dass sie mit Sicherheit zuallerletzt die Aufmerksamkeit der Leute auf sich zog, die hier Alvarez' Wohnung durchsuchten. Phil hielt die Luft an. Seine Nackenhaare stellten sich auf. Er warf einen prüfenden Blick zum offenen Fenster und rannte los.

Es waren drei Schritte bis zu dem verdammten Schrank. Sie erschienen Phil lang wie der Weg nach Rom. Dann hatte er sein Ziel erreicht. Er bückte sich, packte das Möbelstück ganz unten und kantete es mit aller Kraftanstrengung.

Die Vase rutschte, als der Mann vom gegenüberliegenden Dach den dritten Schuss abfeuerte. Nun konnte es wirklich keinen Zweifel mehr daran geben, dass er die Vase aufs Korn genommen hatte. Aber er hatte natürlich nicht damit rechnen können, dass der Schrank Schräglage bekam und die Vase zu rutschen begann. Aus diesem Grund verfehlte die Kugel das anvisierte Ziel und traf erneut nur die Wand.

Die Vase fiel auf den Boden und zerbarst. Ein Paket kam zum Vorschein, das fabrikmäßig noch vorschriftsmäßig in bräunliches Ölpapier gewickelt war.

Semtex – Plastique

Das war mit dicken roten Buchstaben auf das bräunliche Ölpapier geschrieben.

Phil kippte den Schrank ins Zimmer hinein. So fand er dahinter sichere Deckung, konnte sich auf das Päckchen zubewegen und es schließlich an sich nehmen.

Der kalte Schweiß war dem G-man ausgebrochen. Für einen Moment hatte er völlig vergessen, dass es sich bei den Kubanern, mit denen man es zu tun hatte, um raffinierte

Attentäter handelte und nicht um einige Wirrköpfe, bei denen die linke Hand nicht wusste, was die rechte tat.

Sie hatten Alvarez beseitigt, weil sie befürchteten, dass er reden würde. Sie hatten seine Leiche so zurückgelassen, dass man sehr schnell auf sie aufmerksam werden musste. Sie hatten natürlich auch damit gerechnet, dass die Polizei, der FBI oder der Geheimdienst sehr schnell herausfanden, wo Alvarez und seine Leute ihr Hauptquartier gehabt hatten.

Um allen Stellen deutlich zu demonstrieren, wie gefährlich es war, sich mit »Cuba libre« anzulegen, hatten sie den Plastiksprengstoff in die Vase gepackt und auf den Schrank gestellt. Dem Fenster direkt gegenüber. So hatte ein Mann mit einem Gewehr mit Zielfernrohr nur auf dem gegenüberliegenden Hausdach zu warten brauchen, bis sich die Polizei hier zur Durchsuchung der Wohnungen versammelt hatte. Mit einem Schuss hatte er den Sprengstoff zur Explosion bringen und damit viele Beamte zur Hölle schicken sollen.

Phil schwitzte und fror gleichzeitig.

Der Hagere, der noch immer bewegungslos neben dem toten Fergusson lag, starrte mit weit aufgerissenen Augen auf das bräunliche Sprengstoffpaket, das Phil so deponierte, dass kein Unglück mehr damit geschehen konnte.

»Mein Gott ...«, stammelte er. »Mein Gott – das ist wie Krieg!«

»Ja.« Phil nickte. »Krieg um die Macht in Kuba. Anstatt in der Karibik findet der vor unserer Haustür statt.«

»Was wäre geschehen, wenn der Kerl die Vase mit einer Kugel getroffen hätte?«

Phil zuckte mit den Schultern. »Kaum auszumalen«, antwortete er heiser. »Auf jeden Fall wäre diese Etage total verwüstet worden. Wohl kaum einer der Männer, die sich hier aufhalten, hätte eine Chance gehabt, es zu überleben.«

»Ich glaube, mir wird schlecht«, stöhnte der Hagere. »Ist der Kerl vom gegenüberliegenden Dach verschwunden?«

»Sicher«, antwortete Phil. »Nachdem er kein Ziel mehr hat, ist es auch für ihn sinnlos, sich weiterhin dort oben aufzuhalten. Zum anderen sind einige Cops, einige von deinen Leuten und ein G-man auf dem Weg zum gegenüberliegenden Haus. Er muss also verschwinden.«

Phil richtete sich hinter dem Schrank auf. Er stand dem offenen Fenster genau gegenüber. Nichts geschah. Er wandte sich dem Treppenhaus zu und sagte den Cops, was sie zu tun hatten. Als er wieder in den Raum zurückkam, hatte sich der Hagere auf den umgekippten Schrank gesetzt. Der Schweiß rann ihm über das Gesicht. Er schaute Phil an und schüttelte den Kopf.

»Richtig und wertfrei gesehen, hast du uns allen wohl das Leben gerettet, G-man«, sagte er heiser. »Wie, verdammt, bist du darauf gekommen, dass etwas mit der Vase nicht in Ordnung ist?«

»Keine Ahnung«, gab Phil zu. »Es war ein komisches Gefühl, nachdem der Kerl den zweiten Schuss dicht an der Vase vorbei in die Wand setzte, obgleich er alle Chancen hatte, neben Fergusson auch noch dich zu erwischen. Nenn es Glück.«

»Egal, was auch immer. Danke, G-man.«

»Was war mit McCoy?«, nahm Phil den Faden dort auf, wo er ihn notgedrungen fallen gelassen hatte. »Der hat sich doch wirklich nicht von ungefähr selbstständig gemacht und misstraute der CIA oder Fergusson doch nicht grundlos, oder?«

»Fergusson, der schon seit Jahren mit der Sache beschäftigt ist, hat einen Hinweis von McCoy nicht ernst genommen und als fantastisch von der Hand gewiesen. Es ging um die Flucht von zwei Oppositionellen, die wichtige Mitteilungen über die Organisation ›Cuba libre‹ hier auf amerikanischen Boden haben sollten.«

Phil spürte seinen Magen durchsacken. »Was heißt das, wichtige Mitteilungen?«

Der Hagere zuckte mit den Schultern.

»Standorte und Namen, denke ich. Auf jeden Fall war man in Havanna auf die beiden aufmerksam geworden, und es galt, deren Flucht zu sichern. Fergusson hat das nicht ernst genommen. Die beiden, Vater und Sohn, haben ihre Flucht allein organisieren müssen und es nicht geschafft. Das geschah vor einem halben Jahr. Danach tauchte McCoy hier in New York unter und versuchte, auf eigene Faust, wahrscheinlich mit Hilfe des VICE, weiterzukommen. Er ist uns aus dem Weg gegangen.«

Phil nickte. Vater und Sohn, die ums Leben gekommen waren bei ihrem Fluchtversuch aus Kuba, das waren Carmen Castellos alias Langostos Vater und Bruder gewesen. Durch den Zwischenfall war McCoy auf sie aufmerksam geworden. Nun sah es danach aus, als hätte er mit dieser jungen Frau zusammen einen einsamen Kampf geführt, um »Cuba libre« das Wasser abzugraben oder der Organisation wenigstens einen Strich durch die Rechnung zu machen.

Wie auch immer. Es war falsch gewesen. McCoy hatte es mit dem Leben bezahlt, und Carmen Castello, wie sie sich heute nannte, schwebte in Lebensgefahr, weil die Organisation wahrscheinlich schon auf sie aufmerksam geworden war.

»Weiter!«, verlangte Phil.

Der Hagere von der CIA zögerte.

»Verdammt, ziehen wir nun an einem Strick, oder nicht?«, fragte Phil wütend. »Oder habe ich vielleicht versucht, nur meinen eigenen Arsch zu retten?«

»Havanna versucht, an eine Liste der Männer und Frauen heranzukommen, die auf der Zuckerrohrinsel den Widerstand gegen Castro organisieren.«

»Die gibt es?«

»Es gibt verschiedene gleich lautende Listen an verschiedenen Stellen«, gab der CIA-Mann zu. »Natürlich wissen nur einige Leute davon. State-Department-Mitarbeiter hauptsächlich. Diese Personen werden seit dem Zwischenfall von uns scharf unter Kontrolle gehalten.«

»Das heißt, Havanna hat es auf einen dieser Männer abgesehen, um an die Liste heranzukommen und den Widerstand auf der Insel so zu brechen?«

»Wahrscheinlich. Sicher sogar.«

»Hier in New York?«

»In New York und drei anderen Städten«, sagte der Hagere und zündete sich eine Zigarette an. »Wir wissen nicht, wo und wann sie zuschlagen werden. Wir kennen auch nicht alle Gruppen, die Havanna in den Staaten aufgebaut hat und die mit der Sache beschäftigt sind. Alvarez und die Gruppe, die hier in New York agierte, war uns neu. McCoy hat sie gekannt. Wenn er hier aufgetaucht ist, dann bedeutet es unweigerlich, dass hier etwas passieren soll, G-man. Aber nun sieht es so aus, als hätte man die Gruppe zurückgezogen, nachdem man Alvarez getötet hat.«

»So sieht es aus«, sagte Phil nachdenklich. »Aber es muss nicht so sein.«

»Sicher nicht.«

»Was nehmt ihr an?«

»Ich rede mich um Kopf und Kragen, G-man.«

»Sieh es so, dass du Kopf und Kragen längst los wärst, wenn das hier anders gelaufen wäre.«

»Verdammt, wir denken, Havanna hat einen neuen Mann geschickt, der mit zwei oder drei anderen Leuten zusammenarbeitet und Alvarez' Job übernommen hat. Wir kennen ihn nicht, aber wir denken, dass die Kerle einen Weg gefunden haben, an die verdammte Liste heranzukommen. Was dann auf Kuba passiert, kommt einer Katastrophe gleich, G-man.«

Über den toten Fergusson hinweg schaute Phil aus dem Fenster in den wolkenverhangenen Himmel, aus dem es schüttete.

Unruhe entstand im Treppenhaus. Neben einigen Feuerwerkern rückte auch Zeerookah an. Tropfnass blieb er im Raum stehen, schaute sich um und schüttelte den Kopf.

»Ich habe ihn gesehen«, sagte er, nachdem zwei Feuerwerker die Semtexladung an sich genommen hatten und damit verschwunden waren. Die anderen durchsuchten die Wohnungen hier unten mit speziellem elektronischem Aufspürgerät nach weiteren explosiven Ladungen. »Nicht deutlich, dazu waren die Wetterbedingungen zu schlecht. Ein großer, schlanker Mann mit dunklen, straff zurückgekämmten Haaren. Ich kam von der anderen Seite. Als er mir begegnete, wusste ich noch nicht, was geschehen war. Er passierte mich ohne besondere Hast. Er kam aus einem Nachbarhaus. Verdammt, wenn ich gewusst hätte …«

»Ist dir etwas an ihm aufgefallen?«

Zeery strich sich über die Haare. »Ich bin mir nicht sicher«, sagte er. »Aber ich meine, er hatte eine Narbe in der rechten Gesichtshälfte. Etwas mit seinen Augen schien mir nicht in Ordnung.«

Der Hagere von der CIA erbleichte.

»Kannst du damit etwas anfangen?«, fragte Phil, dem die Reaktion des Hageren natürlich nicht entgangen war.

»Es gibt nur einen Mann, der mir zu der oberflächlichen Beschreibung einfällt. ›El Hombre‹. Havanna hat ihn bislang zweimal in den Staaten arbeiten lassen. Jedes Mal haben wir das Nachsehen gehabt. Wichtige Zeugen starben, bevor wir richtig an sie herankamen.«

»Mit anderen Worten«, sagte Phil, »Havanna stochert nicht mehr im Dunkeln, sondern ›El Hombre‹ weiß, wie er an die Liste herankommen kann.«

»Genauso würde ich das sehen«, sagte der Hagere. »Verdammt, wenn McCoy uns vorher auf Alvarez aufmerksam gemacht hätte …«

Es war schief gegangen. El Hombre, der Blauäugige mit der Narbe, hatte es anders geplant und vorbereitet. Die Wetterbedingungen waren zu schlecht gewesen. Mit dem ersten Schuss hatte er einen Mann getötet, aber mit dem zweiten und dem dritten Schuss die Vase mit dem Semtexsprengstoff verfehlt.

Weil jemand dort drüben in Alvarez' Wohnung schnell genug geschaltet und den richtigen Riecher gehabt hatte.

Der Kubaner fluchte, nachdem er mit dem Wagen die Gegend der Lower West Side verlassen hatte und sich wieder absolut sicher fühlen konnte. Er zündete sich eine Zigarette an, rauchte einen tiefen Zug und dachte an den Indianer, an dem er auf seiner ruhigen Flucht sehr dicht vorbeigegangen war.

Ein Passant, der harmlos war, oder ein Angehöriger der CIA oder des FBI, die alle beide nun mit der Organisation »Cuba libre« beschäftigt waren? El Hombre war sich seiner Sache nicht sicher. Aber mehr und mehr schlich sich die Gewissheit bei ihm ein, dass er den ersten Fehler begangen hatte: Um sicherzugehen, hätte er diesen Indianer erledigen müssen. Durch dessen Aussage bekam die Polizei nun zumindest vage Hinweise auf seine Person. Er war ein dem Geheimdienst bekannter Mann. Es schien ihm sicher, dass man ihn identifizierte, sobald seine Narbe oder seine Augen zur Sprache kamen.

El Hombre schnippte die angerauchte Zigarette in den strömenden Regen hinaus. Er dachte an Manuela Browning und Joshua Wagner im Fairbank Hotel. Wagner musste ein Volltreffer werden. Die Zeit begann ihnen unter den Nägeln zu brennen. Wenn Wagner nicht das hielt, was man sich von ihm versprach, gab es wohl kaum eine Chance, nach einem weiteren Trumpf zu suchen.

Er musste jetzt und sofort handeln.

6

»McCoy wird wissen, was wir mit ihm tun müssen!«

Das war das Erste, was ich hörte. Danach wurde noch

etwas gesagt. Das jedoch ging unter in der Schmerzwelle, die wild durch meinen Körper brandete. Es dauerte einige lange Sekunden, bis ich auf die Reihe gebracht hatte, was geschehen war. Dann spürte ich eine Hand auf meiner Stirn.

»Was hat das zu bedeuten, dass ein G-man hier auftaucht?«

Komischerweise wusste ich sofort, zu wem diese Stimme gehörte. Zu Marco, dem Mann mit dem Bart und den Fledermausohren, der eine Luger mit perfektem Schalldämpfer besaß und mit der Kanone, für die er sicher keinen Waffenschein hatte, auch noch ausgezeichnet umgehen konnte.

»Ich weiß es nicht«, sagte Carmen Castello.

»Hat McCoy nicht mal was davon gesagt, dass er einen New Yorker G-man kennt?«

»Ja«, sagte der Junge, der aussah wie ein Student von der Columbia Universität und der mich mit der Kalaschnikow in den Keller gewinkt hatte. »Aber das muss ja nichts heißen …«

»Wieso verläuft er sich dann ausgerechnet hierher?«, fragte der Mann mit den Fledermausohren wieder.

»Keine Ahnung«, sagte Carmen Castello. »Es ist besser, ihr verschwindet und ich bin mit ihm allein, wenn er wieder aufwacht.«

Das fand ich eine so ausgezeichnete Idee, dass ich mich noch die zwei Minuten ruhig verhielt und schlafend stellte, die es dauerte, bis die ganze Meute abgezogen war.

Ich dachte, dass es zwei Minuten gedauert hatte, aber in Wirklichkeit war viel mehr Zeit verstrichen, bis ich die Augen aufschlug. Ich befand mich auf keinen Fall mehr in dem alten Gebäude am Prospect Park West. Sie hatten mich verlegt, ohne dass ich es bemerkt hatte. Die Wohnung, in der ich mich wiederfand, war sicher die, die Carmen Castello in der Lafayette Avenue hatte.

Carmen Castello war nicht bei mir. Ich richtete mich im Bett auf. Viel zu früh und zu schnell. Stöhnend sank ich auf die Matratze zurück. Der Krach, den ich dabei machte, rief die schöne Kubanerin wieder auf den Plan.

Sie trug einen weißen, kurzen Morgenmantel, der hoch geschlossen war. Das lange schwarze Haar war nass und lag wie angeklebt an ihrem Kopf. Auf den langen Beinen, die unter dem Morgenmantel hervorschauten, perlte noch Wasser. Dazu war Carmen Castello vom frischen, angenehmen Geruch eines kostbaren Badeöls umgeben, sodass kein Zweifel darüber entstehen konnte, dass sie aus dem Bad kam.

»Bleib liegen«, sagte sie mit spröder Stimme.

»Worauf du dich verlassen kannst!«

Sie lächelte schwach und kam zum Bett. Einen kurzen Moment lang zögerte sie. Dann setzte sie sich auf die Bettkante und schaute mich prüfend an.

Wusste der Teufel, was sie aus meinem Gesicht herauslesen wollte.

»Das war ein Missverständnis, G-man.«

»Cotton«, sagte ich. »Am liebsten Jerry. Das klingt familiärer, und es ist nun mal so, dass man von seiner Familie mehr einstecken kann als von Fremden. Richtig?«

Sie lachte leise, rückte weiter auf das Bett und schlug die langen Beine übereinander. Der Saum des Morgenmantels rutschte nach oben. Ich brauchte nicht lange hinzuschauen. Ich hatte gewusst, dass jemand, der aussah wie sie, auch sehr schöne Beine hatte. Zum anderen befand ich mich nicht in der richtigen Verfassung, mich an schönen Frauenbeinen zu erfreuen.

»Hast du etwas, was du mir gegen die Schmerzen geben kannst?«

»Ich kann einen Doc rufen.«

»Was sonst noch?«

»Ich kann dir etwas geben, was dir die Schmerzen nimmt, dich möglicherweise aber etwas groggy macht.«

»Dann lieber groggy. Soweit ich mich erinnere, habe ich in dieser Nacht ohnehin nichts mehr vor.«

»Bist du sicher?«

»Absolut.«

Carmen Castello stand vom Bett auf, verließ das Schlafzimmer und kehrte wenig später wieder zurück. Ich hatte mit Tabletten gerechnet, aber sie wartete mit einem bedeutend größeren Kaliber auf. Mit einer Spritze und einer Ampulle, aus der sie ein farbloses Serum in den Kolben zog. Sehr professionell.

»Helfen wird es ganz sicher«, sagte sie leise.

»Ich wusste nicht, dass du auch Krankenschwester bist, Carmen.«

Ihre Brauen zuckte in die Höhe. »Eigentlich nicht wirklich«, gab sie zu. »Aber du bist nicht der Erste, den ich verarzte. Gestorben ist daran noch keiner. Mit diesem Zeug im Blut kommst du gut über die nächsten Stunden.«

»Ich vertraue dir.«

»Warum?«

»Weil McCoy gesagt hat, dass ich dir vertrauen kann und du auf der richtigen Seite stehst.«

»Tut mir Leid, dass meine Freunde dich so zugerichtet haben.«

»Ich hatte noch Glück, weil der mit der Kalaschnikow anordnete, mich nicht die Kellertreppe runterzuschmeißen.«

»Dreh dich und zieh die Hose aus.«

Ich tat es. Wer A sagte, musste auch B sagen. Falls das Zeug die Schmerzen wirklich für einige Zeit betäubte, war damit schon viel gewonnen. Hauptsache, ich behielt einen klaren Kopf und meine Gedanken nebelten nicht zu sehr ein.

Mit kühlem Alkohol desinfizierte sie die Haut und stieß mit der Nadel so schnell und gekonnt zu, dass ich den Stich nicht mal bemerkte. Aber das Serum brannte wie die Hölle. Sie wusste es. Mit der flachen Hand massierte die Kubanerin die Einstichstelle. Das brennende Gefühl verteilte sich so breitflächig, dass es leicht zu ertragen war.

»Ist dir etwas aufgefallen in den letzten Tagen?«, fragte ich.

»Das Wetter ist schlechter geworden«, antwortete sie.

Natürlich redete sie noch nicht. Erst musste sie wissen, wer ich war, was mich zum Prospect Park West getrieben hatte und in welcher Beziehung ich wirklich zu McCoy stand.

Ich schwieg und wartete darauf, dass sich der Schmerz in meinem Körper neutralisierte. Dann spürte ich, wie sich der Schmerz zurückzog. Gleichzeitig wurde mein Kopf klar und meine Glieder leicht.

»Was ist mit Jonny McCoy?«, fragte Carmen Castello. Sie hatte eine Flasche Whisky und zwei Gläser geholt und setzte sich auf das Bett zurück. Langsam schenkte sie ein. Nur ein Glas, weil ich den Kopf schüttelte. Ich kannte die Wechselwirkung zwischen dem injizierten Serum und Alkohol nicht und wollte kein Risiko eingehen.

Ich wartete, bis sie den ersten Schluck getrunken hatte, dann setzte ich mich auf. Das gelang ohne Schwierigkeiten. Was das Serum auch immer gewesen sein mochte, es half.

»Jonny McCoy«, kam sie auf ihre Frage zurück. »Du bist doch der G-man, dem er vor vielen Jahren in Miami begegnet ist, oder?«

Ich nickte. Er hatte ihr von mir erzählt und ihr wahrscheinlich auch gesagt, dass sie sich in Zeiten der Not mit mir in Verbindung setzen sollte. Aber offensichtlich hatte er ihr nichts davon gesagt, dass ich tief in seiner Schuld stand, weil er mir in Miami das Leben gerettet hatte. Jonny McCoy war kein Mann gewesen, der mit alten Heldentaten geprotzt hatte.

»Tut mir Leid«, sagte ich leise. Meine Hand tastete über die Bettdecke nach der ihren. Sie zog ihre Hand nicht zurück, als sich meine Finger darum schlossen.

»Jonny ist tot.«

Sie zuckte zusammen. Ihr Blick richtete sich starr zur gegenüberliegenden Wand. Die dunklen, großen Augen füllten sich mit Tränen, aber sie liefen nicht über. Carmen Castello versuchte, sich unter Kontrolle zu halten.

»Alvarez und seine Leute sind dahinter gekommen, dass er ein Mann vom VICE war«, sagte ich leise, ließ ihre Hand los und legte ihr den Arm um die Schultern. Sie machte sich leicht, lehnte sich an mich und schloss die Augen. Erst jetzt lösten sich die Tränen.

»Es konnte nicht gut gehen«, sagte sie dann, trank das Glas leer und warf es in einer Aufwallung von Schmerz gegen die Wand. »Verdammt, es konnte nicht gut gehen. Nicht, nachdem Fergusson und seine Geheimagenten in New York auftauchten und seine Spur gefunden hatten. Die Kerle haben ihn reingerissen.«

Das war eine Anschuldigung, die ich nicht unterschreiben konnte. Vielleicht war es so gewesen, vielleicht auch nicht. Auf der anderen Seite konnte ich mir wirklich nicht vorstellen, dass Fergusson McCoy geopfert hatte. Wozu?

»Wann hast du ihn gesprochen?«

Ich sagte es ihr und versuchte, es nicht allzu dramatisch klingen zu lassen.

»Mein Gott!« Sie rieb sich mit dem schmalen Handrücken über die Augen. Dann stand sie auf, lief durch das große Schlafzimmer und blieb neben dem Fenster stehen.

Dass sich der Knoten des Morgenmantelgürtels gelöst hatte und der Stoff auseinander klaffte, schien sie gar nicht zu bemerken. Wenigstens nicht in den Sekunden, die sie ausdruckslos und starr in die Dunkelheit und den Regen hinausstarrte, der über Brooklyn niederging. Dann drehte sie sich langsam um, schloss den Morgenmantel und setzte sich vor das Bett auf einen Flokati. Sie zog die langen Beine an, barg das schöne Gesicht zwischen den Handtellern und legte das Kinn auf die Knie auf.

»Was hat McCoy dir gesagt?«

»Dass ich auf dich aufpassen soll.«

Sie drehte den Kopf, schaute mich an, und ihre Mundwinkel zuckten. »Das kann ich alleine.«

Es klang ein wenig feindselig, aber so war es sicher nicht gemeint.

»Es war leicht, dich zu finden.«

»Ja«, sagte sie. »Genauso soll es auch sein. Sie sollen mich finden, aber nicht so leicht an mich herankommen. Marco, Alfonso und die anderen, die du am Prospect Park West kennen gelernt hast, haben ein wachsames Auge auf mich. Sie haben dich für einen aus Havanna gehalten, Jerry. Wäre es so gewesen, hättest du keine Chance gehabt.«

Es war richtig, was sie sagte, aber es war falsch, was sie tat. Sie konnte nicht als Lockvogel herumlaufen. Möglicherweise gelang es ihren Freunden, einen oder zwei Beauftragte Havannas abzufangen, aber früher oder später erging es ihr genauso wie Jonny McCoy.

»Ich war vor zehn Jahren in Miami. Damals ging es schon um eine Organisation, die sich ›Cuba libre‹ nannte«, sagte ich. »Damals hat man den FBI zurückgepfiffen, weil die Männer vom VICE angeblich die besseren Chancen hatten. Ehrlich gesagt, habe ich bis vor einigen Stunden, als McCoy mich anrief, niemals wieder daran gedacht. Ehrlich gesagt, weiß ich nicht einmal genau, um was es geht. Die CIA kümmert sich darum, und der Geheimdienst duldet keine Konkurrenz neben sich. Wenn sie McCoy ausfindig gemacht haben, warum haben sie nicht herausgefunden, dass du ihn kennst, und warum sind sie nicht schon lange auf dich aufmerksam geworden?«

»Weil sie sich bislang nicht auf New York konzentriert haben. Sie dachten, die Sache würde, wie auch anzunehmen war, in Florida erledigt.«

»Wird sie aber nicht.«

»Anscheinend nicht.«

Natürlich gab es da noch eine Sperre in ihr. McCoy war tot. Das hatte sie nicht nur betrübt, sondern auch nachdenklich werden lassen. Irgendetwas passierte da. McCoy und sie hatten etwas herausgefunden. Sie war sich nicht sicher, ob sie einen G-man ins Vertrauen ziehen konnte, nachdem sie mit dem Geheimdienst so schlechte Erfahrungen gesammelt hatte und die CIA für McCoys Tod verantwortlich hielt.

Ich fühlte mich leicht und etwas müde, aber ich hatte keine Schmerzen mehr.

»Ich weiß nicht, was ich tun soll«, sagte sie.

»Auf jeden Fall nichts, was dich und deine Freunde in Gefahr bringt.«

Sie lachte leise. »Was weißt du von mir?«

»Das, was wichtig ist«, sagte ich. »Ein Kollege von mir hat nicht mal zwei Stunden gebraucht, um mir deinen Lebenslauf ziemlich lückenlos durchzugeben.«

»Du meinst, es ist nicht richtig, was wir tun?«

»Ich meine, ihr könnt es nicht allein erledigen, und es ist nicht allein euer Problem. Der Geheimdienst mag den Widerstand gegen Castro in Kuba bezahlen und unterstützen. Aber das hier ist New York. Hier gibt es die Möglichkeit für euch, mit den offiziellen Stellen zusammenzuarbeiten.«

»Du scheinst nicht alles zu wissen.«

»Was nicht?«

»McCoy hat mit den offiziellen Stellen zusammengearbeitet. Ich habe ihn kurz nach meiner Flucht in Miami kennen gelernt. Das ist noch kein Jahr her. Damals war ich für den Geheimdienst noch nicht interessant genug, dass sie mich mit einem neuen Namen und einer Legende versahen, Jerry. Mein Vater und mein Bruder, die den Widerstand gegen Castro nicht nur mit organisierten, sondern verantwortlich leiteten, hatten erste Hinweise, dass Castros Männer versuchten, an die Liste der Leute heranzukommen, die auf der Insel gegen ihn opponieren. Sie sammelten Beweise dafür, bekamen sie in die Hand und wollten alles aus Kuba hinausschaffen. Sie brauchten Hilfe, weil man auf sie aufmerksam geworden war. McCoy wandte sich damit an die CIA. Die haben ihn nicht ernst genommen, weil er nur ein kleiner Mann vom VICE war. Mein Vater und mein Bruder starben. Was sie an Beweisen gesammelt hatten, ging in den Flammen unter oder, was noch viel schlimmer ist, fiel Castros Leuten in die Hände. Von da an tauchte McCoy unter, und ich bekam ein neues Leben. Wie durchsichtig es ist, habe ich gerade von dir erfahren.«

Sie hatte leise und ohne Emotionen gesprochen. Sie wollte nicht anklagen, schließlich lebte sie, mehr oder weniger auf Gedeih und Verderb vom amerikanischen Geheimdienst abhängig, hier in den Staaten. Sie wollte mir nur aufzeigen, dass es gefährlich sein konnte, mit offiziellen Stellen zusammenzuarbeiten, die auf einem Ohr taub und borniert dazu waren.

»Weiter.«

»Alvarez hat sich hier eingenistet. Bevor sich McCoy bei ihnen einschleusen konnte, starben vier von unseren Leuten.«

»Wann?«

»Im letzten halben Jahr.«

Ich schüttelte den Kopf. »Davon hätte der FBI erfahren.«

»Bullshit«, begehrte sie auf und warf den Kopf in den Nacken. »Der FBI weiß nichts von den Exilkubanern und den Illegalen, die sich in der Stadt aufhalten. Die Leute verschwinden einfach. Wenn sie nicht wieder auftauchen, sind sie tot. Unsere Leute sind nicht wieder aufgetaucht. Alvarez hat sie erledigt. Nur weil wir uns gegenseitig ziemlich sicher abgeschottet haben, konnten sie Alvarez nichts von mir, von Marco, Alfonso und einigen anderen berichten.«

Sie holte das Glas zurück, das sie eben an die Wand geworfen hatte. Sie schenkte sich einen Schluck aus der Flasche ein und trank.

»McCoy hat drei von Alvarez' Männern mitgenommen«, sagte ich. »Alvarez hat es ebenfalls erwischt.«

»Natürlich.« Carmen Castello nickte. »Er hatte sich mit McCoy selbst ein Kuckucksei ins Nest gelegt. Er war nicht mehr tragbar. Wir hatten aus Kuba schon erfahren, dass Havanna einen neuen Mann nach New York geschickt hat. Weißt du, was das heißt?«

Ich wusste es nicht. Dieser heimliche Krieg war bislang unbemerkt an mir vorübergegangen. »Nein.«

»Sie wissen inzwischen, wie sie sicher an die verdammte Liste herankommen können und ...«

Das Telefon schellte.

Carmen Castello richtete sich steil auf und warf mir einen gehetzten Blick zu. Für einen Moment hatte es den Anschein, als würde sie die Nerven verlieren. Dann hob sie ab und meldete sich.

»Ja«, sagte sie und gab den Hörer an mich weiter. »Ein Kollege von dir ist am Apparat. Phil Decker. Wenn es eine Falle ist, ist es jetzt ohnehin zu spät.«

Es war Phil, der es auf gut Glück über diese Leitung versucht hatte, weil ich mich bislang nicht gemeldet hatte.

Zwei Minuten später wusste ich, was geschehen war. Phil sagte das Gleiche, was Carmen Castello gerade angedeutet hatte.

»Sie haben einen Weg gefunden, um an die Liste heranzukommen, Jerry. Wenn wir ihnen noch einen Riegel vorschieben wollen, so gelingt uns das sicher nicht in Einzelaktionen.«

»Was ist mit der CIA?«

»Ich denke, die Freunde aus Washington werden morgen früh bereit sein, mit uns zusammenzuarbeiten. Wenn wir Informationen und Erkenntnisse zusammenwerfen, haben wir vielleicht noch eine Chance, das Schlimmste abzuwenden. Versuche, Carmen Castello und die anderen davon zu überzeugen. Melde dich morgen früh. Das ist im Moment alles.«

Ich legte auf. Carmen Castello stellte den Apparat auf den Nachtschrank zurück und schaute mich fragend an.

»Fergusson ist tot«, sagte ich. »Der Mann, der McCoy nicht ernst genommen hat. Es ist richtig, dass Havanna einen neuen Mann geschickt hat. Die Leute von Alvarez sind ausnahmslos abgezogen worden. Sie wissen anscheinend, wie sie an die Liste herankommen können, und wir haben nur dann eine Chance, wenn wir gemeinsam gegen sie vorgehen.«

»Das habe ich befürchtet. Ich muss mich mit Marco und Alfonso treffen.«

Im ersten Moment wollte ich es ihr ausreden. Dann dachte ich, dass es sinnlos war. Sie würde nicht auf mich hören. Dazu hatte ich ihr bislang viel zu wenig zu bieten. Ich war müde und fühlte mich genau so, wie sie mich zugerichtet hatten: geschlagen.

»Warum sagst du nichts?«, fragte Carmen, als sie sich vom Bett erhoben hatte und mit dem Knoten des Gürtels spielte, der den Morgenmantel zusammenhielt.

»Okay«, sagte ich leise. »McCoy hat mich beauftragt, auf dich aufzupassen. Hätte er es nicht getan, wollte ich auch nicht, dass dir etwas passiert. Ich sage dir, was du tun musst, und hoffe, du tust es.«

»Versuch es!«

»Nimm Kontakt mit deinen Freunden auf. Sorg dafür, dass sie die Stadt verlassen und auf Tauchstation gehen, bis alles vorüber ist. Es ist das Beste, was sie für die Sache tun können.«

»Warum?«

»Weil der neue Mann aus Kuba, den man ›El Hombre‹ nennt, sie kennt. Es ist leicht zu sagen, dass man unter gar keinen Umständen etwas verraten wird, Carmen. Es ist besser, deine Freunde verschwinden und die Kubaner haben kein Ziel mehr, auf das sie sich stürzen können.«

Einige Sekunden verstrichen, dann nickte sie nachdenklich. »Und was ist mit mir?«

»Ich versuche, auf dich aufzupassen.«

Sie kam zum Bett zurück. Der Knoten des Gürtels sprang auf, und der weiße Stoff klaffte auseinander. Unter dem Morgenmantel war sie nackt. Sie kniete sich auf das Bett, beugte sich zu mir hinunter, und ein offenes Lächeln huschte über ihr Gesicht.

»In zehn Minuten bist du eingeschlafen«, sagte sie leise.

»Ich habe dir gesagt, dass das Serum die Schmerzen nimmt, aber groggy macht. Ich werde in zwei Stunden zurück sein. Und wenn du aufwachst, werde ich neben dir im Bett liegen. Also erschrick nicht.«

Sie küsste mich. Als ich, dem männlichen Impuls nachgebend, nach ihr greifen wollte, hatte sie sich schon zurückgezogen und stand vor dem Bett.

»Welche Chance haben wir, zu verhindern, dass El Hombre an die Liste der kubanischen Widerstandskämpfer herankommt und hier in New York noch mehr Menschen tötet?«, fragte sie leise.

»Ich weiß es nicht. Auf jeden Fall werden wir alles tun.«

»Ja«, sagte sie. »McCoy hat gut daran getan, gerade dich anzurufen.«

Was das anging, war ich mir nicht so sicher. Vielleicht würde er noch leben, wenn er sein Misstrauen gegenüber der CIA früher fallen gelassen und sich mit Fergusson in Verbindung gesetzt hätte. Auch er hätte wissen müssen, dass ein Mann wie Fergusson nicht zweimal denselben Fehler machte. Der kleine Giftzwerg, den es ebenfalls erwischt hatte, hätte diesmal sicher auf McCoy gehört.

Bevor ich mir den Kopf weiter darüber zerbrechen konnte, war ich eingeschlafen.

7

Als Joshua Wagner aufwachte, brauchte er einige Zeit, um sich daran zu erinnern, wo er war und was geschehen war seit gestern Abend.

Er war kaputt, fühlte sich wie auf den Hund gekommen, aber es war ihm in Erinnerung, dass er niemals etwas Ähnliches erlebt hatte. Dann wurde er sich bewusst, dass er allein war. Das jagte ihm einen gewaltigen Schrecken durch die Glieder. Allein in der teuren Suite des Fairbank Hotels.

Wagner stand auf. Seine Knie waren weich und mussten sich erst wieder daran gewöhnen, die etwas zu schwere Last seines Körpers zu tragen. Deutlich waren überall die Spuren der wilden Nacht noch zu sehen, und in den Räumen dieser Suite hing unverwechselbar der Duft von Manuela Browning.

Wagner betrat den Salon. Zum ersten Mal dachte er daran, dass die Rechnung für diese Suite noch offen stehen konnte und er gar nicht dazu in der Lage war, sie zu begleichen. Er hatte nur etwas mehr als hundert Dollar in der Tasche. Seine Kreditkarten waren auch nicht mehr höher belastbar als dieser geringe Betrag.

Joshua Wagner sah sich schon mitten in eine Katastrophe segeln. Wenn man ihn hier als Zechpreller festnahm, war seine bescheidene Karriere im Außenamt des State Department in höchster Gefahr.

Die Panik war nicht von Dauer. Er beruhigte sich in dem Moment, als er den dicken Umschlag auf dem Salontisch entdeckte, auf dem sein Name geschrieben stand.

Joshua Wagner.

Ohne Zweifel handelte es sich um die zierliche Handschrift einer Frau.

Wagner öffnete den Umschlag so ungeschickt, dass die Dollars herausrutschten und zu Boden fielen. Er starrte auf die Scheine und traute den eigenen Augen nicht. Auf den ersten Blick stellte er fest, dass es sich um einige tausend Dollar handelte. Mit zitternden Fingern hob er die Banknoten auf, zählte und stapelte sie.

Achttausend Dollar.

Wagner begann zu schwitzen, rieb sich mit dem Handrücken über die feuchte Stirn, und seine Hand zitterte, als er sich eine Zigarette anzündete. Dann erst entdeckte er die Mitteilung, die sich neben den Geldscheinen im Kuvert befand.

Sorry, ich musste früher weg. Es ist mir etwas dazwischengekommen. Danke für die unvergessliche Nacht. Wir sehen uns wieder. Manuela.

Joshua Wagner setzte sich. Was so verrückt begonnen hatte, nahm seinen Fortgang. Achttausend Dollar in bar, Manuela bedankte sich für die unvergessliche Nacht und versprach, dass sie sich wiedersehen würden.

Es dauerte einige Zeit, bis Joshua Wagner das alles begriff. Dann dachte er, dass die Pechsträhne seines Lebens gerissen war. Er lachte leise und abgehackt.

Es war neun vorbei. In der Suite befand sich kein Bekleidungsstück seiner Barbekanntschaft mehr, doch Wagner hatte das Gefühl, als wäre die Frau mit dem schönen Körper, die ihn die Leidenschaft neu gelehrt hatte, noch allgegenwärtig. Nicht präsent, sondern auf eine andere Art und Weise.

Es war zu spät, um noch zum Dienst in die Außenstelle des State Department zu fahren. Wagner überlegte einen kurzen Moment, dann griff er nach dem Telefon und rief Herbert Zanussi, seinen direkten Vorgesetzten, an.

»Wagner hier, Herbert«, sagte er und brauchte sich nicht mal zu bemühen, seine Stimme heiser und krank klingen zu lassen. »Tut mir Leid, Herbert, aber es ist so …«

»Sie klingen nicht gut, Joshua«, sagte Zanussi.

»Genau so, wie es mir geht, Herbert. Ich fürchte, ich kann heute nicht zum Dienst erscheinen. Oder erst viel später, wenn …«

»Kein Problem, Joshua. Machen Sie sich deswegen keine Sorgen. Wo sind Sie?«

Obgleich er sich wirklich nicht in Ordnung fühlte, hatte sein Instinkt für heikle Situationen nicht gelitten. Blitzschnell erkannte er, dass er auf diese Frage keine Antwort geben durfte, solange er nicht wusste, warum Zanussi sie stellte. Also überspielte Wagner die nächsten Sekunden mit einem Hustenanfall.

»Anne, Ihre Frau, hat angerufen und darum gebeten, dass Sie sich melden, sobald Sie hinter dem Schreibtisch sitzen, Joshua.«

»Ja«, sagte Joshua Wagner schnell. »Ich habe schon versucht, sie zu erreichen, aber da muss etwas mit der Leitung sein. Ich habe die Nacht bei Bekannten verbracht und …«

»Ich kenne das.« Zanussi lachte laut und fett, wie er auch in Wirklichkeit war. Wagner konnte ihn nicht leiden, was allerdings nicht auf Gegenseitigkeit beruhte. Zanussi war ein Kumpeltyp und hatte noch nie einen Hehl daraus gemacht, dass er ihn, Joshua Wagner, besonders mochte. Deshalb hatte Zanussi ihn auch zu seinem Stellvertreter ernannt. Eine Stellung, die es offiziell gar nicht gab. Wenn die Sprache einmal darauf kam, ersetzte Zanussi das Wort »Stellvertreter« durch »Vertrauensperson«. »Man sackt durch, will am nächsten Tag alles wieder aufholen, und dann schlägt ein Bazillus zu. Wie gesagt, keine Sorge. Ich werde einen Urlaubstag eintragen. Keiner wird ein Wort darüber verlieren. Falls Sie morgen noch nicht in Ordnung sind, melden Sie sich im Laufe des Tages. Ich erledige das schon, Joshua.« Er lachte wieder. »Eine Hand wäscht die andere, wie man so schön sagt.«

»Ja«, sagte Joshua Wagner schnell, schaute zum Geld, das auf dem Tisch lag, und hatte Zanussi schon jetzt sagen können, dass er morgen sicher nicht zum Dienst erscheinen würde, nachdem er ihm diese Hintertür offen gehalten hatte. »Danke, Herbert. Falls Anne noch einmal anruft, bevor ich sie erreichen kann …«

»Werde ich sagen, dass Sie sich gemeldet haben und sie sich keine Gedanken zu machen braucht.«

»Freundlich von Ihnen, Herbert.«

»Mann, Joshua, wir sind doch eine große Familie. Legen Sie sich ins Bett und werden Sie erst einmal wieder gesund.«

Joshua Wagner bedankte sich noch einmal. Als er auflegte, fragte er sich selbst, wozu und weshalb er sich eigentlich bedankte. In den beinahe zwanzig Dienstjahren, die er auf dem Buckel hatte, hatte er kaum mehr als drei Tage gefehlt. Er war ausgewiesen einer der verlässlichsten Mitarbeiter der Außenstelle des State Department. Zum Teufel, er würde sich ins Bett legen, wenn er Manuela wiedertraf. Und er würde sich nicht hinlegen, um von einer Krankheit zu genesen, sondern um das Gleiche zu erleben wie in dieser heißen Nacht.

Auf jeden Fall war er nach dem Telefonat beruhigt.

Anne hatte angerufen. Natürlich. Sie war neugierig, sie schnüffelte ihm nach, und wenn sie ihn schon nicht persönlich packen konnte, wollte sie ihre Vorwürfe wenigstens fernmündlich loswerden. Zur Hölle mit Anne und ihrer mittelwestlichen Moral, die sie dazu verpflichtete, eine Ehe auch dann aufrechtzuerhalten, wenn sie schon lange Jahre nicht mehr das war, was man im Allgemeinen unter einer Ehe verstand. Wenn sie darauf wartete, dass er sie anrief und Erklärungen wegen dieser Nacht ablegte, dann würde sie darüber schwarz werden.

Er ging ins Bad und machte sich frisch. Ob die Suite bezahlt war oder nicht, konnte ihn nicht mehr stören. Er hatte Geld genug, das zu erledigen. Niemand würde ihn schief anschauen oder auch nur seinen Namen erwähnen. Einzig und allein der Umstand, dass er bar bezahlte und nicht mit Kreditkarte, würde ein leichtes Stirnrunzeln beim Kassierer hervorrufen.

Als er eine halbe Stunde später die Suite verließ und dem Liftboy, der ihn nach unten gefahren hatte, zehn Dollar Trinkgeld gab, fühlte sich Wagner aufgekratzt.

Wahrscheinlich, dachte er, sind das die Nachwirkungen der verdammten Pillen, die Manuela mir gegeben hat.

»Danke, Sir. Danke.« Der Junge in der dunkelblauen Livree machte einen artigen Diener, steckte den Schein in die Tasche seiner Uniformjacke, und seinem Gesichtsausdruck war anzusehen, dass er sich jeden Tag zehn von diesen Gästen wünschte, die ihm für eine so geringe Dienstleistung ein solch hohes Trinkgeld gaben.

Wagner nickte hoheitsvoll, rückte sich die Krawatte gerade und bog den Hemdkragen unter dem Revers zurecht. Dann ging er mit dem Zimmerschlüssel zum Empfang. Er schob ihn über den Marmordesk, ließ sich von der

Rezeptionistin anstrahlen und wollte sich gerade abwenden, als sie sagte: »Moment noch, Sir.«

Wagner hatte das Gefühl, als täte sich der Boden unter seinen Füßen auf. Es dauerte eine Sekunde, bis ihm wieder einfiel, dass ihm gar nichts passieren konnte. Falls die verdammte Rechnung nicht bezahlt war, würde er es hier und jetzt erledigen. Er schaute dem blonden, gut gewachsenen Mädchen nach, das sich umdrehte und zu den Schlüsselfächern ging. Er sah sie etwas aus dem Fach 1001 herausholen. Ein ähnlicher Umschlag wie der, den er vorhin im Salon der Suite vorgefunden hatte.

»Das ist für Sie abgegeben worden, Sir.«

Wagner nahm den Umschlag entgegen und starrte wie hypnotisiert auf seinen Namen, der auf dem Kuvert geschrieben stand.

Mr. Joshua W.

Es war nicht die feine Handschrift einer Frau. Diese Druckbuchstaben waren sichtlich mit Eile auf den Umschlag geschrieben worden. Genau wie die Zimmerangabe, Suite 1001.

»Ist etwas nicht in Ordnung, Sir?«

»Wann wurde das abgegeben?«

Das blonde Mädchen schaute zur Uhr. »Vor einer Stunde ungefähr, Sir.«

»Sonst keine Nachricht?«

»Nein, Sir. Das wurde von einem Boten gebracht. Stimmt etwas nicht?«

»Alles in Ordnung«, winkte Wagner ab. »Ich hatte schon eher damit gerechnet.«

»Oh, das ist nicht meine Schuld. Der Bote sagte ausdrücklich, dass wir Ihnen das Kuvert nicht nach oben bringen, sondern es Ihnen aushändigen sollen, wenn Sie an der Rezeption erscheinen. Es ist wirklich nicht …«

»Schon in Ordnung«, versicherte Wagner, der so durcheinander war, dass er keinen klaren Gedanken mehr fassen konnte. Er gab ein viel größeres Trinkgeld als üblich.

»Danke, Sir, das wäre nicht nötig gewesen. Haben Sie irgendwelche Wünsche für den weiteren Aufenthalt?«

Wagner wurde von einem Schwindelgefühl heimgesucht. Er spürte den feinen Schweißfilm, der sich auf seiner Stirn abzeichnete.

»Nein, danke, es ist alles in Ordnung. Es ist nur, ich weiß nicht, ob ich nicht kurzfristig – wie lange habe ich gebucht?«

Das blonde Mädchen tickte einige Daten in den Computer. »Ja«, sagte sie dann. »Die Suite wurde von Ihrer Company bis Donnerstag gebucht und vorausbezahlt. Mit der Option für eine weitere Woche, falls …«

»Richtig«, sagte Wagner mit immer dünner werdender Stimme.

»Gut, Sir. Tut mir Leid, dass Ihre Frau heute Nacht so überraschend abreisen musste.«

Wagner nickte. Er war mit seinen Nerven beinahe am Ende. »Danke.«

»Ich danke Ihnen, Sir. Schönen Tag.«

Wagner hielt den Umschlag wie eine Keule in der Hand. Er hatte das Gefühl, dass ihm jeden Moment die Knie nachgaben und er stürzte. Er schaffte es bis in eine Sitzecke der gemütlichen Lobby, in der er beinahe ungestört war. Dort ließ er sich in einen schweren Ledersessel sinken, starrte auf den Umschlag, den er auf den kleinen Beistelltisch gelegt hatte, und war sicher, dass er nicht hineinschauen durfte, wenn er nicht den Schock seines Lebens bekommen wollte.

Dass er es dennoch tat, lag an der neugierigen Natur des Menschen.

Wagner öffnete den Umschlag und starrte mit weit aufgerissenen Augen auf die vielen Dollars, die ihn grün und freundlich anlächelten. Dass etwas nicht in Ordnung war, war klar. Dass er das Geld unter keinen Umständen nehmen und sich mit seiner Dienststelle, also erneut mit Zanussi in Verbindung setzen musste, war ihm ebenfalls klar. Dennoch fächerte er die Dollarscheine und entdeckte den Zettel, der auch dieser Lieferung beigepackt war.

Als kleinen Vorschuss auf Ihre Mitarbeit.

Die Buchstaben verschwammen vor Wagners Augen. Er rieb sich mit dem Handrücken darüber hinweg, winkte dem Kellner und bestellte einen Kaffee und Cognac. Er konnte sich nicht mehr daran erinnern, wann er zuletzt so früh am Morgen Alkohol getrunken hatte. Aber er brauchte ihn. Nachdem er den Inhalt des Glases in sich reingekippt und mit Kaffee nachgespült hatte, legte sich die Nervosität.

Er hatte das Abenteuer seines Lebens erlebt, Manuela war überraschend verschwunden, obgleich ihre Maschine erst heute Mittag gehen sollte, jemand überschüttete ihn mit Geld, und die Suite in diesem teuren Fairbank Hotel war auf seinen Namen bestellt und bezahlt worden.

Joshua Wagner schüttelte den Kopf. Bis zu diesem Moment hatte er gebraucht, um eine Entscheidung zu fällen. Nun stand für ihn fest, dass er Zanussi anrufen und eine Absprache mit seinem dicken Vorgesetzten treffen musste. Wie das auch immer für ihn ablief, es erschien Wagner besser, als alles auf sich beruhen und den Karren laufen zu lassen. Das konnte nicht gut gehen.

Er wollte aufstehen, als der Schatten des Mannes vor ihm auftauchte. Wagner schaute auf und kniff die Augen zusammen.

Es war ein großer, schlanker Mittelamerikaner. Er hatte straffes, zurückgekämmtes Haar und ein scharf geschnittenes, energisches Gesicht. Auf der rechten Seite gab es eine Narbe, und der Kerl hatte tiefblaue Augen, die einfach nicht in dieses Gesicht passten.

»Wenn ich an deiner Stelle wäre, würde ich nicht lange nachdenken«, sagte der unbekannte Mann.

Wagner zuckte zusammen. Die Katastrophe hatte ihn schon eingeholt.

Er ließ sich wieder in den tiefen Sessel zurücksinken und versuchte, sich zu entspannen. Das war unmöglich, solange der blauäugige Kerl vor ihm stand, dessen Augen klein geworden waren und der ihn aufs Korn genommen hatte wie ein Feind, der auf der Suche war nach der schwächsten Stelle seines Gegners.

»Die meisten Menschen bekommen im Leben nur eine Chance. Das ist mit dir nicht anders.«

»Hören Sie …«, versuchte Wagner einen Einwand, aber die Worte blieben ihm im Hals stecken.

Drüben, im Dreheingang des Fairbank Hotels tauchte in diesem Moment Manuela auf. Hundertzwanzig Pfund wandelnde, lockende Kurven. Sie bewegte sich etwas unsicher zwischen zwei Männern mit blonden Haaren, die auf den ersten Blick nicht so aussahen, als hielten sie sich oft in der Lobby eines Luxushotels auf.

Manuela blieb stehen. Wagner konnte nun deutlich sehen, dass sie sowohl von dem Mann links als auch von dem Mann rechts neben ihr an den Handgelenken festgehalten wurde. Einer der beiden nickte in seine Richtung. Manuela drehte den Kopf. Sie schaute zu ihm herüber. Da gab es etwas auf ihrem Gesicht, was Wagner betroffen machte.

Angst. Todesangst.

»Sie gehört doch zu dir?«, fragte der Blauäugige mit dunkler Stimme.

Komische Frage, dachte Wagner. Das weißt du doch genau. Er nickte und schluckte trocken.

»Die Suite ist bezahlt, du hast Geld genug, also mach dir ein paar schöne Stunden, Wagner.« Der Blauäugige nickte den beiden Blonden neben Manuela zu. Sofort ließen die beiden die betörend schöne Frau los, drehten sich um und verließen das Hotel durch die Drehtür. »Du machst mit ihr eine Tour um Manhattan, dann fährst du nach Chinatown in den Golden Dragon und bekommst um Punkt ein Uhr dort einen Anruf. Tu nichts, was deiner Gesundheit oder gar eines dir nahe stehenden Menschen schaden könnte, Joshua Wagner. Kein Aufsehen.«

Ein weiterer Umschlag flatterte auf den Tisch. Mit einer kurzen Handbewegung hatte der Blauäugige ihn neben den Geldumschlag geworfen. Er nickte Joshua Wagner nicht einmal mehr zu, als er sich umwandte, an Manuela vorbeiging und wenig später auf demselben Weg wie zuvor die beiden Blonden verschwunden war.

Wagner starrte auf die sich drehende Tür, schloss die Augen und öffnete sie wieder. Er erwachte nicht aus einem bösen Albtraum. Was er erlebte, war Realität.

Das Geld, das Hotel, die beiden Blonden, der Blauäugige und auch Manuela, die langsam zu ihm herüberkam und ihn anstarrte wie einen Fremden.

Joshua Wagner wollte etwas sagen. Er brachte keinen Ton heraus. Er starrte Manuela an, die sich in den anderen Sessel gesetzt hatte und die langen Beine übereinander schlug. Der Rocksaum rutschte hoch. Joshua Wagner sah das schmale Stück nackter Haut über dem Abschluss der Nylons und wurde wieder daran erinnert, was sich in der Nacht zwischen ihnen abgespielt hatte.

»Mein Gott«, sagte Manuela, strich sich über die langen schwarzen Haare und lächelte ihn etwas verkrampft an. »Warum hast du mir nicht gesagt, dass du Schwierigkeiten hast, Joshua?«

Joshua Wagner war kurz davor, den Verstand zu verlieren. »Bis gestern Abend hatte ich die nicht«, krächzte er.

»Komisch«, sagte Manuela, die wieder ziemlich entspannt wirkte. »Ich habe heute Nacht einen Anruf bekommen. Jemand hat mir gesagt, dass ich das Hotel sofort verlassen müsse, wenn ich dein Leben nicht in Gefahr bringen wolle. Ich solle alle meine Sachen packen und man würde sich mit mir in Verbindung setzen. Draußen warteten die beiden Blonden und der Mann mit den blauen Augen ...«

»Ich verstehe das alles nicht.«

»Sie haben mich herumgefahren, wir haben etwas getrunken, wo, weiß ich nicht, und irgendwann habe ich das Bewusstsein verloren, Joshua. Aufgewacht bin ich erst auf der Fahrt zum Hotel. Vor einer Stunde vielleicht. Ich weiß nicht, was mit mir geschehen ist. Vielleicht lag es an den Tabletten, die wir gestern ...«

»Mein Gott! Ich habe wirklich keine Ahnung.«

»Mir ist nichts passiert, und du lebst«, hauchte die schöne Mittelamerikanerin. »Wenn du Schwierigkeiten hast, und ich etwas für dich tun kann, dann werde ich alles ...«

Wagner griff nach dem Umschlag, den der Blauäugige auf den kleinen Tisch geworfen hatte. Nur eine einzige Fotografie befand sich darin.

Sie zeigte zwei Frauen, die nackt nebeneinander in einem riesigen Bett lagen.

Joshua Wagner kannte beide.

Es waren Manuela und Tatjana, seine Tochter.

8

Der Mann, der neben Phil in der Poseidon Bar saß, war groß und hager. Er hatte einen schmalen Mund, einen breiten Nasenrücken und lückenhaft auseinander stehende Zähne. Er hieß Gene Harper. Niemand konnte ihm auf den ersten oder zweiten Blick ansehen, dass er in der Hierarchie der CIA ganz weit oben angesiedelt war. Er war der Mann, den Washington ohnehin nach New York hatte schicken wollen, damit er dem kleinen Fergusson auf die Finger schaute.

Ich entdeckte ihn durch das Straßenfenster der Bar, nachdem ich meinen Jaguar auf der anderen Straßenseite neben dem Buick gestoppt hatte, in dem Zeerookah saß.

Carmen Castello hatte den Platz neben mir. Seit wir uns auf der Fahrt von Brooklyn nach Manhattan befanden, um uns hier mit Phil und Gene Harper auf neutralem Boden zu treffen, hatte sie kein Wort mehr gesprochen und war äußerst gespannt gewesen. Wirklich stillgesessen hatte sie keine Minute. Ich hatte den Eindruck gewonnen, dass die schöne Frau in jeder Sekunde die große Katastrophe erwartete.

Noch in der Nacht hatte sie, genau wie ich es ihr vorgeschlagen hatte, ihre Freunde dazu gebracht, auf Tauchstation zu gehen, damit sie kein Ziel waren für El Hombre, den neuen Mann aus Havanna. Zu Anfang hatte ich einige Zweifel gehabt. Nun jedoch war ich sicher, dass die Männer, die mir nicht gerade angenehm in Erinnerung waren, auf sie gehört und ihrem Befehl Folge geleistet hatten.

Das war eine Sorge weniger.

Joe Brandenburg und Steve Dillaggio, meine Kollegen, hatten die Gegend um die Lafayette Avenue herum unauffällig gecheckt. Neben diesen beiden waren noch andere Kollegen auf der Straße gewesen. Meine Befürchtungen, dass El Hombre schon auf Carmen Castello aufmerksam geworden war, hatten sich zum Glück nicht bewahrheitet.

Und jetzt, als ich ausstieg, nachdem ich Phil und Gene Harper durch das Straßenfenster der Poseidon Bar gesehen hatte, nickte mir auch noch Zeery beruhigend zu. Er kletterte aus dem Buick und betrachtete mich von oben bis unten.

»Sehr mitgenommen siehst du nicht aus«, sagte er grinsend.

Er wusste natürlich, wie mich Carmen Castellos Freunde am Prospect Park West bearbeitet hatten. Mit einer knappen Handbewegung deutete er in die Runde. »Harper und Phil hatten keinen Schatten, Jerry. Falls du einen gehabt hast, muss er über die Gabe verfügen, sich unsichtbar machen zu können. Joe Brandenburg und Steve Dillaggio haben sich gerade noch einmal gemeldet. Soweit sie das feststellen konnten, ist euch von Brooklyn aus niemand gefolgt. Zur Sicherheit haben wir hier noch drei Kollegen auf der Straße. Abgesehen von denen, die die CIA aufgeboten und von denen Harper nichts berichtet hat. Fergussons Tod hat die Papiertiger in Washington richtig wachgerüttelt. Die Lady da in deinem Wagen ist zwar sehr schön, aber McCoy hat wohl doch etwas übertrieben. Da ist keiner auf der Straße, der es auf sie abgesehen hat.«

Wenn Zeery das sagte, konnte man sich darauf verlassen.

Dann hatten er und die andern Kollegen wirklich alles nur Menschenmögliche getan.

»Ich habe den Burschen, der Fergusson erschossen hat, zwar nur flüchtig gesehen, Jerry. Aber, verdammt, wenn er jetzt auftauchte, würde ich ihn allein an seinem schleichenden Gang erkennen.«

Ich nickte.

Von rechts rollte der Dodge vorbei, in dem Joe Brandenburg saß, der Carmen und mir von Brooklyn aus gefolgt war, ohne dass ich auf ihn aufmerksam geworden war. Der Ex-Captain der City Police, das war Joe Brandenburg gewesen, bevor er zum FBI gekommen war, verstand sein Handwerk. Er drehte weiter unten über die Straße hinweg, kam auf der anderen Seite wieder heran und hielt in einer Parklücke, die sich nur zehn Yards vom Eingang in die Poseidon Bar entfernt befand. Von Steve Dillaggio, der sich ebenfalls hinter Carmen und mir bewegt hatte, war nichts zu sehen. Aber er war inzwischen sicherlich auch schon eingetroffen.

Es war wirklich alles getan worden, um die schöne Kubanerin abzusichern. Das war keine Garantie für ein ewiges Leben, aber doch mehr, als Carmen für nötig befunden hatte.

Sie hatte sich auf keinen Fall auf Tauchstation begeben wollen. Sie kannte das Risiko und scheute es nicht. Nachdem Castros Männer ihren Vater und Bruder getötet hatten und El Hombre nach New York gekommen war, war man hinter ihr her. Das wusste sie genau. Und sie wollte sich ohne Deckung durch die Stadt bewegen, um die Killer aus Kuba anzulocken.

Sie war der Köder. Obgleich sie es sich nicht wünschen konnte, so schien es doch, als hoffte sie auf einen Zwischenfall, aus dem wir Kapital schlagen konnten.

»Gibt es etwas, was ich wissen muss, bevor Carmen und ich in die Bar gehen, Zeery?«

Zeerookah zuckte mit den Schultern.

»Der Geheimdienst ist nervös«, sagte er. »Und das sicher nicht nur, weil es Fergusson erwischt hat.«

»Warum noch?«

»Keine Ahnung. Ich denke, nun, nachdem sie die kubanische Gefahr als akut ansehen, scheint ihnen bewusst geworden zu sein, dass es Löcher in ihrem Sicherheitssystem gibt.«

»Wir werden sehen, Zeery.«

Ich nickte Carmen Castello zu, die noch immer in sehr gespannter Haltung auf dem Beifahrersitz des Jaguar saß und so misstrauisch in die Runde schaute, dass man glauben konnte, auch sie traute unseren Vorkehrungen nicht.

Carmen stieg aus.

Zeery, der mittels eines Senders mit Phil in der Poseidon Bar in Verbindung stand, gab durch, dass die Kubanerin jeden Moment auftauche. Dann nickte er Carmen beruhigend zu. Sie lächelte zurück, hängte sich bei mir ein, und wir kreuzten die Fahrbahn ohne Schwierigkeiten.

»Ich kann das nicht erklären, Jerry, aber ich habe das komische Gefühl, dass hier etwas schief läuft«, sagte sie leise.

Ich warf ihr einen fragenden Blick zu. »Hier und jetzt?«

Nach einigem Zögern schüttelte sie den Kopf. »Nein. El Hombre braucht meinetwegen kein Risiko mehr einzugehen. Er ist weiter, als wir glauben. Es wird wohl nur noch eine Frage von Stunden sein, bis er die Liste der Männer und Frauen in der Hand hat, die auf Kuba den Widerstand organisieren. Dann sind mein Vater und mein Bruder umsonst gestorben.«

Ich verstand ihre Angst. Ehrlich gesagt, fühlte ich mich auch nicht wohl mit der passiven Rolle, die uns bislang aufgezwungen worden war.

»Keine Sorge«, sagte ich und drückte Carmens Arm.

Wir erreichten den Eingang und betraten die Bar. Phil und Harper hatten den Tisch gewechselt. Sie hatten nun einen Platz eingenommen, den man durch das Fenster zur Straße nicht einsehen konnte. Gene Harper erwies sich zum Glück als ein Mann, der keinen Wert auf irgendwelche Förmlichkeiten legte.

»Gut, dass Sie auf Jerry gehört haben, Carmen«, sagte er. »Ich habe inzwischen nämlich Hinweise darauf bekommen, dass Havanna schon lange auf Ihre Gruppe hier in New York aufmerksam geworden ist.«

Carmen hob erstaunt und etwas ungläubig die Brauen.

»Wenigstens zwei Männer aus dem Esperanza Club, in dem Sie sich hin und wieder treffen, stehen auf Castros Gehaltsliste.«

»Seit wann wissen Sie das?«, fragte Carmen verwirrt.

Harper sah nicht besonders glücklich aus und hasste sich wahrscheinlich selbst dafür, dass er es gesagt hatte.

»Ich weiß es seit einigen Stunden«, antwortete er dann. »Aber Fergusson hat es schon viel eher gewusst.« Er machte eine wegwerfende Handbewegung. »Zum Glück haben sich aus dem Umstand, dass Fergusson uns nicht auf dem Laufenden gehalten hat, für Sie keine nachteiligen Konsequenzen ergeben.«

Ich fluchte leise in mich hinein. Fergusson war tot, und es hatte keinen Sinn mehr, sich nachträglich über die Fehler und Eigenmächtigkeiten dieses Mannes aufzuregen.

»Es wird uns helfen, wenn wir erfahren, was Sie und Ihre Gruppe bislang herausgefunden haben, Carmen.«

Carmen Castello wusste, dass es darauf hinauslief. Dieses Treffen diente einzig und allein dem Informationsaustausch. Wenn man die Erkenntnisse der CIA und die von Carmen Castellos Gruppe zusammenbrachte, ergab sich daraus möglicherweise eine Spur, die bislang übersehen worden war.

Das Gespräch zwischen Carmen Castello und Gene Harper dauerte länger als eine halbe Stunde. Phil und ich hielten uns da heraus. Wir hörten nur aufmerksam zu. Es kam nichts dabei heraus, was wir nicht schon wussten oder vermuteten. Es wurde nur die Lage bestätigt. Es gab keine

Spur, auf der wir wandeln konnten, um die drohende Gefahr abzuwenden.

»Weil Fergusson McCoy nicht ernst genommen hat, starben Carmens Vater und Bruder, und die Organisation der Castro-Freunde, die sich ›Cuba libre‹ nennt, erfuhr, dass es in den Staaten eine Liste gibt, in der alle auf Kuba und hier agierenden Castro-Gegner namentlich erwähnt werden«, resümierte Phil kurz und knapp.

»Ja.« Harper nickte. »Ich kann es nicht abstreiten, dass die Gefahr von uns selbst heraufbeschworen worden ist. Dass sich die Situation zugespitzt hat und der Widerstand gegen Castro in Gefahr ist, ist zweifelsohne auch darauf zurückzuführen, dass Fergusson die Lage falsch eingeschätzt und wichtige Hinweise in den Wind geschlagen hat. Es ist geschehen. Wir können daran nun auch nichts mehr ändern.«

Natürlich hatte Harper Recht. Aber allein damit war es nicht getan, und das brachte uns auch nicht weiter.

»Wenn es Löcher gibt«, sagte ich, »dann muss man sie stopfen.«

Harper schaute mich zwei Sekunden lang verwundert an. »Wenn wir wüssten, wo sich diese Löcher befinden, Mr. Cotton, dann hätten wir sie schon längst gestopft. Dann brauchten wir uns heute nicht heimlich wie die Verbrecher zu treffen. Dann wäre der FBI nicht verwickelt und ...«

»Wie viele Leute wissen von dieser Liste?«, unterbrach ich seinen Redefluss.

»Keine Ahnung.«

Ich traute meinen eigenen Ohren nicht. Phil kam langsam von seinem Stuhl in die Senkrechte. Mit einem knappen Zeichen gab ich ihm zu verstehen, dass es sinnlos war, sich schon jetzt über die Aussagen aufzuregen. Zuerst mussten wir mehr erfahren. Phil setzte sich wieder und kniff die Lippen aufeinander. Es fiel ihm sichtlich schwer, den neuen Mann aus Washington nicht direkt anzufallen.

Gene Harper zuckte mit den Schultern. »Die CIA hat die

Liste angelegt und immer wieder auf den neuesten Stand gebracht. Das ist richtig. Aber wir haben sie dem State Department zur Verfügung stellen müssen. Was dort damit geschehen ist, durch welche Hände sie gewandert und wem sie zugänglich gemacht worden ist, das wissen wir nicht, verdammt.«

»Heißt das, nur Washington hat die Liste?«

»Im Grunde ja.«

Neben mir wurde nun auch Carmen nervös. »Das stimmt nicht«, sagte sie scharf.

»Bitte?«, fragte Harper pikiert.

»Von Washington aus wurde die Liste verbreitet. An alle staatlichen Stellen, die irgendetwas mit der Kuba-Politik zu tun haben.«

Harpers Augen weiteten sich.

»Hören Sie, Mann!«, begehrte Phil auf. »Was hat das für einen Sinn, sich hier zusammenzusetzen, Informationen auszutauschen und zu behaupten, dass wir an einem Strick ziehen. FBI und CIA zusammen. Das stimmt doch gar nicht.«

»Wie meinen Sie das?«

»Mein Freund meint, die CIA spielt noch immer mit verdeckten Karten«, sagte ich.

»Ich halte mich an meine Anweisungen aus Washington«, zischte Harper giftig und erinnerte mich damit an Fergusson. »Bislang ist es noch ein nationales Problem. Wir können es uns sicherheitspolitisch nicht leisten, dass es international ausgebreitet wird.«

»Ich verstehe«, sagte Phil und nickte. »Es war ein Fehler, diese Liste aufzustellen. Es war ein weiterer Fehler, sie dem State Department mit seinen vielen Theoretikern und Strategen zur Verfügung zu stellen. Und es war ein Fehler vom State Department, diese Liste zu vervielfältigen und sie nach Belieben an andere, wahrscheinlich untergeordnete Dienststellen, zu versenden, nur weil die angeblich was mit der Kuba-Politik zu tun haben.«

Harper hüstelte. Der große, hagere Mann mit den schmalen Lippen und dem breiten Nasenrücken fühlte sich offensichtlich nicht wohl in seiner Haut und seiner Rolle.

»Das war es, worauf mein Vater und Bruder aufmerksam machen wollten«, sagte Carmen leise. »Sie hörten davon, dass die Liste wanderte, und haben eine Aufstellung jener Regierungsstellen verfasst, die diese Liste auf keinen Fall in die Hände bekommen durften. Weil es nämlich dort Leute gibt, die aus Castros Kriegskasse kassieren.«

»Das wusste ich nicht«, sagte Harper. »Das wusste ich wirklich nicht.«

Irgendwie war ich geneigt, ihm zu glauben. Er sah unglücklich aus und enttäuscht darüber, dass Washington ihm nicht alles gesagt hatte.

»Wir kennen die meisten Stellen und Leute, die im Besitz dieser Liste sind oder sich in den Besitz bringen können«, sagte er nach einer Weile. »All diese Ämter und Personen werden von uns überwacht. Um keine schlafenden Hunde zu wecken und die Kubaner nicht auf diese Stellen und Personen aufmerksam zu machen, haben wir keine weiteren Maßnahmen ergriffen.«

»Eine Überwachung, die natürlich nicht lückenlos ist.«

»Absolute Sicherheit gibt es in diesem Geschäft nicht, Mr. Cotton.«

Ich warf Carmen einen fragenden Blick zu, denn ich wurde den Verdacht nicht los, dass sie ebenfalls nicht alles gesagt hatte. Nun jedoch bestand wirklich kein Grund mehr, noch mit etwas hinter dem Berg zu halten.

»Nachdem sich alles auf New York konzentriert, Jerry«, sagte sie, »muss hier der Hund begraben liegen.«

Ich nickte zustimmend. Phil tat es ebenfalls.

»Was ist, Mr. Harper? Welche Dienststellen und Personen kommen in Frage? Wer besitzt diese Liste? Wer kann sie sich beschaffen?«

Erneut zuckte Harper mit den Schultern. Langsam, aber sicher begann er mir Leid zu tun. Man hatte ihn wirklich sehr unvorbereitet in diese Schlacht geschickt. Fergusson war mit Sicherheit schlauer gewesen.

Phil stand auf. »Ich gehe mal telefonieren, Jerry. Wenn Fergusson etwas gewusst hat, werde ich es erfahren.«

»Fergusson ist tot«, schnappte Harper wie ein bissiger Hund. »Er kann weder dementieren noch bestätigen.«

Phil nickte Harper zu. »Wenn wir davon ausgehen, dass man ihn gezielt erschossen hat, dann ist doch klar, dass er etwas herausgefunden hat, was der Organisation ›Cuba libre‹ gefährlich werden konnte.«

»Mr. Decker, es ist weder Ihre noch die Aufgabe des FBI, sich über …«

Mit einer wütenden Handbewegung deutete Phil auf Carmen Castello. »Ist es vielleicht die Aufgabe einer jungen Frau, als Zielscheibe durch die Gegend zu laufen und vielleicht getroffen zu werden, weil ihr in Washington einen Haufen Mist produziert?«

»Mr. Decker, ich …«

»Verdammt, Harper! Dieser Staat hat eine Fürsorgepflicht für jene Frauen und Männer, die im Dienst der CIA in einem Land wie Kuba ihren Arsch riskieren. Ihr könnt jetzt nicht einfach sagen: Sorry, wir haben Fehler begangen, und wen es erwischt, den erwischt es eben. Wenn El Hombre oder wer auch immer an diese verdammte Liste herankommt, die es eigentlich gar nicht geben dürfte, dann sterben auf Kuba und in den Staaten Menschen. Die fackeln nicht lange, Harper. Ich will mir später nicht sagen lassen, etwas gewusst, aber den Kopf in den Sand gesteckt zu haben.«

Phil zitterte. Seine Wut und seine Aufgebrachtheit waren berechtigt. Dass er sich beherrschte und nicht ausrastete, war ein Wunder.

»Wer hier in New York hat die Liste, kann sie sich beschaffen und könnte unter Umständen, welche auch immer, als Lieferant für El Hombre auftreten, Harper?«, fragte ich genauso scharf, wie Phil eben die CIA angeklagt hatte.

»Das, verdammt, weiß ich nicht!«

Phil drehte sich um, ging zur Theke und ließ sich das Telefon geben. Damit zog er sich in eine Ecke zurück, von wo aus er ungestört ein Gespräch führen konnte. Ich war überzeugt davon, dass er mit jenem CIA-Agenten sprach, der sich gestern Nacht, als es Fergusson erwischte, zusammen mit ihm in einem Raum aufgehalten hatte.

»Wenn ich Ihnen sage, dass wir alle in Frage kommenden Personen unter Kontrolle haben, dann können Sie mir das glauben«, wandte sich Harper an Carmen Castello.

»Klar«, sagte sie bitter. »Ihr hattet auch alles unter Kontrolle, als mein Bruder und mein Vater über Jonny McCoy um Hilfe baten, weil sich sonst keiner um sie kümmerte.«

Als Harper etwas sagen wollte, winkte ich mit einer herrischen Bewegung ab. Ich hatte die Schnauze gestrichen voll. Wenn Harper und sein Verein etwas wussten, würden sie es für sich behalten. Es war das alte Spiel. Sie versuchten, den FBI zu besänftigen, und scheuten sich nicht, falsche Informationen zu verbreiten.

Normalerweise war es nicht meine Sache oder die meiner Freunde, sich darüber aufzuregen. Aber jetzt lag das anders. McCoy hatte mich in der letzten Minute seines Lebens angerufen und eine alte Schuld eingeklagt. Nun war es sehr wohl meine Aufgabe, dafür zu sorgen, dass Carmen Castello nichts passierte, dass El Hombre geschnappt wurde und die verräterische Liste nicht in die falschen Hände geriet.

»Die Leute, die von Ihnen überwacht werden, haben Partner, Mr. Harper. Freunde und Freundinnen, Männer oder Frauen. Die CIA kann das ganze Umfeld gar nicht gut genug abblocken. Ist doch so, oder?«

»Worauf wollen Sie hinaus?«

»Darauf, dass es jede Menge Elend gibt, wenn wir uns nicht gemeinsam um eine mögliche Schwachstelle kümmern«, sagte ich. »Es geht, verdammt, nicht darum, wer sich einen Erfolg an die Fahne heften kann. Es geht darum, dass wir einen Erfolg gegen El Hombre oder wen auch immer haben!«

»Ich habe meine Anweisungen aus Washington …«

Carmen stand auf. Ich ebenfalls. Als sie sich stumm dem Ausgang zuwenden wollte, hielt ich sie fest. Sie zitterte in meinem Arm.

»Mein Gott«, sagte sie leise. »Jeden Moment kann es zu einer Katastrophe kommen, und hier wird über Kompetenzen gefeilscht. Ich weiß, wie viele Männer und Frauen auf der Zuckerrohrinsel jeden Tag ihr Leben riskieren, um Castros Macht zu unterminieren, Jerry. Wenn El Hombre an die Liste herankommt, wird der Welt live ein Tribunal ins Haus geliefert, in dem mehr als hundert Personen auf einen Schlag wegen Spionage für den imperialistischen Feind angeklagt und zum Tode verurteilt werden. Mehr als hundert, Jerry. Es sind viel mehr, aber die anderen wird Castro auf undurchsichtigen Wegen verschwinden lassen. Ich weiß nicht, was ich noch tun soll. Es war nicht richtig, meine Leute und Freunde aus der Stadt zu schicken.«

Sie wollte sich aus meinem Griff herausdrehen. Ich hielt sie fest und zog sie dichter an mich heran.

»Okay«, sagte ich heiser. »Okay. McCoy hat etwas herausgefunden, Carmen. Deine Leute und du haben es nachgecheckt. Du hast es Harper bislang verschwiegen, weil du ihm nicht traust. Traust du mir auch nicht?«

Ihr Widerstand erschlaffte. Sie wurde weich in meinem Arm, lehnte sich an mich und schaute mich an.

»Zanussi«, sagte sie.

Ich verstand nicht, was sie meinte. »Was ist mit Zanussi?«

»Keine Ahnung. McCoy hat diesen Namen aufgefangen und angenommen, dass es sich um einen möglichen Lieferanten für die Liste handelt. Vielleicht stimmt es, aber wir haben bislang noch nicht herausgefunden, wer Zanussi ist. Ein Mann oder eine Organisation? Vielleicht auch ein Tarnname.«

»Warte!«

Sie blieb seitlich am Fenster gelehnt stehen, als ich sie losließ und zu Phil ging. Er wartete noch auf seine Verbindung. Harper konnte ich aus den Augenwinkeln beobachten. Er saß wie angenagelt auf seinem Stuhl und starrte wütend zu Carmen Castello. Hätte er es gekonnt, hätte er sie aus dem Verkehr gezogen.

»Zanussi«, sagte ich zu Phil. »Versuch herauszubekommen, ob jemand etwas über Zanussi weiß. Keine Ahnung, was und wer das ist, aber es kann wichtig sein.«

Dann ging ich zu Harper an den Tisch zurück.

»Das geht so nicht, G-man!«

»Das hat Fergusson auch gesagt. Mit den gleichen Worten. Er ist tot.«

Harper zuckte zusammen. »Fergusson hat Fehler begangen.«

»Sie sind auch dabei, Fehler zu machen, Harper.«

»Es gibt noch immer die Anweisung aus Washington, dass sich der FBI aus diesem Fall herauszuhalten hat!«

Ich nickte. »Das ist richtig. Aber es geht mir nicht um diesen Fall, Harper. Es geht mir darum, Carmen Castello zu beschützen. Das habe ich einem Mann versprochen, der mir vor zehn Jahren in Miami das Leben gerettet hat. Sie und Ihr ganzer Verein werden mich nicht davon abhalten können.«

Harper stieß die angehaltene Luft aus und schüttelte den Kopf.

Ich ging wieder zu Carmen. Vielleicht war es ein Fehler, ich wusste es nicht sicher. Ich wünschte mir, dass es keiner war.

9

»Was hat das alles zu bedeuten? Mein Gott, ich ...«

Tatjana Wagner zuckte zusammen. Sie hielt mitten im Satz inne, als der große, schlanke Mann mit den beinahe schon unnatürlich blauen Augen auf das breite Bett zutrat. Sie krümmte sich zusammen, fühlte den harten Pulsschlag bis in die Schläfen hinauf, und Übelkeit stieg in ihr auf. Ihr Kopf dröhnte. Die Erscheinung des großen Mannes verschwand wie hinter einer dichten Nebelwand. Nur hin und wieder waren die dunklen Konturen zu erkennen.

»Geht es dir gut?«, fragte El Hombre, setzte sich auf die Bettkante, und seine Hand strich über die schweißnasse Stirn des jungen Mädchens.

Eigentlich hätte Tatjana Wagner schon vor vier Stunden aufwachen müssen. Aber den beiden Franzosen, die sie gekidnappt hatten, nachdem sie von einer Party gekommen war, waren augenscheinlich etwas zu großzügig mit dem Betäubungsmittel umgegangen.

Tatjana Wagner versuchte, etwas zu sagen, aber sie brachte kein Wort über die vollen roten Lippen. Es ging ihr nicht gut. Sie wollte allein gelassen werden. Sie musste zu sich selbst finden und sich erst einmal daran erinnern, was geschehen war. Nur sehr undeutlich konnte sie sich an die blonden Männer erinnern, die plötzlich vor ihr aufgetaucht waren und sie festgehalten hatten. Wenige Sekunden danach hatte sie das Bewusstsein verloren. Doch an die abgeblendeten Scheinwerfer einer dunklen Limousine konnte sie sich dennoch erinnern.

»Bitte …«, brachte sie dann doch über die Lippen. »Bitte …«

El Hombre fluchte leise. Er drehte sich mit einer schnellen Bewegung zu Pierre Malceau herum, der Wagners Tochter zu viel von dem angeblich harmlosen Betäubungsmittel gegeben hatte. »Verdammt, siehst du, was du Idiot angerichtet hast?«

Malceau zuckte zusammen. Seine Augen wurden eng, und die Lippen bildeten nur noch einen schmalen Strich in der scharfkantigen Gesichtslandschaft. Wer ihn einen Idiot nannte, sollte besser schon sein Testament gemacht haben. Nun jedoch explodierte er nicht. Er schwieg und senkte den Blick vor den blauen, zwingenden Augen des Kubaners.

Zusammen mit seinem Partner Jean Brouille war er von Havanna engagiert worden, um dem Blauäugigen zu assistieren und alles zu tun, was der von ihnen verlangte.

»Ich habe mich an das gehalten, was du gesagt hast«, sagte Malceau nach einer Weile, ließ seinen Blick über den jungen, nackten Körper streichen, bevor El Hombre das weiße Laken wieder über Tatjana Wagners Blößen ziehen konnte, und grinste schief. »So kaputt sieht sie eigentlich gar nicht aus.«

El Hombre sprang auf. Mit einem schnellen Schritt zurück brachte sich Malceau in Sicherheit. Seine Hand zuckte unter die dunkle Lederjacke und kam mit einem 38er Special wieder zum Vorschein. Langsam hob er die Waffe so hoch, bis sich der Lauf auf die Stirn von El Hombre eingependelt hatte. Dann schüttelte er vorsichtig den Kopf.

»Achtung, Kubaner«, zischte er durch die zusammengebissenen Zähne. »So was wie dich habe ich im Tschad zu Dutzenden umgelegt, und kein Hahn hat danach gekräht. Als man mich engagierte, hat niemand gesagt, dass ich mich von dir beschimpfen lassen muss. Pass also auf!«

El Hombres Augen hatten sich geweitet. Hinter den blauen Pupillen zuckten Blitze. Starr schielte er über den Lauf des 38ers hinweg und visierte die Nasenwurzel des Franzosen an. Die wenigsten Menschen konnten es vertragen, wenn man sie so anstarrte. Sie wurden nervös und unsicher. Dann lachte El Hombre leise.

»Du kannst dir auch die Kanone selbst an den Kopf setzen und abdrücken, Franzose«, sagte der Kubaner. »Wenn es hier zu einem Zwischenfall kommt, wirst du mich nicht lange überleben. Das ist dir doch klar?«

»Das ist noch nicht sicher«, sagte Malceau. »Ich habe nichts davon, dich umzulegen. Wir ziehen an einem Strick, und von mir aus kannst du auch der Boss sein, Kubaner. Aber pass auf, was du sagst und tust. Brouille und ich haben unseren Job nach deinen Anweisungen begonnen. Falls du falsche Informationen über das verdammte Betäubungsmittel bekommen hast, brauchst du es uns nicht in die Schuhe zu schieben. Okay?«

»Vale.« El Hombre nickte. »Vale.« Seine Stimme klang ruhig und gelassen. Er drehte sich wieder dem Bett zu, auf dem Tatjana Wagner lag, und warf einen besorgten Blick auf das junge Mädchen. Nicht, dass ihr Tod generell etwas ausgemacht hätte, aber jetzt musste sie wenigstens so lange überleben, bis ihr Vater das besorgt hatte, weswegen Havanna ihn nach New York geschickt hatte.

Im Wandspiegel, der hinter dem Bett angebracht war, sah El Hombre, dass der Franzose die Waffe genauso schnell wieder einsteckte, wie er sie gerade hervorgezaubert hatte. Verdammt, natürlich hatte Havanna erstklassige Leute zu seiner Unterstützung geschickt. Es stand zu viel auf dem Spiel.

Pierre Malceau wischte sich mit dem Handrücken über die feuchte Stirn und zündete sich eine Gitanes an. Er rauchte einen tiefen Zug. Seine unruhigen Augen wanderten begehrlich über die Konturen des straffen Mädchenkörpers, die sich unter dem weißen Laken abzeichneten.

Vielleicht, dachte El Hombre, war es wirklich so, dass sich der Franzose an die Angaben gehalten und er sie falsch aus Havanna empfangen hatte. El Hombre verstand was vom Töten, aber nichts davon, welche Dosis eines Betäubungsmittels nötig war, um einen Menschen über einen bestimmten Zeitpunkt ruhig zu stellen. Tatjana Wagner atmete schwer.

»Gut, Franzose«, sagte der blauäugige Kubaner. »Wir sind keine Freunde, das dürfte von diesem Moment an feststehen, aber wir haben einen gemeinsamen Auftrag zu erfüllen. Das bringen wir hinter uns. Danach werde ich dich umlegen.«

Malceau rauchte ruhig weiter, bevor er in brüllendes

Gelächter ausbrach. »Das liebe ich so an euch Pfefferfressern: Ihr versprecht alles und haltet nichts.«

»Ich bin Kubaner und kein Mexikaner.«

»Das ist doch alles das Gleiche«, winkte Malceau ab. »Aber reden wir später darüber. Was nun, nachdem wir das Mädchen haben und mein Partner Jean Brouille sich gemeldet und durchgegeben hat, dass er die kleine Kubanerin gefunden und sie sich mit dem FBI und der CIA verbrüdert hat?«

Das war auch etwas, was El Hombre gewaltig gegen den Strich ging.

Alvarez hatte sich um Carmen kümmern sollen und war mit dieser Aufgabe nicht einen Schritt weitergekommen, obgleich die Kleine beinahe in seiner Nachbarschaft gelebt hatte. Jetzt, so schien es, hatte er, El Hombre, neben der Beschaffung der wichtigen Verräterliste mit Carmen noch ein anderes Problem am Hals.

»Brouille wird sie im Auge behalten und sich wieder melden?«

»Richtig.« Malceau nickte.

»Was denkst du darüber, Franzose?«

»Ich werde nicht fürs Denken bezahlt, Kubaner.«

»Versuch es trotzdem und sag mir, was du an meiner Stelle tun würdest.«

Pierre Malceau kratzte sich am blonden Haaransatz. »Umlegen«, sagte er schließlich. »Die kleine Kubanerin und wenn eben möglich noch einige Figuren vom FBI oder vom Geheimdienst. Die Kerle werden mit den eigenen Opfern so beschäftigt sein, dass wir die Ruhe bekommen, die wir brauchen.«

El Hombre setzte sich wieder auf die Bettkante.

»Ja«, sagte er dann. »Ja, das ist richtig. Wir sind also doch nicht so verschieden, wie ich es gerne wollte, Franzose. Kann man Brouille mit diesem Auftrag betrauen? Du kennst ihn besser. Ist er nicht zu lange damit beschäftigt gewesen, sich als gut bewaffneter Söldner auf speertragende Buschmänner zu stürzen? Ich meine, ist er sich darüber im Klaren, dass er es mit dem FBI und der CIA zu tun bekommt und er sich auch nicht den kleinsten Fehler erlauben kann?«

»Ich denke schon«, sagte Malceau. »Wenn du das schaffen würdest, dann schafft er es auch.«

Da gab es wirklich keine Freundschaft zwischen diesen Männern. Was sie zusammenhielt, war die Aussicht auf sehr viel Geld. Das konnten sie nur kassieren, wenn sie ihren Auftrag aus Havanna auch erledigten. Deshalb waren sie auf Gedeih und Verderb voneinander abhängig. Was Brutalität, Menschenverachtung und tödliche Entschlossenheit anging, so standen sie sich in nichts nach. Genau das war auch der Grund gewesen, warum man in Havanna gerade diese beiden Franzosen ausgesucht hatte.

»Übernimm du es«, sagte El Hombre, nachdem er einige Sekunden lang nachgedacht hatte.

»Ich habe gesagt, Jean Brouille …«

»Übernimm du es!«, fauchte El Hombre.

Malceau ließ die Zigarette fallen, stellte den Fuß darauf und brannte so ein weiteres Loch in den Teppich des Hotelzimmers. Er nickte gelassen, aber als er sich über die blonden Haare strich, zitterte seine Hand doch etwas. Ein sicheres Zeichen dafür, dass er nichts weniger gern tat, als El Hombres Befehle zu befolgen.

»Wann?«

»Das ist deine Sache. Schieb es nicht auf die lange Bank. Erledige Carmen Langosto, die sich jetzt Castello nennt, und schick zusammen mit ihr einige G-men oder CIA-Agenten zur Hölle. Brouille soll sich um Joshua Wagner und Manuela kümmern. Die richtige Aufgabe für einen, der es bislang nur mit Buschmännern zu tun hatte. Ich kann mir nicht vorstellen, dass es dort zu einem Zwischenfall kommt. Manuela ist eine verdammt schöne Hure mit einem sicheren Instinkt für Geld. So kurz vor dem Ziel wird sie nichts mehr anbrennen lassen. Joshua Wagner scheint ihr zu vertrauen.«

»Es gefällt mir nicht, dass ich nicht weiß, wann und wie

dieser Auftrag abgeschlossen werden soll«, sagte Malceau, der dem Kubaner ganz sicher nicht weiter traute, als er ihn sehen konnte.

»Heute Abend«, sagte El Hombre. »Hier in diesem Motelbungalow. Wir bekommen die Liste, und Wagner, der sich noch einige Minuten hier zusammen mit seiner Tochter aufhalten muss, wird mit dem Bungalow in die Luft fliegen. Sobald ich den Kontakt zu ihm aufgenommen habe und feststeht, dass er sich auf den Handel einlässt, werde ich das Gebäude präparieren.«

»Hoffentlich besser als Alvarez' Wohnung, wo alles schief gegangen ist«, riss Malceau kaum vernarbte Wunden bei El Hombre auf.

»Das war Pech«, knurrte der Kubaner.

»Sicher.« Malceau nickte. »Als Profi kalkuliert man Pech ein und baut neben der ersten eine zweite Todesfalle auf. Aber das wirst du auch noch lernen. Vielleicht, nachdem du deine wirkliche Feuertaufe bei den Buschmännern bekommen hast, Kubaner. Ich mache mich auf den Weg.«

El Hombre schluckte trocken und schwer. Er hasste den Franzosen, der in seinen Augen viel zu überheblich war, als dass jemals etwas aus ihm werden konnte. Er würde ihn umlegen, sobald der Erfolg dieser Aktion in New York sichergestellt war.

El Hombre starrte auf die Tür, die Malceau hinter sich ins Schloss geschmettert hatte. Dann strich er sich über die schwarzen Haare und warf wieder einen Blick auf Tatjana Wagner, die schwer und röchelnd atmete. Der Schweiß brach dem Kubaner aus. Noch von keinem Menschen hatte er sich so sehr gewünscht, dass er lebte. Wenn Tatjana starb, wenn sie keinen persönlichen Kontakt zu ihrem Vater aufnehmen konnte, platzte das Unternehmen wahrscheinlich im allerletzten Moment.

Noch eine Stunde, dann war Wagner zusammen mit Manuela im Golden Dragon in Chinatown. Dann musste er anrufen und seine Forderungen stellen. Dann spielte es auch eine große Rolle, dass Manuela korrigierend eingriff, wenn Wagner die falschen Schritte zu unternehmen versuchte.

El Hombre fluchte. Er hätte diesen Job nicht annehmen dürfen. Er lag ihm nicht. Er war kein Stratege, der sich rasend schnell auf eine neue Situation einstellen konnte.

Tatjana richtete sich auf. Sie hatte die Augen weit aufgerissen und starrte ihn an. Dennoch hatte El Hombre das Gefühl, dass der Blick des jungen Mädchens direkt durch ihn hindurchging. Er rückte weiter auf das Bett, nahm Tatjana in die Arme und streichelte ihr väterlich beruhigend das lange dunkelblonde Haar.

»Okay«, sagte er leise. »Okay, es kommt alles in Ordnung.«

»Ich brauche meine Medizin – bitte – ich brauche meine Medizin ...«

Sie wurde schlaff in seinen Armen. El Hombre ließ sie auf das Bett zurückgleiten und sprang auf. Er hastete nach nebenan, wo sich die Kleidung und die Handtasche von Tatjana befanden. Wenn sie so dringend Medizin brauchte, wie er das herauszuhören geglaubt hatte, dann musste sie welche bei sich haben.

Er durchsuchte die Kleidung ohne Resultat. In der kleinen Handtasche fand er neben Lippenstift und Puderdose eine Tablettenpackung, in der sich noch eine Pille befand.

»Verdammt!«, fluchte er, ging ins Bad, holte einen Becher Wasser und kehrte in den Schlafraum zurück. »He, Tatjana! Aufwachen!«

Er packte sie bei den langen Haaren und zog sie in die Höhe. Sie stieß einen leisen, erstickten Schrei aus und starrte ihn an, als würde sie ihn zum ersten Mal sehen.

»Deine Medizin!«

El Hombre schaffte es, ihr die Tablette zwischen die Zähne zu schieben, setzte den Plastikbecher mit Wasser an und sorgte dafür, dass sie sie auch schluckte. Dann warf er sie unsanft zurück und rieb sich selbst den Schweiß aus dem Gesicht. Er zündete sich eine Zigarette an, beobachtete das schlafende Mädchen und glaubte festzustellen, dass Tatjana Wagner wieder eine gesundere Gesichtsfarbe bekam. Erleichtert ging El Hombre in den Wohnraum und schenkte sich einen Whisky ein.

Das war gegen seine eiserne Regel und deutete darauf hin, wie sehr ihn dieser Job schlauchte. Während er einen Auftrag erledigte, packte El Hombre normalerweise keinen Tropfen Alkohol an.

Er ließ sich in einen der Sessel sinken und warf einen Blick aus dem Fenster.

Dieser Bungalow lag am Ende einer Reihe etwas zurückversetzt an einer weiten Grünfläche auf Coney Island. Im Hauptgebäude wurde renoviert. Die Anlage war für den Publikumsverkehr eigentlich geschlossen. Außer den Handwerkern, die heute und morgen nicht kamen, gab es kein Personal, wenn man den alten Nachtwächter nicht mitzählte. Der tauchte bei Einbruch der Dunkelheit wie ein Gespenst auf und betäubte dann mit den von El Hombre gespendeten Whiskyflaschen seine Sorgen. Eine Stunde nach Dienstantritt war der Kerl vom Alkohol wie narkotisiert.

Die Luft war grau. Es regnete. Scharfer Wind trieb die Wolken über das Wasser. Sie hingen so tief, dass sie in Manhattan die oberen Stockwerke der Wolkenkratzer einhüllten und sich über den Betonschluchten ausweinten.

10

Zanussi war klein, schleppte dreißig Pfund Übergewicht mit sich herum und hatte kleine, in dicke Fettwülste eingebettete Augen, die er zusätzlich noch hinter den randlosen Gläsern einer Nickelbrille verborgen hielt. Ich hatte mir sein Bild schon sehr gut angeschaut und mich gefragt, ob so ein Verräter aussah. Aber, verdammt, das sieht man einem Mann nicht an. Das war keinem ins Gesicht geschrieben.

Nur mit Mühe hatte ich seine Sekretärin dazu bringen können, ihn aus einer angeblich wichtigen Konferenz heraus in sein Büro zu holen. Als G-man hatte ich nicht viel Eindruck auf sie, eine Angestellte des State Department mit Pensionsberechtigung, machen können. Erst die Aussicht, dass es zu einem Skandal und ihrer Versetzung kommen konnte, hatte die Holde schließlich dazu gebracht, Herbert Zanussi benachrichtigen zu lassen.

Zanussi schwitzte und war kurzatmig, was bei seinem Übergewicht ja eigentlich auch kein Wunder war. Er sah bleich aus, etwas grau. Wie ein Mann, der sich anstatt von der Sonne von kühlem Neonlicht bescheinen ließ.

Ich schaute ihn an und konnte mir kaum vorstellen, dass ein Mann wie er etwas mit McCoy und »Cuba libre« zu tun haben könnte.

»Mr. Cotton ...«

Ich lächelte ihn an und ließ ihn meinen Dienstausweis sehen. Leute wie er, die mit Verwaltungskram beschäftigt waren, legten normalerweise Wert auf alles, was nach einer Legitimation aussah.

Herbert Zanussi nicht. Ich hatte ein ehrliches Gesicht, er glaubte mir aufs Wort, dass ich vom FBI kam. Er winkte ab, als wollte er eine lästige Fliege von seinem Butterbrot vertreiben.

»Meine Zeit ist sehr beschränkt, Mr. Cotton. Zum anderen gibt es in diesem Haus Regeln. Da kann nicht jeder reinschneien und ...«

»Tut mir Leid, dass ich nicht die Anfrage über den großen Dienstweg gewählt habe, Sir«, sagte ich. »Wie heißt es doch so schön? Wenn Gefahr im Verzug ist ...«

Er winkte zum zweiten Male ab. Und irgendwie sah er jetzt aus, als wäre er mir gar nicht gram, weil ich ihn aus einer langweiligen Konferenz geholt hatte.

Er ließ sich hinter dem Schreibtisch in einen gewaltigen

Lederstuhl plumpsen, griff nach den Zigaretten, die auf der Platte lagen, und zündete sich ein Stäbchen an.

»Um was geht es? Womit kann ich dem FBI helfen?«

»Sagt Ihnen der Name Jonny McCoy etwas?«

Er legte den Kopf auf die rechte Schulter und schielte mich von schräg unten herauf verständnislos an. »Vielleicht, wenn Sie mir sagen, welchen Jonny McCoy Sie meinen und in welcher Beziehung er zum State Department steht, insbesondere zu meiner Dienststelle.«

»Er ist, wie man so schön sagt, ein Bulle aus Miami. War, denn McCoy ist tot!«

»Das tut mir Leid für ihn, aber ich kann mich nicht an einen Mann seines Namens erinnern. Hat sein Tod vielleicht etwas mit dieser Dienststelle zu tun?«

»Vielleicht.«

Es begann Zanussi zu interessieren. Er setzte sich steil auf und nahm die gewaltigen, schwammigen Schultern zurück. Dann rauchte er noch einen Zug, und mit der nächsten Bewegung schob er die randlosen Gläser seiner Nickelbrille zurück, die ihm auf die Nasenspitze gerutscht war. »Wie soll ich das verstehen?«

»Was sagt Ihnen der Name ›Cuba libre‹, Sir?«

Er wurde noch etwas größer in seinem Stuhl, was ich eigentlich für unmöglich gehalten hatte. Aber es gelang ihm, den Hals weiter zwischen den massigen Schulter herauszuschrauben.

»›Cuba libre‹?«

Seine Gegenfrage war eigentlich schon Antwort genug. Natürlich konnte er etwas mit diesem Namen anfangen.

»Ja.«

»Sind Sie sicher, dass Sie vom FBI und nicht von der CIA kommen, Mr. Cotton?«

»Ziemlich sicher.« Mir war klar, dass ich sehr behutsam zu Werke gehen musste, wenn ich etwas aus ihm herausbekommen wollte. Das wollte ich nicht nur, das musste ich sogar.

Für mich gab es nicht mehr den geringsten Zweifel daran, dass in dieser Außenstelle des State Department der Hund begraben lag. Nicht umsonst war McCoy hier gewesen, nicht umsonst war Carmen hier in dieser Stadt, und nicht umsonst hatte Kuba, darauf deutete alles hin, ein Killerkommando nach New York geschickt.

Zanussi war nicht verpflichtet, mir irgendwelche Auskünfte zu erteilen. Er konnte sich auf seine Geheimhaltungspflicht berufen und mich in der Tat auf den großen Dienstweg nach Washington verweisen.

Er schaute mich aus den schmalen Sehschlitzen an, die er Augen nannte. Mit einem Taschentuch rieb er sich den Schweiß von der Stirn. Dann hustete er und legte die Zigarette auf den Rand des Aschenbechers.

»Was hat der FBI mit ›Cuba libre‹ zu tun?«

»Sagen wir, der FBI ist in die Sache hereingeraten, ohne es zu wollen.«

»Das ist sehr vage, Mr. Cotton. Kaffee?«

Ich nickte.

Zanussi drückte die Wechselsprechanlage und bestellte bei der Lady, die sein Büro verteidigt hatte wie eine Tigerin ihre Jungen, Kaffee und Cognac. Damit war das Eis gebrochen. Er sah zwar aus, als würde er mich nicht mögen, aber das war nicht der Fall. Zanussi war interessiert und neugierig. Und irgendwie hielt er auch nichts davon, für jede Auskunft, die er anderen erteilte, sich erst das Okay seiner vorgesetzten Dienststelle einzuholen.

»Gut«, sagte ich und berichtete ihm in groben Zügen, was sich wegen ›Cuba libre‹ inzwischen alles ereignet hatte. Zwischendurch servierte die gute Vorzimmerfee einen ausgezeichneten Kaffee und schaute mich dabei an, als wollte sie mich roh fressen. Als die Tür hinter ihr ins Schloss klatschte und Zanussi am Cognac genippt hatte, wiegte er bedenklich den gewaltigen, runden Schädel.

»Das hört sich alles andere als gut an«, sagte er schließlich. »Wir haben die Liste in unseren Unterlagen. Das ist richtig. Nicht nur wir, aber das wissen Sie inzwischen ja. Ob es gut oder schlecht gewesen ist, sie zu verteilen, will ich nicht beurteilen. Nach dem, was hier alles geschehen ist, müssen wir wohl davon ausgehen, dass es jemand gerade auf die Liste abgesehen hat, die sich in meinem Tresor befindet. Das meinen Sie doch, oder?«

Er wurde mir von Minute zu Minute sympathischer. Ich nahm mir vor, niemals wieder ein schlechtes Wort über die schwerfälligen Beamten vom State Department zu verlieren. Den Tresor, den er meinte, hatte ich schon erspäht. Er stand in der rechten Ecke des Büros. Ich hatte nicht viel Ahnung von den Dingern. Aber auf den ersten Blick erschien mir das ein Stahlschrank, den man in Heimarbeit oder mit gängigem Sprengstoff nicht öffnen konnte.

Das bestätigte Zanussi, als ich ihn danach fragte.

»Okay, wenn es jemand auf den Inhalt dieses Tresors abgesehen hat, den man angeblich nicht knacken kann, dann muss er das Zauberwort kennen, um ihn ohne Gewalt aufzubekommen.«

Zanussi trank noch einen Schluck Cognac. Er begann, wieder zu schwitzen. Es war deutlich, dass er eine bestimmte Idee hatte, aber sich im Moment noch weigerte, daran zu glauben.

»Fragen Sie«, sagte er mit heiserer Stimme.

»Wer hat Zugang zu diesem Tresor?«

»Offiziell nur ich.«

»Und inoffiziell?«

»Es ist Ihnen doch klar, dass ich Ihnen auf diese Frage keine Antwort zu geben brauche, oder?«

»Völlig.«

»Und wenn ich sie gebe, Mr. Cotton, dann kann ich doch wohl davon ausgehen, dass Sie sie als nicht gegeben ansehen und diese Unterhaltung hier nicht in irgendeinem Protokoll auftaucht. Ist das richtig?«

»Völlig richtig.«

Ich hatte ihn gut eingeschätzt.

Ihm war klar geworben, dass die Strategen in Washington einen verdammten Fehler damit begangen hatten, diese Liste über »Cuba libre« auf verschiedene Dienststellen zu verteilen und sie damit zum Ziel für Leute zu machen, wie sie nun aus Havanna nach Amerika gekommen waren.

»Weiter?«

»Inoffiziell hat mein Stellvertreter Joshua Wagner Zugang zu den Unterlagen dieses Tresors. Wagner ist ein absolut integerer Mann. Wenn ich Kinder hätte, würde ich ihn als Babysitter einstellen.«

»Erzählen Sie mir etwas über Wagner.«

»Da gibt es nichts zu berichten. Er ist korrekt und farblos. Ich sage das wertfrei, ohne Wagner damit zu nahe treten zu wollen. Er hat eine sehr konservative Frau und eine Tochter, die mehr auf ihn kommt und die nicht ganz gesund ist.«

»Also ist Wagner nicht sehr konservativ.«

Zanussis Gesicht verzog sich zu einem breiten Grinsen. »Das will ich nicht gesagt haben. Ich denke, er ist wie wir alle. Er schlägt hin und wieder etwas über die Stränge. Aber im Rahmen, sehr im Rahmen, soweit ich das beurteilen kann. Er verkehrt in einigen Bars, die er hin und wieder nach Feierabend besucht. Harmlos, das hat die letzte Sicherheitsüberprüfung ergeben. Und wenn die nichts finden, dann hat jemand wirklich eine weiße Weste.«

Meistens war es so, dass man sich auf Sicherheitsüberprüfungen verlassen konnte. Wenn die kein Haar in der Lebenssuppe eines Mannes fanden, dann gab es das auch nicht. Aber meistens ist nicht immer. Und in diesem Fall musste ich absolut sicher sein.

Die Kubaner hatten es auf die Unterlagen in Zanussis Tresor abgesehen. Davon musste ich ausgehen. Nur Zanussi oder Wagner konnten diesen Tresor öffnen. Also waren nur der dicke Zanussi oder Wagner interessant für die Kubaner. Und wenn ich Zanussi einmal ausschloss, blieb Wagner, der hin und wieder nach Feierabend irgendwelche Bars besuchte, der nicht ganz so konservativ war wie seine ihm angetraute Frau und der zudem noch eine kranke Tochter hatte.

Ich schaute Zanussi an. Wenn man so lange mit Menschen zu tun hat wie ich, dann sieht man einem Gegenüber sehr schnell an, ob der alles ausgesprochen hat oder ob es da noch etwas gibt, was er erst einmal zurückhält.

Zanussi sah aus, als würde er noch mit etwas hinterm Berg halten.

»Was ist da noch?«

Erneut wischte sich der dicke Zanussi mit dem Taschentuch über die schweißglänzende Stirn. Dann steckte er es umständlich ein, und seine Schultern sackten wieder etwas nach vorn, was ihn noch gewaltiger aussehen ließ, die Masse Mensch betreffend.

»Joshua hat die Nacht nicht zu Hause verbracht. Seine Frau rief an. Kurz danach meldete er sich selbst. Angeblich sei er versackt und müsse seine Frau noch anrufen. Und er fühle sich nicht wohl. Ich habe ihm freigegeben. Aber, verdammt, das hat alles nichts zu bedeuten, Cotton. Joshua ist nicht der Mann ...« Er winkte ärgerlich ab. »Wir verrennen uns, G-man. Wenn es sich um jemand anderen als Joshua handeln würde, ja. Warum stehe ich nicht zur Diskussion? Ich kann an die Unterlagen leicht herankommen und ...«

»Joshua Wagner ist nicht der Mann, der zum Verräter wird, meinen Sie?«

»Ja.«

»Ist er wahrscheinlich nicht. Aber es gibt Mittel und Wege, einen Mann zu einem Verräter zu machen. Er war nicht zu Hause?«

»Nein.«

»Wissen Sie, von wo aus er angerufen hat?«

»Zufällig, weil es wohl eine Fehlschaltung gegeben hat und ich eine Telefonistin in der Leitung hatte, die sich mit Fairbank Hotel meldete.«

Zanussi sah mich an wie eine Mutter, die ihr eigenes Kind zur Opferstätte bringen musste.

»Fairbank Hotel«, wiederholte ich.

»Ja, verdammt! Ich weiß selbst, dass das für ihn eigentlich um mehrere Nummern zu groß ist. Vielleicht habe ich mich auch getäuscht und …«

Ich stand auf und legte Zanussi die Hand auf die Schulter.

»Kein Mensch will Wagner aufhängen«, sagte ich. »Wahrscheinlich ist es so, dass wir ihn beschützen müssen. Sie haben seine Privatnummer. Rufen Sie seine Frau an. Fragen Sie, ob seine Tochter zu Hause ist. Sagen Sie, Sie hätten eine Nachricht von Joshua für sie.«

Das Gespräch dauerte zwei Minuten. Ich hatte mich wieder gesetzt und den Kaffee ausgetrunken. Zanussi legte auf und schüttelte den Kopf.

»Tatjana ist, genau wie Joshua, nicht zu Hause gewesen. Sie war auf einer Party, hat sich von dort verabschiedet, ist aber noch nicht zu Hause angekommen und hat sich auch nicht gemeldet. Mein Gott, ich weiß auch nicht, was ich davon halten soll.«

Ich ging an seinen Schreibtisch, benutzte sein Telefon und rief Phil an. Ich gab ihm durch, was ich von Wagner wusste, und schickte Phil zum Fairbank Hotel, um sich um die Sache zu kümmern. Dann wandte ich mich wieder an Zanussi, der so aussah, als brauchte er dringend noch einen Cognac.

»Wir werden das jetzt in aller Ruhe durchgehen«, sagte ich. »Dass da etwas nicht in Ordnung ist, ist klar. Es sieht so aus, als hätte man Wagner in der Hand, weil man seine Tochter Tatjana entführt hat. Das heißt, wenn man von ihm die Unterlagen aus diesem Tresor, ›Cuba libre‹ betreffend, verlangt, dann muss er sie liefern können.«

Zanussi erbleichte.

»Er muss in der Lage sein, die betreffenden Unterlagen aus diesem Tresor herausholen zu können. Nicht die Originalliste, Zanussi. Irgendeine von uns zusammengestellte Liste, die sich nicht gleich auf den ersten Blick als

Fälschung erkennen lässt. Verstehen Sie, worauf ich hinauswill?«

Herbert Zanussi verstand ausgezeichnet. Er mochte Joshua Wagner, der sich in Schwierigkeiten befand. Er kannte Wagners Frau und auch die Tochter Tatjana, die sich, so hatte es den Anschein, ebenfalls in Schwierigkeiten befand und von den Leuten aus Kuba als Druckmittel gebraucht wurde.

Zanussi wusste, dass Eile geboten war und es Menschenleben kosten konnte, wenn erst übergeordnete Dienststellen eingeschaltet wurden. Er wusste, dass es ihn den Kopf kosten konnte, aber das wollte er riskieren, wenn es gelang, Menschenleben zu retten.

So betrachtet war Herbert Zanussi ein schlechter Beamter, aber ein sehr guter Mensch.

11

»Suite 1001«, gab Zeery an Phil durch. »Ich habe nach dem Preis gefragt. Für die Suite muss man beinahe zweitausend Dollar bezahlen. Pro Nacht. Wagner ist gestern angekommen. Angeblich zusammen mit seiner Frau. Das ist eine junge, rassige Kubanerin mit etwas amerikanischem Blut. Sie hatte das Hotel verlassen und kam heute Morgen in Begleitung zweier blonder Männer wieder zurück. Die Suite ist im Voraus bezahlt. Von einer Firma, deren Namen man nicht weiß. Bar, durch einen Boten. Im Moment sind Wagner und die junge Frau oben in der Suite. Die Telefonleitung nach oben ist angezapft. Falls sich da etwas tut, erfahren wir es aus erster Hand. Jerry, so scheint es, hat mitten ins Schwarze getroffen.«

Phil zündete sich eine Zigarette an und schaute zu dem Pontiac, in den Zeery gerade eingestiegen war und aus dem heraus er über Funktelefon Bericht erstattete. Phil selbst saß in einem Lincoln. Von seinem Standort aus konnte er den Hoteleingang und den Privatparkplatz daneben ausgezeichnet beobachten.

»Was ist mit den beiden blonden Männern, die die Kubanerin ins Hotel zurückgebracht haben?«

»Darüber wusste keiner etwas. Das ist nur einer Angestellten aufgefallen. Die hat auch von einem Mann gesprochen, der ganz kurz mit Wagner Kontakt hatte, während der in der Lobby wartete. Bei diesem Mann soll es sich ebenfalls um einen Kubaner gehandelt haben. Besonderes Kennzeichen: blaue Augen, die absolut nicht zu seinem Erscheinungsbild passen.«

»El Hombre?«

»Möglich«, antwortete Zeery. »Aber was spielt das jetzt noch für eine Rolle?«

Zeery hatte Recht. Ob es El Hombre oder jemand anderer gewesen war, war uninteressant. Um diesen Kerl konnten sie sich im Moment doch nicht kümmern. Joshua Wagner war wichtig. Wagner steckte bis über beide Ohren in Schwierigkeiten. Ihn mussten die Kubaner benutzen, um an die verdammte Liste heranzukommen, auf der die Leute namentlich vermerkt waren, die auf der Zuckerrohrinsel den Widerstand gegen Fidel Castro organisierten. Mehr oder weniger eine Mitgliedsliste der Organisation »Cuba libre«. Wagner war der Dreh- und Angelpunkt. Für die Kubaner auf der einen Seite und für den FBI auf der anderen.

»Phil.«

Es war Steve Dillaggio, der sich in die Leitung einschaltete.

»Ja, Steve?«

»Ich habe keine Ahnung, ob es sich um einen der Männer handelt, die die Kubanerin ins Hotel zurückgebracht haben, aber mit einem Ford Taurus ist gerade ein Blondkopf auf den Parkplatz gefahren. Er hat den Ford in Sichtweite von Wagners Wagen abgestellt. Es sieht nicht danach aus, als wollte er aussteigen.«

»Verdammt, sie behalten Wagner im Auge«, sagte Zeerookah.

Steve Dillaggio lachte leise und freudlos. »Was hast du denn gedacht, Indianer? Für die Kubaner gibt es keinen wichtigeren Mann als Wagner. Sollen wir etwas gegen den Blonden unternehmen, Phil?«

G-man Phil Decker überlegte einen kurzen Moment. »Ist der Taurus mit Telefon ausgestattet?«

»Sicher nicht«, antwortete Steve Dillaggio, der freie Sicht auf das Fahrzeug hatte.

»Dann warten wir, Steve. Ich werde Kontakt mit Jerry aufnehmen.«

Joshua Wagner hatte getrunken. Mehr als jemals zuvor am helllichten Tag. Er hatte geglaubt, seine aufgescheuchten Nerven mit Alkohol beruhigen zu können. Aber das war ihm nicht gelungen. Die Fotografie, die seine Tochter Tatjana nackt zusammen mit Manuela auf einem Bett zeigte, lag auf dem Sideboard, neben dem Fernseher.

Es kostete Joshua Wagner alle Mühe, nicht die Beherrschung zu verlieren. Da ballte sich etwas über seinem Haupt zusammen, und er hatte keine Ahnung, was es war. Deutlich war nur, dass sich Tatjana in Gefahr befand und dass er ihre Situation wahrscheinlich nur verschlechterte, wenn er in Panik verfiel und unüberlegte Dinge tat.

Er hatte mit dem Gedanken gespielt, die Polizei zu verständigen, und den Gedanken dann sehr schnell wieder fallen lassen. Er wusste nichts. Was sollte er den Cops sagen, und was konnten die schon für ihn tun?

Die Frau, der er die heißeste Nacht seines Lebens verdankte, hatte, wenn es sich um keine geschickte Fotomontage handelte, auch zusammen mit seiner Tochter im Bett gelegen. Das war für ihn selbst unfassbar. Wie, zum Teufel, sollte sich jemand anderer einen Reim darauf machen!

Manuela kam aus dem Bad zurück. Sie hatte in der Wanne gelegen. Sie fühle sich schmutzig und besudelt, hatte sie gesagt. Sie müsse wenigstens das Gefühl haben, versucht zu haben, sich äußerlich von all dem Dreck gereinigt zu haben.

Dafür hatte Joshua Wagner vollstes Verständnis gehabt. Jetzt kam die schönste Frau, die Joshua jemals besessen hatte, zum großen Bett, verknotete den Gürtel des Bademantels fest um sich, zündete sich eine Zigarette an und setzte sich auf die Bettkante.

»Ich fühle mich elend, Joshua«, sagte sie leise.

Joshua Wagner sah sie an. Er hatte Mitleid mit ihr. Er war überzeugt davon, dass sie seinetwegen in Schwierigkeiten geraten war, in eine ekelhafte, schmierige Geschichte.

»Ich fühle mich elend, Joshua.«

Wagner brachte ihr das Glas Whisky, das er eigentlich für sich eingeschenkt hatte. »Tut mir Leid«, murmelte er. »Es tut mir alles entsetzlich Leid.«

Er streichelte Manuelas langes schwarzes Haar. Obgleich er das Bedürfnis hatte, sie schützend in die Arme zu nehmen und an sich zu drücken, tat er es nicht.

»Was hat das alles zu bedeuten?«

»Ich weiß es nicht.« Wagner schüttelte den Kopf. »Ich soll in den Golden Dragon nach Chinatown kommen. Dort will man mich anrufen. Vielleicht erfahre ich dann …«

Manuela hob die Hand und streichelte zärtlich sein Gesicht. »Das ist alles so entsetzlich«, sagte sie leise. »Wenn ich mich nur an etwas erinnern könnte, Joshua.« Sie deutete zum Fernseher, neben dem das Bild lag. »Zusammen mit deiner Tochter …«

»Tatjana hat nichts damit zu tun. Man hat sie gezwungen. Mit körperlicher Gewalt oder irgendwelchen Drogen.«

»Genau wie mich.«

Joshua nickte. »Ja. Und Tatjana wird sich genauso wenig erinnern können wie du.«

»Bist du ein wichtiger Mann?«

»Nicht wichtig und nicht reich.«

»Dennoch hat man deine Tochter entführt, und man bedroht dich und mich. Also will man etwas von dir. Müssen wir nichts unternehmen?«

»Du meinst, die Polizei einschalten?«

»Zum Beispiel, ja.« Sie schaute ihn an. Wagner war viel zu sehr mit sich selbst beschäftigt, um zu merken, wie gespannt Manuela war.

Mit einer wilden Bewegung schüttelte Wagner den Kopf.

»Auf keinen Fall die Polizei«, sagte er schnell. »Das ist absolut sinnlos. Wir fahren nach Chinatown und warten auf den Anruf. Sobald wir schlauer sind, können wir uns noch immer überlegen, ob wir etwas unternehmen. Ich darf dich und Tatjana nicht in eine noch größere Gefahr bringen. Es wird schon alles gut werden, Manuela.«

Sie sah ihn mit verheulten Augen an, griff nach seiner Hand und drückte sie.

»Du bist ein guter Mann«, sagte sie leise. »So etwas wie du ist mir noch niemals begegnet. Ich fühle mich sicher und geborgen an deiner Seite.«

Joshua Wagner senkte verlegen den Blick.

»Ich werde alles tun, was man von mir verlangt«, sagte er leise. »Es wird alles gut werden. Für dich und für Tatjana. Das verspreche ich dir, Manuela.«

Mr. High schaute mich lange an, dann nickte er. »Ich denke, Sie haben Recht, Jerry. Es wäre wirklich unklug, schon in diesem Moment etwas zu unternehmen.«

»Wenn auch nur etwas schief geht, dann wird man es uns später zum Vorwurf machen, Sir«, sagte ich.

»Das weiß ich. Das Risiko gehe ich ein. Zum anderen, was sollten wir dann unternehmen? Tatjana Wagners Leben ist in Gefahr. Wir wissen nicht einmal, wo sie sich aufhält. Also können wir auch nichts für das Mädchen tun. Ich habe inzwischen Kontakt mit Herbert Zanussi gehabt. Wir können froh sein, es mit einem Mann wie Zanussi zu tun zu haben. Jeder andere an seiner Stelle hätte in diesem Moment schon lange Washington eingeweiht und Alarm geschlagen. Die Liste ist ausgetauscht. Zanussi meint, so schnell wird keiner bemerken, dass es sich um eine Fälschung handelt. Wir werden Zeit gewinnen und einen Weg finden, um diesem Spuk ein Ende zu bereiten, Jerry.«

Ich nickte. Ich war davon genauso überzeugt wie der Chef.

»Am Fairbank Hotel ist alles in Ordnung?«

»Phil, Zeery und Steve Dillaggio halten sich dort auf. Alles ist ruhig. Der Blonde, der zweifelsfrei einer der Männer ist, die die Kubanerin ins Hotel zurückgebracht haben, kann sich in Sicherheit wiegen.«

»Er soll Wagner überwachen?«

»Davon gehen wir aus.«

»Von dem zweiten Mann hat man keine Spur?«

Ich schüttelte den Kopf. Sie hatten nur einen Mann auf Wagner angesetzt. Der reichte vollkommen aus. Wagner war absolut nicht gefährlich. Nachdem er wahrscheinlich seit langem wusste, dass etwas mit seiner Tochter war, würde er auch keinen Unsinn anstellen. Wenn es neben El Hombre noch einen zweiten Mann gab – und davon musste ich ausgehen, weil es zwei Blonde gewesen waren –, dann war der zweiten Mann abgestellt worden, um Carmen zu finden und sie zu töten. Jemand anderer, wahrscheinlich El Hombre selbst, musste sich in der Nähe von Tatjana Wagner befinden.

»Was denken Sie, Jerry?«

»Ich denke, dass wir es nur noch mit drei Männern zu tun haben, Sir. Mit den beiden Blonden und El Hombre. Ich denke, sie haben sich die Aufgaben geschickt geteilt. Einer auf Wagner, einer auf Carmen, einer bleibt bei Tatjana Wagner.«

Mr. High nickte. »Vier«, sagte er dann.

Ich blickte ihn erstaunt an.

»Die Frau, die mit Joshua Wagner zusammen ist, gehört dazu«, sagte der Chef. »Sie war der Köder für Wagner und wird bis zum bitteren Ende an seiner Seite bleiben, denke ich.«

»Ja, das ist leicht möglich. Falls Wagner und die Schöne das Hotel verlassen, wird sich Phil an die beiden ranhängen.«

»Der Blonde steht im Weg.«

Das war richtig. Der Blonde stand im Weg. Aber wir konnten es uns nicht leisten, ihn einfach aus dem Verkehr zu ziehen, was gar nicht so schwer gewesen wäre.

»Ich werde Phil benachrichtigen. Es wird ihm schon etwas einfallen. Ich mache mich auf den Weg zur Lafayette Avenue. Carmen wartet dort.«

Ich hatte Phil benachrichtigt und mich auf den Weg gemacht. Nicht weil Carmen wartete, sondern weil ich ein sehr komisches Gefühl in der Magengrube hatte.

Carmen hatte sich wie eine lebende Zielscheibe durch die Stadt bewegt. Sie hatte die Kubaner auf sich aufmerksam machen und sie anziehen wollen, damit ihre Freunde schnell zuschlagen konnten.

Ihre Freunde gab es nicht mehr. Die hatten die Stadt verlassen. Auf meinen Wunsch, damit hier in New York wieder klare Verhältnis herrschten und der eine dem anderen nicht im Weg herumlief.

Ich dachte, vielleicht waren El Hombre und seine Männer schon lange auf Carmen aufmerksam geworden. Vielleicht hatten sie bislang nichts gegen die Schöne unternommen, weil es zu gefährlich war. Sie hatten einen günstigen Moment abgewartet. Einen Moment wie jetzt.

Das Gefühl in mir wurde so stark, dass es schon kein Verdacht mehr war, sondern Gewissheit.

Über Carmen Castello braute sich etwas zusammen, und wenn ihr etwas geschah, war es zum großen Teil meine

Schuld. Ich hätte einen der Leute, mit denen sie hier in New York zusammengearbeitet hatte, an ihre Seite stellen sollen. Zu ihrem Schutz, nachdem sie den der Polizei aus verständlichen Gründen abgelehnt hatte. Oder ich hätte sie nicht allein in die Lafayette zurückkehren lassen dürfen.

Es begann zu regnen. Wolkenbruchartig stürzte das Wasser herab. Der Verkehr geriet ins Stocken. Ich wurde eingekeilt und aufgehalten. Es dauerte beinahe zehn Minuten, bis ich mich aus einem unfallbedingten Stau freigeschwommen hatte und mit jaulender Sirene und zuckendem Rotlicht meinen Weg zur Lafayette fortsetzen konnte.

Zehn Minuten nur, und mein Gefühl sagte mir, dass es die Minuten waren, die über Leben und Tod entschieden.

Meine Hände waren feucht. Abwechselnd rieb ich sie an meinen Hosenbeinen trocken, damit ich das Steuer richtig festhalten konnte. Ein feiner Schweißfilm hatte sich auf meiner Stirn gebildet. Mit dem Handrücken wischte ich darüber hinweg.

Ich nahm Verbindung mit Phil auf, der sich noch am Fairbank Hotel aufhielt.

»Sie sind gerade heruntergekommen«, meldete Phil. »Wagner und die Schöne, die angeblich seine Frau sein soll. Es sieht so aus, als würden sie gleich wegfahren. Ich werde mich an sie hängen.«

»Ja«, sagte ich. »Was den Blonden angeht, Phil, holt ihn von der Straße.«

»Zeery wird das übernehmen. Ich habe es mit ihm durchgesprochen. Wenn Wagner und die Schöne abfahren und der Blonde ihnen folgt, wird er unterwegs einen Verkehrsunfall haben. Zeery wird mit seinem Wagen in ihn reinfahren, und die Cops werden sehr schnell zur Stelle sein. Das sieht alles echt aus. Falls man ihn beobachtet, wird keiner darauf kommen, dass der Unfall getürkt ist, Jerry.«

Langsam aber sicher wurde ich wieder ruhiger. Wenigstens um Wagner und das Geschehen um das Fairbank Hotel brauchte ich mir keine Sorgen mehr zu machen. Ich schaltete die Sirene aus und fischte das Rotlicht vom Dach.

»Sie kommen raus, Jerry. Wo kann ich dich erreichen?«

»Ich bin auf dem Weg zu Carmen in die Lafayette. Halt Kontakt mit dem Chef. Ich melde mich später wieder.«

»Ist was mit Carmen?«, fragte Phil besorgt.

»Weiß ich nicht, Phil. Ich habe das komische Gefühl, dass sie in Gefahr schwebt und ich einen Fehler begangen habe, weil ich keinen ihrer Freunde hier in New York zu ihrem Schutz gelassen habe. Ich denke, wir haben es nur noch mit dem zweiten Blonden und El Hombre zu tun.«

Für einen Moment herrschte Schweigen am anderen Ende der Verbindung. »Glaubst du, die stehen untereinander in Kontakt?«

Das hatte ich mir auch schon durch den Kopf gehen lassen. Ich glaubte nicht daran. Jedenfalls nicht, was die beiden Blonden anging. Bei der schönen Kubanerin, die sich an Wagner gehängt hatte, war ich mir da nicht so sicher.

»Nicht die Blonden«, sagte ich.

Phil atmete auf. »Dann laufen wir keine Gefahr, wenn Zeery den einen gleich aus dem Verkehr zieht, Jerry. Wagner und die Schöne haben das Hotel verlassen und gehen zum Parkplatz – Moment noch …«

Ich wartete und lenkte den Jaguar mit einer Geschwindigkeit durch die Stadt, die bei diesem Wetter gerade noch verantwortlich war.

»Wagner und die Schöne fahren los. Der Taurus, in dem der Blonde sitzt, hat sich hinter die beiden gehängt. Es bleibt also bei dem, was wir abgesprochen haben.«

»Ja«, sagte ich. »Es bleibt dabei. Wir gehen davon aus, dass die Blonden keinen Kontakt zu El Hombre haben. Verdammt, es kann doch nicht so sein, dass immer nur die Gegenseite Glück hat, oder?«

Phil lachte leise, bevor er sich ausschaltete.

Noch fünf Minuten, dann hatte ich die Lafayette erreicht.

12

Malceau war die Ruhe in Person. Der Auftrag, Menschen zu töten, belastete ihn nicht. Das war sein Job, und er würde ausgezeichnet dafür bezahlt werden. Nur der verdammte Kubaner saß ihm quer. Mit El Hombre war er noch nicht fertig. Und Malceau konnte sich gut vorstellen, dass El Hombre das Gleiche über ihn dachte. Mit anderen Worten, er würde seinen Job ausführen, seinen Lohn kassieren und versuchen, den Kubaner zur Hölle zu schicken, bevor er sich mit dem Verdienten erst einmal wieder irgendwo in der Sonne zur Ruhe setzte.

Malceau bewegte sich durch das hohe, helle Treppenhaus des Hauses Lafayette Avenue 1325. Er trug einen dunklen, gut sitzenden Anzug unter einem hellen Wettermantel. In der Hand hielt er einen Aktenkoffer. Er hatte nur wenige Schritte durch den Regen zurücklegen müssen, sodass er kaum nass geworden war.

Der Portier, der in einem Glaskäfig saß, hatte mit anderen Leuten zu tun gehabt und nur einen kurzen Blick in seine Richtung geworfen. Malceau hatte ihm freundlich zugenickt und sich so zielstrebig in Richtung der Aufzüge entfernt, dass der Mann gar keine Gelegenheit mehr gehabt hat, ihn anzuhalten und nach seinem Ziel zu fragen.

Jetzt, als er in die mittlere Kabine der Aufzüge stieg und noch einen Blick zur Portierloge zurückwarf, sah er doch, dass ihn der Mann im Auge hatte. Es war wohl ungewöhnlich, dass Besucher nach oben fuhren, ohne sich vorher angemeldet zu haben.

Fauchend schloss die Kabinentür hinter dem blonden Franzosen. Er stieß die angehaltene Luft aus. Seine Gedanken wirbelten wild durcheinander. Anstatt den Knopf für die siebte Etage zu drücken, in der sich Carmen Castellos Wohnung befand, wählte er den Knopf für die achte Etage. Über das Display unten an den Fahrstühlen konnte der Portier ausmachen, in welcher Etage er den Lift verließ.

Malceau verließ die Kabine im achten Stock, drehte nach links und wechselte über den Notausgang in die richtige Etage.

Für einen ganz kurzen Moment war er nervös geworden. Das lag nicht zuletzt daran, dass er keine Jobs liebte, die er in einem geschlossenen Gebäude ausführen musste. Malceau arbeitete lieber in der freien Wildbahn. Von der Straße aus, aus einem Wagen heraus, aus einem sicheren Hinterhalt, nachdem er sich vorher alle möglichen Fluchtwege gut gemerkt hatte.

Er landete in einem sehr breiten Hausgang, der mit einem dicken, schallschluckenden Teppich ausgestattet war. Die Wände waren frisch gestrichen. Kunstdrucke, die ziemlich echt aussahen, es aber nicht waren, hingen hinter Glas.

Die kleine Kubanerin hatte sich wirklich eine ausgezeichnete Wohngegend ausgesucht. Aber das hatte ihr letztlich auch nichts geholfen. El Hombre hatte sie gefunden.

Malceau kannte Carmen Castello nur von Fotos her. Sie war eine überaus schöne, rassige Frau. Jetzt, als er daran dachte, fand er es irgendwie bedauerlich, dass sich eine Frau wie Carmen, die sicher noch viele Männer glücklich machen konnte, so früh aus dem Leben verabschieden musste.

An der Tür, die sich vor Carmens Wohnung befand, inspizierte Malceau das Schloss. Es war ein komplizierter Mechanismus, den man auf die Schnelle und ohne Lärm zu machen ganz sicher nicht knacken konnte, wenn der Schlüssel herumgedreht worden war.

Das war die Schwierigkeit. In diesem Fall musste er den normalen Weg in die Wohnung suchen und darauf hoffen, dass ihn die Kubanerin erstens nicht kannte, was wahrscheinlich war, und zweitens seine Story glaubte, dass er vom FBI kam. Deswegen hatte er sich so anständig angezogen.

An der anderen Seite jedoch hielt er es für ziemlich unwahrscheinlich, dass sich die Kubanerin, die sich in der

Wohnung befand, eingeschlossen hatte. Wozu? Bislang hatte sich niemand in ihre Richtung bewegt. Sie konnte nicht einmal ahnen, dass man auf sie aufmerksam geworden war. Und in diesem Fall war es leicht, das Schloss schnell und lautlos zu knacken.

Malceau richtete sich auf, strich sich das Haar aus der Stirn und blieb vor der Wohnungstür von Carmen Castello stehen. Er holte tief Atem, lauschte einen Moment angespannt an der Tür, und als er nichts hörte, setze er den kleinen Spezialdietrich an.

Schweißperlen reihten sich auf seiner Stirn. Einige Sekunden verstrichen. Vorsichtig stocherte er mit dem Werkzeug im Schloss herum. Dann hörte er das leise, erlösende Knacken.

Der Riegel schwang zurück. Lautlos drehte die schwere Tür in den Scharnieren, als er sich vorsichtig dagegenstemmte.

Malceau stellte den Aktenkoffer, den er zur Show mitgenommen hatte, neben der Tür ab, huschte in den kleinen Vorraum und schloss die Tür lautlos hinter sich. Leise Musik war aus einem Raum zu hören. Ein betörender Duft hing in der Luft. Es roch, als wäre gerade jemand aus einem Duftbad gestiegen und hätte seinen Körper mit anderen Duftessenzen eingerieben.

Malceau grinste dreckig. Auf Zehenspitzen bewegte er sich nach vorn. Auf den Raum zu, aus dem die leise, einschmeichelnde Musik erklang. Er zögerte eine Sekunde, dann stieß er die Tür auf.

Carmen Castello, die in der Tat gerade aus dem Bad gekommen war und neben dem großen Panoramafenster stand, wirbelte erschrocken herum. Der lockere Bademantel schwang von ihrem Körper, weil sie ihn noch nicht verknotet hatte. Mit weit aufgerissenen Augen starrte sie auf den blonden Mann, der plötzlich in ihrem Schlafzimmer stand.

Malceau lachte glucksend. Sein Blick strich über den

nackten Frauenkörper, und seine hellen Augen begannen zu funkeln.

Als Carmen sich gefangen hatte und den Bademantel schließen wollte, schüttelte Malceau den Kopf und stieß einige drohende, zischende Laut aus.

Carmen ließ die Hände sinken. Ihre Gedanken überschlugen sich. Jerry hatte ihr eingeimpft, vorsichtig zu sein. Sie hatte seine Warnungen in den Wind geschlagen und nicht einmal die Wohnung hinter sich abgeschlossen.

»Zieh das Ding aus, Carmen. Dann kannst du dich besser bewegen, und ich habe mehr zu bestaunen.«

Carmen Castello zögerte. »Ich glaube nicht …«

Mit einer wahnsinnig schnellen Bewegung hatte Malceau in die Manteltasche gegriffen und eine Automatic mit aufgesetztem Schalldämpfer gezogen. Die Waffe schwang hoch. Es verursachte nur ein leises, etwas kläffendes Geräusch, als Malceau abdrückte. Die Kugel zischte so dicht an Carmens Hüfte vorbei, dass sie die Haut verbrannte, bevor sie klatschend in die Polsterung eines eleganten Sessels einschlug und dort stecken blieb.

»Du musst nicht glauben, nicht hoffen und keine Fragen stellen, Carmen. Du musst alles tun, was ich dir sage. Dann hast du die Chance auf einen schnellen, barmherzigen Tod. Hast du das verstanden?«

Carmen Castello nickte. Ihr Körper straffte sich. Sie drehte sich etwas nach links und nach rechts, und der Bademantel rutschte ihr von den Schultern. Sie blieb still stehen.

Aus schmalen Augen betrachtete sie den Blonden. Er war gekommen, um sie zu töten. Daran konnte es gar keinen Zweifel geben.

Seit sie sich in New York aufhielt, hatte sie mit dem Gedanken an den Tod gelebt. Nun jedoch, als sie ihren Mörder vor sich sah, kroch die Angst in ihr hoch, und sie zitterte. Sie spürte den kalten, klebrigen Schweiß, der einen glänzenden Film auf ihrer Stirn bildete. Sie dachte an das Drama mit ihrem Vater und ihrem Bruder und daran, dass alles noch schlimmer kommen würde für die Leute von »Cuba libre«. El Hombre hatte sie gefunden und ihr einen Killer geschickt. Er wusste also genau, wo er die Namensliste holen und wie er sie außer Landes bringen konnte.

»Geh zum Bett und leg dich hin!«

Carmen Castello bewegte sich wie in Trance, ohne den Blonden auch nur für einen Sekundenbruchteil aus den Augen zu lassen. Sie durfte nicht einfach aufgeben. Sie musste sich wehren und ihre Chance suchen. Sie musste kämpfen. Mit den Waffen einer Frau, weil sie im Moment keine anderen hatte.

Der Blonde sah nicht so aus, als würde er sie augenblicklich umbringen. Vielleicht hatte er das vorgehabt, aber jetzt, wo er sie nackt und lockend sah, war er doch auf andere Gedanken gekommen.

Sie legte sich auf das Bett, rollte sich zusammen und stützte das Kinn in den Handteller des abgewinkelten rechten Armes. So schaute sie ihn von unten herauf fragend an.

»Du bist verdammt schön«, keuchte Malceau. »Schöner als auf den Bildern, die El Hombre uns von dir gezeigt hat. Wenn es nach mir ginge, könntest du weiterleben. Aber ich bin nur ein kleiner Befehlsempfänger. Ich habe das auszuführen, was andere von mir verlangen.«

»Ja«, sagte Carmen leise. »Es ist wie immer. El Hombre schickt die Leute aus, damit sie die schmutzige Arbeit für ihn erledigen. Anschließend schaltet er sie selbst aus. Es ist noch niemals anders gewesen.«

Malceau zuckte nervös mit den Lidern. Er kannte El Hombre nicht. Er wusste nicht, ob es der Wahrheit entsprach, was die schöne Kubanerin ihm jetzt sagte. Vorstellen konnte er es sich schon.

»Das ist mein Risiko. Sind wir ungestört, oder erwartest du Besuch?«

Carmen lachte leise. »Im Moment sind wir ungestört, aber ich erwarte Besuch. Er kann sofort kommen – oder erst in einer Stunde. Ich weiß es nicht.«

»Wer?«

»Ein Mann.«

»Wer?«

»Ein G-man«, sagte Carmen. Etwas anderes fiel ihr so schnell nicht ein. Mit Jerry war nichts abgesprochen, aber er würde sicher bald bei ihr auftauchen oder doch wenigstens telefonisch Kontakt mit ihr aufnehmen. Sie hatte ein Recht darauf, zu wissen, was seine Unterhaltung mit Zanussi ergeben hatte. Jerry würde dem Rechnung tragen.

»Ein G-man.« Malceau lachte und nickte zufrieden. »Das trifft sich gut, Carmen. El Hombre hat angeordnet, dass ich dich erledige und den CIA- oder FBI-Mann, der bei dir ist. Ein G-man ist mir sehr recht. Wir warten auf ihn. Wir haben alle Zeit der Welt, oder?«

Carmen setzte sich auf, hob die Hände und strich sich mit allen Fingern durch die Flut der langen schwarzen Haare. Ihr Oberkörper spannte sich. Hart wurden die Spitzen ihres Busens nach vorn gedrückt.

Malceaus Blicke wurden davon wie magisch angezogen.

»Wie heißt der Kerl?«

»Cotton«, antwortete Carimen und ließ die Arme wieder sinken, wodurch ihr fester Busen in leichte Schwingungen versetzt wurde. »Jerry Cotton.«

»Hast du etwas mit ihm gehabt?«, fragte Malceau heiser.

»Ja«, log Carmen, weil sie sah, dass der Blonde etwas hören wollte. Und solange sie redete, solange er zuhörte, würde er nichts mit ihr anstellen. »Ja, und er ist ein fantastischer Liebhaber.«

Mit der linken Hand rieb sich Malceau über die feuchtglänzende Stirn. Sein gieriger Blick strich an Carmens nacktem Körper hinab und wieder hinauf. Die Hand, in der er die Automatic mit dem Schalldämpfer hielt, zitterte leicht.

»Und du hast dich so hergerichtet, hast gebadet und dich eingesalbt, weil ihr …?«

Carmen nickte und rutschte auf dem Bett weiter nach

unten, womit sie sich dem Blonden näherte, der am Fußende stand.

»Was bist du? Franzose?«

Malceau nickte.

»Franzosen sollen gute Liebhaber sein, sagt man.«

»Franzosen sind gute Liebhaber«, sagte Malceau. »Du hast Glück, Kubanerin. Kurz vor deinem Tod lernst du noch einen ausgezeichneten Liebhaber kennen und darfst dich von ihm verwöhnen lassen.«

Carmen war so weit an das Fußende des Bettes gerutscht, dass sie die langen Beine baumeln lassen konnte. Malceau stand nur noch einen Schritt von ihr entfernt. Er rückte etwas dichter auf, streckte die Hand aus und legte sie ihr auf den rechten Busen.

»Es ist wirklich schade um dich«, keuchte er.

»Vielleicht finden wir einen anderen Weg. Ich habe Geld. Viel Geld.«

»Vielleicht.«

Er log, das sah sie ihm an. Er war ein Mann, der einen Auftrag erfüllte und sich nicht umdrehen ließ. Er konnte einen Auftraggeber hassen, aber er verriet ihn nicht. In dieser Hinsicht brauchte sie sich wirklich keine Hoffnungen zu machen.

Sie bewegte den Oberkörper langsam von rechts nach links und stieß einen leisen Schrei aus, als Malceau fest zupackte und lachte.

»Hast du eigentlich Angst vor mir?«, wollte Carmen wissen.

Malceau wich einen Schritt zurück und hob die Waffe.

Carmen deutete auf die Waffe in seiner Hand.

»Das meine ich«, sagte sie. »Ich bin nackt, ich habe keine Chance gegen dich, du kannst mit mir machen, was du willst, aber du bedrohst mich mit der Waffe. Hast du eigentlich Angst?«

Das Läuten an der Wohnungstür ließ Carmen mitten im Satz abbrechen.

Das Herz schlug ihr bis zum Hals hinauf. Sie schickte ein Stoßgebet gen Himmel, dass es Jerry Cotton war, der an ihrer Tür schellte.

Es gab ein knackendes Geräusch, als Malceau den Schlaghammer der Waffe nach hinten zog. Er richtete den Lauf der Automatic auf ihren nackten Bauch. Sie hatte eine Gänsehaut bekommen und zitterte. Es war ihr unmöglich, die Angst zu verbergen.

»Ist er das?«

»Wahrscheinlich«, antwortete Carmen und zuckte mit den Schultern. »Ich muss nachschauen.«

Malceau zögerte. Carmen konnte regelrecht hören, wie die Gedanken im Kopf des Franzosen kreisten. Zwei Sekunden verstrichen, dann nickte Malceau.

»Ja«, sagte er. »Du wirst zur Tür gehen und ihn reinlassen.«

Carmen erhob sich vom Bett und streckte sich.

»Zieh dir den Morgenmantel über und mach ein freundliches Gesicht. Vergiss nicht, ich stehe gegenüber in der Tür hinter dir. Versuch also keinen Trick. Das würde dich um das Vergnügen bringen, vor deinem Tod noch mit einem Franzosen die Liebe zu genießen. Hast du das verstanden?«

Carmen nickte.

Sie zog sich den Morgenmantel an, ohne ihn zu schließen, und es gelang ihr, die Angst für einen Moment ganz tief in sich zu verstecken.

Er war bei ihr in der Wohnung. Ich wusste es. Ich hatte mit dem Portier gesprochen. Dem war der große, elegant gekleidete blonde Mann aufgefallen, der angeblich in den achten Stock hinaufgefahren war, aber dort nicht angekommen war. Vorsichtshalber, weil er der Sache nicht getraut hatte, hatte er nach oben angerufen. Nur zwei Mieter befanden sich in ihrer Wohnung. Die hatten beide keinen Besuch bekommen. Natürlich nicht. Der Blonde war in den achten Stock raufgefahren und hatte dann über das Treppenhaus den siebten Stock betreten, wo Carmen ihre Wohnung hatte. Er war bei ihr.

Ich schellte zum zweiten Mal. Ich hatte die Waffe vorn in meinen Hosenbund gesteckt und das Jackett darüber geschlagen, sodass man den 38er nicht sehen konnte. Ich hatte mir die feuchten Hände an den Hosenbeinen trocken gerieben und atmete ruhig.

Phil hatte sich gemeldet, kurz bevor ich die Lafayette erreicht hatte.

Wagner und die Schöne waren nach Chinatown gefahren. In ein Restaurant namens Golden Dragon. Phil war ihnen gefolgt. Niemand kannte ihn, niemand würde auf ihn aufmerksam werden.

Zeery hatte den Verkehrsunfall gebaut und damit den Blonden von der Straße geholt. Zeery hatte sich bei dem Unternehmen leicht verletzt. Der Blonde hatte etwas mehr abbekommen. Wenn es Zeugen gegeben hatte, die mit El Hombre in Verbindung standen, woran ich aber überhaupt nicht mehr glaubte, dann konnte der kubanische Killer keinen Argwohn schöpfen. Unfälle passierten überall. Warum sollte es nicht auch seinen Mann erwischen können?

Im Moment war man damit beschäftigt, den Blonden zu befragen. Ob etwas dabei herauskam, stand in den Sternen geschrieben. Irgendwie konnte ich mir nicht vorstellen, dass El Hombre seine Handlanger so sehr in das Geschäft eingeweiht hatte, dass sie uns wirklich weiterhelfen konnten.

Schritte näherten sich von innen. Meine Gedanken rissen. Ich konzentrierte mich auf das, was hier und jetzt geschehen würde.

Es waren nur die leichten Schritte einer Frau zu hören. Etwas zögernd, das war deutlich. Möglicherweise wollte Carmen mir schon damit zu verstehen geben, dass etwas nicht in Ordnung war.

»Jerry?«

»Wer sonst?«, fragte ich laut zurück. »Du erwartest doch wohl keinen anderen, oder?«

Sie lachte.

Es klang echt, wenn man nicht auf die feinen Untertöne hörte. Ich überhörte sie nicht.

Ich lauschte angestrengt auf ein anderes Geräusch. Das gab es nicht. Und das bedeutete, dass der Kerl, der sich bei Carmen befand, sie zur Tür gehen ließ, um mich reinzulassen, während er alles aus dem Hinterhalt und hinter der Deckung einer anderen Tür überwachte und beobachtete. Er würde eine Waffe in der Hand halten und sie auf Carmens Rücken gerichtet haben.

Die Chancen, etwas gegen ihn zu unternehmen, waren also verschwindend klein. Aber ich musste es riskieren. Um jeden Preis. Der Kerl war geschickt worden, um Carmen und mich zu töten.

Langsam schwang die Tür auf.

Meine Nerven waren auf diesen Augenblick konzentriert gewesen, aber ich wurde doch abgelenkt, als Carmen plötzlich mit einem weit geöffneten Bademantel vor mir stand und mir die Reize ihres Körpers präsentierte. Als deutliches zweites Zeichen dafür, dass hier in der Wohnung absolut nichts in Ordnung war.

»Das hat verdammt lange gedauert«, sagte ich und breitete die Arme so aus, dass der unsichtbare Gegner sehr deutlich meine Hände sehen konnte, als ich Carmen umarmte und sie an mich drückte.

So hart, dass sie den 38er Special spüren musste, den ich vorn im Gürtel trug.

»Nicht schon hier«, sagte sie heiser. Ihre Hände tasteten an meinem Bauch hinab. Sie hatte die Waffe natürlich entdeckt und wusste, dass es nur eine einzige, winzige Chance gab. »Komm rein.«

Ich hob die Hände über ihren Kopf hinweg. Der Blonde, egal wo er stand, sollte sich auf meine leeren Hände konzentrieren. Dass Carmen inzwischen meine Waffe hatte, konnte er nicht mal ahnen.

Er hatte Carmen zur Tür geschickt. Er wusste, dass sie nur mit dem Bademantel bekleidet war und darunter nur nackte Haut trug. Er erwartete von ihr keine Gefahr.

Carmen drehte sich um. Sie tat es langsam, während ich der Tür mit dem Fuß einen Tritt versetzte und sie so mit einem lauten Knall ins Schloss schmetterte.

In diesem Knall mischte der Explosionsknall, als Carmen meinen 38er Special abfeuerte.

Auf die halb offene Tür am Ende des Ganges. Von dort erklang auch der schrille Aufschrei.

In diesem Moment befand ich mich schon in Bewegung auf die Tür zu. Mit der Schulter hatte ich Carmen beiseite gestoßen. Es waren nur fünf Schritte. Sie erschienen mir weiter als zum Mond und wieder zurück.

Ich sah den Blonden nicht, den Carmen mit dem ersten Schuss zweifelsfrei erwischt hatte. Ich rammte die Tür mit der rechten Schulter auf, hechtete in den Schlafraum und orientierte mich in der Sekunde, die es dauerte, bis ich auf dem weichen Teppich vor dem Bett landete.

Nicht weiter als einen Yard von dem Blonden entfernt, der bis zum Bett zurückgeschleudert worden war und davor zusammengebrochen war. Er hielt die Automatic mit dem Schalldämpfer noch in der Hand und versuchte, die Waffe zu heben, als ich meine Füße nach vorn schnellen ließ und ihm mitten ins Gesicht trat.

Er fiel um, konnte die Waffe nicht mehr halten und riss die Hände vor das Gesicht.

Mit der nächsten Drehung war ich bei ihm, schob ihn beiseite und angelte mir die Waffe.

Carmen stand in der Tür. Sie hatte sich nicht die Mühe gemacht, den Bademantel zu schließen. Sie hielt meinen 38er in beiden Händen. Ihr Gesicht war eine starre Maske. Der Mund war leicht geöffnet. Dahinter blitzte die weiße Zahnreihe.

Ihre großen, dunklen Augen waren weit aufgerissen, und die Pupillen blitzten mindestens genauso wie ihre Zähne.

Erst als der Blonde einen Schrei ausstieß, sah ich, dass er sich halb aufgerichtet hatte und entsetzt in die Mündung der Waffe starrte, die Carmen auf ihn richtete. Im nächsten Sekundenbruchteil bäumte sich der 38er in ihrer Hand auf. Dicht an dem Blonden vorbei stob die Kugel in die Bettpolsterung.

»Nein!«, brüllte der Blonde.

»Wo ist er?« Carmens Stimme klang unendlich weit entfernt und war so eisig, dass auch ich eine Gänsehaut bekam. »Wo ist er?«

»Lancaster Motel, Coney Island. Das Mädchen ist bei ihm.«

»Tatjana Wagner?«

»Ja. Es geht ihr nicht gut.« Malceau wischte sich mit der Hand das Blut aus dem Gesicht.

»Weiter!«

»Wagner kriegt einen Anruf im Golden Dragon. Er wird die Liste holen und sie nach Coney Island bringen.«

»Was ist mit der Frau, die bei Wagner ist?«

»Manuela, eine Hure. El Hombre kennt sie. Sie arbeitet mit ihm zusammen. Sie hat alles unter Kontrolle. Sie wird im Motel anrufen, wenn alles in Ordnung ist. Mein Gott ...«

Er sackte zusammen, versuchte noch einmal den Kopf zu heben und verlor im nächsten Moment das Bewusstsein.

Carmen stand noch immer regungslos da und hatte die Waffe auf den Blonden gerichtet. Ich stand auf. Durch meine Bewegung schien sie wieder in die Wirklichkeit zurückgeholt zu werden. Sie ließ die Waffe zu Boden poltern. Dann begannen ihre Schultern zu zucken, ihr Körper neigte sich zur Seite, und sie wäre gestürzt, wenn ich sie nicht aufgefangen hätte.

Ich war allein nach Coney Island gefahren, um das Lancaster Motel in Augenschein zu nehmen, wo sich El Hombre und Tatjana Wagner, seine Geisel, aufhielten. Ich hatte es mit den Kollegen, mit Carmen und mit Mr. High durchgesprochen. Es gab nur einen halbwegs sicheren Weg, das Mädchen aus den Händen von El Hombre zu befreien.

Alles, was der kubanische Killer und Manuela geplant hatten, musste so geschehen, wie es vorgesehen war. In Manhattan musste alles seinen Lauf nehmen. Der Verdacht, dass dort etwas schief gegangen sein konnte, durfte erst gar nicht aufkommen. El Hombre musste sich in absoluter Sicherheit wiegen. Hier auf dem Gelände des für den Publikumsverkehr gesperrten Motels, in dem gebaut wurde, durfte nichts geschehen, was die Aufmerksamkeit des kubanischen Killers weckte und ihn misstrauisch machen konnte.

Ich hatte den Wagen eine halbe Meile vor dem Motelkomplex abgestellt und war durch den strömenden Regen marschiert. Es war nicht schwierig gewesen, ungesehen auf das weitflächige Gelände zu gelangen, in dem die Zimmer in kleinen Bungalows untergebracht waren. Es gab nur einen Nachtwächter, das hatten uns Kollegen aus Coney Island mitgeteilt, und in der Regel war der Mann schon bei Einbruch der Dunkelheit, kurz nachdem er seinen Dienst angetreten hatte, betrunken.

Um diese Zeit ruhten die Bauarbeiten.

El Hombre, der betrunkene Nachtwächter, Tatjana Wagner und ich waren die einzigen Personen auf dem Gelände. Und es gab nur einen einzigen Bungalow, der bewohnt war. Inoffiziell, weil El Hombre den Nachtwächter bestochen hatte und der ihn hier kurzfristig unauffällig wohnen ließ, ohne sich um etwas zu kümmern.

Der Bungalow befand sich am Ende einer ganzen Reihe kleiner Gebäude und war dicht an eine Grünfläche herangebaut.

Ich näherte mich sehr vorsichtig, jede Deckung ausnutzend. Licht brannte. Ich ließ mich auf den schlammigen Boden gleiten und robbte nach vorn.

Wenig später konnte ich einen Schatten hinter den vorgezogenen Gardinen sehen. Ganz kurz nur.

Es war ein großer, schlanker Mann. El Hombre, der Killer aus Havanna.

Ich duckte mich hinter dem kahlen Busch und kniff die Augen zusammen. So schnell und überraschend, wie der Schatten aufgetaucht war, verschwand er wieder.

Das Herz schlug mir bis zum Hals hinauf. Sekunden verstrichen. Dann war erneut etwas hinter den Gardinen zu sehen, und dann läutete das Telefon. Schrill und laut.

Wenn es stimmte, was der Franzose gesagt hatte, dann konnte dieser Anruf nur von Manuela kommen, die noch immer mit Wagner unterwegs war oder sich inzwischen ins Fairbank Hotel zurückgezogen hatte.

Das bedeutete, im Büro von Zanussi war alles nach Plan verlaufen. Wagner hatte die Liste aus dem Panzerschrank geholt, sich bei Manuela gemeldet und befand sich nun wahrscheinlich auf dem Weg nach Coney Island. Das würden wir schnell herausbekommen. Auf jeden Fall setzte Manuela mit diesem Anruf El Hombre ins Bild und nahm ihm alle Zweifel.

In dem Bungalow vor mir wurde das Licht ausgeschaltet. Wahrscheinlich, damit man von drinnen besser nach draußen schauen konnte.

Ich sah, dass sich die Gardine schwach bewegte, dachte, dass mir der beinahe blätterlose Busch nicht genug Deckung gab, und ließ mich der Länge nach in den Dreck fallen. Bei diesem Wetter und den schlechten Sichtverhältnissen warf ein liegender Mann kaum Schatten genug, dass man ihn vom Fenster des Bungalows aus sehen konnte.

Ich fühlte mich ziemlich sicher.

Sicherer auf jeden Fall als El Hombre, der augenscheinlich nervös geworden war. Weil er den ersehnten Anruf von Manuela erhalten hatte?

Natürlich hatte sich die Kubanerin gemeldet und ihm die fröhliche Nachricht wegen Wagner übermittelt. Und spätestens in diesem Moment würden Phil und Carmen, vielleicht auch die anderen Kollegen, eingegriffen und Manuela aus dem Verkehr gezogen haben. Das jedenfalls war abgesprochen gewesen.

Mir wurde bewusst, dass sich ein verdammter Fehler eingeschlichen hatte.

Es war falsch gewesen, Manuela sofort nach dem Telefonat aus dem Verkehr zu nehmen. El Hombre und die Schöne konnten einen Code abgesprochen haben, um auf Nummer sicher zu gehen. Zum Beispiel: Manuela wählte die Nummer des Motels auf Coney Island, sagte etwas Belangloses und legte sofort wieder auf. Dann rief sie nach einer abgesprochenen Zeit, vielleicht eine Minute später, noch einmal an, um damit das Zeichen zu geben, dass auch wirklich alles in Ordnung war.

Dass ich daran auch nicht gedacht hatte!

Bei einem Mann wie El Hombre, der mit allen schmutzigen Wassern gewaschen war, hätte ich mich auf so was einstellen müssen.

Nun war es zu spät.

Drinnen blieb das Telefon still. Die Gardine bewegte sich noch einmal. Dann war aus dem Bungalow heraus kein Lebenszeichen mehr auszumachen. Dennoch hielt sich El Hombre dort auf. Zusammen mit Tatjana Wagner, die, weil sie ihre vorgeschriebene Dosis an Medizin nicht bekommen hatte, wahrscheinlich mit dem Tod kämpfte.

Paddelnd wie ein Frosch im Morast zog ich mich wieder zurück, bis ich sicher war, dass man mich vom Bungalow aus nicht mehr sehen konnte.

Bevor ich etwas unternahm, musste ich Kontakt mit Phil aufgenommen und erfahren haben, was vorgefallen war.

»Ihr denkt wahrscheinlich, dass ihr sehr clever seid«, fauchte Manuela, die kubanische Schönheit, die einen Hotelangestellten erwartet und arglos die Tür der Suite geöffnet hatte. Nun war sie bis in den Salon zurückgewichen, stand mit dem Rücken an der nur angelehnten Balkontür und starrte Phil und Carmen feindselig an. Sie lachte schrill und schüttelte den Kopf.

»Nun werden alle sterben! El Hombre, Tatjana, ihr Vater und wer auch immer versucht, an den Bungalow heranzukommen. Nun ist El Hombre gewarnt!«

Zeery, der Phil und Carmen gefolgt war, zog sich zurück, als Phil die Hand hob und ihm ein Zeichen gab. Hinter dem Indianer klatschte die Tür ins Schloss.

Manuela Browning zuckte zusammen. Mit der Hüfte schob sie die Balkontür weiter auf und trat auf die kleine Plattform hinaus. Augenblicklich wurde ihre Kleidung vom strömenden Regen durchnässt. Die dünne Bluse wurde durchsichtig. Darunter zeichneten sich die prallen Kurven ab, mit denen sie Wagner geködert hatte.

Phil verfügte über Fingerspitzengefühl und Erfahrung genug, um auf den ersten Blick zu erkennen, dass er selbst gar nicht dazu in der Lage war, schnell genug etwas aus Manuela herauszubekommen.

»Und jetzt?«, wollte Manuela Browning wissen. »Welches Angebot habt ihr mir denn zu machen? Schließlich habe ich das Leben vieler Menschen in meiner Hand.«

»Du darfst dir aussuchen, wie du sterben willst«, sagte Carmen Castello mit einer Stimme, die nach Tod und Grab klang. »Du kannst über den Balkon springen und zehn Stockwerke tief fallen, also alleine sterben, oder wir tun es zusammen, Manuela!«

Carmen griff mit einer blitzschnellen Bewegung in ihre Handtasche.

Phil hielt den Atem an. Mit allem hatte er gerechnet, aber nicht damit, dass Carmen Castello eine Handgranate daraus hervorholte.

»Die trage ich seit einem halben Jahr mit mir herum«, sagte sie leise. »Genau wie McCoy sich einen Sprengstoffgürtel umgelegt hat, seit damals. Wir haben uns versprochen, dass wir uns mit unseren Feinden in die Luft sprengen, wenn es keine andere Möglichkeit mehr gibt.«

»Bist du wahnsinnig?«, keuchte Phil, als Carmen den Sicherungsstift mit den Zähnen aus der Granate zog und ihn in das elegante Wohnzimmer der Suite spuckte.

»Zurück!«, schrie Carmen. »Es sei denn, du liebst Kuba so sehr, dass du für das Land sterben willst wie Manuela und ich!«

Phil starrte zwei Sekunden lang auf die Granate, die sicher in Carmens Hand lag.

Dann wich er zurück.

»Das ist doch nicht dein Ernst«, keuchte Manuela. »Kein Mensch will für Kuba sterben.« In ihrer Stimme zitterte Todesangst. »Mein Gott, du kannst doch nicht ...«

Mit zwei schnellen Schritten folgte Carmen Manuela auf den schmalen Balkon. »Wagner ist unterwegs, ein G-man befindet sich in El Hombres Nähe, und Tatjana, Wagners Tochter, wird in wenigen Stunden doch tot sein, wenn sie keine Hilfe bekommt. Ich hoffe, dass es auch Wagner und El Hombre erwischt, Schätzchen. Obgleich das eigentlich gar nicht so wichtig ist, denn die Liste, die Wagner aus Zanussis Tresor geholt hat, ist falsch. Darauf sind nur die Namen der Männer und Frauen aus Castros Dunstkreis vermerkt.«

Manuelas Augen weiteten sich ungläubig.

»Das ist richtig!«, rief Phil aus dem Salon heraus.

»Hör nicht auf den G-man, Manuela, hör besser auf mich. Du hast zehn Sekunden, um doch noch El Hombres Untergang einzuläuten. Ob die Amerikaner dir dafür etwas geben oder nicht, spielt für mich keine Rolle. Zehn Sekunden. Von nun an!«

Phil hielt den Atem an. Dass die Granate, die Carmen in der Hand hielt, nur eine Attrappe war, hatte er auf den zweiten Blick festgestellt. Hoffentlich bemerkte Manuela das nicht auch. Hier und jetzt gab es die einzige und letzte Chance, Jerry den Weg zu ebnen und dafür zu sorgen, dass El Hombre aus dem Verkehr gezogen und Tatjana Wagner gerettet wurde.

»Noch fünf Sekunden, Manuela. Das ist kein falsches Spiel. Denk an Jonny McCoy. Er hat auch nicht geblufft, sondern sich zusammen mit Alvarez' Häschern in die Luft gesprengt. Noch drei Sekunden und …«

»Halt! Nicht!« Es klang, als hätte sich der Schrei schwerfällig aus Manuela lösen müssen. »Halt!«

Sie stürmte an Carmen vorbei und kam in den eleganten Salon zurück. Atemlos und entsetzt blieb sie neben dem Telefon stehen.

»Was ist?«, fragte Phil.

»Ich sollte ihn sofort nach dem ersten Gespräch zurückrufen. Das ist das Zeichen dafür, dass alles in Ordnung ist.«

Phil stieß die angehaltene Luft aus. Carmen, die im strömenden Regen auf dem Balkon stehen geblieben war, ließ die Schultern nach vorn sinken. Alle qualvolle Spannung war aus ihrem Gesicht gewichen.

»Ruf ihn an. Mach keinen Fehler, Manuela. Sag ihm, dass du es versucht hast und die Leitung anscheinend nicht in Ordnung ist. Am Motel wird gearbeitet. El Hombre wird es schlucken.«

Langsam kam Carmen in den Salon. Ihre schmalen Finger umklammerten noch immer die Handgranatenattrappe, die täuschend echt aussah. Voller Panik schaute Manuela darauf und schüttelte den Kopf.

»Sie soll keinen Unsinn machen!«

»Sie wird keinen Unsinn machen, wenn du jetzt anrufst. Ruhig bleiben.«

Manuela versuchte es, aber ihre Finger zitterten, als sie die Nummer in die Tastatur eingab.

»Mein Gott, was ist los?«, fragte sie, als sich El Hombre nach einer Weile am anderen Ende der Leitung meldete.

»Ich versuche schon seit einigen Minuten, durchzukommen. Was ist mit der Leitung?«

»Alles in Ordnung?«, unterbrach sie der Kubaner.

»Hier ja. Wagner hat die Liste und ist unterwegs. In einer halben Stunde wird er da sein und …«

»Von wo rufst du an?«

»Aus dem Fairbank Hotel«, antwortete Manuela ruhig und gelassen. Nachdem sie die ersten Worte gesprochen hatte, war die Nervosität von ihr abgefallen. »Wieso?«

»Leg auf, ich rufe zurück.«

Es klickte. Sofort legte Manuela den Hörer auf die Gabel zurück. Fragend schickte sie einen langen Blick zu Phil auf die Reise. Bevor der etwas sagen konnte, läutete das Telefon. Manuela griff danach und meldete sich.

»Gut«, sagte El Hombre. »Es hätte ja auch eine Falle sein können. Eben hatte ich den Eindruck, vor dem Bungalow einen Mann gesehen zu haben. Mach alles Weitere so, wie wir es abgesprochen haben. Pack deine Sachen und verschwinde aus New York. Wir treffen uns in Atlantic City. Dann haben wir die Liste. Wagner und seine Tochter wird es dann nicht mehr geben. Ich habe den Bungalow vermint. Die Explosion wird über eine elektrische Schaltung ausgelöst werden, wenn ich den Impulsgeber drücke. Alles verstanden?«

»Ja«, sagte Manuela.

»Sieht so aus, als hätte es die Franzosen erwischt.«

Schweißtropfen perlten über Manuelas Gesicht. »Ich habe nichts von ihnen gehört …«

»Spielt auch keine Rolle mehr. Übermorgen sind wir in Havanna.«

»Ganz sicher nicht«, sagte Phil, als Manuela aufgelegt hatte und ermattet in einen Sessel sank. »Ganz sicher nicht.«

Carmen ließ die Handgranatenattrappe los. Sie rollte über den Teppich und blieb vor Manuelas Füßen liegen, die mit weit aufgerissenen Augen darauf starrte.

»Keine Angst«, sagte Carmen leise. »So was kann man heute in jeder Spielwarenabteilung eines Warenhauses kaufen.«

Erneut schellte das Telefon. Zwei Sekunden lang. Dann schwieg der Kasten und begann wenig später wieder zu bimmeln. Phil atmete erleichtert auf. Dieses Zeichen hatte er mit Jerry abgesprochen.

13

Joe Brandenburg und Steve Dillaggio waren kurz nach meinem Gespräch mit Phil am Motel in Coney Island eingetroffen. Nachdem sich El Hombre nicht vor die Tür traute und sich seiner Sache sicher war, hatte er keine Chance, herauszufinden, dass sich das Netz um ihn herum immer mehr zusammenzog. Bevor die Falle ganz zuschnappte, galt es nur noch, Tatjana Wagner aus dem Bungalow herauszuholen.

»Das war verdammt knapp«, sagte Steve Dillaggio.

Ich zuckte mit den Schultern. »Darüber mache ich mir keine Gedanken. Auf jeden Fall hat es bis hierhin geklappt. Und wir wissen, was El Hombre mit dem Bungalow getan hat.«

»Ein Fehler von ihm«, sagte Joe Brandenburg. »Er kann seinen Impulsgeber so lange drücken, wie er will, wenn wir ihm im richtigen Moment den Strom abstellen.«

»Und wann ist der richtige Moment?«, fragte mich Steve Dillaggio.

»Wenn der Wagen hier ankommt, in dem angeblich Wagner sein soll, aber in dem Phil sitzen wird, wenn man ihn mit dem Hubschrauber schnell genug an die Stelle gebracht hat, an der man Wagner gestoppt hat.«

Das Funktelefon, das die beiden Kollegen bei sich trugen, flackerte auf. Steve Dillaggio hob ab und meldete sich leise, obgleich das eigentlich gar nicht nötig war. Es dauerte einen Moment. Er nickte zufrieden und legte wieder auf.

»Phil befindet sich auf dem Weg zu Wagners Wagen. Man hat ihn gestoppt. Im Moment ist ein Doc bei Wagner, der ihn ruhig stellt. Wagner ist beinahe verrückt geworden aus Angst um das Leben seiner Tochter.«

»Wann kommt Phil?«

»Zwanzig Minuten höchstens«, sagte Steve. »Wir werden unsere Positionen einnehmen und warten. Etwas anderes bleibt uns doch nicht zu tun. Oder glaubst du, dass bei El Hombre im Bungalow etwas passiert?«

Ich schüttelte den Kopf.

El Hombre, davon war ich überzeugt, tat das Gleiche wie wir: Er wartete auf Wagner, der die ersehnte Liste bringen sollte, die schon einigen Menschen das Leben gekostet hatte.

»Kannst du mich verstehen?«

El Hombre stand dicht vor dem Bett, auf dem Tatjana Wagner lag.

In den letzten Minuten war Wagners Tochter so unruhig geworden, dass er ihr Hände und Füße ans Bett hatte binden müssen.

»Kannst du mich verstehen?«

Tatjana schlug die Augen auf. Das Fieber glänzte in ihren Pupillen, und Schweißtropfen rollten über ihr eingefallenes Gesicht. Die Ringe unter den Augen waren tief geworden. Man konnte meinen, sie befände sich schon mit Riesenschritten auf der Reise ins Jenseits.

»Du hast es bald hinter dir. Dein Vater kommt, um dich zu holen.«

Tatjana Wagner nickte, aber El Hombre war sich nicht sicher, ob sie ihn auch wirklich verstanden hatte. Er beugte sich über sie, nahm das Bettlaken und wischte ihr den Schweiß aus dem Gesicht. Unsicher war auch, ob der Mann vom State Department noch einmal Kontakt mit seiner

Tochter aufnehmen wollte, bevor er aus dem Wagen stieg und die Liste aushändigte. Das hieß, Tatjana durfte nicht wegdämmern, sondern musste ihrem Vater akustisch zu verstehen geben, dass sie noch lebte.

»Du wirst doch die wenigen Minuten noch durchhalten, oder?«

Ich konnte jedes Wort verstehen. Auch die keuchend gestammelten Laute, mit denen Tatjana versuchte, El Hombre zu antworten.

Ich hatte mich halb unter die hintere Terrasse des Bungalows geschoben. Wenn er sich nach hinten orientierte, selbst wenn er das Licht einschaltete, konnte er mich nicht sehen.

In meiner Brusttasche steckte das kleine Empfangsgerät. Den nicht einmal knopfgroßen Lautsprecher trug ich im rechten Ohr.

Phil befand sich auf dem Anflug. Er war nur noch zwei Minuten vom Motelgrundstück entfernt. Er gab mir seinen Standort durch.

Steve Dillaggio und Joe Brandenburg hörten mit. Sie lagen an der Vorderfront des Bungalows in Deckung und würden dann aktiv werden, wenn draußen das passierte, mit dem El Hombre absolut nicht rechnen konnte.

»Jerry, ich hoffe, es klappt. Der Feuerwerker, der den Wagen präpariert hat, hat nicht gerade begeistert in die Welt geschaut.«

Ich konnte meinem Freund nicht antworten. Das erwartete er auch gar nicht.

»Falls ich das alles nicht mehr miterlebe, Jerry, will ich, dass Carmen an meinem Bett steht, wenn ich wieder aufwache. Es ist wichtig für einen Mann, der einen Schock erlitten hat, dass er nach der Narkose ein angenehmes, schönes Gesicht sieht. Halt dich also fern von meinem Bett.«

Obgleich die Situation wirklich nicht danach war, musste

ich grinsen. Auf jeden Fall hatte mein Freund neben stählernen Nerven auch noch Galgenhumor.

Es war alles sehr knapp. Es blieben ihm nur einige Sekunden, um sich in Sicherheit zu bringen. Aber auf der anderen Seite gab es gar keinen anderen Weg, um El Hombre von Tatjana Wagner zu trennen und mir die Chance zu geben, das Mädchen aus der immer noch möglichen Feuerlinie zu holen.

»Ich sehe die verdammten Schatten des Motels jetzt vor mir. Es kann nicht mehr lange dauern. Ich melde mich noch einmal, wenn ich aussteige. Ende.«

Ich kroch unter der Terrasse nach rechts, sodass ich an dem Bungalow vorbei zum Parkplatz vor der Tür schauen konnte, der vielleicht zwanzig Yards entfernt war.

Der Eingang befand sich nicht in der Mitte des Bungalows, sondern rechts. Wusste der Teufel warum, aber jetzt war es eine verdammt große Hilfe. Ich würde zumindest den Schatten des kubanischen Killers sehen und mich auf meinen Einsatz früh genug vorbereiten können.

Zwei Minuten verstrichen.

»Ich kann den Bungalow sehen«, meldete sich Phil doch noch einmal.

Er war nervös. Das war verständlich. Er hatte das Himmelfahrtskommando übernommen. Ein kleiner Fehler, und er würde niemals wieder aufwachen. Jedenfalls nicht mehr auf dieser Welt.

»Ich blende nun die Scheinwerfer auf.«

Er tat es.

Die vier Lampen im Kühlergrill des Chrysler legten einen grellen Lichtteppich vor den Bungalow. Zweimal wurde die Hupe betätigt.

Dann herrschte beinahe Grabesruhe da vorn, sodass ich die Schritte von El Hombre über mir im Bungalow hören konnte. Es war deutlich, dass sich der kubanische Killer aus dem Schlafzimmer entfernte, in dem Tatjana lag, und nach vorn ging. Wegen des eingeschalteten Fernlichts am

Chrysler war es ihm unmöglich, ins Innere des Wagens zu schauen.

Die vordere Tür wurde geöffnet.

El Hombres Schatten fiel nach draußen.

Ich sah, dass er die Hand hob.

Im selben Moment schaltete Phil das Licht am Chrysler aus.

Noch immer, so hatten wir es uns ausgerechnet, war El Hombre geblendet, sodass er den Schatten im Wagen nicht deutlich als den von Wagner erkennen konnte. Er musste sich darauf verlassen, dass alles nach Plan gelaufen war, wie Manuela versichert hatte, dass gar kein anderer als Wagner hier erscheinen konnte.

Ich kroch zurück, richtete mich hinter der Terrasse auf und stemmte die Füße in den schlüpfrigen Untergrund. Irgendwo hatte Steve Dillaggio die Zange an die elektrische Zuleitung des Bungalows gelegt und würde die Stromzufuhr im richtigen Moment unterbrechen.

Wir waren ein so sehr aufeinander eingespieltes Team, dass gar nichts mehr schief gehen konnte.

»Jetzt!«, knallte mir Phils Schrei ins Ohr.

Ich startete blind, obgleich noch gar nichts geschehen war. Sehen konnte ich nichts, aber ich wusste genau, was sich in diesem Sekundenbruchteil abspielte, als ich auf die Hintertür zuflog und die Schulter nach vorn schob, um sie gleich beim ersten Anprall aus dem Rahmen zu sprengen.

Phil rollte sich jetzt, als sich El Hombre langsam aber sicher wieder an die Lichtverhältnisse gewöhnte, aus dem Wagen hinaus. Wie ein Frosch würde er sich nach rechts bewegen, um hinter der Seitenmauer, die den kleinen Garten vom Nachbargrund begrenzte, in Deckung zu gehen.

Ein Schuss brüllte auf.

Mit der Schulter rammte ich in genau dem Sekundenbruchteil gegen die Hintertür des Bungalows, als vorne ein wahnsinnig greller Blitz die Nacht ausleuchtete.

Die Blendgranaten, mit denen die Feuerwerker den Wagen versehen hatten, waren genau zwei Sekunden nach Phils Knopfdruck explodiert. Der Chrysler da vorn verschwand hinter dem grellen Blitz.

El Hombres wahnsinniger Schrei ging unter im Krachen der Tür, die ich mit dem ersten Anlauf richtig traf und aus dem Rahmen fetzte.

Ich stürzte in den schmalen Gang, hatte die Augen geschlossen, dennoch war ein grelles Licht auf meiner Netzhaut, das mir eine Orientierung auf Sicht unmöglich machte.

Das war auch nicht notwendig. Ich hatte mir den Weg durch den schmalen Gang nach rechts und dann ins Schlafzimmer hinein immer wieder ausgemalt.

Als ich die Augen öffnete, weil ich gegen das Bett stieß, auf dem Tatjana lag, hörte ich den überraschten Schrei des Mädchens.

Ich richtete mich auf, ließ mich nach vorn fallen und deckte sie mit meinem Körper zu, während ich die Rechte mit dem 38er zum Eingang ins Schlafzimmer schwingen ließ, von wo das Geräusch gekommen war.

Wenn El Hombre es geschafft hatte, dann …

»Weg mit der Waffe!«

Es war Steve Dillaggio.

Eine Taschenlampe flammte auf. Der Strahl huschte über Tatjanas eingefallenes Gesicht. Die tiefen Ringe waren unter den Fieberaugen zu sehen. Es ging ihr schlecht. Verdammt schlecht, und es schien, als wären wir im letzten Moment gekommen.

Bevor ich etwas sagen konnte, gellte aus der Ferne die Sirene des Rettungswagens, der Tatjana und wahrscheinlich auch Phil wegbringen sollte.

Ich richtete mich auf und löste die Hand- und Fußfesseln, die El Hombre dem Mädchen angelegt hatte. Sie bewegte sich schwach, versuchte aus dem Bett zu fliehen, weil sie gar nicht wusste, was um sie herum geschah. Dann blieb sie still liegen.

»Was ist mit Phil?«, fragte ich gehetzt.

»Hast du daran gezweifelt, dass ich kriechend drei Yards in zwei Sekunden zurücklegen kann?«, erklang die Stimme meines Freundes hinter mir. »Ich war darauf vorbereitet, aber der Schweinehund hätte mich beinahe …«

Seine Worte gingen unter in dem klagenden Jaulton der Sirene.

Der Rettungswagen erreichte die Auffahrt zum Motelgrundstück. Rotlicht zuckte gespenstig durch die Nacht, und über Phils angespanntes Gesicht huschte das Lächeln des Siegers, der es im Zieleinlauf doch noch geschafft hatte.

ENDE

Jerry Cotton ist die erfolgreichste Kriminalromanserie der Welt. Die Gesamtauflage der Serie liegt bei über 850 Millionen Exemplaren und wird in über fünfzig Ländern der Erde gelesen.
BASTEI-LÜBBE präsentiert für alle Freunde des Kriminalromans drei lange vergriffene Ausgaben der Jerry-Cotton-Taschenbücher in einer Sonderausgabe.

Dieser Band enthält die Romane:

Flug in die Hölle
Nachtaufnahme
Mafia-Sinfonie

ISBN 3-404-31949–4

BASTEI LÜBBE

Der Sniper von New York

Ein wahnsinniger Heckenschütze versetzt New York in Angst und Schrecken. Zehn Menschen hat er bereits ermordet. Wahllos sucht er seine Opfer aus und schlägt aus dem Hinterhalt zu. Keiner ist sicher vor dem irren Mörder.
Der FBI übernimmt die Ermittlungen, die G-men Jerry Cotton und Phil Decker jagen den Sniper von New York. Und da erhält Jerry Cotton einen Anruf des wahnsinnigen Killers …

ISBN 3–404–31510–3

BASTEI
LÜBBE

Internat der Mörder

Phil und ich ermittelten im Internat der Mörder. Hier, am Prospect Park, lebten die Jugendlichen aus der High Society unseres Landes – die Söhne und Töchter von Wirtschaftsmagnaten und hohen Politikern. Dann starb einer der Schüler an einer Überdosis Heroin, und kurz darauf wurde ein weiterer Schüler auf seinem Zimmer brutal erschlagen.
Wir vom FBI wurden eingeschaltet, doch obwohl wir unser Bestes gaben, blieb es nicht bei den zwei Toten. Schließlich gipfelte der Fall in Kidnapping und Geiselnahme, und sogar die Höllenhunde des organisierten Verbrechens mischten mit ...

ISBN 3-404-31511-1

BASTEI
LÜBBE

Endstation Tobago

Einbruch ins Metropolitan Museum. Gerade wird dort eine Ausstellung erst kürzlich entdeckter Schätze aus der Pharaonenzeit vorbereitet, Leihgaben der ägyptischen Regierung an die USA, als Zeichen der Freundschaft und des Vertrauens. Und nun befindet sich die unersetzliche Totenmaske des legendären Pharaos Ranomhab in Diebeshand. Eine riesige Blamage für die amerikanische Regierung!
Eine Mannschaft aus FBI und NYPD und Hunderte von Spezialisten aus Washington sollen die wertvolle Pharao-Maske wiederbeschaffen. Und schließlich entdecken die beiden Special Agents Jerry Cotton und Phil Decker eine heiße Spur, die sie bis zur Karibikinsel Tobago führt …

ISBN 3–404–31509–X

BASTEI LÜBBE